中國新聞史研究輯刊

四 編

主編　方 漢 奇

副主編　王潤澤、程曼麗

第2冊

臺灣解嚴解禁時期的媒介語言研究（下）

曹 軻 著

花木蘭文化事業有限公司

國家圖書館出版品預行編目資料

臺灣解嚴解禁時期的媒介語言研究（下）／曹軻 著 — 初版 —
新北市：花木蘭文化事業有限公司，2019〔民 108〕
目 2+224 面；19×26 公分
（中國新聞史研究輯刊 四編；第 2 冊）
ISBN 978-986-485-811-8（精裝）
1. 新聞史 2. 報業 3. 臺灣
890.9208 108011507

ISBN-978-986-485-811-8
9789864858118

中國新聞史研究輯刊
四 編 第二冊 ISBN：978-986-485-811-8

臺灣解嚴解禁時期的媒介語言研究（下）

作　　者 曹 軻
主　　編 方漢奇
副 主 編 王潤澤、程曼麗
總 編 輯 杜潔祥
副總編輯 楊嘉樂
編　　輯 許郁翎、王筑、張雅淋　美術編輯 陳逸婷
出　　版 花木蘭文化事業有限公司
發 行 人 高小娟
聯絡地址 235 新北市中和區中安街七二號十三樓
電話：02-2923-1455／傳真：02-2923-1452
網　　址 http://www.huamulan.tw 信箱 hml810518@gmail.com
印　　刷 普羅文化出版廣告事業
初　　版 2019 年 9 月
全書字數 408645 字
定　　價 四編 13 冊（精裝）新台幣 26,000 元

臺灣解嚴解禁時期的媒介語言研究（下）

曹軻　著

目次

第三章　轉型政治、轉型正義與轉型語言

第一節　轉型政治的政治正確

一、寧靜革命：主動變革避免暴力革命

(一)「寧靜革命」與「風雨中的寧靜」

蔣經國晚年政治革新與民主轉型，因爲沒有經過大暴動和流血，被稱爲寧靜革命。巧合的事，他早年的著作就叫做《風雨中的寧靜》。這本書收集了他早年關於蘇聯、關於抗戰中的上海和贛南、關於父親母親以及反省思考的十幾篇文章，前面有一段寫於 1967 年 1 月 30 日的話：「這幾天，我宿在復興崗覺民樓上，臘盡冬殘，正是陰雨連綿的日子，窗外山風呼嘯，山雨勁急，幸而自覺心神安靜，天君泰然，夜坐沉思，若有所悟，彙集了十五篇自己撰寫的文字，編印成冊，題名爲『風雨中的寧靜』，在此嚴冬已逝，大地春回的季節，送給朋友們作爲紀念。」〔註 1〕那時候的蔣經國，離行政院長還有一段路途，離總統的寶座更遠一些。但把風雨和寧靜看成天然一色，倒像有著複雜坎坷故事的人，才能悟到、達到的境界。

〔註 1〕蔣經國，風雨中的寧靜〔M〕，臺北：大專學生集訓班恭印，1967：2。

1994年7月，行政院新聞局編印了一本書，書名叫《寧靜革命》〔註2〕。風雨和寧靜、寧靜和革命，之間的動靜和張力，滔滔和潺潺，都值得玩味。在爲這本「主題先行」的文集所作的序文中，時任新聞局長胡志強解釋了「寧靜革命」這個主題的來歷：「我們要讓大家知道，雖然丘吉爾先生曾經說過：巨大的改變，鮮有不經過流血、流汗和流淚而達成，可是在臺灣地區所完成的重大變革，卻能在沉靜、理性，並且和平的過程中完成。過去，在追求進步發展的努力中，中華民國臺灣地區的民眾曾經流出許多汗水，或者也流過些許眼淚，但的確是幾乎未經流血，而獲致如今的一切成就。我們的紀錄歷歷在目，可供世人細察。臺灣地區的民主政治已經穩定茁壯成長，在權力轉移的重要關鍵時刻，無不是以和平方式，遵循憲政體制，完成領導階層的替換，遠非若干其他開發中國家所能相比。中華民國在臺灣地區所以能有和平、漸進、穩健的民主改革，而不同於其他國家或地區在民主轉型中所引發的暴亂或流血，其主要的動力係來自高瞻遠矚政治家的堅定毅力和決策，配合全體國人的理性認知和容忍，終能以『選票』替代『槍彈』（ballot rather than bullet），以『爭論』取代『爭戰』（quarrel instead of battle），完成改革。」「因爲這些變革的規模與意義不小於一場革命，而過程確爲理性平和，所以我們稱之爲『寧靜革命』，多少也有中國人『寧靜致遠』的自我期許。」他還爲臺灣抱屈叫苦說：「這些變革與進步，也許是因爲沒有以流血爲代價，也未帶來劇烈的社會動亂，所以在國際上，反而沒有引起廣泛的報導與高度的重視。」〔註3〕

「在一連串多元化變革的過程中，正如一隻美麗多彩的蝴蝶，是經過了幼蟲和蝶蛹多次悄悄蛻變的過程，最後將它的彩姿傲然展現於世人之前，沒有血腥，沒有暴力，以『寧靜』的方式朝民主化發展，是一種讓人稱羨的選擇。」〔註4〕確實，不經過劇烈動盪的變革是極少見的。這肯定不是壞事，反詰攻訐甚至謾罵、打口水仗，也好過流血流淚流汗，華麗的「蝶變」好過燃

〔註2〕因爲留意到「寧靜革命」這個特殊的詞，後來又搜集了兩本相關的書籍，但卻不免失望了。一個是後來從大陸輾轉去臺的阮銘，2004年出了本《從寧靜革命到寧靜建國》，形同叛降者的投名狀，實在不值一提；一個是大名赫赫的遠見雜誌發行人高希均，2012年出了本《「寧靜革命」不寧靜》，屬於大雜燴文集。

〔註3〕行政院新聞局 編印，寧靜革命〔G〕，臺北：行政院新聞局，1994：序言。

〔註4〕行政院新聞局 編印，寧靜革命〔G〕，臺北：行政院新聞局，1994：31。

燒的「窯變」，一連串的「迷你革命」好過一次轟轟烈烈的「光榮革命」。

比寧靜革命更客氣的比喻，不是改良，不是改革，而是宋楚瑜的「翻修說」:「現行的社會政治機關和組織架構須予以全面翻修」。《寧靜革命》一書中收錄時任國民黨中央委員會秘書長宋楚瑜的文章，介紹臺灣 1987 年前後八年間的政治發展時，論及儒家文化與變革衝突的獨特因素:「在政治上，儒家思想視政府爲家庭的延伸，而每一個人均知其所處以及職責之所在，就像白魯恂（Lucian Pye）所解釋的『儒家觀念裏的理想政府乃是一個理想家庭的延伸，所以政府主要的任務和家庭的主要任務均是相同的：那就是提供安全、持續性的、向心以及團結一致的環境』。有別於此一固有文化背景的另一種理念，則是認爲在一個鼓動參與的多元社會裏，公民應藉由公開以及經常敵意性的對抗以爭取對本身有利的政策決定。但這對居住在臺灣的中國人而言卻是格格不入的，因爲儒家文化強調的是團體和諧關係，而非如歐洲和北美那些老牌工業化和議會政治國家那般地重視個人權利的保護和增進而已。」宋楚瑜總結的藥方是，「像民主政治這樣的理念想要移入並且變成人民行爲的一部分之前，首先必須予以接枝在傳統的價值觀上，而且極爲重要的是要將施政方式與中國傳統價值觀如尊敬長上、重視團隊精神、妥協優於對抗等相融合。」〔註 5〕

（二）反應平淡，恰好說明平靜

戶張東夫發表在 1987 年 8 月 1 日香港《百姓》雜誌的文章中說，爲了進一步瞭解解嚴前後臺灣的情況，他從 7 月 7 日至 20 日一直在臺灣從事採訪活動。「最意外的發現是當地的老百姓對解嚴的反應非常冷淡。照理說，結束了長達三十八年的軍事統治時代，老百姓應爲此欣喜若狂才對，然而老百姓的異常冷淡的反應，不得不令筆者暗暗吃驚。」他引用了臺灣聯合報、中國時報的兩份民意調查：一個是解嚴前一天即 7 月 14 日聯合報的電話民意測驗，隨意挑選的三十個被訪者大多數人說不出「戒嚴」和「解嚴」有何區別，說明戒嚴令實際上與一般民眾每天的生活關係極微，所以解嚴引不起他們討論的興趣。二是 7 月 7 日中國時報的電話民意測驗，結果發現近 30% 的人，不知道臺灣一直有戒嚴令存在。默認民進黨成立，此後再也沒有使用武力鎮壓示威遊行，都成爲戒嚴令有名無實的證據。「對於解嚴這件大事，

〔註 5〕行政院新聞局 編印，寧靜革命〔G〕，臺北：行政院新聞局，1994：62～63。

只有行政院新聞局主辦過一次中外記者招待會，此外再沒有任何說明和慶祝活動，連慶祝酒會都沒有。」如果文章停留在這個地方，怎麼顯示出一個遠道而來的記者獨立的觀察和思考呢？戶張東夫提出了另一個重要理由：「臺灣的不少老百姓一直不信任國民黨政府，對當局宣布正式解嚴始終抱著懷疑的態度。」國安法的許多規定「都是戒嚴令的延伸，甚至比戒嚴令更嚴」。可能自己覺得說得有點過頭，轉而又說，解嚴後「老百姓心理上隨即湧現出解放的感覺以及對國民黨推動的一系列改革抱有一種熱烈期待，這些事實也是不可否認的」。〔註 6〕

在解嚴令生效的第一天，戶張東夫迫不及待地採訪了他的老朋友康寧祥，康寧祥反覆說明這種解嚴只是爲了國民黨自己的生存才給了老百姓「適當的政治活動空間」，甚至影響還比不上解除外匯管制這種「經濟上的解嚴」〔註 7〕。戶張東夫刻意把戒嚴時期稱爲「軍事統治時代」，這種看似無意間的「意譯」，不能說有什麼錯，但隱含的暗示意味，還是十分明顯的。像他採訪到的康寧祥和許多反對派人士一樣，戶張東夫似乎不甘平淡，也不願意把「解嚴的平淡和老百姓的冷淡」，當成一場不流血、不折騰的「寧靜革命」的象徵，而是在暗示戒嚴從根子上講並沒有完結。「解除戒嚴令後的臺灣，離回歸憲法的正常階段仍相距甚遠，它僅僅是進入了戒嚴時代邁向承平時代的歷史過渡期而已。」〔註 8〕既然如此沉重而漫長的道路剛剛開始，爲什麼又對臺灣老百姓沒有欣喜若狂、沒有解放的感覺感到意外？這位日本記者認爲：「臺灣情況在解除戒嚴後，不會有什麼本質的改變。目前的臺灣現況，只不過是另一種戒嚴時代的開始，因此對解嚴後的臺灣不能抱太大幻想。」〔註 9〕也就是說，有法律上的戒嚴和解嚴，也有心理上的戒嚴和解嚴，理念上的戒嚴和解嚴。言下之意，解嚴政策所帶來的開放的程度、速度、力度，都是有限度的，有局限的，有限制的。戒嚴一直都在，戒嚴若有若無、似無還有，解嚴可有可無、似解未解。既然「軍事統治」被表述成是一個不好的標簽，輕輕撕掉而已。

在 1987 年 12 月 31 日寫作報導集的後記時，戶張東夫可能並沒有料到蔣經國的生命不到半個月了。但對於蔣經國的政治魄力以及領導才能，仍給予

〔註 6〕戶張東夫，蔣經國的改革〔M〕，香港：廣角鏡出版社，1988：54～55。
〔註 7〕戶張東夫，蔣經國的改革〔M〕，香港：廣角鏡出版社，1988：72。
〔註 8〕戶張東夫，蔣經國的改革〔M〕，香港：廣角鏡出版社，1988：65。
〔註 9〕戶張東夫，蔣經國的改革〔M〕，香港：廣角鏡出版社，1988：68。

肯定的評價：「假如沒有蔣經國的威信及領導能力，我估計臺灣的政治不可能在這短短的時間內發生如此巨大的變化」。國民黨籍立委林鈺祥（臺灣籍）最近告訴戶張東夫，「目前在臺灣，民進黨和國民黨的人都希望蔣經國能長壽，因爲這樣臺灣才能安定。蔣經國個人的生命實際上已與臺灣的『國運』聯在一起了。」〔註 10〕

臺灣的戒嚴對人民自由的影響，比國外所認知的「戒嚴」少很多，但是因爲「戒嚴」（martial law）在英文裏的意思就是「軍事統治」，只要臺灣不解嚴，這個「軍事統治」的標簽就丟不掉。〔註 11〕

張祖詒說得更省事，認爲戒嚴解嚴都是總統的權力和責任：「戒嚴是國家於有戰爭、內亂或特別事變時，總統依戒嚴法發布戒嚴令，限制戒嚴地區內人民的自由權利，並將該區域內行政及司法管轄權，移屬當地最高軍事長官。但戒嚴原因消滅時，總統應宣布解嚴，可見戒嚴的宣告或解除，都是總統的權力，他要思考戒嚴的存廢，是因爲他覺得這是他的責任。」〔註 12〕

（三）「百分之三戒嚴論」成為口實

「戒嚴」只執行了「小部分」，而小的程度量化到只有「百分之三」，林洋港的「百分之三戒嚴論」，本想說明戒嚴之必要與最小的損害原則，結果並沒有達到說服的目的，反而成爲後來反對派不斷攻擊戒嚴時期的一個口實，成爲許多文章立論駁斥戒嚴時的絕佳由頭。

行政院長孫運璿 1981 年 3 月、1983 年 3 月答覆立委許榮淑質詢時說：「多年來政府實施戒嚴措施，也僅採取了戒嚴法內爲抑匪僞滲透、分化、破壞、顛覆活動所必要的部分，對於憲政體制的運作，人民基本權益的保障，社會正常的活動，和一般人民的日常生活並無影響，也未導致不便。」（立法院公報 70（23）總 1404：13）

內政部長林洋港 1982 年 3 月分別答覆立委費希平、張德銘的質詢時說：「有一位學者說，今天台灣地區的戒嚴算起來不過實施了一千之幾百分之一而已，他當然有他的算法，我們只留了最後一道牆，即是會影響到我們的安全、安定與安寧的部分。」（立法院公報 71（21）總 1506：79）

〔註 10〕戶張東夫，蔣經國的改革〔M〕，香港：廣角鏡出版社，1988：226。

〔註 11〕馬英九，序言〔M〕／／張祖詒，蔣經國晚年身影，臺北：天下遠見出版，2009：序言。

〔註 12〕張祖詒，蔣經國晚年身影〔M〕，臺北：天下遠見出版公司，2009：214。

「今天實施戒嚴，並沒有全部依戒嚴法之規定執行，依耿教授之計算，其執行率爲千分之三十二，其計算方式則爲依戒嚴法應由軍法審判各種罪名爲一百零六種，現在由軍事審判的只有三種。」（立法院公報 71（22）總 1568：26）〔註 13〕

（四）避免改革變成一場革命

菲律賓「人民力量革命」在 1986 年 2 月推翻了馬科斯獨裁統治，實現政權和平轉移。談到這一歷史事件的影響時，亨廷頓認爲：「儘管現成的證據很少，但是似乎可能的是菲律賓發生的事件……對發生在臺灣的自由化也有一定的影響。」〔註 14〕

亨廷頓認爲，在民主化進程三項最關鍵的互動關係是政府與反對派之間的互動，執政聯盟中改革派和保守派之間的互動，以及反對派陣營中的溫和派和極端主義者之間的互動。各派精英間的互動關係推動了轉型的過程，互動的形式構成了轉型的基本模式並決定轉型的結果，亨廷頓以此將轉型模式分爲變革、置換、移轉三種。〔註 15〕按照這種理論大致上的劃分，韓國是第一種，菲律賓是第二種，臺灣是第三種。當然，任何一種轉型都是變革甚至革命，只不過是暴力的流血的，還是和平的非暴力的；是自然平滑的移交還是強制性的被逼交權。不管是那一種，都要經過衝突、互動、轉換的階段，都要接受一種新的顛覆性選擇。從成本與成果的大小比例權衡利弊得失，都希望得到一種利益最大化、成本最小化的結果，雖然在大多數時候這只是一種良好的願望。起碼威權的統治者明白一點，只要確保不會被清算或審判，「權力的移交」，或者「權力的放棄」，看起來似乎比由毫不妥協的敵對者所支持的「權力的推翻」來得更有利。〔註 16〕放手了，鬆手了，脫手了，結果、效果、後果上會有所差別，當局者心裏清楚，倒是外面的人包括反對派和奪權者，未必看得出其中被動和主動、失控和失手的明顯區別。

〔註 13〕周慶祥，黨國體制下的臺灣本土報業——從文化霸權觀點解析威權體制與吳三連《自立晚報》（1956～1988）關係〔D〕，臺北：世新大學傳播研究所，2006：70。

〔註 14〕（美）塞繆爾·P·亨廷頓，第三波——20 世紀後期民主化浪潮〔M〕，上海：三聯書店，1998：116～117。

〔註 15〕（美）塞繆爾·P·亨廷頓，第三波——20 世紀後期民主化浪潮〔M〕，上海：三聯書店，1998：153～193。

〔註 16〕（美）吉列爾莫·奧唐奈，（意）菲利普·施密特，威權統治的轉型——關於不確定民主的試探性結論〔M〕，北京：新星出版社，2012：12。

革命是社會變遷的極端形式。對此，有學者認爲革命有三種模式。第一種「火山爆發模式」，是最傳統的早期類型，即緊張、怨恨、不滿日積月累，超過一定限度後，革命自然就會從底層爆發。與之區別的「合謀模式」也是一個強調能動作用的理論，「革命仍被看成主要是某人的創造物，但是這裡其主體不再是人民大眾，而是外部推動人們進行革命活動的煽動者。大眾陷入被操縱、宣傳和意識形態中，職業革命者煽動人們採取行動。」第二種「安全蓋模式」，認爲革命不是被造就的，而是被釋放的，「革命只有在政府控制失效、鎮壓程度放鬆、國家瓦解時才會爆發。」第三種「開啓寶庫模式」，認爲革命只有在出現新資源或機會時才會爆發，其中重中之重就是「政治機會結構」，比如快速的社會變遷產生的社會解組和失衡。〔註 17〕

（五）制度性置換，而不是被瓦解

臺灣的神奇之處，或者說特殊之處在於，它的變革是內在的制度性變革，它的置換是解嚴解禁中逐步完成的制度性置換，它的移轉是選舉競爭中完成的制度性移轉。所以，它的變革、置換、移轉是一體的，很難用一個詞來簡單概括，也很難用一個模式來簡單歸類。臺灣自許爲「寧靜革命」的這種模式，近乎特例，既不能歸結爲體制性的吸納，也不能歸於反對派的抗爭，因爲在韓國和菲律賓政治轉型中舉足輕重的軍方力量，在臺灣並沒有參與政治角力，所以就沒有「威權鬆動—民主起步—威權反撲—民主再起」的反覆折騰。當然，新加坡在一黨獨大的背景下順利完成自身的體制轉換，是另一種進化了的威權，具有民主化形式的威權，或者說是硬化了的民主，是恩威並用的異化了的民主，這也是一種特殊的東西結合、洋爲中用的東方式民主。有自由沒有民主，這既可能是自由化初期，或者威權主義容忍甚至鼓勵對特定領域的權利開放，來釋放壓力，獲取必要的信心與支持，好逃避改變現有制度的風險、向人民群眾負責的義務、還有在公平開放的選舉中面對選民的可能性，這種制度在相關文獻中被委婉的稱作是「家長式的民主制度」，或者稱作「自由化的威權主義」，有學者則稱之爲「有限民主」。〔註 18〕

轉型結果的不確定性，就像是在探索一個未知的、沒有航程圖的主題，

〔註 17〕（波）彼得·什托姆普卡，社會變遷的社會學〔M〕，林聚任等，譯，北京：北京大學出版社，2011：294～295。

〔註 18〕（美）吉列爾莫·奧唐奈，（意）菲利普·施密特，威權統治的轉型——關於不確定民主的試探性結論〔M〕，北京：新星出版社，2012：10。

政治的規則在當下都是不確定的。但有一點可以確定，轉型開始的時候有一個典型標誌，「現任威權主義統治者必須為了向個人與集體的權利提供更安全的保障，從而不得不修改他們自己定下的規矩的時候」。而在自由化的初期，「一旦少數參與者敢於公開行使這些權利，卻沒有像在威權統治最強盛時期一樣被懲罰，那麼其他人就會傾向於做同樣的事情。」〔註 19〕

「假如不放棄社會之人性的本質及自然的本質，像這樣的一種制度將無法存在於任何時期，它會摧毀人類，並將其環境變成荒野。而無可避免的，社會將採取手段來保護它自己，但不論社會採取哪一種手段都會損傷到市場的自律，擾亂到工業生活，進而以另一種方式危害社會。正是這種進退兩難的困境使得市場制度發展成一種一定的模式，並且最終瓦解了建立在其上的社會組織。」卡爾·波蘭尼〔註 20〕認為，自由主義國家制度本身是自律性市場制的產物，而這種自律性市場的信念蘊涵著一個全然空想的社會體制。〔註 21〕王紹光在評點波蘭尼的這部著作時，把「這種自律性市場的信念蘊涵著一個全然空想的社會體制」譯為「一個自我調節的市場概念，意味著一個十足的烏托邦」，進而評點說：「有人鼓吹那種自發的、自然的市場，不僅是一個烏托邦，而且是一個十足的烏托邦，是一種非常危險的烏托邦」。〔註 22〕但王紹光沒有講出來的是，波蘭尼這段話的後半句有第二層意思：一個有用的、有效的社會組織，仍會被瓦解。如同出現「經濟奇蹟」的臺灣，生活富裕、貧富均等程度在全球都是空前的，如果不轉型、不革新，難以平穩、難以平衡，甚至難以為繼了，但這並不代表開放了、轉型了，問題就都解決了，轉和放是一種緩和、緩衝的動作，是建立另一種新的動態平

〔註 19〕（美）吉列爾莫·奧唐奈，（意）菲利普·施密特，威權統治的轉型——關於不確定民主的試探性結論〔M〕，北京：新星出版社，2012：6～7。

〔註 20〕卡爾·波蘭尼的《巨變》最初出版於 1944 年，核心觀點是：純粹的自律性市場是一個烏托邦。與此同時出版的另一部著作《通往奴役之路》則將自律性市場奉為圭臬。這本書的中譯本有兩種，2007 年的浙江人民出版社馮鋼、劉陽譯本名為《大轉型：我們時代的政治與經濟起源》，這裡引用的版本譯為《巨變——當代政治與經濟的起源》，是由臺灣中研院黃樹民在臺灣遠流版譯本基礎上修訂而成。另外，臺灣似乎喜歡用「巨變」而不是「劇變」，用「巨觀」而不是「宏觀」。

〔註 21〕（匈牙利）卡爾·波蘭尼，巨變——當代政治與經濟的起源〔M〕，北京：社會科學文獻出版社，2013：52。

〔註 22〕王紹光，波蘭尼《大轉型》與中國的大轉型〔M〕，北京：三聯書店，2012：10～11。

衡的調適。對於民主的這種「科學解釋」、力學解釋，更像是一種社會學的理論，而不是政治學的理論。

臺灣是革新，也是革命，但這種革命是「自我剝奪式」的革命或者革新，通過讓來守，通過退來進，通過放來收，通過亡來存。這種智慧和相應的步驟，讓反抗消解了，讓革命失焦了，讓不確定性消失了。這種消失的不確定性，不光是革命的，也是自身的，與革命相聯繫的暴力也失去了目標和對手，從而避免了「革命的降臨」。臺灣執政黨當局的做法，就是一種主動的迎合、接納和消解，是一種包容式的破解，從而把轉型與變革的不確定性減到最低，最大的特點是「能夠招安、補償、威脅或平息潛在的挑戰者，並將其納入慣常的制度化政治進程中」。〔註23〕

二、平衡有序：開放需要好的剎車系統

（一）用語間不同用意：大陸探親、老兵探親、大陸人回大陸

1987年2月底，民進黨爲擴大其在海內外的影響，首次赴美訪問，並在訪美期間提出將在海外及臺灣發起「返鄉省親運動」，試圖爭取島內民眾支持，將「動員戡亂時期臨時條款」衝開一個缺口。5月20日，十五名非執政黨籍省議員聯署提案，建議省政府普查外省籍民眾返鄉之意願和臺灣省籍流落大陸的人數及名單，以協助離散同胞返鄉省親，完成祭掃祖墓的心願。當國民黨欲準備開放大陸探親，民進黨又於9月23日擬定了該黨的「大陸政策基本方案」，針對執政黨當局的「三不政策」，提出「要談判、要接觸、要妥協」的「三要原則」，關鍵是前面一段貌似有情有理的話：「整個中國是所有中國人的中國，……其主體應該是居住其上大陸同胞」，「臺灣爲臺灣全體住民之臺灣，並不是國民黨的私產，國民黨也不等於臺灣，而臺灣的主體則是臺灣全體人民」，隱含分離色彩的「臺灣住民自決」主張。這裡的用詞，經常圍繞其目標意圖游移漂浮：臺灣人民自行決定、臺灣住民自主決定、臺灣自決、臺灣自主等等。所以，民進黨打出的這張「反鄉省親」的人情牌，背後的意圖和目的，明顯的不是爲了眞正解決老兵思鄉之苦。更何況，他們說的「臺灣人回臺灣」，與「大陸人回大陸」並列，就是一種割裂行爲。還有一個埋藏較深的意圖，是爲了爭取被列入「黑名單」的臺獨分子、分離分子從海

〔註23〕（波）彼得・什托姆普卡，社會變遷的社會學〔M〕，林聚任等，譯，北京：北京大學出版社，2011：304。

外回到臺灣參加反對運動，這才是他們想說的「臺灣人」。

看一段林濁水的表述：「因兩個政權的生死仇恨而離鄉背井的臺灣人和大陸人，讓他們能各自回到家人身邊，讓他們享受所有人類都有權享受的親情，一直就是草根的臺灣反對運動的目標之一。事實上，就是這一個原因，剛在去年成立的民進黨，早在今年初就爲這一個基本的人道訴求，發起『大陸人回大陸，臺灣人回臺灣』的『返鄉省親運動』，而成爲臺灣四十年來最早發起這一人道運動的團體之一。」林濁水緊接著又說，「民進黨在『返鄉省親運動專案小組』成立到今天大概半年之間，就一直不斷遭受到執政黨的謾罵詆毀。」〔註 24〕

爲什麼遭受「謾罵詆毀」？罵的有沒有道理？就上文中的自誇、強辯來看，罵的一點也不過分。其辯解之狡黠，口號之歪曲，語言之歧義，概念之偷換，潛臺詞之過分，暗示性之強，實爲公開挑撥、製造、號召新的省籍對立和族群分裂，並明示「大陸人回大陸，臺灣人回臺灣」。什麼叫大陸人？什麼叫臺灣人？什麼叫回到各自的身邊？什麼叫返鄉省親？國民黨當局的本意十分明確，就是老兵返大陸家鄉探親，被轉換成大陸人回鄉探親，再偷換成大陸人回大陸去。更露骨的是，爲了讓海外的臺獨分子和「黑名單人物」能順利回到臺灣參與政治活動，反向地轉換成臺灣人回臺灣。並與老兵大陸省親並列並舉並提，這不僅僅是轉換概念的問題，而是明目張膽地夾帶私貨，包藏禍心，別有用心。

關於「黑名單之禁」，在林濁水此後的另一篇文章裏公開表達出眞實的想法和意圖，「大多數人名列黑名單只是早期參加世界各地的臺灣同鄉會的組織而已。」「世界各地的臺灣同鄉會，早期是由一些留學生發起組成的聯誼性組織。其目的不外是在人生地疏、有種族歧視的異域，能夠相助相攜而已。但卻因此犯了國民黨的大忌，透過各種方式橫加壓迫阻撓，阻撓不成便硬打成『叛亂團體』，不准其成員回國。」 借國民黨開放老兵大陸探親之勢，民進黨提出讓這些黑名單上的人「回故鄉」、「回臺灣」。順勢、借勢、造勢之外，還要較勁、較量，發起挑戰並製造更大的衝突，於是有了 1986 年的許信良機場事件和 1988 年 7 月 24 日的陳婉眞闖關事件。林濁水說，「國民黨拒絕他們回國的理由，不是因『參加叛亂組織』，便是有『妨礙社會秩序重大嫌疑』，但既然如此便應依法逮捕歸案。事實上，許信良、陳婉眞兩人在鄉情的感召之下，根本

〔註 24〕林濁水，人倫親情不是政爭工具〔N〕，民進報週刊（臺北），1987-9-10。

就下定決心寧願坐牢也要闖關——只要能回到故鄉，縱使是故鄉的監獄也甘心！但國民黨卻驅逐他們出去，並不逮捕。而不逮捕是違法的！」〔註25〕林濁水明知國民黨當局本意並非如此，卻順著自己的邏輯肆意放出大話狠話，把黑名單上的流亡分子等同於海外留學生和同胞，等同於要回故鄉的臺灣人。

從話語表達、用詞措辭上的心機之深，用意之刁，足見這位反對黨的理論家對邏輯的熟練套用、挪用、借用，充分利用了語言的多義、歧義、轉義、喻義和示義。如果對事實不加瞭解，對背景毫無所知，單純從文字表達上來看，似乎入情入理，無可挑剔。實際上，通篇混淆事實、混淆概念、混淆邏輯、混淆情理。這種慣於強詞奪理、瞞天過海、眞假雜交、是非顚倒的做法，在街頭遊行時喊口號用，在議會辯論時胡攪蠻纏用，騙騙不明就裏的群眾，哄哄未入社會的中學生，是可能得逞一時的。作爲一個新成立的反對黨，試圖成爲尋求執政機會的在野黨，明顯地帶著街頭混混的流氓習氣，屬於一種搭車、搶座、霸位的匪氣。玩弄概念遊戲、慣於強詞奪理，至此成爲臺灣政治文化中的一道奇觀，猶如魔鬼附體，再也難以消除。

「民進黨僅在加速威權體制的解體上發揮了一些主導作用。」但顯然在力量和資源的對比上，民進黨一開始並不佔據優勢。特別是民進黨成立之初，「兩黨在憲政體制調整問題上基本離不開下列的基本模式：在法制的調整與規劃上，主要是由國民黨單方面主導，不但主導其內容，並設定其時間表。在重要法制變革之前的兩黨期前協商不是付之闕如，就是徒具形式，而且從無具體結果。」「沒有結果的衝突，只會強化反對黨未來挑戰底線的決心。」朱雲漢分析民進黨反對與挑戰、突破的策略時說，「民進黨與社會運動領袖主導的抗爭最主要即是，以舊有威權體制下對政治自由權不當限制的各種法制設計，對國民黨主導的有限度民主化，在範圍與進度上所設定的底線爲對象。民進黨在挑戰底限時所依賴的就是國會論政、群眾運動與選舉，而選舉又要比議事和街頭抗議來的重要。民進黨常善用選舉的壓力，來挑選挑戰底限的時機，並依賴選舉的選票支持來鞏固底限的突破。民進黨在組黨與臺獨黨綱的通過時機選擇上即爲明例。」〔註26〕

〔註25〕林濁水，誰讓兄弟姐妹互相流血於地？——論闖關衝突和世臺會問題〔N〕，民進報週刊（臺北），1988-7-30。

〔註26〕朱雲漢，憲政改革與民主化〔G〕，／／行政院新聞局 編印，寧靜革命，臺北：行政院新聞局，1994：78。

（二）《撕裂》的歌詞：確實在講一種更大的撕裂

2006年，已經56歲的「臺灣民謠之父」胡德夫拿到鄭捷任譜曲的一首歌《撕裂》，知道是鍾喬的詩，憑著感覺把《撕裂》想像成那種因爲政治鬥爭而使人們彼此撕裂的糟糕感覺。後來鄭捷任告知胡德夫，這首歌產生的社會背景是1987年左右，很多的外省老伯伯逐漸凋零，他們的第二代以及那些還在世的外省老兵發起了外省人返鄉運動。那時候臺灣當局還沒有開放大陸探親，他們想要回鄉的行爲是不被允許的……然而那個時候的臺灣已經有了黨外分裂的聲音，很多人說這些外省人是臺灣的米蟲，漠視他們一輩子在臺灣的貢獻，這種情何以堪的事情在當時到處都是。「現在再回頭看這些歌詞，它確實在講一種更大的撕裂，這也是所謂外省與本省之間的撕裂。那個時候外省人並沒有對本省人說什麼，都是所謂『臺灣人』在發動這個撕裂。這些外省老兵進退無據，內地是不可能回去的，但臺灣地區一些不同的意識形態已經出現，他們所面對的只有謾罵和戲謔。」〔註27〕

也許只有胡德夫滄桑的嗓音，才能唱出這種撕裂的痛苦：撕裂我吧，撕裂我難堪的過去／撕裂我吧，撕裂我不安的現在／他們說，我沒有過去／我的過去已沉沒，沉沒像一條擱淺的船／所以我去海邊看自己／所以我被海洋給封鎖／所以我在家裏看夕陽／所以我被夕陽給包圍／請問屋簷上還有風雨嗎／請問風雨中還有旗幟嗎／請問旗幟上還有風采嗎／請問風采中還有我在嗎／撕裂我吧，撕裂我不安的身體／撕裂我吧，撕裂我飄蕩的靈魂／我不再問，我不曾問你／如果你不澆熄我／我就像一把火燒盡你／撕裂我吧（《撕裂》歌詞）。

馬英九的「穎考專案」是制定開放大陸探親政策的另一種說法，並且得到了同爲蔣經國幕僚張祖詒的印證：在2004年1月8日國民黨中常會會議上，時任臺北市長馬英九深情地回顧了15年前參與起草「穎考專案」的過程：

> 民國七十六年三月間，在一次外賓晉見經國先生之後，他照例問英九有沒有事。當時國民黨籍立委趙少康、洪昭男在立法院質詢時，建議政府開放老兵赴大陸探親，臺北街頭也有老兵身穿上書「想家」的長衫遊街請願。當天我便向經國先生率直反映此事，沒想到經國先生早已注意及此，立即指示我向張副秘書長祖詒先生報告，張副秘書長告訴我經國先生已有指示：基於人道精神，政府應立即

〔註27〕胡德夫，我們都是趕路人〔M〕，北京：北京聯合出版公司，2016：235～237。

規劃開放民眾赴大陸探親。

> 英九乃奉示草擬開放方案，在六月四日陳報，當時爲了保密，特別爲這個方案取了個頗有「學問」的名字，我個人想起《左傳》第一篇《鄭伯克段於鄢》中的歷史典故：鄭莊公爲穎考叔的至孝感動，採納其巧思與失和的母親姜氏在隧道中重逢團聚的親情故事，因而給該方案取名代號「穎考專案」。

「穎考專案」，這個頗有學問的名字，包含著深情和深意，也不能說有什麼錯。國民黨的話語系統中早已習慣於這種古典式、文縐縐的說詞。勝在善用典故，笨在陷於故紙古意。比如「毋忘在莒」這個成語在臺灣早與蔣介石聯繫到一起，在臺灣的軍隊甚至中小學裏，人人耳熟能詳。蔣介石 1952 年第一次視察金門守軍時題詞「毋忘在莒」。毋忘在莒這個成語當然是有歷史典故的，語出《呂氏春秋・春秋》，原文是這樣的：齊桓公、管仲、鮑叔牙、寧戚相與飲。酒酣，桓公謂鮑叔曰：何不起爲壽？鮑叔奉杯而進曰：使公毋忘出奔在於莒也，使管仲毋忘束縛而在於魯也，使寧戚毋忘其飯牛而居於車下。桓公避席再拜曰：寡人與大夫能皆毋忘夫子之言，則齊國之社稷幸於不殆矣。當此時也，桓公可與言極言矣。可與言極言，故可與爲霸。蔣介石以「毋忘在莒」表達「光復大陸」的決心，金門司令官胡鏈將軍立即勒石刻碑，並建了一座「莒光樓」，「莒光」二字包括了「勿忘在莒、光復大陸」兩層意思。

可惜這種表達方式文過於質，名大於實，在宣傳動員上並不好用，影響了傳播效果和動員能力。哪裏像「打倒蔣介石，解放全中國」、「一定要解放臺灣」，這麼簡明直白、簡潔有力。

很多人曾問：政府開放民眾赴大陸探親，除了基於人道因素外，有無其他考慮？包括李登輝在內都有同樣的疑問。張祖詒回憶說，蔣經國對此問題，於 1987 年 12 月答覆《遠見》雜誌的「書面詢問」（張祖詒在此處又用了「敬格」，以「書面詢問」代替自己用過的「書面訪問」，媒體同行及《遠見》雜誌本身一般用「接受採訪」、「接受書面採訪」）時說：「政府同意國人前往大陸探親，完全基於倫理親情的人道立場，並無其他考慮」。不過，蔣經國在後面又補充說：「當然，訪親的個人因此能夠親自體驗海峽兩岸同胞生活的懸殊，也可以比較兩種不同制度的孰優孰劣，從而判斷中國的未來，究應採行何種制度方能符合國家利益與人民福祉」。張祖詒認爲，這就具有高度的政治意涵，「從戰術上言，是對中共統戰的反統戰；從戰略上言，更是貫徹以三民主義統一中國的攻勢策略。所以開放大陸探親，當然基本上是人道考量，但也不能說沒有其他思維」。〔註28〕

1987年5月李煥再次被啓用，從教育部長任上轉任國民黨中央黨部秘書長，此時他已經年過七旬，接替了比他還大幾歲的馬樹禮。李煥希望開放探親不僅是出於「人道立場」的個案考慮，而是當局改變大陸政策的第一步，使兩岸由「封閉關係」進入「互動關係」，由「緊張對峙關係」進入「和平競爭關係」。這第二種想法未被蔣經國採納，還遭到了黨內保守勢力的攻擊。保守的一方主張，當局應本著「不鼓勵、不協助、不禁止」的「小三不」原則，繼續堅持行使多年的「不接觸、不妥協、不談判」的「大三不」基本立場。當然，李煥的思路也有相當多的支持者。1987年8月26日中國時報在頭版頭條發表題爲《執政黨決全面調整大陸政策　政府立場：繼續堅持貫徹三不原則　民間方面：開放探親及國際性活動》的文章，指出政府將採取「政府」與「民間」區分原則，推動政治攻勢，允許民間探望並容許國際性活動的交流舉辦。9月4日，在國民黨高雄市委員會的黨政工作研討會上，李煥說過這樣的一段話，「我們絕對不是要取代中共政權，而是要促進大陸政治民主、新聞自由、經濟開放」。此話被理解成已含有和解之意。

後來的事態發展證明，李煥的說法、想法、做法均未被採納，蔣經國決定不採取與大陸全面接觸的做法，所謂「穩定中求進步」，堅持保守中的有限開放，禁止中的逐步鬆綁。在國民黨中常會9月16日的會議上，通過了李登輝、俞國華、倪文亞、吳伯雄、何宜武五位中常委組成的探親問題專案小組。9月21日臺灣外交部長丁懋時在一個場合講的三項原則表明，臺灣當局仍禁止臺灣當地人赴大陸地區參加各項學術或體育活動。〔註29〕在正式公布的方案中，軍人和公務人員也排除在外，也就是限定在「開放老兵赴大陸探親」，不是「開放赴大陸觀光旅遊」，更不是「全面開放大陸交流」。而且探親的開放也是單向的，還沒有準備接受大陸人到臺灣探親。這裡還有一個用詞上的細節處理，開放大陸探親，臺灣官方並未出面，而是由紅十字會辦理，對此，

〔註28〕張祖詒，蔣經國晚年身影〔M〕，臺北：天下遠見出版公司，2009：238。
〔註29〕户張東夫，蔣經國的改革〔M〕，香港：廣角鏡出版社，1988：116。

蔣經國特別指示李登輝：「不要明白說紅十字會，以民間單位籠統話語說較好。」〔註30〕

（三）轉彎技術：會踩油門也要善踩剎車

換個角度看，民進黨提出的所謂讓「黑名單」人士「回故鄉」，「讓大陸人回陸，讓臺灣人回臺灣」純粹屬於混淆概念，借機攪混水打亂仗，想盡辦法給想做的事找個說法、換個說法。

這一借勢、借力，趁勢、趁機的策略，包括話語表達上步步緊逼、死纏不放的打法，民進黨運用得十分靈活機動。衝突與妥協、進攻與退讓的搏弈往來中，做法和說法，往往是不一樣的，你說你的，我做我的，這還算是好的；我說你的，我做我的，也是攻守之道；最怕的是說的好像差不多，做的好像也差不多，你中有我，我中有你，細微中的異同最考驗鑒別力和定力耐力。這時候就是一個「禁」和「拒」、「防」和「守」的姿態，放，不能太寬也不能太嚴，轉，不能太快也不能太慢，解，不能太急也不能太緩。哪些從寬哪些從嚴，何時從速何時放緩，何處放開何處收緊，必須分得清清楚楚。拿捏的尺度章法，掌控的時機技巧，如同開車爬坡過坎避讓轉彎，油門、剎車、方向盤，一樣也不能少，路況、坡度、氣候，每一項都要看清，不能翻車、不能死火、不能傷人，還要儘量減少顛簸搖擺，所以不能急剎車、不能死踩油門、不能猛打方向盤。再高明再膽大的政治家上了轉型之路，也得像個謹慎的老司機。

調子一直在微調中，說「不」的時候未必表示話說得不對，可能僅僅只是時間不對，說得稍早了一點而已。蔣經國去世後僅四個多月，一直緊隨蔣經國並執掌軍權的參謀總長郝柏村又提起了李煥已被否決的「和平競爭說」。1988年5月30日應邀在「中華民國哈佛同學聯誼會」演講中，郝柏村強調「和平競爭」不是「和平共存」:「『和平競爭』的結果可以決定將來海峽兩岸的戰與和。但是我們很坦白的說，這主動權在大陸，而不是在臺灣，這變化也是大陸而不是臺灣。一個情況是假定大陸能自由化、民主化，就眞正能達成兩岸的和平統一，那臺海戰爭的原因就可自然消失。」「『和平競爭』對我們是有利的，我們的民主自由，我們的繁榮富庶，原本就對中共造成無比的壓力，

〔註30〕李登輝，見證臺灣——蔣經國總統與我〔M〕，臺北：允晨文化公司，2004：243。

只要這『和平競爭』持續下去，遲早會逼使中共走向自由民主道路，因此我認為只有『和平競爭』，沒有『和平共存』。」〔註 31〕戰爭改成了競爭，革命改成了革新，集權和民主變成了上下合作、內外協作，非武力對抗變成了非暴力行動和「和平演變」，柔性的威權轉眼間似乎比民主的抗爭還要溫和可親、平易近人，這是一個對立式反轉的時刻、衝突式融合的瞬間。

臺灣大學政治學教授朱雲漢在談到憲政改革工程時，也用了類似的比喻，「在臺灣的政體轉型過程中每一階段，朝野之間有關政治自由化與民主化的速度、幅度及方向的爭議，其焦點幾乎都集中在憲政體制改革的問題。」「執政精英的權力繼承與重組、選舉、反對運動的社會動員、與朝野協商等四者，在過去固然是促成政體轉型與民主化突破的重要政治過程」，這四股力量的消長組合，也可以比喻為四輪驅動，其變動的速度、幅度、進度，基本上設定了轉型進程的實質底線，也就是大方向。〔註 32〕

在「結構改造」和「意理更新」兩條軸線的牽引下，臺灣已處在威權體制到民主體制的轉型換檔期。權力重心逐漸由政府下放到國民，一元式、壟斷式、家長式的控制體系因而逐漸成為歷史。整個體制的轉換當然是在既成體制與反既成體制的推拉中所促成，換言之，「抗爭——改革」的辯證式發展模式是過去一年中（1987 年）主導性的政治發展模式，抗爭與改革之間基本上維持了動態的平衡，雖然偶有失衡的危險，所幸槓杆的兩端均能以智慧予以化解。〔註 33〕

這是時任自立早報政治新聞組副主任胡元輝在「解嚴元年」的近距離觀察，也是報禁解除時刻媒體人的積極參與心態。他展示分析的臺灣這一年，可以理解成一種官退民進為主的有進有退，官守民放為主的有守有放，釋放出明顯的社會結構轉換、權力結構轉換的信號。車輛行駛到這個節點上，換檔、點剎、踩油門，寧願慢那麼一點點，也不能突然死火、大意翻車，更不能同時踩油門和剎車，同時加速和打方向盤。在「改造」與「更新」的進程中，從威權式意識形態到平權式意識形態的轉換中，進退有序，攻守得法，達到一種變動中的平穩有序，繼續保持行進中的動態平衡。

〔註 31〕新聞鏡雜誌社編輯部，為新聞界把脈〔M〕，臺北：華瀚文化出版，1989：19。

〔註 32〕朱雲漢，憲政改革與民主化〔G〕／／行政院新聞局 編印，寧靜革命，臺北：行政院新聞局，1994：77。

〔註 33〕胡元輝，超越聲音與動作〔G〕／／圓神年度評論編輯小組，反叛的年代——1987 臺灣年度評論，圓神出版社，1988：26。

隨著動因、動機、動力上的變化，國民黨也從死剎車到點剎、慢放、加油、啓動、加速一連串的靈活技巧實踐與互動中，努力學習做一個駕車轉彎、變道、上下坡的老司機，其黨內的保守派也是一種配合制衡「必須的阻力」，在無理、失序的紊亂狀態中，這種「剎車的力量」必然顯出作用。而民進黨在激進狂熱中「濫用自由」，調動起來的民眾熱情如果不加節制的一味順應甚至放大加碼，過度的衝突會變成整體的失控，這時候也會從理性的學者教授這邊得到「剎車的力量」。「社會結構改變、自主性投票增加，再加上知識分子、勞工、信息流通等次級系統的醞釀變化，可以看出，這都是有利於政黨政治發展的因素。」〔註 34〕

期望不斷升高的改革接受度，是否等於退讓者的改良容受度？平衡是會不斷打破的，平衡是需要不斷重建的，這裡需要一種心照不宣的「默契」和「配合」，就像街頭的警察和群眾。也像立法院內外的改革派和反對派，一個稱改良改革，一個稱革命變革，忙碌在同一個場子上，互爲司機和乘客，互爲油門和剎車。

三、黨國體系變遷：培養對手、培育生態

（一）刺激與讓步：「四面楚歌是姑息的劍」

「國民政府於 1949 年 5 月 19 日宣布戒嚴，但是實際上戒嚴法並未完全的實施，人民仍可享有個人自由及他們的生活方式，但是一些政治權力則被限制，例如憲法中集會結社及言論的自由都被戒嚴令所限制，所有的政治集會都要獲得警察局的同意才能舉行，所有的社會團體及組織都必須跟政府登記才算合法，工會沒有罷工的權力，大眾傳播和刊物也要跟政府登記，而且自 1957 年起，新報紙的登記被暫停，此外，除了既存的三個政黨外不准其他政黨的設立，同時成立臺灣警備總司令部，負責出入境的檢查以及山區和海岸巡防等多項任務。」〔註 35〕按照臺灣東吳大學政治學教授吳文程這種貌似中性實則輕描淡寫的說法，戒嚴並不嚴重，並且已經把大陸時「以黨治國」的綱領改爲了「以黨領政」。

〔註 34〕風雲論壇編輯委員會，蔣經國變法維新（風雲論壇 30）〔M〕，臺北：風雲論壇，1987：97～98。

〔註 35〕吳文程，臺灣的民主轉型：從權威性的黨國體系到競爭性的政黨體系〔M〕，臺北：時英出版社，1996：15。

既存的三個黨，除了執政的國民黨，還有從大陸追隨而來的兩個小政黨：中國青年黨、中國民主社會黨。因爲後兩個「在臺灣都沒有民主基礎，根本無法發揮在野黨的功能，故被嘲笑是『廁所裏的花瓶』」。〔註36〕

弱化現有政黨，與禁止成立新的政黨，是黨禁的兩個層面。兩個積弱不振的小黨，靠著國民黨安排的「反共宣傳費」名目補貼的經費生活。到民國七〇年代後期，兩黨每月各領新臺幣268萬元。〔註37〕

黨禁、報禁問題第一次正式提出，是20世紀60年代雷震創辦的《自由中國》雜誌，他還積極籌劃組建中國民主黨，後以雷震入獄、雜誌被封宣告終止，李萬居自辦的《公論報》也被迫關門轉手。此乃後稱臺灣三波民主潮的第一波民主潮。

第二波民主潮是1970年代的《文星》、《美麗島》雜誌和黨外勢力的形成。1978年選舉期間成立的一個黨外助選團，12月5日約有五六百人齊集臺北市的中山堂，擬定競選綱領並舉行聯合記者會，據稱是歷年來黨外舉辦的最大一次餐會，發布的八點綱領中再度提出了「解除報禁、解除黨禁」。〔註38〕然而，就在選舉前八天，美國總統卡特於1978年12月15日宣布與中華人民共和國建立外交關係，並且不承認中華民國。直到正式宣布的前一天晚上深夜，蔣經國才得到美方的通報，氣急之下，16日宣布緊急狀況，選舉暫停。這個月顯然是臺灣各方面最不穩定的時期，普遍的憂慮激起大規模的向美國使團示威抗議。

那一年，年輕的南方朔放棄了赴美國深造讀博士的獎學金。那一年，傳唱一時的歌曲《龍的傳人》在侯德建的筆下誕生。具體時間是1978年12月18日，就讀於臺北政治大學商科的侯德建創作並首唱。臺灣當局看到這首歌的影響力，直接要求作者修改部分歌詞：「不管你自己願不願意，永永遠遠是龍的傳人」改成了「黑眼睛黑頭髮黃皮膚，永永遠遠是龍的傳人」；「槍炮聲敲碎了寧靜的夜，四面楚歌是奴才的劍」改成了「槍炮聲敲碎了寧靜的夜，

〔註36〕（日）若林正丈 編，若林正丈，松永正義 著，中日會診臺灣——轉型期的政治〔M〕，日本文摘書選28，廖兆陽譯，臺北：故鄉出版有限公司，1988：14。

〔註37〕陳世岳，政治領袖與政治轉型——蔣經國與臺灣政治轉型〔D〕，臺北：中山大學中山學術研究所，1998：96。

〔註38〕吳文程，臺灣的民主轉型：從權威性的黨國體系到競爭性的政黨體系〔M〕，臺北：時英出版社，1996：113。

四面楚歌是姑息的劍」。〔註 39〕臺灣官方資本的中央電影公司 1981 年投拍的同名政宣電影《龍的傳人》，以及 1984 年以後在大陸傳唱的版本就是後者。

誤傳誤解的不光是歌詞，一首悲哀的民歌被唱成了進行曲，又變成了政宣歌曲、拍成了政宣電影。時任新聞局長宋楚瑜不但企圖插手歌詞的修改，還親自加寫了一段詞，堪稱名副其實的「楚歌」。可惜雪恥無力、姑息難忍，作者侯德建忍受不了歌曲「送審制度」的干預，輾轉到大陸發展，包括《龍的傳人》在內的侯德建作品在臺灣被禁，改詞一事才不了了之。復旦大學博士趙民的論文中敘述了這首名歌離奇的命運和「轉移中的意義扭曲與再賦予」，也紀錄了宋楚瑜親自加寫的版本（括號中）：

百年前寧靜的一個夜　（百年來屈辱的一場夢）
巨變前夕的深夜裏（巨變酣睡在深夜裏）
槍炮聲敲碎了寧靜夜　（自強鐘敲醒了民族魂）
四面楚歌是姑息的劍　（臥薪嚐膽是雪恥的劍）
多少年炮聲仍隆隆（爭一時也要爭千秋）
多少年又是多少年（挑重擔才是龍的傳人）
巨龍巨龍你擦亮眼（巨龍巨龍你快夢醒）
永永遠遠地擦亮眼（永永遠遠是東方的龍）

1979 年 3 月 1 日，新聞局宣布恢複雜誌發行的登記。禁令的消失，導致許多刊物的發行，其中大部分是黨外人士所發行，包括 8 月 15 日成立、12 月 10 日就在高雄組織大遊行的美麗島雜誌。吳文程認爲在 1979 年臺灣的政治文化上確實較以往放寬了，他給出的理由是，「外交上的挫敗給予了改革的刺激」。事實上，美國在外交上很快就使出它的兩面派手法，1979 年 4 月 10 日發布《臺灣關係法》，繼續與臺灣保持著緊密的「非官方」聯繫，「並對臺灣的安全提供了較多的保障」。〔註 40〕

按照美國政治學者薩托瑞（又譯薩托利）的論斷，政黨體系分成「競爭性政黨體系」和「非競爭性黨國體系」，各類別的次類別彼此之間仍具有可轉換性。競爭性政黨體系中，「一黨優勢體系」可能轉換成「二黨制」，非競爭

〔註 39〕趙民，歌唱背後的「歌唱」——當代「兩岸三地」中文流行歌曲簡史與意義解讀〔D〕，上海：復旦大學新聞學院，2008：144。

〔註 40〕吳文程，臺灣的民主轉型：從權威性的黨國體系到競爭性的政黨體系〔M〕，臺北：時英出版社，1996：114。

性政黨體系中，「一黨政權」可能會轉變成「一黨威權」或「實用型政府」，兩種體系形態中都可能轉型成為「多黨制」，反之亦然。但一般的非競爭性黨國體系無法成功地自行轉型成具競爭性的政黨體系，兩種體系之間存在著一個斷層，分屬不同光譜的「非連續體」。所謂「非連續」（discontinuity）是指「體系的崩潰」。〔註41〕事實上，臺灣成功地由非競爭的結構自發性或內生的轉型成為具競爭性的結構，已使得薩托瑞的理論預測失去了說服力及適用性。但仍然可以斷定，在1986年9月民進黨成立之後，臺灣實質上已進入「一黨優勢競爭性政黨體系」。〔註42〕

根據吳文程介紹，說到民主轉型的相關理論，離不開美國兩位政治學者Guillermo O' Donnell和Philippe Schmitter在1986年出版的經典著作。而按這兩位學者的看法，所謂的「轉型」（transition）指一種政權和另一種政權的空檔（interval），而轉型的顯著起點是，一旦威權政權當局，不論何種因素，開始著手修正目前的規則，朝向提供更多的個人與團體權利上的安全保證時，而以建立起某種民主形態或回復到其他類型的威權統治或者是出現革命現象為其終點。這段空檔時間的主要特徵是「政治遊戲規則未被明確界定」。政治競爭者不僅為了滿足自我的利益及其所代表的團體利益，同時也是為了決定未來足以左右政治競爭結果的規則與程序而彼此纏鬥。在民主轉型過程中，有自由化與民主化兩個層面的實質內涵，簡單地說，自由化是指政治體制的鬆動，民主化是指建立一個制度化與妥協的規則和模式，而競爭的各方也能心甘情願地接受在這個制度內競爭的結果。

按照這一邏輯，1987年的臺灣政治轉型，處於自由化的關鍵時刻，政治參與擴大，公開反對開始開放，朝野政治菁英對轉型不可逆轉的趨勢都有了認識，歧異與彼此的攻訐逐漸集中於民主化的速度與改革方向之爭上，「分期付款」式地來一步一步地革新抗爭、開放、突破、轉型。

1986年2月，「黨外公職人員公共政策研究會」（簡稱「公政會」）與另一股黨外勢力「黨外編輯作者聯誼會」（簡稱「編聯會」）暫釋前嫌組成「黨外後援會」，並在全島各地紛紛準備籌組「公政會」分會，這種組織化的大結合、

〔註41〕吳文程，臺灣的民主轉型：從權威性的黨國體系到競爭性的政黨體系〔M〕，臺北：時英出版社，1996：184。

〔註42〕吳文程，臺灣的民主轉型：從權威性的黨國體系到競爭性的政黨體系〔M〕，臺北：時英出版社，1996：175～177。

大集成，已經是新黨建立的前奏。國民黨堅持目前時機不宜開放組黨的基本立場沒有鬆口，但在 1986 年 3 月 29 日國民黨第十二屆三中全會後的中常會上，作出政治六大革新的決議，包括戒嚴令的解除之可行性、非常時期人民團體組織法的修訂、充實中央民意機構、地方自由法制化、社會風氣整治、國民黨改革。會議責成嚴家淦等十二位中常委負責規劃和分工執行這次全會的決議案。觀察家的好評有兩種：一種認爲這是憲政民主邁進的一大步，有助於平息異議人士的反對情緒，減低對立氣氛，而且大幅改善國際形象；一種認爲這是在樹立國民黨的合法性，強化國民黨的競爭力，再造國民黨的新活力。

動靜之間，你來我往，互動公開而劇烈。1986 年 9 月 28 日，就在法務部長施啓揚在立法院重申此時此地不准組織新黨的黨禁政策兩天後，黨外人士利用黨外後援會召開之際，臨時動議決定立即宣布組黨，宣告「民主進步黨」（簡稱民進黨）正式成立。對於黨外人士突如其來的組黨舉動，國民黨並非表現出受到衝擊和刺激，也並未採取箝制和鎮壓手段，反而透過中央政策會副秘書長梁肅戎等人與中介人士商談後僅發表一篇聲明。與此同時，國民黨的政治革新小組廣邀各界人士，加速配合解嚴的相關法令之研修與制定。〔註 43〕

蔣經國的兩段重要講話，也在這個關鍵時刻發出來，同時見於 1986 年 10 月 9 日的公開報導。一是聯合報的報導，1986 年 10 月 8 日的國民黨中常會上，蔣經國主席懇切地說道：「世事在變，局勢在變，潮流也在變……環視今日國內外的環境，我們要求突破困難，再創新局，就必須在觀念上及做法上作必要的檢討與研究。」這次的談話已透露臺灣即將告別長期的戒嚴統治，同時也可視之爲蔣經國主導中華民國邁向民主化的具體訊號。二是中國時報的報導，援引前一日華盛頓郵報報導，蔣總統經國昨天（10 月 7 日）接受郵報董事長葛瑞翰女士採訪時，談到中華民國政府準備很快提出建議解除戒嚴等問題，「任何新黨都必須遵守憲法，支持反共的基本國策，並與臺獨運動劃清界線」。這就是一般所稱的「蔣經國三原則」，隨後制定的《動員勘亂時期國家安全法》把上述三原則法制化，象徵著戒嚴令即將解除。雖然才成立的民進黨尚未爲政府所承認，取得合法地位，但至少可以說是在國民黨政府默許之

〔註 43〕吳文程，臺灣的民主轉型：從權威性的黨國體系到競爭性的政黨體系〔M〕，臺北：時英出版社，1996：196。

下活動。據 10 月 13 日中國時報報導，針對國民黨蔣主席提出的三原則，民進黨迅速發表聲明，回應表示「尊重憲法基本國策」、「以民主進行反共」、「反對暴力主義」三原則。民進黨加緊組黨工作，籌備 11 月 10 日召開第一次全國代表大會，國民黨希望在相關法令修改完成之前，新黨暫時停留在籌備階段，但最後還是再次默許了。民進黨堅持如此迫不及待地舉行第一次全國代表大會，也是爲了趕上當年底的選舉首戰。後來正因爲民進黨選舉中首戰告捷，才有了在立法院的辯論大戰，與街頭的抗爭遊行「雙線作戰」，在 1987 年正式宣布解嚴前的「國安法」制定過程中持續反對、不斷加壓，使國民黨當局不得不多次作出修改讓步。

在研究臺灣轉型的政治、經濟、社會乃至傳媒類論著中，有一個比較突出的類別，就是與菲律賓、韓國進行比較研究。回到 1987 年前後的解嚴解禁歷史現場，除了內部的壓力，外部如美國的壓力，同時也能看到周邊地區局勢變化的影響。

科拉松·阿基諾（1986～1992 任菲律賓總統，臺灣譯爲柯拉蓉）1986 年在民主運動中上臺，推翻了馬科斯（臺灣譯爲馬可仕）政權。許多政治家譽之爲菲律賓的民主模式，「這個模式就是人民不用武力和選票，而用聲音把獨裁的統治者嚇跑了，重新建立一個不需鬥爭和流血的新政權——柯拉蓉的統治」。

可是，到今天（1987 年）才不過一年多，柯拉蓉的政治聲望，已經從高峰跌到谷底，人民的熱情涼了，軍隊分裂了，政客散了，柯拉蓉似乎在總統府孤軍奮鬥，對著電視講話的笑容，也感化不了在馬尼拉街頭爲了工資而示威的群眾，以及爲權力而鬥爭的將領和政客。〔註 44〕

事實上，菲律賓和韓國這兩個周邊地區的變化，蔣經國看在眼裏，也受到了相當大的觸動。如果說 1986 年的觸動在於，菲律賓的顛覆式政變、馬科斯的突然倒臺，刺激了臺灣政治革新的加速，那麼，被民眾的狂熱推上臺的新總統，此刻的尷尬困境，也在提醒蔣經國另一種接連而來的混亂和威脅，不能不認眞考慮解嚴過程的準備、步驟、力度和速度，以及黨禁、報禁等開放政策的風險評估。

〔註 44〕文崇一，柯拉蓉的升起和墜落——第三世界的政治危機〔N〕，自立晚報，1987-11-16（2），／／文崇一，臺灣社會的變遷與秩序，臺北：東大圖書，1989：158。

參謀總長郝柏村的日記也有相應記載：（1986 年 3 月 2 日，星期日）下午總統在七海召見，「鑒於菲律賓政權轉移，馬可仕下臺對國內偏激分歧分子有若干啓示鼓舞作用，而韓國政局亦見動盪。雖然我政府與菲律賓馬可仕政府完全不同，但對偏激臺獨分子應提高警覺；我務求安定，儘量忍讓，不予分歧分子鼓動風潮的藉口與機會。」〔註 45〕

中國時報「兩大匪類」，一是統派的共匪南方朔，一是獨派的司馬文武。司馬文武被迫離開中國時報後，有段時間到處寫稿維持家計。司馬文武回憶說：「很多年以後才知道，其中一些工作，原來都是安全單位的外圍人士安排的，希望我落魄時不要走上絕路。」「我看東歐、拉丁美洲、南韓等國家的民主轉型，都跟臺灣有同樣的一套做法：打壓異議人士的言論自由，可是不會讓他活不下去。」〔註 46〕

（二）領舞與伴舞：誰在主導？誰更主動？

這個往往被史家一筆帶過的解嚴解禁過程，其實充滿曲折和波折。經過國民黨與黨外勢力特別是新成立的民進黨充分溝通、反覆博弈，從街頭抗議到立法院內空前不和諧的劇烈衝突，從輿論戰到法律戰，從雙方的攻防、試探、衝撞、退讓，到再突破、再協商、再衝撞、再妥協的反覆折衝和搏弈中，勉強而必須地完成了相關的法律程序，解嚴和開放組黨兩大「壯舉」得以有驚無險地順利進行，跨出民主憲政歷史性的一大步。在 1987 年 1 月 20 日，國民黨政府已准許姚嘉文等 26 位所謂「叛亂案」犯人假釋出獄。5 月 30 日，也就是端午節前夕，又釋放黃信介、張俊宏等因「美麗島事件」入獄的六位受刑人。吳文程教授稱讚說，「在即將宣告解嚴前的這段期間，值得讚揚的是國民黨政府爲顯示其與在野人士和解，營造和諧政治氣氛及實行民主政治的意願與決心」，「這充分證實了政府早就有意實行民主憲政，保障人權的信念與決心」。〔註 47〕

在這突破性的時刻，黨外運動的力量和作用大，還是國民黨主動推動和

〔註 45〕郝柏村，郝總長日記中的經國先生晚年〔M〕，臺北：天下文化出版公司，1995：293。

〔註 46〕司馬文武，只想當「眞正的記者」〔G〕／／何榮幸 策劃，黑夜中尋找星星——走過戒嚴的資深記者生命史，臺北：時報文化出版企業有限公司，2008：68。

〔註 47〕吳文程，臺灣的民主轉型：從權威性的黨國體系到競爭性的政黨體系〔M〕，臺北：時英出版社，1996：199。

蔣經國主動作爲的貢獻大？這是三十年來史學、政治學及社會各方評價時爭議不休的問題。日本學者若林正丈認爲，臺灣政治民主化的轉型過程的特點之一是「分期付款」式的民主化，即按部就班一步步進行。而臺灣政治體制轉型的第一階段，雖然不難看到以黨外人士爲中心的民主運動，不斷地給執政黨施加壓力，要求改革。民主運動也時有高潮，但分幾次來，規模每次也不能算不很大，因此，執政黨才可表明它的方針是「安定中求進步」、「兼顧改革與安定」，「將改革的社會代價維持到最低限度」等等，始終把民主改革的主動權握在自己手裏。〔註48〕

自上而下還是自下而上，兩種途徑都有成功和失敗的先例。執政黨學會響應與妥協，反對黨學會抗爭與溝通，從而在歷史的峽谷中遭遇時，雙方學會適當的相容共處和某種默契配合，「合作完成」這種交替轉換，並在「互相配合」不斷調整角色定位。反對黨和民間社會的崛起和對權威的挑戰，更像是一種挑戰式的迎接、對接；執政當局權威的弱化和對反對黨的退讓，更像是一種削弱式的培育、培植。所以，簡單地講自上而下的主動改革，還是自下而上的逼迫式轉型，都不足以概括和解釋。誠如白魯恂在中國時報撰文所言：「一種反對黨合法的體制，爲什麼採納起來如此困難？而維持這種體制，又需要一些什麼條件？很顯然地，關鍵性的一個條件是要執政黨和反對黨雙方的關係能安排出一套雙方都能接受的規則。因此，發展民主如果要成功，責任在政府身上，也在雄心勃勃的反對黨領導人物身上。政府必須清楚地認識到，繼續用高壓手段代價會太高；反對黨也要明白，用和平手段推進自己的目標會大有斬獲。」〔註49〕

在宣布戒嚴這一里程碑的歷史時刻，站在新聞界面前的是新聞局局長邵玉銘，不是行政院院長俞國華，更不是總統蔣經國（簽署解嚴令和報禁開放正式文件的，是總統與行政院長）。1987年7月14日，邵玉銘在發布「中華民國政府宣布正式解除臺灣地區戒嚴之聲明」時指出，「解嚴至少具有三方面實質意義：一、軍事管制範圍的縮減與普通行政與司法機關職權的擴張。二、人民權利的大幅增進。三、行政必須依據法律。」半年後宣布報禁解除這一決定的，也是新聞局局長邵玉銘。據邵玉銘本人事後的說法，這本來就只是一個正常的新聞發布，俞國華院長讓他來辦，他就辦了。

〔註48〕若林正丈，轉型期的臺灣〔M〕，張炎憲審訂，臺北：故鄉出版社，1989：181。
〔註49〕白魯恂，民主政治的轉化——論接納反對黨〔N〕，中國時報，1988-4-19（2）。

爲什麼世界現有的記錄沒有高收入的專制國家？首先，因爲專制統治者掠奪太多，專制國家不可能有高收入。一個政治體制如果不保護產權，沒有老百姓願意幹活。還有一個原因，專制國家在中等收入階段，由於沒辦法統治，通過改革、革命等其他方式轉型了，成了民主體制。進入轉型區，只是具備了轉型的客觀條件，還缺一個主觀條件。轉型最主要是看政治精英的決策，如果政治精英不顧一切代價去捍衛舊體制，這樣的體制還是能生存。所以，「中等收入陷阱不是經濟陷阱，而是專制政權的政治陷阱。」

2006年出版了《中國掉入陷阱的轉型》（China's Trapped Transition）的美籍華人學者、中國問題專家裴敏欣發表了大量有關中國研究的論著，認爲存在一個「發展中的獨裁體制」，並不斷預言和提示陷入「轉軌困境」、「發展停滯」。他在2017年7月14日的FT中文網訪談中認爲民主目前是failing system（衰落中的體制），而不是failed system（已衰落的體制）。而既可以利用資本主義的優勢，又掌握不受約束的政治權力，這樣的不完全改革對執政精英來說最美好。這就是所謂的轉型陷阱，英文叫「partial reform equilibrium」，不完全改革均衡。〔註50〕

談到他在哈佛的指導教授亨廷頓的觀點時，裴敏欣說亨廷頓最初的著作是《變化中的政治社會秩序》，這本書的背景是1960年代的發展中國家，缺乏強而有力的政府管制，出現了混亂的局面，亨廷頓當初探討的問題是，發展中國家如何才能有強而有力的政府，不管是民主或專制體制，都好。但他後來更關心的是，爲什麼威權政府都會出現了危機，所以又寫了一本《第三波：20世紀後期民主化浪潮》。裴敏欣預言說，亨廷頓如果現在在世，也會堅持認爲，威權體制已到了關鍵地步，不改革最終會失敗，只是看失敗是以什麼方式出現。他會鼓勵推動改革，因爲根據他的判斷，「一黨專制有很強的能力能夠自我改造」。他的理論是，威權政府往往過高估計政治改革的風險，過低估計維護政權的能力。而裴敏欣本人認爲，在研究上同樣出現的問題是，往往低估的並不僅僅是政權的能力，而是民眾能在這樣的環境下創造出那麼多的財富。這其實也是西方理論的誤區，雖然從理論上認識到集體行動的困境和難度，但往往沒有充分理解到一般人對專制體制的容忍度。

〔註50〕裴敏欣，中國已經進入轉型拐點〔EB／OL〕，（2017-7-14）
http://www.ftchinese.com/story/001073404?full=y&archive

四、名實之間：主席副主席的名分

（一）永遠的總理、永遠的總裁

1963 年 11 月，國民黨第九屆中央委員會上，陳誠出任國民黨副總裁後，蔣經國在中央委員中的黨內排名升為第一。這個國民黨副總裁之位，程序上講，設立於 1957 年 10 月的八全會上，是給擁有土地改革崇隆聲望的陳誠專設的。到 1965 年 3 月陳誠去世，副總裁一職在九全會上取消。此後長達二十年間，兩蔣再也沒有在黨內設過副職（注：1938 年 3 月國民黨臨時全國代表大會決定恢復領袖制度時，設總裁、副總裁各一人，總裁蔣介石、副總裁汪精衛。當年底汪精衛叛國投敵後，副總裁之位長期空缺，直到 1957 年恢復的這一次。〔註 51〕）。

「蔣總裁」之前無總裁之說，「孫總理」之後再無總理之說。也就是說，在國民黨的歷史上，有過更為尊崇的稱謂變化：1925 年 3 月孫中山去世後，「國民黨總理」永遠留給孫中山，以表崇敬和思念，並在黨章中一直保留總理一章。〔註 52〕國民黨特別是蔣介石常常提及的「國父遺教」，見於孫中山晚年《制定〈建國大綱〉宣言》，孫中山認為，民國初年臨時約法失敗的原因，「乃由於未經軍政、訓政兩時期，而即入於憲政」，「蓋不經軍政時代，則反革命之勢力無繇滌蕩」，「不經訓政時代，則大多數之人民久經束縛，雖驟被解放，初不瞭知其活動之方式」。所以，他將建國程序分為軍政、訓政、憲政三時期。〔註 53〕

1975 年 4 月 5 日蔣介石去世以後，「國民黨總裁」一職永遠留給蔣介石，以示對其從事國民黨活動 48 年的承認以及「哀敬和紀念」，黨章中保留「總裁」一章，另設主席。蔣介石的國民黨總裁像孫中山的總理一樣，獨一無二。孫總理、蔣總裁，都是獨一無二的稱呼，所以不提姓氏，直接說「總理」、「總

〔註 51〕金克禮，朱顯龍 主編，中國國民黨全書〔G〕，西安：陝西人民出版社，2001：272。

〔註 52〕國民黨成立之初，有過總理、理事長等叫法，國民黨內後來的習慣，從蔣介石以下，均尊稱孫中山為總理，其遺囑也敬稱為「總理遺囑」。據資料可知，1912 年 3 月 3 日，同盟會在南京宣布結束秘密狀態，改為公開活動的政黨，選舉孫中山為總理，黃興、黎元洪為協理，宋教仁、胡漢民、劉揆一等為幹事。半年後，同盟會等幾個團體合併組成國民黨，選舉孫中山、黃興、宋教仁等九人為理事，推舉孫中山為理事長。

〔註 53〕孫中山，孫中山全集 第 12 卷〔M〕，北京：中華書局，1986：102。

裁」，在一般情況下，都是足夠明白的。「國父遺教」、「蔣公遺訓」，也成了對應的專指、專用名詞。就像在七八十年代的臺灣，「蔣主席」、「蔣總統」，都知道指的是「經國先生」，指的是黨的最高領導，國家元首。

蔣經國出任國民黨一把手的新稱謂是「主席」。同年 4 月 28 日，國民黨中央臨時全會決定由時任行政院長蔣經國出任「中央委員會主席和中常會主席」，總統由副總統嚴家淦升任，直到 1978 年 3 月蔣經國取代總統之位前，暫時性的有過三年「黨政分開」。蔣經國執掌黨政大權 20 年，一直沒有配置黨的副主席。李登輝擔任副總統之後，有人向蔣經國進言設立黨的副主席一職時，蔣經國不置可否。

（二）副主席、副總統是一種政治待遇

蔣經國爲什麼最後選擇了李登輝當副總統？這個後來諸多猜想和爭議的問題，李登輝在《見證臺灣》〔註 54〕的自序中的回答是：「第一，蔣經國沒有想到自己會這麼早過世，他雖然患有糖尿病，但是最後竟然是吐血而死，這是令人料想不到的。第二項，就我看來，蔣經國多少受到他的社會主義思想的影響，一般人看起來總以爲我是個農經專家，但是他選擇我，可能是認爲我和他具有同樣的思想，是眞正可以做事情的人。」〔註 55〕

李登輝倉促接總統後不久，勉強過關出任國民黨代理主席。從 1988 年 1 月 13 日下午 3 時 50 分蔣經國病逝，當晚 8 時 08 分宣誓繼任總統，到 1 月 27 日下午的中常會上被推舉爲國民黨代理主席，半個月的時間內幾番爭鬥波折，先是軍方的參謀總長郝柏村、國防部長鄭爲元表態支持，並在蔣經國去世不到 20 小時就向李登輝總統發出「致敬電文」，後有宋美齡的緩設主席提議失靈，反對黨民進黨也表態「反黨不反人」，所以，李登輝成功代理黨主席，也意味著臺灣政壇不再有「政治強人」。隨後在 1988 年 7 月 7 日國民黨第十三次全國代表大會（簡稱「十三全」）上李登輝「以起立的方式推舉爲國民黨主席」，這是黨的元首首次由本省人士擔任。經過這次調整，中央委員更換了近六成，平均年齡降了 13 歲，31 名中常委裏面臺籍人士達到 16 人，首次超過半數，李煥、宋楚瑜等開明派、少壯派、革新派進入中樞。爲了平衡和自

〔註 54〕在 2000 年民進黨大選獲勝上臺執政後，擔任國史館館長的張炎憲，組織了對前總統李登輝的口述史訪問，以李登輝一本日記體的筆記爲主幹，講述了李登輝作爲副總統與蔣經國最後三四年間的交集記錄。

〔註 55〕李登輝，見證臺灣——蔣經國總統與我〔M〕，臺北：允晨文化公司，2004：9。

保，1993 年 8 月國民黨「十四全」上，通過中國國民黨主席選舉辦法，首次由黨代表票選黨主席，應出席代表 2，089 人，李登輝以 1，686 票當選本黨主席。爲了平衡和自保，李登輝一下子提名任命了李元簇、郝柏村、林洋港、連戰四位副主席，讓這個可設可不設、可有亦可無的位子，再次發揮了過渡時期的特殊作用。因爲沒有什麼實際的用處，所以可以拿來隨便一用，從此之後一發不可收拾，副主席變成常設、常變、常補的位子。這只能說明，後來的黨主席，不但比不上蔣經國，比李登輝當主席時候的權威還要低，副主席的位子就更不算什麼。正如王英津所言，「按照國民黨的政治倫理，副主席一般是榮譽職，實權有限」。〔註 56〕

黨國一體，以黨領政，連帶的副總統一職，也與黨的副主席有異曲同工之妙。在李登輝就任副總統之前，臺灣有過四位副總統。第一位副總統就是那位兩蔣時代唯一出現的國民黨副總裁陳誠。從 1954 年到 1965 年，與他的國民黨副總裁一職同步配套。在 20 世紀 50 年代和 60 年代初期，陳誠無疑是中華民國政府的第二號人物，陳誠長期效忠蔣介石，在中國內戰的末期，對鞏固國民黨在臺灣的權力有很大的貢獻。在他被任命爲副總統之前，陳誠歷任臺灣省主席和行政院長，臺灣推行土地改革的關鍵人物。

接替陳誠的副總統嚴家淦是一位科技官僚，對這個年代的財經政策，扮演著重要的角色。加上個人不具政治野心，從來沒有想過要同時擔任黨的副總裁或者副主席，這樣更能贏得蔣介石的信任，或者說更能讓蔣介石到蔣經國放心。在他擔任副總統以及「代理」總統任內，蔣經國及時跟了上來，擔任行政院長，並進行著接任總統的種種歷練和準備。從這個角度看，嚴家淦很好地扮演了「代理」的過渡角色，是一位不可或缺、無可替代的副總統。

蔣經國擔任黨主席和總統後，1978 年任命了第一位臺灣人謝東閔擔任副總統。謝東閔與蔣經國有長期的工作往來，早期擔任省議會副議長、議長，隨後是第一位被任命爲臺灣省政府主席的臺灣人。任命謝氏是推動本土化的一部分，是國民黨一項重要的政治姿態。謝年輕時在中國大陸求學，用臺灣流行的土語來說是「半山」，即半臺灣人和半大陸人。「因此謝被任命爲副總統，當時並未普遍被視爲大陸人和臺灣人的眞正權力分享。他在政治上的重要性因而被打了折扣。」蔣經國在 1984 年提拔李登輝從臺灣省主席的職位出

〔註 56〕王英津，臺灣地區政治體制分析〔M〕，北京：九州出版社，2010：396。

任副總統，一般的反應就不同了。「臺灣和海外的許多人都認爲這是一項明智的做法，有助於沖淡一九八四年到一九八七年之間臺灣的政治衝突。」〔註 57〕

政治強人時代結束的標誌可以有許多，「主席」的銜頭沒有永久保留，也是不同於前任的一個特點吧。「富不過三代」也罷、「貴族三代才能養成」也好，政權（不是江山、不是朝代）能傳三代，已經氣數不錯。不然的話，連總理、總裁、主席這些名詞都不好編排下去。當然，政治強人親手結束政治強人時代，也可以說正是蔣經國政治革新的一個成功標誌。蔣經國在當年推動自由化、民主化轉型中的作用，是大是小，是主動還是被迫，是早了還是晚了，是急了還是慢了，許多的爭議猜測如浮動的流言和人心，陰晴不定，左右飄忽。雖然引用的基本事實都差不多，時間軸上展開的論述空間，卻可能是兩個互相顛倒的平行世界，特別是藍綠之爭、選舉之爭時，同樣的事實可以推導出截然不同的結論，同樣的道理可以導致完全不同的選擇。

（三）老大黨：「不禁之禁」

關於黨禁的策略與手段，從恩威並施與寬嚴並行的策略上講，戒嚴期間是「不禁之禁」，解嚴之後是「不解之解」。具體說來，臺灣自 1949 年起宣布爲接戰地區開始全面戒嚴，因此依法最高司令官有權停止或解散新舊政黨，「但黨禁政策的執行實例（中國民主黨和美麗島黨團），國民黨從未直接引用戒嚴法來禁止或解散政黨，而是利用政治手段塑造恐怖氣氛，嚇阻政治人士組黨的企圖。待此一辦法失效後，則再動用刑法及懲治叛亂條例中的內亂條款，將組黨核心人物逮捕下獄，從源頭上破壞組黨工作」。用此兩招間接地「禁人以禁黨」，防患於未然，而對於已經存在的老牌「友黨」（不是「黨友」）中國青年黨、中國民主社會黨，收買加弱化，使之積弱不振、「弱不禁封」，既維持不了合作黨派的地位，也失去了反對黨形象。

黨禁情形與報禁情形，在「有效管理」、「管理到人」這一點上，有一些近似之處。黨禁先禁人，黨禁便能夠「不禁而禁」，處理人或者變相處理人總是比面對一個組織去處理，相對容易控制效果和結果。從技術程序上講，「戒嚴法的禁止或解散只能對事不對人，就像查禁雜誌一樣，刊物查禁了，只要人沒抓，換個名字可以重新再來。所以，嚇阻作用不大，而且使用頻率一旦太多，反易引起負面作用。而使用叛亂重刑阻止作用大，可以從人的心理動

〔註 57〕田弘茂，大轉型——中華民國的政治和社會變遷〔M〕，臺北：時報文化出版企業有限公司，1989：145。

機有效嚇止阻黨。」〔註58〕

在準備解除黨禁的後期，容許反對黨的出現和在野黨的存在，國民黨自身也加緊進行心態調整和角色調整，主導並適應新的遊戲規則，進行黨內選舉和議會選舉中的實戰能力培養和歷煉，爲成爲一個競爭型政黨做全面準備。就像報禁開放之際，中國時報、聯合報乃至中央日報等，充實人力和設備，準備用競爭的形式搶佔地盤維持優勢。

在1987年的立法院七十九會期，蔣經國對整個會期一直都很注意。有些立法院內的衝突，源自於黨籍委員的心態仍不能適應民主競爭，蔣經國安撫勸導他們對於「黨外無黨」時代的做法要調整。他說：「我們的軍政時期、訓政時期早已過去，現已進入憲政時期，許多適應於過去的作爲，在今天已可能不再適應；有些在過去是對的做法，在今天可能不切實際，甚至還可能造成錯誤」。〔註59〕

蔣經國晚年對郝柏村幾次感歎國民黨「太老大」。一次是在1986年9月民主進步黨宣布成立的第二天，郝柏村在七海官邸蔣經國住處去見他，認爲「推展民主憲政是反共利器，組黨是無法避免的」，「有溫和的反對黨可使本黨警惕上進」，「總統同意我的看法，並認爲本黨太老大」。一次是在1986年12月10日的中常會上，聽取「中常會組工會主任宋時選及內政部長吳伯雄分別以政府及黨的立場，對此次增額中央民代的選舉提出報告」，「總統認爲黨太老大」。〔註60〕

王長江教授學生柳森的碩士論文，專門介紹和分析了世界各國的「老大黨」現象，認爲「老大黨」所在國都實行的是一種「一黨優勢」制政黨體制，而執政黨自身又處於封閉式政黨組織結構之中，這就使執政黨無法受到有效的監督，因而更容易在「激勵機制」和「政策偏差」這兩個因素的催化作用下，在執政黨內部形成不同的既得利益集團。一旦黨的既得利益形成，就可能在不斷的膨脹過程中逐漸侵蝕政黨的兩大基本功能——利益表達與利益整合。至此，「老大黨」更加關注自身的既得利益而不是廣大民眾的要求，因此

〔註58〕陳世岳，政治領袖與政治轉型——蔣經國與臺灣政治轉型〔D〕，臺北：中山大學中山學術研究所，1998：95～96。

〔註59〕陳世岳，政治領袖與政治轉型——蔣經國與臺灣政治轉型〔D〕，臺北：中山大學中山學術研究所，1998：128。

〔註60〕郝柏村，郝總長日記中的經國先生晚年〔M〕，臺北：天下文化出版公司，1995：313～314、331。

它就無法對民眾的利益進行有效的表達與整合。「回顧蘇聯共產黨、日本自民黨、墨西哥革命制度黨以及印尼專業集團等幾個『老大黨』垮臺的歷程，我們發現它們沒有一個不是受到既得利益集團的侵蝕而引發了政黨功能的退化」。〔註61〕

《集體行動的邏輯》的作者、政治學者奧爾森，在他另一本專著《國家興衰探源——經濟增長、滯脹與社會僵化》中，談到了「老大黨」後期的這種困境。奧爾森認爲，長期穩定的社會日益孳生既得利益集團，而既得利益集團的猖獗活動將極大地增加改革的阻力。將現有的「一黨優勢」體制改爲兩黨制或多黨制，是任何一個「老大黨」政治領袖的意識、利益和組織都不能允許的。當政黨的某些機構、制度或者是個人成爲政黨發展的絆腳石的時候，「老大黨」即使想對這些弊端進行改革，但是投鼠忌器，迫於各種既得利益集團的壓力而無法採取措施革除弊端，以使政黨能夠重新代表人民的利益。但是，面對日益高漲的要求政黨體制進行改革的社會呼聲，他們又必須有所作爲。這樣，「老大黨」的領袖們處在了一種進退維谷的兩難境地。〔註62〕

蔣經國在世最後一年的 7 月，邀約臺灣地方父老茶敘時感慨地說，他在臺灣住了將近四十年，已經是臺灣人了。蔣經國當時希望，大家「超越一切地域、派系、小我利益之上，開闊心胸，把眼光放到大陸」。蔣孝勇說，他父親講「我已經是臺灣人」這句話的意思，其實是「除了認同臺灣之外，更希望在臺灣的人民，瞭解自己也是中國人」，後來卻被斷章取義了。蔣孝勇有一句爲人稱道的名言：「我們家庭和中國現代史之間，總要打個休止符。」而寧靜革命，在蔣孝勇的心目中，早在他父親辭世之前就展開了。他強調，除了人事布局尚未完成之外，蔣經國的一連串民主改革措施，爲臺灣社會日後的安定祥和開創了先機。〔註63〕

蔣經國去世十年際出版的蔣孝勇口述錄，詳細記述了 1987 年 12 月 25 日的行憲四十週年紀念大會，這是蔣經國作爲總統主政九年來，首次在他面前出現抗爭動作。總統府事先就已獲得情報，民進黨將於臺北的中山堂會場內外發動示威，中央黨部秘書長李煥、國家安全局長宋心濂在總統府開會商議

〔註61〕柳森，「老大黨」政黨功能衰退與黨內既得利益形成關係之研究〔D〕，北京：中共中央黨校黨的建設教研部，2003：10。

〔註62〕柳森，「老大黨」政黨功能衰退與黨內既得利益形成關係之研究〔D〕，北京：中共中央黨校黨的建設教研部，2003：16～17。

〔註63〕王力行，汪士淳，蔣孝勇的最後告白〔M〕，北京：時事出版社，1998：98。

對策，蔣孝勇也參加了，雖說有腹案，但是事實擺在面前：無法阻止民進黨籍國大代表對蔣經國不敬的舉動。不去參加，蔣經國難以接受。會場移到容易管制的陽明山中山樓或者政治作戰學校的建議，蔣經國也否決了：「沒有這種事，爲了人家鬧事，你就改地方，你說這行不行？」上午九時蔣經國準時抵達，開始致詞時，坐在第十四排中間的十一位民進黨國大代表突然起立，一齊舉手連續高喊「全面改選！」蔣經國原先準備照著講稿講完，他在前一天晚上還吃力地背過幾遍。然而現在簡單致詞幾句後，他就要國大秘書長何宜武代爲宣讀。何宜武讀到有關充實中央民意機構代表的原則內容時，民進黨國大代表再度起立，舉起「國會全面改選」的白布條。臺上的蔣經國似乎沒有任何回應，並且面帶微笑地向與會人士拱手致意之後才離開會場。事後有人說，蔣眼睛耳朵不好，大概根本沒有看見聽見。「其實，經國先生視力是不太好，但是耳朵卻靈光得很。他對會場所發生的情況，知道得清清楚楚。」當時在場的蔣辦公室主任王家驊說。蔣孝勇發現，行憲紀念日之後，父親變得很沉默，不太講話，「明顯的心裏鬱悶」。〔註 64〕

在李煥的一本傳記中提到，蔣經國對身邊的人說：「四十年來，我眞心爲臺灣同胞服務，也做了這麼多事情，爲什麼他們還不諒解我呢？」〔註 65〕

臺灣政治學者彭懷恩認爲：「國民黨之所以願意採取較開放的政治參與管道，基本上仍是政治利害的抉擇。自從退出聯合國迄美國承認中共爲止，使國民黨統治下的臺灣其政權的正當性已無法透過國際承認而鞏固，若是國內政治權威只是建立在由上而下的壓制，勢必無法維持其長久的統治地位。唯有透過民主的開放，使國民黨的統治地位建立在民意的支持上，其統治權威的基盤才不致瓦解。」〔註 66〕

（四）敬格之變：兩蔣尊稱的規格存廢

去蔣化、去中國化，似乎像影子一樣緊隨著臺灣的自由化、民主化。總統府官邸前的「介壽路」，是爲紀念蔣介石的壽辰而命名的。1996 年在陳水扁臺北市長任內改名「凱達格蘭大道」，據說取之最初居住於此的原住民名

〔註 64〕王力行，汪士淳，蔣孝勇的最後告白〔M〕，北京：時事出版社，1998：140～142。

〔註 65〕林蔭庭，追隨半世紀——李煥與經國先生〔M〕，臺北：天下文化出版公司，1998：254。

〔註 66〕彭懷恩，臺灣政黨政治〔M〕，臺北：風雲出版社，1993：57。

稱。中正機場，更名爲臺灣桃園機場。又過了十年，在民進黨陳水扁出任總統的第二個任期之末，於 2007 年取消了蔣介石誕辰和逝世紀念日，各地眾多的蔣介石的銅像陸續拆除，中正紀念堂變成了臺灣民主紀念館、臺灣民主公園。

胡元輝回憶自己在自立晚報時，適逢蔣經國去世，曾深度追蹤權力重組之幕後經緯，並以系列報導方式於報刊推出，而爲了顯示採訪的嚴謹及史料的價值，相關報導均以史筆方式直呼「兩蔣」之名，此在當時媒體氛圍裏無異是「離經叛道」：

> 其實，以當時的政媒生態而言，不僅媒體幾均「不敢」進行所謂的「內幕報導」，即便是一般報導亦是「畢恭畢敬」，尊稱蔣中正爲先總統蔣公、蔣經國爲蔣故總統經國先生。因此，當筆者之文章刊出，非但有關當局側目，更有許多讀者來電或來函怒罵，指直呼「兩蔣」之名而不諱是大逆不道。至於兩蔣遺體暫時安置的頭寮與慈湖，媒體上更是一片「陵墓」之聲，完全比照帝王時代而無異詞。
>
> 但是，也不過是十餘年而已，即使連所謂最「保守」的報紙，如今在報導「兩蔣遷葬」的新聞時，亦是直呼蔣中正與蔣經國之名而無礙，甚至兩人合稱爲「兩蔣」也一甩之前顧忌，大剌剌地置於標題而無慮。如今想要找到「蔣公」或「經國先生」的稱呼，大概只能在報導之外的副刊或民意版中緬懷了。〔註 67〕

先總統蔣公、蔣故總統經國先生，這兩個特定、專屬稱呼，來自內部不成文的規定，特別是兩蔣放在一起並用時以示恭敬和區分。在刊印於公文文書、書刊報紙時，還有一個約定成俗的規定，就是要在名字稱謂前面空一格。既便在 1987 年出版的自立晚報報史中，提到「先總統蔣公」時，「蔣公」之前空有一格，說明仍在恭恭敬敬地，照此「敬格」辦理。〔註 68〕

而在自立晚報早年因「詆毀元首」停刊三個月的啓事中，可能因爲是有錯在先，使用了罕見的高規格的「敬格」，凡是文中提及「總統蔣公」、「元首」、「領袖」等字樣前均空一格。因爲詆毀元首而受到處罰，與在「元首」二字前空一格的「虛敬」，形成了奇妙的反差。更早之前，自立晚報已經受過一次

〔註 67〕胡元輝，媒體與改造——重建臺灣的關鍵工程〔M〕，臺北：商周出版，2007：81～82。

〔註 68〕自立晚報報史編纂小組，自立晚報四十年〔M〕，臺北：自立晚報：1987：25。

處罰，即1952年10月14日誤報「孔祥熙要回國共赴國難」的消息，幾經交涉後在1953年4月「奉准休刊七天」，此事令報紙的發行、廣告都直接受損，陷入生存困境。誰知半年後又逢10月，這份創刊於1947年10月10日的臺灣第一份中文晚報，在既是社慶日、更是國慶日的10日當天，又出現重大採編事故。國慶日當天舉行閱兵大典，大家都在集中心力處理一版的閱兵新聞，無暇細審四版花絮新聞，總編輯張煦本當天早上因私事而延遲上班，恰逢閱兵大典交通管制，等過後趕回報社時來不及校閱四版稿件。沒有想到四版的二十餘則花絮中藏了這麼一則：

> 一個女人，突然被擠得頭暈，跑到荷花池畔，垂頭托頤其踞而坐，擬小休片刻，卻因雙腿稍張，惹起一遊客注意，幾經窺秘，不料這人身後一個朋友閃出拍拍肩膀說：「老兄看到沒有！」
>
> 一句話，惹起了這人的雙頰緋紅，但經那閃出來的人接著說下去，原來是閱兵典禮和閱兵臺上人叢密處，據說有總統夾雜其中。

報社發現情況後立即處分失職人員，並報請省新聞處核辦，新聞處向國民黨中央四組請示。沈昌煥主任立即約社長李玉階面談，明示這則花絮犯詆毀元首之罪。除報紙停刊三個月，總編輯張煦本引咎辭職，撰寫這則花絮的記者和第四版編輯分別判處五年徒刑。自立晚報坎坷的命運，似乎在戒嚴初期已經注定。

五、病夫經國：傳言如病纏身

政治人物的晚年，是一個值得研究的課題。政治人物晚年的病情，也是一個相關的研究課題。病痛纏身、傳言纏身，蔣經國恰好就是一個「病夫治國」的典型人物。

（一）晚年蔣經國：要不要公開上輪椅？

按張祖詒的記述：1987年3月，（蔣經國）復以感冒氣喘疑似肺炎，這是第三次進榮總醫院。而早在1985年，蔣經國的健康已亮起紅燈，明顯走向衰退，各種症狀相繼出現轉折的一年。這一年 9 月，在榮總醫院順利做了眼科手術，但之後身體即覺十分疲勞不適，健康狀況急速下坡，同時腳部末稍神經疼痛加劇，無法耐久站立，走路更是舉步維艱，只能用輪椅代步，病情響起警報。三子蔣孝勇勸說蔣經國坐輪椅時講了兩點理由：「第一，美國總統羅

斯福也坐輪椅處理公務；第二，您不坐輪椅怎麼辦？不坐還得坐。」〔註 69〕

1987 年 1 月 15 日，開年後例行的總統召見五院院長、副院長談話會上，第一次增加李登輝講話。做了三年副總統的李登輝第一次「顯現我的地位」，回想起來，仍然是掩飾不住的激動：一方面客氣地表示要低調，「人不能對自己估價太高，這樣會產生問題，還是要謙卑一些。我做事情一直都是比較保守。」另一方面，在 15 年後再來口述這段歷史時，似乎仍難以自抑：「1987 年之後，國家的情形愈來愈不同。從我就任副總統以來，到這個時候，我所扮演的角色也已經不太一樣了。整個變化的過程很有趣，這個問題值得探討、思考。」〔註 70〕

「他現在已經下不了床或離不開輪椅，但是每週三照舊出席國民黨中常會。通常他第一個到達會場，好讓副官在沒人看到之下推著輪椅進入會議室。其他中常委都曉得，會議完了，要比蔣經國先離開會場。他的指示不會超過五或十分鐘，給他準備的文件字體有一英寸大。他的左眼已接近全瞎，右眼視力也非常有限。他的臥房的掛鐘特別大，方便他看清楚時間。」他告訴姜必寧醫師：「我覺得油盡燈枯。」〔註 71〕在這一段病情加重時刻，蔣經國依然抱著病痛主持會議，處理政務，接見賓客記者，發表談話等，未嘗稍事休息。1987 年內親自主持中國國民黨中央常委會就有 25 次。〔註 72〕

李光耀 1986 年夏天到臺灣訪問三天，與蔣經國私下長談。1987 年 12 月 6 日，李光耀夫婦又到臺北做客五天，跟蔣經國花了好幾小時私下密談。蔣經國覺得身體不適，沒有親自招待貴賓吃晚飯，他請馬樹禮、俞國華代表他做東。李光耀對老朋友身體健康日漸衰退，十分感傷。〔註 73〕

坐不坐輪椅是身體問題，也是形象問題。坐了輪椅要不要公開報導，不光是形象問題，還是政治問題。關於蔣經國坐輪椅的公開報導，不是官方正式發布，而是來自市場競爭激烈、內容混亂失控的政論雜誌。有兩個版本，一個是 1987 年 9 月 4 日 的《民進年代》雜誌的報導，指出「國民黨第一政治強人蔣經國最近病情加劇，而且迫不得已，只有『輪椅當車』，會見外賓了！」

〔註 69〕張祖詒，蔣經國晚年身影〔M〕，臺北：天下遠見出版公司，2009：205。

〔註 70〕李登輝，見證臺灣——蔣經國總統與我〔M〕，臺北：允晨文化公司，2004：202。

〔註 71〕陶涵，蔣經國傳〔M〕，北京：華文出版社，2010：370。

〔註 72〕張祖詒，蔣經國晚年身影〔M〕，臺北：天下遠見出版公司，2009：206。

〔註 73〕陶涵，蔣經國傳〔M〕，北京：華文出版社，2010：375。

文章稱，7 月底就已經坐上特別訂製的輪椅，直到 8 月上旬會見美國外賓，這一重大新聞才首度獲得證實。「如同過去蔣經國健康情形的消息一律被腰斬一樣」，中央社發布的照片上，來賓與蔣經國坐在沙發上對談甚歡，這當然是經過特別修飾後的產品；事實上，當天蔣經國在出現時，是由侍從人員推著輪椅進來。

另一個版本來自 9 月 7 日《雷聲》雜誌。該雜誌報導的情形完全相反：「最近，蔣經國總統在日常行動上，已經由早先的策杖而行，改坐輪椅了。」據悉，經國先生除了行動上因此而有所不便外，其他在思慮、反應以及講話等多方面的能力，跟過去沒有什麼差異。在 8 月 26 日第一次乘坐輪椅前往主持例行的國民黨中常會時，便在會上對與會人員說：醫生一再要我乘坐輪椅，其實我還是可以自己行動的！只是醫生說乘坐輪椅可以減少行動而不致有損我的身體，所以我只有聽從醫生的意見。

這兩個非官方發布又公開報導的消息，除了坐輪椅這一關鍵詞，其他的出入很大，互相基本對不上號。但一直沒有官方的正式發布或者闢謠澄清。

李登輝的說法稍有出入：「根據記載，1987 年 2 月蔣經國第一次坐輪椅出席中常會，如果這是報紙上的報導，實際的情況應該是還要更早一點。後來他逐漸不太參加中常會，甚至最後都不去了。但是他也不是都不出席，有時候去個一兩次，有時候沒去。他不出席時，由中常委輪流代理主持，我不知道這是誰的建議；當然，身爲中常委的我，也代理主持過中常會。他未出席中常會時，中常會怎麼做決定？通常是他在開會之前，先打電話給秘書長，指示議案要做成什麼決議。」〔註 74〕

（二）「病夫治國」：要不要公布病情？

1986 年蔣經國心臟病症加重，再進榮總急診，在他胸腔內裝置心律調整器，手術之後心跳恢復正常，不過依然覺得呼吸急促，而且腿部疼痛劇烈，夜間難以成眠，必須服用鎮定劑。至此，所有糖尿病的合併症狀全部出現，健康開始明顯惡化。〔註 75〕

最早關於蔣經國病情正式的公開報導，就是 1986 年這次手術情況的事後發布。當年 4 月 24 日行政院新聞局發布的消息指出：「蔣經國總統在本月十

〔註 74〕李登輝，見證臺灣——蔣經國總統與我〔M〕，臺北：允晨文化公司，2004：200。

〔註 75〕張祖詒，蔣經國晚年身影〔M〕，臺北：天下遠見出版公司，2009：205。

六日經過心電圖檢查後，發現有心律不整現象。醫生認為，應裝上人工心律調節器，本月十八日由榮民總醫院主任江志田為他進行這項手術……」。

李登輝 1986 年 4 月 24 日筆記本內容如下：「最近氣候不良，變化很大，總統身體不適。兩週來未出席主持中常會，昨日為此問題特別看沈秘書長，瞭解健康情況。今天，宋楚瑜主任來訪，報告受命來訪之意。主要的是總統兩週來健康狀況，感冒與心悸不順，故有開刀放電池手術。已經出院，情況良好。」事後李登輝的口述歷史回憶與評點是：「宋楚瑜是國民黨文工會主任兼蔣經國英文秘書，所以會知道蔣經國開刀的消息。他來向我報告這個消息，用意是表示他和蔣經國很好。」〔註 76〕前恭和後倨，其實兩處都想錯了，想多了。按郝柏村日記裏的說法，蔣經國住院做手術前只告訴了少數人，沒有包括副總統。郝柏村認為似乎不妥，蔣經國才決定公開報導，並請人提前分頭告知副總統李登輝、美國在臺事務協會等，宋楚瑜想必只是銜命而來，還沒有「示好」或者「示威」的意思。

對一個人的印象是很難改變的。李登輝在 1988 年 1 月 13 日蔣經國去世當天繼任總統之後，1 月 27 日是至為關鍵的國民黨代理主席推舉。宋楚瑜看到議程裏沒有這一項，就先站起來講話。對此，李登輝並不領情也不以為然：「當時他是要對我表示好意。他說自己在推選代理主席的事情上踢了臨門一腳，這種話不實在。當時他不過是國民黨的副秘書長而已，開會時並沒有說話的機會，所以他用這種方式來表現自我。」〔註 77〕

「有多種方式來考慮國家元首的疾病和國家利益的關係問題。一般來說，掌權的政治家不願意透露一種其嚴重性和時間長短尚不為人知的疾病。他們認為這樣會嚴重地影響國家事務的正常進行，有害無益。」阿考斯在《病夫治國》續集中寫道：「每當我面對那些留戀權力而不願因病自動下臺的國家元首時，我經常考慮，如果有人突然死亡會發生什麼後果。的確，一個國家平靜地準備權力交接是最好不過的了。」〔註 78〕

「正如弗洛伊德所說，在人類歷史上的某些時候，瘋子、能見到幻象的

〔註 76〕李登輝，見證臺灣——蔣經國總統與我〔M〕，臺北：允晨文化公司，2004：168～169。

〔註 77〕李登輝，見證臺灣——蔣經國總統與我〔M〕，臺北：允晨文化公司，2004：260。

〔註 78〕（法）皮埃爾·阿考斯，（瑞士）皮埃爾·朗契尼克，病夫治國（續集）〔M〕，何逸之，譯，北京：新華出版社，1992：326～315。

人、預言者、神經官能症患者和精神錯亂者，曾經起過重大作用。他們的某些病態性格特徵，他們的某些欲望的不正常的強化，給了他們一種把他們的同胞帶入某些社會運動或革命運動的力量，這些運動可以使國家走向富強，或者可以爲社會進步奠定基礎。但是必須有反政權制度，以便控制某些領導人的行爲，使其不能明顯地濫用權力，或者以某種政治信條或宗教信條的幌子實施警察制度或專制制度。」〔註 79〕

權力欲可以主宰其他感情，正如梅厄夫人被任命爲總理時所說的那樣，它如同一種誘人的毒藥，一種毒品，甚至一種自我療法。〔註 80〕這裡提到的梅厄夫人被尊稱爲「以色列之母」，1969 年就任以色列總理時 71 歲，1974 年辭去總理時已患白血病 8 年，退下來後著有暢銷書《我的一生》。追蹤研究了全球多個著名政治領袖人物晚年「帶病上崗」、「堅持到死」的法國學者阿考斯說，就我們所知，沒有一位國家元首（只有最近在中美洲的一個小國家裏發生的情況除外）因爲健康原因主動辭職。人們不禁要問，爲什麼一個患病的甚至已經病得很嚴重的統治者沒有勇氣離開權力崗位。他們果眞這樣需要它嗎？當人們研究這些政治領袖的童年時，發現他們曾爲被剝奪了許多東西而痛苦，最爲嚴重的是父親或母親的過早去世，使他們缺少安全感，使他們後來具有了一種向他們眼裏的非正義社會復仇的需要。他們因此想努力使社會進步，徹底改造它，他們要做新社會的締造者。

（三）傳建豪華陰宅：誹謗元首要不要入罪？

「民國七十六年，國人對蔣經國的健康正極關注的時刻，某一刊物忽然登出一篇八卦新聞，說是蔣經國正在桃園縣楊梅鎭的山地營造一個豪華陰宅，規模仿照帝王時代的陵墓，作爲他身後的安息之所。由於工程浩大，佔地廣闊，施工期間，該地區附近實施交通管制，不准閒雜車輛人等進入云云，籠罩神秘色彩，聳動社會聽聞。這篇報導一則詛咒蔣的生命，不久即將大去；二則醜化蔣具有封建思想，可說極盡惡毒能事。」〔註 81〕

對照陶涵的蔣經國傳記，張祖詒提到的這篇虛假報導，應出現在 1987 年 12 月 25 日「行憲紀念大會」後不久（聖誕節和行憲紀念日是同一天，

〔註 79〕（法）皮埃爾·阿考斯，（瑞士）皮埃爾·朗契尼克，病夫治國（續集）〔M〕，何逸之，譯，北京：新華出版社，1992：326～322。

〔註 80〕（法）皮埃爾·阿考斯，（瑞士）皮埃爾·朗契尼克，病夫治國（續集）〔M〕，何逸之，譯，北京：新華出版社，1992：326～327。

〔註 81〕張祖詒，蔣經國晚年身影〔M〕，臺北：天下遠見出版公司，2009：261。

不少人相信這與兩蔣父子都是基督徒有關），宋楚瑜拿了一本刊物給蔣經國看。蔣先生笑了：「我連給自己蓋棟房子都沒有，幹嗎要蓋個大墳墓呀？」〔註 82〕「但在幕僚建議下應該瞭解那個所謂神秘工程的眞相，於是透過調查，原來那裡的工程是《聯合報》爲了員工福利，籌建一座具有江南景色風味的員工休憩活動中心，其中有亭臺樓閣、小橋流水、碧湖青山、紅木小屋，一片如茵綠草，極富雅趣。該報創始人王惕吾爲了紀念他尊翁王芇南，取名『南園』，原是一件正當的文康建設，卻被歪曲成了八卦。《聯合報》爲此特別發表了正式聲明，澄清眞相，以正視聽。蔣經國一笑置之的涵養風度，格外受到稱頌。」〔註 83〕

聯合報的聲明也並不是眞相。張祖詒所記的「員工休憩活動中心」之說，來自聯合報向總統府報告材料裏的說辭。實際上，這是王惕吾爲自己養老建的園林私宅。

「由於蔣經國的開明的民主作風，臺灣言論自由的尺度愈來愈益寬鬆，尤其每逢選舉期間，各種偏激言論，幾乎到了百無禁忌的程度，甚至對國家元首不斷攻訐，肆無忌憚。因此民國七十五年間，保守勢力人士咸感認是可忍、孰不可忍？乃在立法院提案建議修正刑法，增列條文，凡對元首誹謗者，應加重其懲罰之規定。但蔣經國聽到有此提案的舉動之後，立即對他那些多年的老友們說：『我都可以忍受，難道你們就不能忍耐了嗎？』而且他更進一步指出，身爲公僕，本應接受公眾的批評，至於言論是否構成誹謗，還得經過司法審理，所以他作出結論：『免了吧！』終於打消提案，未在政海興波。蔣經國的寬宏、容忍和民主素養，更再一次的加以肯定，中華民國的刑法也未出現可能引發極大爭議的新增條文。」〔註 84〕

拋開記述中對蔣經國的「包容與涵養」的溢美之詞，「增加誹謗元首罪」的動議和打消經過，說明了幾個事實和特點：其一，劇烈轉型中的言論尺度開始鬆動和突破，揭秘政治人物、翻兩蔣老底的題材難以禁止，成爲許多刊物的主打選題。繼江南的《蔣經國傳》及情報部門授意臺灣黑社會老大在美國槍殺作家江南引發的「江南案」之後，許多作家和報刊再次開始掀起了「翻案風」，愈演愈烈，讓國民黨的保守勢力吃不消了。其二，簡單的查禁已經失

〔註 82〕陶涵，蔣經國傳〔M〕，北京：華文出版社，2010：376。
〔註 83〕張祖詒，蔣經國晚年身影〔M〕，臺北：天下遠見出版公司，2009：262。
〔註 84〕張祖詒，蔣經國晚年身影〔M〕，臺北：天下遠見出版公司，2009：262～263。

靈、失效，不但於事無補，還可能「政海興波」，「引發極大爭議」。這不是能不能忍的問題，還有個能不能認的問題，能不能迴避的問題，能不能回應的問題。顯然，蔣經國意識到了這一點，為此修正刑法造成新的爭議熱點、製造引火燒身的話題，把領導人個人推到輿論的漩渦中心，並非明智之舉。

就像「翻案風」報導難以禁止，對領袖人物的維護手法上稍有不當，效果可能適得其反，然而體制內還是會有人忍不住去做，盡心盡力、盡責盡忠，由於與社會輿論背道而馳，其效果只能是事與願違。在中央青年工作會編印的關於「新聞開放與社會導正」的單行本中，提到青年人必須謹守的四項規範，其中第二條就是：「尊重國家元首。元首代表國家，尤為國人意志集中的核心，尊重元首即尊重國家，此為文明國家之通則。」〔註 85〕

（四）病逝傳言：要不要闢謠澄清？

1987 年 10 月 2 日，臺北傳出蔣經國病逝的消息，令臺灣股票市場呈現大混亂。戶張東夫《蔣經國的改革》一書，配圖全部由《新新聞週刊》提供。其中的一張照片顯示，《民進年代》、《發揚時代週刊》的封面就是「蔣經國死了？股市全面狂跌！」之類的醒目標題。〔註 86〕

1987 年 10 月 11 日，也就是蔣經國首次坐輪椅公開露面主持雙十慶典的第二天，戶張東夫在臺北採訪《雷聲》雜誌社長、前立法委員雷渝齊。雷渝齊認為，假如蔣經國還能活三個月到六個月，問題很多，將來出現怎樣的變化，沒人會知道；假如他能再活兩三年時間，一切都會明朗，在完全定型之後，想改也改不過來了，任何人將來當政，都沒有辦法將它改過來。但在還沒有定型的時候，各種力量目前就正在對比，在互相衝擊。戶張東夫 11 月 1 日在香港《百姓》 發表文章說，最重要的還是如果蔣經國他能再活兩三年，能夠把國會的問題解決掉，如國會能全面改選，集體領導就不重要，那就變成了眞正的民主制度了，就要通過選舉，誰能在選舉中得到多數，誰就有力量。〔註 87〕

雷渝齊說，10 月 2 日傳出的消息不是說蔣經國病危，而是說蔣已經逝世。當天有人曾向榮總醫院及新聞局局長邵玉銘求證，他們都不予置評，都不回

〔註 85〕黎明文化事業公司編印，新聞開放與社會導正——談新聞開放及新聞責任與自律〔M〕，臺北，1988：147。

〔註 86〕戶張東夫，蔣經國的改革〔M〕，香港：廣角鏡出版社，1988：91。

〔註 87〕戶張東夫，蔣經國的改革〔M〕，香港：廣角鏡出版社，1988：101。

答，所以謠言越傳越廣。以我們所知，蔣經國那幾天身體眞的不好，當然還是糖尿病導致的問題。他沒有出席中常會，醫生叫他多休息。但據我們所瞭解，所謂不好也沒有到眞正病危的地步。他是在檢查，是在處理，但當時榮總和新聞局的人不敢正面答覆，是出於過去的一種慣性的不敢負責任的心態，不敢隨便講話，這就造成了謠言的不斷流傳。我想蔣經國目前的情況既不像外面所傳那樣嚴重，也絕對不像邵玉銘對外講的以及國民黨傳播媒介對外宣傳的那樣蔣經國身體很好。〔註 88〕

「天下安危繫於一身」是一種體制問題，元首的病就是體制的病。沒有制度化的權力轉移，造成政治家和民眾不斷費神討論誰是接班人的問題、黨政軍權力重組問題。它所引發的「併發症」，就是蔣經國健康問題的「後遺症」。就連蔣經國病逝這件事本身，後來也被傳得五花八門，有人說是被主治醫師耽擱才死的，有人說是最後幾次公開露面拖累死的，還有人說是被民進黨的過激行爲氣死的。〔註 89〕

在蔣經國去世第二天，中共中央致電國民黨中央弔唁，電文如下：「臺北中國國民黨中央委員會：驚悉中國國民黨主席蔣經國先生不幸逝世深表哀悼，並向蔣經國先生的親屬表示誠摯的慰問。中國共產黨中央委員會　一九八八年一月十四日」。這與蔣介石 1975 年去世時的反應和話語表達方式已經截然不同，當時新華社只發了一句話的消息：「國民黨反動派的頭子、中國人民的公敵蔣介石，四月五日在臺灣病死。」臺灣的官方表述則充滿崇敬和悲痛，新聞局發布的公報像古代的皇帝一樣稱爲「崩殂」，並明令從第二天起一個月爲「國喪期」，報紙全部取消套紅套色，電臺電視臺停播一切娛樂節目。

六、眞假民主：獨裁者的進化

（一）民主與獨裁成了「同義詞」

進化和進步在同時發生，民主的發展也促成了獨裁的進化和蛻變。道布森尖銳地指出了「獨裁者進化」的種種迷惑人的特徵：「今日的獨裁者以及威權統治，已經比從前的精明老練靈活太多了。壓力漸大的時候，最聰明的獨裁者不再把自己的國家變成警察國家，也不再鎖國了；相反地，他們學習而

〔註 88〕戶張東夫，蔣經國的改革〔M〕，香港：廣角鏡出版社，1988：103。
〔註 89〕李松林，陳太先，蔣經國大傳（下）〔M〕，臺北：風雲時代出版，2009：323～326。

且適應新情勢。民主的進逼迫使數十個專制政府不得不從事新實驗、使用有創意及狡詐的伎倆。現代的獨裁者練就了繼續掌權的新技巧、方法、模式，把獨裁制度帶入新世紀。」「今日的獨裁者知道，在這個全球化的世界裏，較爲殘暴的威嚇方式——大規模逮捕、行刑隊、血腥鎮壓——最好以較柔性的強迫方式取代。今日最有效率的獨夫不再強行逮捕人權團體成員，而是派出稅吏或者衛生局官員讓反對團體關門大吉。政府把法律寫得很寬鬆，但遇上它們視爲有威脅性的團體時，運用起來卻像手術刀一樣精確。」「今日的獨裁者不再關閉所有的媒體，而是保留一些小型的言路——通常是報紙——民眾雖有討論空間，卻是有局限的。」「遠遠看上去，世界上許多威權國家看起來好似民主國家，其憲法也有行政、司法以及立法等權力分立，但還是跟民主國家有重大差異：某些國家只有一個立法機構，而非雙層的上下議院制度，某些職位並不是選舉產生，而是由上級指派，而權力監督的程度也有異。然而這些國家的許多機構，其特徵——至少在紙上——看起來與最稀鬆平常的歐洲民主國家非常類似。」〔註 90〕

在《獨裁者的進化》一書扉頁上，引用了聯合國《世界人權宣言》起草人愛蓮娜·羅斯福（Eleanor Roosevelt）1948 年 9 月 28 日在巴黎索爾本學院演講中的一段話：「民主、自由、人權對於世界上的人們來說，已經代表著某種特殊定義，我們絕不容許任何國家改變這些字眼，讓它們成爲壓迫與獨裁的同義詞。」獨裁者學習吸收了民主制度一切的名詞，有參與感的程序以及競爭、公開、討論、對話等名堂，收編、分化各種可能形成勢力而變成失控的人和團體，用一套精緻的民主模板和場面浩大的投票站投票箱，把可能產生的異議念頭隨時化解於無形，甚至對那些民主國家的內部爭論衝突，反而看成是「民主的虛僞」一面，加以有力的批判，更不要說獨裁者有效的宣傳中，民主帶來的決策程序上的繁瑣和不夠高效，顯示出一種「內耗式」的混亂無序之象，反而顯得更像是一種好聽不好用的「假民主」。這就是現代極權主義，是進化了的而且還在不斷進化中的現代極權主義，比民主看起來還更像民主。

獨裁者的進化、威權制度的進化，是一個保持繼續掌權的聰明辦法，也是民主分化變形中的一個可觀的「分支走向」，形成所謂的「民主專制制度」。

〔註 90〕（美）威廉·道布森（William. J. Dobson），獨裁者的進化——收編、進化、假民主〔M〕，謝惟敏，譯，臺北：左岸文化，2014：12～14。

不管是在名義上，還是在實質上，所有的威權政府不得不走上了民主化之路。

考察了民主化進程理論和社會轉型理論後，孫哲博士發現：「所謂民主化進程，實際涉及兩個最重要的具體問題：第一個問題涉及民主化過程中執政者的態度，即統治者是否贊成和主動倡導民主化。第二個問題涉及民主化過程中的具體步驟，即民主過渡的程序到底是漸進的還是激進的。」獨裁者容忍或主動倡導民主化，則由權威體制過渡到民主，較能保持政治體系的持續性和穩定性。「民主化若要成功，首先要求執政政府對民主化顯示出誠意，這包括：1.取消傳統權威統治的最惡性特色，保障人民基本權利。2.培養有技巧的政治領袖，協調各個方面的利益衝突。3.國家軍隊專業化，取消恐怖統治。4.樹立新民主權威領袖和民主機構，爭取建立新民主政體，改變原有政治制度、政治象徵、政治文化與社會經濟制度。5.創造安定的外在環境，保障國家各項民主化建設順利進行。其次，必須取得保守勢力的默許和支持（若保守勢力的地位與信條象徵能夠保證，即使他們失去了勢力，民主化似乎仍較穩妥。）。」〔註91〕

（二）「收編」與「控制的敵對」

1977年到過臺灣的魯瓦克在《完全政變手冊》2011年作者獨家中文版序中說：「在當年，《完全政變手冊》這種書名絕不可能在臺灣出現，即使在蔣經國逐步放鬆箝制、成功完成了有限的政治自由化實驗之後，情況依舊如此。」「雖然臺灣的民主經驗還算很新，不過民主已經深深根植於臺灣社會，人民已經不再被動消極，反而會以龐大的群眾示威力量，站起來打敗任何政變的意圖。民主的功用也就在這裡：民主改變了人民，把他們從消極被動的政治客體，轉換成政治的主角。」「所以，政變就是民主的試金石：凡是能夠用政變的方式奪下的政權，就一定不是民主政權。」〔註92〕

粗略比較之後，李金銓指出，「收編」政策是強勢威權體制（如臺灣、南韓）的特徵，即順我者昌，逆我者亡。集權體制採用「鎮壓」的政策，只需多罰少獎。而統治威權受到質疑的體制往往只能多拋胡蘿蔔、少打棍子，這是「籠絡」政策了。

一些人喜歡在民主之前加上各種形容詞，例如半民主、局部民主、不自

〔註91〕孫哲，獨裁政治學〔M〕，臺北：揚智文化，1995：487～488。

〔註92〕（美）愛德華・魯瓦克（Edward Luttwak），完全政變手冊〔M〕，臺北：木馬文化事業有限公司，2011：序言。

由民主、選舉民主和代表民主等，並用此來形容事實上是非民主的威權體制。對此我們必須非常小心。我們不該混淆了運作不良的民主體制和處於改革中的威權體制，而這正也是爲什麼要區分民主化和自由化的原因。不能認爲經濟發展就會導致民主化，也不能認爲經濟發展不好不會傷害到民主的正當性。換句話說，我們必須對正當性和效能這兩個概念加以適當的區分。「應該認識到蔣經國的政治改革算是政治自由化，而李登輝的政治改革則屬於民主化。」〔註93〕耶魯大學政治與社會科學教授 Juan Linz 在 1978 年精確地把政治制度區分爲「機體論國家」與「假民主」的威權政治；對戰後國民黨政權模式的完整分析需要加上其他因素， Linz 推出的第三個模式稱爲「控制的敵對」。可知在威權體制中也包含民主因素，所以 1986 年臺灣的民主化已經開始。在假民主與控制式的獨裁形式中，Linz 強調民主承諾與威權眞實性的緊張狀態。這緊張狀態能促使臺灣的轉變，而威權主義的廣度是政權仍然獨裁，而容許自由化可以發生，且這種自由化可以代表實質的進步。〔註94〕

在民主國家對政府所作所爲表達不滿與在獨裁國家完全兩樣。在一個民主國家，抗議相對便宜和簡單。「但由於人民喜歡這些自由，將它們賦予人民也能消解他們想搞垮政府的欲望。在民主國家，抗議是一件很普通的事，但旨在推翻政府的反叛行爲則很罕見。」「在民主國家，抗議是爲了警告領導人注意一個事實，那就是人民不高興了，而如果政策不改變，他們將把無賴趕下臺。然而在獨裁國家，抗議具有更深層的目的：摧毀政府的整套制度，改變人民被統治的方式。」〔註95〕

（二）「黨務革新」如何說服保守派

臺灣的政治轉型，可以由執政黨國民黨主導、反對黨民進黨配合，共同「合作」完成。但國民黨本身的改革、改造，民進黨能夠幫得上忙的時候不

〔註93〕Juan J．Linz. Democracy and Democratization Today（今日的民主與民主化）〔G〕／／中央研究院臺灣推動委員會主編，威權體制下的變遷：解嚴後的臺灣，臺北：中央研究院臺灣史研究所史籌備處，2001：18。

〔註94〕Edwin A．Winckler，Regime Type and Regime Change on Taiwan：Some Conceptual Issue and Comparative Implications（臺灣政權形式與政權轉變：觀念上的問題與比較上的含意）〔G〕／／中央研究院臺灣推動委員會 主編，威權體制下的變遷：解嚴後的臺灣，臺北：中央研究院臺灣史研究所史籌備處，2001：61。

〔註95〕（美）布魯斯·布爾諾·德·梅斯奎斯，阿拉斯泰爾·史密斯，獨裁者手冊〔M〕，駱偉陽，譯，南京：江蘇文藝出版社，2014：284～285。

多，哪怕是幫倒忙，也未必能有更大效果。「蔣經國對黨務整頓最爲無奈。由於黨務系統元老長年追隨蔣介石，論排班資歷，均較蔣資深，兼以元老們又與蔣宋美齡交誼不錯，喜透過夫人影響政治，搞得蔣經國不勝其煩。」臺灣時事評論員張友驊說：「或許是黨務系統樹大根深，問題延續至馬英九主政時代仍未改善。顯示整頓黨務之難，連強人蔣經國都無法解決，遑論馬英九。」「臺灣強人政治，在政治強人蔣經國手中終結，這是出於歷史的必然，或是偶然，恐怕連蔣經國都難以回答。然而蔣終結強人政治，卻爲臺灣帶來長達20多年的政治亂象，或許是蔣生前都無法預料的憾事，責任應由誰負，政客、人民或是蔣經國？」〔註96〕

一般而言，有什麼樣的執政黨，就有什麼樣的反對黨。國民黨作爲執政黨，既是擁有政權的統治者，又是新政治制度的設計者，是實現政治轉型的主導力量。國民黨的一言一行、一舉一動，將在很大程度上影響執政黨與反對黨的關係及在野黨的走向和作爲，對臺灣政黨政治的發展發揮重要的催化作用。因爲國民黨內保守派的存在，與反對黨的關係上，以濃厚的排斥防範心態，指責執政黨與反對黨溝通是「依著反對黨的音樂跳舞」，是「妥協投降行爲」。這些「老大黨」內的「老人」，對黨務革新採取種種阻撓與抵制的態度，比如，在確定國民黨的屬性上堅持「革命民主政黨」屬性，不願向民主政黨轉化。〔註97〕

國民黨新一輪的黨務革新在1986年啓動，蔣經國去世當年的國民黨「十三全」上，李登輝仍在推進。其主要內容體現在：黨的性質由革命民主政黨向民主政黨轉變，黨的功能由獨裁轉向競爭，黨的運作由命令型轉向協調型。爲此，要從調整心態、改善體質、強化功能和改變政策取向四個方面進行。這是因爲，在反對勢力不斷挑戰，並在國民黨內部多元勢力抬頭，民主參與意識高漲的情況下，其舊有的組織結構和動作機制，已不能再適應；而且，黨務革新有助於民主型政黨政治早日成型和健康發展，其進程以及徹底與否，將在很大程度上決定民主型政黨政治的水平。

（四）如何與反對黨溝通合作

1986年5月7日，蔣經國指示國民黨中央政策會，在尊重法治的基礎上，

〔註96〕張友驊，蔣經國的統馭術〔J〕，南方人物週刊，2009（17）：33。

〔註97〕金泓汎，董玉洪，林岡，臺灣的政治轉型——從蔣經國體制到李登輝體制〔M〕，香港：香港社會科學出版社，1998：92～93。

加強與各界人士的溝通，以增進彼此瞭解。5 月 10 日，溝通餐會舉行，由胡佛、楊國樞、李鴻禧、張忠棟四位中介學者出面，邀請國民黨中央政策會三位副秘書長與黨外尤清、康寧祥等人溝通。5 月 24 日，國民黨出面作東，雙方再進行第二次溝通。之後黨外內部對此事產生爭執，因此雙方未再繼續溝通。李登輝對設立黨外人士溝通管道的第一反應是小心翼翼，避而遠之：「我不能主動做這種事，否則會被誤會。」

事後再做口述歷史時，李登輝口氣顯然不同了，肆意評點，大膽放言而毫無顧忌：「蔣經國對黨外人士和黨外的看法是愈來愈肯定、堅定，也不會想去壓制他們。他可能會想：黨外的力量愈大愈好吧？如果是我，也會抱持這種想法。畢竟黨外的力量一旦壯大，國民黨內的人就不好過日子，這樣一來他們就必須改革，否則他們是不可能有所改變。領導者都是用這種方式在思考事情，不是說單單只考慮國民黨要如何發展。」「在國民黨裏面工作的人，很少人有志氣、敢突破勢力來表達並維持自己的理想。在國民黨的壓力之下，一些黨外人士敢出來說話，這點是很可敬的地方。臺灣人常常是希望最好能安靜過日子，太缺乏理想。」〔註 98〕

李登輝身爲國民黨政治革新十二人小組的副總召集人，在嚴家淦中風後成爲實際的總召集人，卻並不看好這些人和這種開會的方式：「這些人也許比 CC 派那些人好，但是在我看起來，每項改革案都只是在開會而已，會上大家都是講表面的話，沒有眞正的改革。」「我參加十二人小組的結論是：要改革就不能用這種方式。所以蔣經國過世以後，我推行改革，就走了不一樣的方向。我的做法不是一次用革命方式處理，而是一項項逐步解決問題。把事情的因素仔細分析，再逐項改革，改到最後把問題都解決了。」〔註 99〕

民進黨成立後不幾天，李登輝「求見總統，並表達最近黨外人士有關問題之看法」，就是想知道蔣經國的意思。「總統表示，此時此地，不能以憤怒態度輕率採取激烈的行動，引起社會不安情形。應採取溫和態度，以人民國家的安定爲念頭處理事情。有關十二人小組，因嚴先生住院，請本人主持會議，並對組黨問題，不違反國策、憲法規定內，可研究組黨的可能性。暫時以秘密進行。聽了總統的指示，認爲總統確爲一位偉大領袖。他再次強調黨

〔註 98〕李登輝，見證臺灣——蔣經國總統與我〔M〕，臺北：允晨文化公司，2004：157～158。

〔註 99〕李登輝，見證臺灣——蔣經國總統與我〔M〕，臺北：允晨文化公司，2004：164。

追求民主的方針原則不能由客觀情形之變化而改變，必須維護下去。同時，黨員的團結、黨員的工作能力提高都爲重要的事情。」〔註 100〕過後的評價雖然不再用「偉大領袖」來恭贊，但還是予以肯定：「蔣經國認爲，那時不管是在政治、經濟等等各方面，凡是重要的國家大事，都不要操之過急，不要太激烈處理、強力鎮壓反對行動，也就是不採取獨裁政府的做法。政府最怕的就是施政只知強勢作爲、毫不考慮後果；不能說要做就做，想改革就改革，應該考慮後果。」〔註 101〕

在 1987 年民進黨提前宣布並如期進行的「五一九行動」當天，蔣經國緊急召集會議，提出三點具體決定：⑴在國父紀念館可以演講，⑵徒步進行到總統府不能准，⑶向總統提出抗議書，不能接。〔註 102〕可見指揮策略之細緻，進退中分寸拿捏之入微。至於有多少補益，效果能否如願掌控，已經不是單方面一廂情願就能決定的。

李登輝稱頌蔣經國「總統確爲一位偉大領袖」，有時候明顯的口是心非。在之前的 1986 年 6 月 17 日「總統召見」時再次表露無遺，當蔣經國提出行政院部分人事改組（汪道淵爲國防部長、蕭天贊爲政務委員、蔣緯國爲國家安全會議秘書長、宋長志爲戰略顧問），李登輝當面的表態是：「以上，都是英明決定，以文人當國防部長符合於憲法規定。蕭天贊幾年來之努力得到肯定。蔣緯國之才氣有機會再伸張。」後來的評點就完全變樣了：「汪道淵是司法方面的人，會去當國防部長，可能是因爲郝柏村不想當國防部長，所以拜託他去接任；本來更早就應該調他去，可是宋長志和汪道淵不合，後來郝柏村動用蔣宋美齡去影響蔣經國。我當總統後把郝柏村調去當國防部長，宋美齡還爲這件事把我叫去談話。至於蔣經國會讓蔣緯國當國安會議秘書長，或許是怕別人說話，說他對自己的弟弟不好。其實國安會秘書長只是一個名字而已，並沒有太大的實權。」〔註 103〕

資料顯示，1986、1987 年國民黨黨員人數分別爲 2356042 人、2398155

〔註 100〕李登輝，見證臺灣——蔣經國總統與我〔M〕，臺北：允晨文化公司，2004：188。

〔註 101〕李登輝，見證臺灣——蔣經國總統與我〔M〕，臺北：允晨文化公司，2004：197。

〔註 102〕李登輝，見證臺灣——蔣經國總統與我〔M〕，臺北：允晨文化公司，2004：215。

〔註 103〕李登輝，見證臺灣——蔣經國總統與我〔M〕，臺北：允晨文化公司，2004：179。

人，民進黨黨員人數分別為 1285 人、5883 人，從數量上講一大一小完全不對等。但從各項選舉中的得票率，以及選民的認同度來說，民進黨已經遠遠超過這個比例。〔註 104〕

金泓汎等人對國民黨黨務革新的概括，看到了內部保守派的阻力，更看到了反對派的挑戰壓力，特別指出國民黨要調整心態，處理好與反對黨關係的問題。認為蔣經國雖在去世之前曾指示成立「十二人小組」，擬定「黨務革新」方案，但未能眞正起步。事實上，1988 年國民黨「十三全」上通過的「現階段黨務革新綱領」，以及「中央精簡，省級整合，地方充實」的原則，蔣經國在世時已經大體確定，並且已經開始針對「老大黨」的心態進行調適，對反對黨的容忍、對話、溝通也進入了新的常態，逐步確立了新的模式。這一點，反對黨收到了信號，開始產生良性的積極回應，即使是以加大反對強度的方式呈現。

（四）媒體從「看門狗」到「諍臣」和「諫士」

約翰・基恩引用擁有媒體帝國的默多克的話說，現在是自由與選擇的時代，而不是控制與稀缺的時代，市場競爭是保證新聞自由的最基本條件，只有打破公共服務媒體的壟斷，才能進入一個眞正的「傳播媒體自由溝通」的電子信息時代。而市場自由主義的反對者卻認為，市場自由主義對受到國家保護媒體的批評，實際上是一種美國化的藥方，它是廣告商和大企業的一個憲章，它危及了公共服務媒體。約翰得出的結論是：一定程度上的市場競爭能夠保證溝通自由，由市場自由主義者重新引進生活的新聞自由的理想，隨著時間的流逝還具有生命力，是抵抗政治專制主義的解毒劑。但同時必須要看到的是，溝通市場形成的壟斷限制了選擇，對新進入市場者構成了障礙，把公共服務媒體變成了僅供私人使用的商品。〔註 105〕

被譽為「數字時代的麥克盧漢」的網絡教育先驅保羅・萊文森提出：「處處皆中心，無處是邊緣」（Centers everywhere，margins nowhere）。他說：「信息權力已經分散到了數以百萬計的電腦之中。其中很大一批電腦不僅接受信息，而且生產信息，比如網頁、網址。總之，它們成了分散的中心，不僅是

〔註 104〕劉義周，解嚴後臺灣政黨體系的發展〔G〕／／中央研究院臺灣推動委員會 主編，威權體制下的變遷：解嚴後的臺灣，臺北：中央研究院臺灣史研究所史籌備處，2001：98。

〔註 105〕（美）約翰・基恩（Keen Johnson），媒體與民主〔M〕，郜繼紅，譯，北京：社會科學文獻出版社，2003：12。

閱讀、收聽和收看的中心，而且是生產和廣播的中心。在這樣的情況下，政府奪取、保持信息權力的企圖會出現什麼變化呢？」他用納粹德國和蘇聯的例子說明一個結論：「政府控制信息的企圖一般說是不成功的。」「和希特勒的『千年帝國』一樣，蘇聯也成爲信息技術能力不足的犧牲品。和奧威爾在《1984》中描繪的極權噩夢相反，情況彷彿是這樣的：政府越是極權，它越是不能控制信息。」〔註 106〕

那麼，媒體脫離了黨派喉舌的角色後，媒體和政治之間究竟變成了什麼關係呢？在論述美國媒體與政治權力的「共生」關係對維繫政治和社會制度的穩定具有積極意義時，張巨岩認爲：無論是政治權力所具有的「本質上的惡」，還是媒體時而展現的「必要的惡」，它們之間的互動總是被限定在明確的法律框架之內。〔註 107〕美國媒體和政治權力之間是一種情人般的「共生」關係：主流媒體對於政治更像是「諍臣」和「諫士」，而不是流行觀念中所謂的「看門狗」所比喻的監督和被監督的關係。政治權力則通過現代社會控制的利器——公共關係，最大限度地把媒體的「議程」納入自己所希望的範圍內。〔註 108〕

七、臺版印證：舊制度與大革命

（一）「臺版」托克維爾診斷

托克維爾研究法國大革命得出的一系列精闢論斷和診斷，在臺灣都能找到對應的事實一一印證。試舉幾例，前面加上臺灣解禁前後的相關事項，完全可以天衣無縫，像量身訂做的一樣「合體」：

（軍售、外匯）所有對外戰爭都帶有內戰的色彩；所有內戰都有外國人介入。〔註 109〕

（解嚴解禁）看來市民社會轉爲文明之日，即政治社會墮入野蠻之時。〔註 110〕

〔註 106〕（美）保羅・萊文森（Paul Levinson），數字麥克盧漢——信息化新紀元指南〔M〕，何道寬，譯，北京：社會科學文獻出版社，2001：125。

〔註 107〕張巨岩，權力的聲音——美國的媒體和戰爭〔M〕，北京：三聯書店，2004：228。

〔註 108〕張巨岩，權力的聲音——美國的媒體和戰爭〔M〕，北京：三聯書店，2004：393。

〔註 109〕（法）A. de 托克維爾（Alexis de Tocqueville），舊制度與大革命〔M〕馮棠，譯，北京：商務印書館，1992：52。

〔註 110〕（法）A. de 托克維爾（Alexis de Tocqueville），舊制度與大革命〔M〕馮棠，譯，北京：商務印書館，1992：57。

（萬年國代）在評點舊制度的衰落時，托克維爾用上了一堆討厭的詞：「毫無生氣」、「喪失了生命力」、「老年虛弱症」、「不育之症」、「格格不入」，並且說：「這些制度的悠久歷史並未使它們變得令人尊重；相反，它們在老化，一天天地聲名掃地；令人奇怪的是，由於它們更加衰落，它們的危害越小，而它們激起的仇恨反而更大。」〔註 111〕

（編聯會，公政會，黨外雜誌）「政府的種種罪惡所造成的所有政治反對精神，既然不能在公共場合表現出來，就只能潛藏在文學之中，而作家已成爲旨在推翻國家全部社會政治制度的強大政黨的眞正首領。」〔註 112〕

（「公平愛民」的蔣總統的柔性威權）如同說，上帝之愛就是上帝的最大蔑視，如同說，只有皇帝才有資格親民，如同說，只有首長才能顯示親切，如同說，只有年長者才能顯示和藹，如同說，只有富有者才能顯示節儉。托克維爾批評歐洲中世紀的「民主專制制度」，認爲這是一種特殊專制形式：「社會中不再有等級，不再有階級劃分，不再有固定地位；人民由彼此幾乎相同、完全平等的個人組成；這個混雜的群體被公認爲唯一合法主宰，但卻被完全剝奪了親自領導甚至監督其政府的一切權力。在它頭上有個獨一無二的代理人，他有權以他們的名義處理一切事務，而不必徵求他們的意見。控制他的是不帶機構的公共理性；阻止他的，則是革命而不是法規；在法律上，他是聽命於人的執行者；在事實上，他是主人。」

想不到話題一轉，托克維爾批評起了同時期的古老中國：「被一小撮歐洲人任意擺佈的那個虛弱野蠻的政府，在他們看來是可供世界各國仿傚的最完美的典範。他們心目中的中國政府好比是全體法國人心目中的英國和美國。在中國，專制君主不持偏見，一年一度舉行親耕禮，以獎掖有用之術；一切官職均經科舉獲得；只把哲學作爲宗教，把文人奉爲貴族。看到這樣的國家，他們歎爲觀止，心馳神往。」他接著又批評起「社會主義的那些破壞性理論」：「中央集權制與社會主義的確是同一土壤的產物；他們二者之間的相對關係是栽培的果實與野生幼樹的關係。」〔註 113〕

〔註 111〕（法）A. de 托克維爾（Alexis de Tocqueville），舊制度與大革命〔M〕馮棠，譯，北京：商務印書館，1992：58。

〔註 112〕（法）A. de 托克維爾（Alexis de Tocqueville），舊制度與大革命〔M〕馮棠，譯，北京：商務印書館，1992：191。

〔註 113〕（法）A. de 托克維爾（Alexis de Tocqueville），舊制度與大革命〔M〕馮棠，譯，北京：商務印書館，1992：202～204。

（自由、自主、自治）從自由到自主到專制，這三個不同甚至對立的概念瞬間打通了，從行動和結果上打通了，個人對自由的追求和嚮往，恰恰會導致社會的專制、獨裁和革命。確實，從自由走向自由的對立面，不需要走出去多遠，也不需要繞多大的彎，直直地走過去就是另一面：一心嚮往自由，就變成了要自治；一心嚮往自治，就一心完成了暴力專制。莫非在自由的名義之下，人人天性裏都有一顆獨裁的心，只是沒有時機發作，或者說需要共同行動，集體發作，才能以多數的狂熱、多數的暴力，集體完成集體專制。托克維爾說：「多少世代中，有些人的心緊緊依戀著自由，使他們依戀的是自由的誘惑力、自由本身的魅力，與自由的物質利益無關；這就是在上帝和法律的唯一統治下，能無拘無束地言論、行動、呼吸的快樂。誰在自由中尋求自由本身以外的其他東西，誰就只配受奴役。」〔註 114〕

（懷念報禁時）「假如人們按照舊制度存在末年的樣子去描繪舊制度，那麼繪出的將是一幅比眞容更美但卻不太像的肖像。」〔註 115〕

（臺灣的「經濟奇蹟」）法國在大革命以前的 20 年顯示更繁榮，托克維爾研究發現：「人們若注意各時期的差異，就一定會確信，公共繁榮在大革命後任何一個時期都沒有大革命以前 20 年中那樣發展迅速。」對此奇怪現象的解釋是，大革命與舊制度的雙重「紅利」，在革命要爆發還沒有爆發、舊制度要瓦解還沒有瓦解，兩種制度、兩種社會的好處難得地湊到了一塊。「因爲所有那些製造低劣、嚙合不好、似乎注定減速而不能推動社會機器的齒輪之外，掩藏著兩種極簡單、極強大的動力，足以使整部機器結成一體，並推動全部朝著公共繁榮的目標運轉；一個依舊非常強大有力但卻不再實行專制、到處維持秩序的政府；一個從上層階級看已成爲歐洲大陸最開明、最自由的民族，在它內部，每個人都能隨心所欲地發財致富，可保住已取得的財富。」反過來說，任何一個制度都有它的制度紅利和紅利期，新舊兩種制度相碰相撞之前的「相遇相知」，反而成了一個最大的蜜月期，成了紅利最大的雙贏點。托克維爾是想反過來說明，不能以物質利益最大化作爲制度優劣的評價標準，這給新制度的從容磨合和給人們理想的預期減輕壓力提供了說法，也爲人們在回憶中對舊制度留下美好懷念找到了理由。

〔註 114〕（法）A. de 托克維爾（Alexis de Tocqueville），舊制度與大革命〔M〕馮棠，譯，北京：商務印書館，1992：208。

〔註 115〕（法）A. de 托克維爾（Alexis de Tocqueville），舊制度與大革命〔M〕馮棠，譯，北京：商務印書館，1992：212。

再完善的舊制度也不如新制度，能夠取而代之的新制度，「因為在這些方面，不是工具的完善而是發動機的力量在製造產品」，「某些器官不完善無關宏旨，因為生命是強大有力的」。再完善的舊制度也會被拋棄，甚至越是舊制度完善的地方「點燃並滋養了內戰戰火」，「以至於有人會說，法國人的處境越好就越覺得無法忍受」。對此，托克維爾留下的一個經典名言就是：「革命的發生並非總因為人們的處境越來越壞。最經常的情況是，一向毫無怨言彷彿若無其事地忍受著最難以忍受的法律的人民，一旦法律的壓力減輕，他們就將它猛力拋棄。被革命摧毀的政權幾乎總是比它前面的那個政權更好，而且經驗告訴我們，對於一個壞政府來說，最危險的時候通常就是它開始改革的時刻。」〔註 116〕

這是因為，「人們耐心忍受著苦難，以為這是不可避免的，但一旦有人出主意想消除苦難時，它就變得無法忍受了。當時被消除的所有流弊似乎更容易使人們覺察到尚有其他流弊存在，於是人們的情緒便更激烈；痛苦的確已經減輕，但是感覺卻更加敏銳。」這眞是一種奇怪的心理，但確實是事實，「20年以前，人們對未來無所期望；現在人們對未來無所畏懼。人們的想像力預先就沉浸在即將來臨的聞所未聞的幸福中，使人們對既得利益無動於衷，一心朝著新事物而去。」〔註 117〕一句話，原來對同樣的痛苦逆來順受的人，現在對此卻忍無可忍了，這個時候，舊制度能怎麼辦呢？一場浩劫怎能避免呢？「一方面是一個民族，其中發財欲望每日每時都在膨脹；一個政府，它不斷刺激著這種新熱情，又不斷從中作梗，點燃了它又把它撲滅，就這樣從兩方面推促自己的毀滅。」〔註 118〕托克維爾這些話很透徹，很刻薄，正如他自己對「國王式改良」口號的評價，「類似的言論也很危險。更危險的是這些話等於白說。」〔註 119〕

〔註 116〕（法）A. de 托克維爾（Alexis de Tocqueville），舊制度與大革命〔M〕馮棠，譯，北京：商務印書館，1992：215。

〔註 117〕（法）A. de 托克維爾（Alexis de Tocqueville），舊制度與大革命〔M〕馮棠，譯，北京：商務印書館，1992：215～216。

〔註 118〕（法）A. de 托克維爾（Alexis de Tocqueville），舊制度與大革命〔M〕馮棠，譯，北京：商務印書館，1992：218。

〔註 119〕（法）A. de 托克維爾（Alexis de Tocqueville），舊制度與大革命〔M〕馮棠，譯，北京：商務印書館，1992：220。

（二）「臺版」革命理論印證

革命不同於造反，雖然都可能造成流血和顛覆性變化，但前者是制度的革命性轉換，後者只是替代性的改朝換代。反對也不同於反叛，雖然都有對立雙方的嚴重對抗，但前者是方向大致認可的合法抗爭和博弈，後者是為求安全自保的衝突和反抗。革命和反對，都可能帶來革命性變化和秩序的重建，造反和反叛都只能帶來暴力和舊體系的破壞。革命中產生的革命黨可能吸納造反中產生的造反派，反對中產生的反對黨也可能吸納反抗者，還有可能被當權者的妥協、協商、勸服、合作、合謀、招安、納降等手段所改造，從而帶來力量對比和權力結構的變化重組。革命者和被革命者的你死我活，都會隨著革命的勝利或者失敗而消失，而反對者和被反對者的你來我往，卻不會隨著反對的成功或者失敗而消失。反對和被反對是共存的一體兩面，革命和被革命是無法共存的二中選一。

革命黨的組織方式、革命心理學、革命的道德原則，與反對黨的組織方式、反對心理學、反對的道德原則，本質上不盡相同，在貌似神似的性格特點、行動特點、目標特點、話語特點上，每一方面都有著微妙的差異。龐勒的《革命心理學》與托克維爾的《舊制度與大革命》一樣，都是以法國大革命為考察對象來研究論述的，並且引用托克維爾的話說：「法國大革命是以宗教革命的方式、罩著宗教革命的外衣進行的一場政治革命。從其常規的和典型的特徵來看，它確實與宗教革命相似：它不僅像宗教革命一樣傳播甚遠；而且像宗教革命末端，通過預言和佈道的方式深入人心。」〔註 120〕勒龐研究革命心理學得出一個結論：「有一個原則可以被看做是革命機制的一塊基石，那就是人們可以輕而易舉地與其過去一刀兩斷，而社會可以通過制度來實現全盤重建。理性說服人們相信，除了可以引以為楷模的原始時代之外，過去代表著謬誤與迷信的一項遺產，當代的立法者可以與過去徹底決裂。為了更好地體現自己的意圖，他們創立了一種全新的紀元，變換了曆法，更改了月份和季節的名稱。」〔註 121〕也就是說，「人類在這個變動的世界裏已經克服了一些不再適用的自我保護的本能，他已經學會降伏他的一個最原始的、害怕

〔註 120〕（法）A. de 托克維爾（Alexis de Tocqueville），舊制度與大革命〔M〕馮棠，譯，北京：商務印書館，1992：51。

〔註 121〕（法）古斯塔夫・勒龐，革命心理學〔M〕，廣州：廣東人民出版社，2012：161～162。

從高處掉下來的本能反應——事實上，他已經學會打開降落傘，從飛機上充滿信心地跳下來，而不是絕望地固守已經不再能負載他的飛機了。」〔註 122〕

當然，在某種意義上說，所有的革命者都是反叛者、反對者、反抗者，他們的反叛不是爲了取而代之的利益，他們的反對不是爲了變成對手一樣的強權，他們的反抗不是爲了個體本身的生存，他們是超越了受虐狂的事業殉道者。從勞倫斯負罪的角色、盧梭反叛的精神、托爾斯泰罪惡感的解脫、克魯泡特金溫和的革命、甘地受難的力量，到馬克思理論的革命、孫中山革命的自覺、托洛茨基抽象的超然、格瓦拉浪漫的革命，布蘭察德（William H.Blanchard）通過對九位革命者的精神分析，得出革命者的共性道德特徵和內在的革命動力學，可以歸納爲以下幾句話：不是爲自己，而不僅僅是簡單的「自我犧牲」；重族群情感，而不僅僅是簡單的「團結友愛」；無我的觀念，而不僅僅是簡單的「勞動奉獻」；巔峰的體驗，而不是簡單的「生存本能」。

（三）「強控制」解體的原因

此一控制系統，又是如何由「一體化」（Integration）走上「解體」（Disintegration）之路呢？〔註 123〕這是眞正的「臺版」理論，來自臺灣的資深記者、學者楊渡，他曾任國民黨主席馬英九時期的中央黨部文化傳播委員會主任（由文工會改造爲文傳會）。在報禁解除當年的一本觀察文集裏，總結了他在解嚴與解禁「歷史現場」的感受。楊渡認爲，要說明的是「解體」在系統論中的意義並不等同於「崩潰」，而是「由一個行爲主體分解爲兩個或以上的行爲主體的過程」，它不是控制的結果，而是轉變。強控制轉變的原因，就內部環境來看，主要有二：即官僚系統本身的自我腐化（或「調節機制的自我異化」）以及官僚所藉以立足的「小農經濟」已不存在。而僵硬的控制系統工具必然會腐蝕政權本身。其次，臺灣經濟資本主義化的發展，也同時使得系統無法維持平衡穩態。小農經濟／封建官僚／儒家反共意識形態是相適應的穩態結構。然而，當資本主義發展起來，意識形態控制減弱，社會階級

〔註 122〕（美）威廉·H·布蘭察德（William H. Blanchard），革命道德——關於革命者的精神分析〔M〕，戴長征，譯，北京：中央編譯出版社，2004：336。

〔註 123〕1987 年開始，臺灣出版的書籍名稱中，開始越來越多使用一種句式「解剖 XXX」、「透視 XXX」、「解構 XXX」、「重構 XXX」，以及「XXX 解體」、「XXX 解構」、「XXX 剖析」之類，亦可側見當年解與放之氣象、批與判之心態，既衝擊種種霸權之維持、妥協與讓步，又可見各種鬆動、解構與重構，既是跡象紀錄，也是變遷過程。

發生巨大變化（工人上升成爲主體），政治欲要維持其系統平衡已不可能，唯一的辦法只有鎮壓。但美麗島事件後的黨外已經證明，鎮壓並無法發生作用，反而助長其發展，或最後走上革命之路。因而改革政治強控制系統，使之具備議會民主的形態，乃成爲走上穩態平衡的必要條件。〔註 124〕

第二節　轉型正義的語言遷移

一、語境變遷伴隨著新聞轉場

語境（context）本來是語言學領域的概念，語境即語言環境，包括了話語的現實情境和「上下文」的情境。後來開始在歷史、哲學、政治學和新聞傳播學的學術研究中頻頻出現，成爲一個學術研究上主流的話語工具。在研究社會變遷時，研究其中的話語變遷、語境變遷成爲一個有意思的分支，而研究話語變遷、語境變遷中對理論變遷、社會變遷、政治變遷的影響和帶動問題，也成爲一個重要方向。有學者在研究政治態度與語境的關係時發現，公民對於候選人的評價很容易受到周圍鄰居言談傾向的直接影響，即受到當下討論語境的影響。

因應不同的政治環境和語境，學術名詞的譯義中有歧義，也大有深意。試舉幾例相關的經典名詞翻譯和釋義。

（一）「政治衰敗」譯義

公共領域、公共空間的概念，在不同的語境中一直在發展和延展，放在不同的語境中，確實會產生不同的理論和理解。例如，對於亨廷頓的《變化社會中的政治秩序》（王冠華等譯本）一書中的「政治衰朽」（political dacay）一詞，另一個譯本，李盛平等譯成「政治衰敗」，臺灣學者江炳倫等則譯爲「政治衰退」。如果從字面上理解，「政治衰退」對應著「政治發展」，衰朽、衰退，強調的是後果，是既成事實。就連這三個版本書名的前面這個限定詞也有不同的譯法，有譯爲「變化社會中」的政治秩序」，有譯爲「變革社會中」的，有譯爲「轉變社會中」的，還有人建議譯爲「變動社會中」。〔註 125〕與之相關

〔註 124〕楊渡，強控制解體〔M〕，臺北：遠流出版公司，1988：7～8。

〔註 125〕陳星，臺灣民主化與政治變遷——政治衰退理論的視角〔M〕，北京：九州出版社，2013：41。

的概念還有「政治欠發展」，與「經濟欠發達」似乎可以在語境上對應了。而「極權的衰退」、「民主的衰退」也可以與「經濟的衰退」找到語境上的相似性。不同的譯法和用法，在不同的語境中形成獨特的涵義和解讀，轉而影響到後續理論的持續研究和實踐中的應用。而學者們在理解亨廷頓關於政治秩序、政治穩定的表述時，也應該放在「政治變遷」的大提下，即政治現代化過程中的政治穩定，是「穩定的變遷」，而不是單純的保守、秩序、穩定。

臺灣民間社會一方面固然有政治民主化帶來的自由引發的可喜局面，另一方面，則出現非制度化或制度衰毀的可憂現象。「制度衰毀」最顯著的是公權力的破壞。而最嚴重的則莫過於法律權威的失墜。任何形式的社會的存在，都不可能沒有一個具有普遍性規範意義與約束力的權威結構，而現代社會的自由與秩序的基礎，誠如德國社會學家韋伯所說，是建立於理性的法律的權威上的。

在報禁解除政策正式宣布之際，金耀基在聯合報撰文呼籲「新的制度化秩序」，對舊制度定性爲「衰毀」，更接近衰朽、衰敗，而不是衰退，顯然也是一種爲時未晚的預見。1987 年的年輕學者金耀基，還沒有成爲後來的臺灣中央研究院院士和香港中文大學校長那樣耀眼，但挾著臺大政治學碩士、美國匹茲堡大學哲學博士、香港中文大學新亞書院院長的身份，遊走在香港臺灣之間，在難得見到的一篇見諸報刊的文章中，談到了大眾傳播媒介的新挑戰：「報紙不但是傳播訊息，它更要創造自由市場，使報紙成爲自由討論的媒介與推動者。」「可以預見的，在臺灣急速轉變的過渡期中，報紙的倡導的功能將逐漸加多，而不是逐漸減少。我們認爲，只要意見自由市場保持開放與多元，只要「報導」與「意見」保持嚴格的分離，報紙倡導的功能與報導的功能都是社會發展中所不可缺少的。」〔註 126〕

（二）「轉變」與「轉型」譯義

有學者總結全球第三波民主化的四個特徵時，認爲亞洲並不是例外，臺灣甚至還更具典型特徵，因爲這四個特徵在臺灣的轉型過程中都有相應的體現，甚至可以說，正是臺灣的轉型過程爲第三波提供了豐富的例證。這四個特徵，第一個是「後來的轉型越來越多地受到早期轉型的推動」。亨廷頓將這一態勢稱作「滾雪球」，即早期轉型爲後來的轉型提供動力的過程。第二個特

〔註 126〕金耀基，大眾傳播媒介的新挑戰〔N〕，聯合報（臺北），1987-12-4（2）。

徵是「它們經常使用談判的方法」。如西班牙、拉丁美洲以及後來的南非轉型中所使用的經典的「協定」方式。有些體制在面臨軍事失敗或者群眾示威的形勢下直接就崩潰了，比如菲律賓。在其他案例中（比如中國臺灣和巴西），轉型基本上是由上層引導的——亨廷頓將其稱爲「轉變」（transformation）。不過，許多轉型都需要政府和反對派雙方——他們擁有差不多對等的力量——通過談判達成協議。第三個特徵是公民社會發揮了至關重要的作用。威權統治精英（甚至是「溫和派」）變得願意達成一項交易，或者開始認定有爲其退出做出計劃安排的需要。「這在很大程度上是因爲日益增多的抗議、罷工、示威以及其他抵制行動正在損害經濟，使威權秩序變得不穩定，而且使政權失去合法性。」第四個特徵，實現民主變革的一個至關重要的手段是選舉程序。「競爭性選舉會提高公民的民主意識，使人們在政治上變得更爲活躍和挑剔，迫使（哪怕是）威權政府也要更負責任和更快地作出回應，培養公民組織的技巧和能力，增強法院捍衛公民權利的趨向，以及爲大眾媒體打開更大的空間。」「令人吃驚的是，有這麼多國家舉行過被操縱或者嚴重受限的選舉——在有些國家或地區（就像中國臺灣、塞內加爾、墨西哥和肯尼亞）進行了幾十年，然後卻又通過這些選舉程序實現了民主轉型。」〔註 127〕

「威權中包含自由因素」的觀點，也在學者的觀察中得到了一定認可。一種流行在亞洲的看法認爲，民主政治不利於經濟發展，爲了經濟發展應該採行威權統治。但是這種理論缺乏事實的根據。相反地，無論就理論或實際的情況來說，民主政權比威權政權更有能力在面對經濟危機時生存下來。不過，我們支持民主並不全然是出於經濟的理由，還因爲它比較符合人性的尊嚴和自由等價值。〔註 128〕蕭全政回應耶魯大學政治與社會科學教授 Juan Linz 的這一觀點時提出，人民與政府或民間社會與國家機關間的關係，也不一定就是衝突或是後者宰制前者，我們亦常看到前者寄生、榨取後者，如不良的政商關係所表現者。〔註 129〕

〔註 127〕（美）拉里・戴蒙德，民主的精神〔M〕，張大軍，譯，北京：群言出版社，2013：47～49。

〔註 128〕Juan J・Linz. Democracy and Democratization Today（今日的民主與民主化）〔G〕／／中央研究院臺灣推動委員會 主編，威權體制下的變遷：解嚴後的臺灣，臺北：中央研究院臺灣史研究所史籌備處，2001：17。

〔註 129〕蕭全政，臺灣威權體制轉型中的國家機關與民間社會〔G〕／／中央研究院臺灣推動委員會 主編，威權體制下的變遷：解嚴後的臺灣，臺北：中央研究院臺灣史研究所史籌備處，2001：64。

（三）「民間社會」譯義

civil society 翻譯成「民間社會」「公民社會」、「市民社會」，三種翻譯皆可，但又「隱含著不同的策略思維和內在意涵」。自從 1980 年代中期，「民間社會」這個名詞成為一個熱烈辯論的話題，伴隨而來的是「新馬」、「文化霸權」等新名詞。同時，這些新名詞代表的新思潮，也為這一波挑戰國民黨的社會運動掀起新高潮。同時，民間社會論還容易取得道德上、心理上、輿論上、社會動員上的種種優勢。甚至讓新成立的民進黨的社會運動路線有了「理論基礎」，並看到了「社會力量」所代表的「群眾」的可動員性，從而更確立了以追求草根民主對抗威權統治的政治路線。〔註 130〕

最早以「民間社會」概念發起「挑戰論述」的是南方朔，他在 1986 年的「拍賣中華民國」、「臺灣的社會運動」兩篇文章中提出「民間社會」的概念和論述。〔註 131〕據後來者分析，這樣的翻譯可以立即製造至少三個效果：第一，由於民間哲學的架構把首要對抗關係放在「民間社會」與「國家」之間，所以便有民間社會內部應當團結起來一致對外的意思。在當時較具體的所指，便是希望反對運動（黨外）不要搞「統獨」之爭，以免分化、分裂黨外力量。第二，當然明顯是反對國民黨，「民間」對「國家」、「統治」對「民間」，很容易簡化為官民對立和對抗，民間哲學聯繫到了官逼民反、民間造反等等，如果把 civil 譯成「公民」、「市民」就沒有這個效果。第三，南方朔提出的「拍賣中華民國」，是指將國營企業轉變為民營，主張國家退出民間社會，反對國家資本壟斷，剛好呼應了另外一些經濟學者正在倡導的自由主義。〔註 132〕

（四）「極權」「集權」「威權」譯義

極權、集權、威權的種種譯法，也顯然有著針對不同語境、不同對象、不同時期的策略性考慮。極權主義與威權主義是極為容易混淆的兩個概念，雖然其中都包含有專制、專權的意味。「極權主義」（totalitarianism）是一個貶義的譯名，相對用得較多，也有學者選擇中性的譯法「全權主義」。高華在評點國民黨元老鄒魯之子鄒讜的《中國革命再闡釋》一書時，講述了「全能主

〔註 130〕陳登武，臺灣全志 卷十二 文化志·文化事業篇〔M〕，臺北：國史館臺灣文獻館，2009：52～53。

〔註 131〕南方朔，臺灣政治的深層批判〔M〕，臺北：風雲時代出版社，1994。

〔註 132〕機器戰警 主編，臺灣的新反對運動〔G〕，臺北：唐山出版社，1991：30～31。

義」一詞翻譯的來歷：20世紀80年代中後期鄒讜在北京大學做客座教授多年，北大當時是全國高校政治學教師的進修基地，把鄒讜先生的看法很快傳播了開來，這就是他使用的「全能主義」的概念。其實「全能主義」概念和極權的概念在英文是一樣的，只是鄒讜考慮到當時大陸的語境而使用了「全能主義」，從而拉開了一個口子，使這個原先禁忌的問題可以談了。「集權主義」的概念在改革開放後偶而出現，「社會主義集權主義」在80年代用過。〔註133〕1980年中文版《傳媒的四種理論》中，選擇了另一種中性譯法「集權主義」。而「威權主義」（authoritarianism）是另一個概念，臺灣學者用得較多，是相對中性的譯法，中性的譯法還有「權威主義」、「權力主義」、「命令主義」，貶義的譯法則是「獨裁主義」。

歸納起來，極權主義（集權主義、全權主義、全能主義）與威權主義（獨裁主義、權威主義、權力主義、命令主義）是兩個不同的概念，極權與集權是一回事，威權與獨裁是一回事，只是在詞意的輕重褒貶上有程度分量的差別。不同語境中出現不同譯法，一個可能是翻譯者和出版者理解上的差異和自我約束，也有可能是不願意直接衝撞極權者而以集權代之、不能夠直呼獨裁而以威權書之，其中的硬性威權已經接近極權，而柔性威權更像是集權。但威權與極權根本上的不同還在於，威權是可以改革的，但極權主義政權一旦實行，該體制就無法對自己進行改革。〔註134〕

新聞報導尤其容易受到語境的制約和限定。按照布爾厄迪的場域理論，在政治場、社會學場和新聞場三個場域中，「與數學場的高度自主性相比，新聞場和社會學場域被認為是高度他律性的」。「新聞場不斷他律化，不斷被自身最他律的一極控制。」布爾厄迪強調的是：「新聞場的自主程度很低，但儘管微弱，這種自主性也意味著不能簡單地依靠周圍世界的知識去理解新聞場發生的事情；要理解新聞場發生的事情，只知道誰為出版提供了資金、誰是廣告商、誰為廣告買單、津貼從何而來等信息是不夠的。」〔註135〕確實，新

〔註133〕高華，歷史學的境界〔M〕，南寧：廣西師範大學出版社，2015：215。

〔註134〕展江，王曉芃，譯者序言〔G〕//（美）弗雷德里克·S·西伯特，西奧多·彼得森，威爾伯·施拉姆，傳媒的四種理論，戴鑫，譯，展江，校，北京：中國人民大學出版社，2008：15。

〔註135〕（法）皮埃爾·布爾厄迪，政治場、社會科學場和新聞場〔G〕//（美）羅德尼·本森，（法）艾瑞克·內維爾 主編，布爾厄迪與新聞場域，張斌，譯，杭州：浙江大學出版社，2017：33。

聞學與傳播學不是一回事，新聞業和報業不是一回事，新聞場域不能簡單地等同於新聞、報紙、媒介這些不同層面的概念。把新聞人等同於報人，把報人等同於文人，把文人等同於知識分子，唯一可能重合的一刻，就是民國年間張季鸞在《大公報》的短暫時期，以前沒有過，以後也不應該有，甚至與張季鸞同一時期的其他報人、新聞人、文人、知識分子之間，從概念到人群，也早已不是一個模子能刻出來的。

（五）「宣傳」與「傳播」、「世論」與「公論」譯義

日本戰時的宣傳戰理論家、戰後的輿論學專家小山榮山，在擔任國立世論調查所所長的年代，1953 年給《東京大學新聞研究所紀要第二號》投稿的論文中，關於戰前的「政治宣傳」與戰後的「大眾傳播」的相同性質，是這樣寫的：關於輿論指導的手段，直到第一次世界大戰之前，一直都專門使用宣傳（Propaganda）這個詞。但是，通過兩次大戰，在事實上和意識上，所謂的宣傳，都被理解成了「撒謊的技術」一樣。在這種情況下，為了避開宣傳的這種負面意義，取代政治宣傳的說法，開始使用了大眾傳播這個詞語。〔註 136〕

佐藤卓己專門辨析了輿論、公論與世論的不同，講到明治天皇曾提出「萬機決於公論」、「不惑於世論」。《軍人敕諭》（在明治十五年即 1882 年發布的《下賜陸海軍人敕諭》）五條之一中講到「不惑於世論，不拘於政治」，此時的世論「是世上的人對國家及軍隊的事情隨意發表自己不經思考的見解」。〔註 137〕可見世論不等於輿論，更不等於公論。世論帶有某種貶義成分，世論像空氣、情緒，輿論氛圍就是「空氣的讀寫能力」，所謂良好的輿論氛圍，也像空氣和情緒一樣不可琢磨，營造得再好也會消失。針對 2005 年小泉純一當選首相時世論與公論上的反差，佐藤卓己在《京都新聞》的專欄文章中寫到：「電視時代的政治家會期望自己永遠是人氣王吧。然而，政治伴隨幻滅，支持率下降是必然。不消失的政治才是真的危險，那才是強制國民不停狂熱的法西斯主義。常常被誤解，但是全體主義並不是將國民從政治空間排斥在外。希特勒和斯大林都沒有說『給我沉默』，反而命令『大聲說』。也就是，通過

〔註 136〕（日）佐藤卓己，輿論與世論（閱讀日本書系）〔M〕，汪平，林祥瑜，張天一，譯，南京：南京大學出版社，2013：29。

〔註 137〕（日）佐藤卓己，輿論與世論（閱讀日本書系）〔M〕，汪平，林祥瑜，張天一，譯，南京：南京大學出版社，2013：10。

定期地讓國民大聲喊出對領導者的強烈支持，向全體國民提供參與政治過程的機會。」〔註138〕倒是宣傳與大眾傳播的關係，既是名實之爭，也有戰爭動員、政治宣傳與信息傳播、商業推廣的內容形態之分，政治家軍事家和企業家都會在戰時和平時一樣，不分彼此地會心一笑。

名稱本身就是定義、定性，就是態度、判斷和取向，就是記憶和歷史。

1979 年 12 月 10 日發生在高雄的遊行和暴力衝突，是由美麗島雜誌組織發動的。官方一般稱之爲高雄事件，反對派常稱之爲美麗島事件。再加多兩個字的時候，官方的說法是高雄暴動事件，反對派則稱爲美麗島不幸事件。再具體到經過軍事法庭公開審判之後，在定性和定義上又有不同的說法：「是暴行還是暴動？是衝突還是叛亂？」「這次逮捕十四人後當天中午發表的聲明，僅說他們涉及暴行、暴力或暴亂，而未提及叛亂」，「可是晚間廣播，則說他們是叛亂犯了」。〔註139〕被審判的當事人之一呂秀蓮引用陶百川回憶錄《困勉強狷八十年》中的話，試圖以陶百川是「良心人說良心話」，來爲「高雄不幸事件」辯護。而呂透蓮的文章又被陶百川收入回憶錄的續集《困強回憶又十年》之中。

這種互文式的印證和解讀，後人可以在檢閱資料時得到連串的線索，但單本閱讀時，仍然容易被牽引到作者預設的判斷框架內，反而屏蔽了官方的說法和多方的平衡。不說話的人的「說法」就此沉默、湮沒、埋沒，而喜歡說話的人的話留下來了，喜歡寫回憶錄的記錄留下來了，在後來人的眼裏，只能靠這些留下的話作爲歷史的憑證，如此以來，不僅所有的判斷只能靠名稱本身，連歷史都突然成了「說出來」的東西、「寫出來」的東西。歷史是英雄造的，還是人民群眾創造的，最後都成了這些喜歡寫字說話的人造出來的東西。甚而野史取代了正史、變成了正史，變成了歷史唯一的記錄者和最後的審判者。

二、協商語言：經典的亞銀模式「Chinese Taipei」

名稱之爭，就是名義之爭，就是名實之爭，就是權利之爭，甚至主權之爭。從臺灣在亞行會籍重新確認過程中的稱謂變化，可見一斑。因爲層次遞

〔註138〕（日）佐藤卓己，輿論與世論（閱讀日本書系）〔M〕，汪平，林祥瑜，張天一，譯，南京：南京大學出版社，2013：245。

〔註139〕陶百川，困強回憶又十年〔M〕，東大圖書，臺北：1995：334。

進中有交錯和退讓反覆，不能簡單地用表格順序列出，所以還是用過程邏輯描述，並按名稱出現的先後順序標明序號：

在中美建交、臺灣退出聯合國之後，除了在聯合國的席位屬於中華人民共和國，還有許多聯合國附屬機構、下屬組織和其他相關組織內的去留問題。1984 年，亞洲開發銀行轉達給臺灣的通知是，要想保留會籍，必須改爲「中國臺灣①」((Taiwan China)，亞銀總部不能出現中華民國的國旗。臺灣第一時間想用的名稱「中華民國—臺灣②」顯然不現實，美國建議參照本年度奧運會的做法，叫「中華臺北③」，中國堅持用「中國臺北④」，臺灣又無法接受。在採用拖延之策的過程中，臺灣希望有「第三方」提出用「中國（臺北）⑤」、「中國（臺灣）⑥」。在 1985 年會期臨近的時候，臺灣列出可能的名稱是「中國（臺灣）、中國（臺北）」、「臺灣，中國⑦」，乃至用拼音的「中國—臺灣」(Chung Kuo—Taiwan⑧)，當然還有一種辦法是繼續拖延處理。後來臺灣給錢復的指示是，「臺灣，中國」也不能接受，因爲香港也是同一用法，會讓人以爲臺灣類似而降爲地方實體，希望繼續考慮「中國（臺北)」及「中國（臺灣)」。居間調解的美國方面的立場一直是彈性、務實，希望臺灣保留在亞行的會籍，名稱上沒有特別的意見，到這一刻也沒有特別的辦法，建議就用「臺灣，中國」，反正不可能出現「中華民國」字樣。美方提示說，兩年前鄧小平曾表示臺灣可以用「中國，臺北⑨」名稱，隨即又建議說可以考慮用「臺北，中國⑩」，並說明與香港的不同在於可以單獨投票。臺灣的行政院外交部拒絕了美方的建議，對此美方則表示失望，認爲臺灣可能不可避免地更加孤立，甚至會籍不保。美方又轉達亞銀總部轉來的意見，臺灣可用「中國臺北」(China， Taipei) 名義繼續留在亞銀，但以後的亞銀總部將不再懸掛各會員國國旗⑪，只掛亞銀及東主國的旗幟。臺灣回覆，對「中國臺北」名稱拒不接受，屆時將做嚴重抗議，但不退出⑫。美國國會隨後通過的亞銀權益案規定，如臺灣的會籍權益遭排斥，美國提供給亞銀的基金不得動用⑬。在作爲聯合國成員國的中華人民共和國 1985 年 11 月正式入會後，亞銀通知今後的董事年會，各國不再使用國家名牌，而僅有董事的姓名牌，臺灣董事在發言時可使用「中華民國」正式名稱一次，如再使用將受主席制止⑭。臺灣董事 1986 年 4 月致函亞銀表示，由於亞銀擅改我方名稱⑮，將不參與本年的董事會。到了 1987 年，因爲代表團座位使用何種名牌，沒有辦法解決，亞銀董事會上臺灣又告缺席。美國眾議院議員提出修正案，規定當臺灣在亞銀受排斥時就不能動用美國提供的基金(16)。美國政府官員找到錢復，希望打消這一修正案，因為萬一通過這項法案，將迫使美國政府停止對亞銀撥款而造成嚴重問題，而其他會員國可能將亞銀業務停頓歸咎於臺灣(17)。轉眼到了蔣經國去世後的 1988 年 2 月，臺灣提出的名稱依序是「中國—臺北(18)」、「中國／臺北(19)」、「臺北／中國(20)」。當美方興沖沖地以沒有重名、沒有衝突、沒有被反對過而支持「臺北／中國」之名時，亞銀總裁傳達了來自中華人民共和國的態度：這事三年前就討論過了。最後亞銀出面打圓場，對臺灣做出三項保證，由總裁出面擬了函件交給臺方代表，但要求保密（21）。這三項秘密保證是：1.確認臺灣為亞銀創始會員國；2.亞銀將臺改名並不影響臺灣為該組織正式會員的地位和權益，該項名稱僅係亞銀內部工作名稱；3.臺灣與亞銀或與其他會員通訊及在亞銀舉辦會議中仍可使用國名。於是，經過三年的來回折騰、兩年的缺席之後，臺灣決定組團參加 1988 年亞銀年會。

亞銀的名稱之爭、名義之爭、名實之爭，三年後終於告一段落。一個很大的原因是臺灣不想放棄在亞銀的會籍，而蔣經國的「務實外交」到李登輝時代的「彈性外交」、「民間外交」政策，毫無疑問也是重要原因。對於臺灣當局來說，應該參加此類國際組織，參加總比不參加好，這是很現實的問題。「當『名』與『實』中必須做一選擇時，當然是『實』重要。」〔註 140〕

即便如此，事情並沒有結束，名稱、名義之爭看似已經塵埃落定，但是名分、名堂的問題依然是各方糾結和博弈的焦點，在具體作為或現場活動中，還有許許多多的做法去層層衝撞、時時較勁，其中又可以細分出細微的差別和不同的層面。第 21 屆亞銀年董事會 1988 年 4 月 27 日在馬尼拉舉行，臺灣的十人代表團參加時，每人都胸戴國旗章，並以膠布將胸牌上的亞銀擅改的名稱貼蓋，至於桌位名牌旁，則放置抗議牌，張繼正總裁在演說時也對亞銀擅改其名稱表示抗議。中共代表團曾針對上述情形散發書面聲明，指臺灣代表團違反其與亞銀的諒解備忘錄。美國和東加兩國的代表在致詞中對臺灣代表團重返年會表示歡迎。

按錢復回憶錄中王力行的「編按」，臺灣最終接受的會籍名稱是「中華臺北」（Chinese，Taipei），在兩年後重返年會現場時，以遮蓋「中國臺北」名牌、桌上擺放「抗議中」（Under Protest）牌子的方式開完會議。細細辨別這一段

〔註 140〕錢復，錢復回憶錄（卷二）華府路崎嶇〔M〕，臺北：天下文化出版公司，2005：559。

描述的六七個動作和行爲，都頗有深意：看似衝突或不相干的行動表態間，都有著強烈的呼應和暗示關係；看似自說自話、各說各話的不同主體間，都有著不能明示的默契和較量關係。套用一句網絡上流行的話來說，你知道我反對，我也知道你知道我反對，你也知道我知道你知道我反對；我必須反對，我必須讓你知道我反對，我必須知道你知道我反對：我承認我反對，我承認我必須反對，我承認你知道我必須反對。反之亦然，反之亦可，反之亦行。這是名實之爭的更高層次，更高階段，更大名堂，更大空間。沒有了非此即彼，沒有了你死我活，沒有了有我沒你；沒有了一錘定音，沒有了一勞永逸，沒有了一貫到底；沒有了黑白分明，沒有了白紙黑字，沒有了非黑即白。

這就是著名的「亞銀模式」。回到前面提到的 1984 年奧運會上的成功做法，中華臺北、中國臺北，翻譯成中文前的英文沒有區別，都是「Chinese，Taipei」，而臺灣堅持這個英文詞組只能翻譯成「中華臺北」。「中國臺北」之直譯「China Taipei」，因爲臺灣的抗議一早就已先擱置或讓步，事實上也是一個仍然存在的選項。但在兩岸翻譯成中文時就有了不同的用法，在不同的歷史時期還有對應和交錯的變化。當時當地的情形無法迴避，爲了表述上的方便暫且不去細說，但絕不是忽略不計。從同一時期兩岸不同用法上的各自表述，以及對「對方對應用法」是否認可兩個方面來考察，即便是各方都認可英文表述爲「Chinese Taipei」的前提下，仍可以分成以下幾種變化或者選項（A 和 B 分別代表大陸和臺灣）：

A 中國臺北 | B 中國臺北，A 認可 B，B 認可 A

A 中華臺北 | B 中華臺北，A 認可 B，B 認可 A

A 中國臺北 | B 中華臺北，A 認可 B，B 認可 A

A 中國臺北 | B 中華臺北，A 不認可 B，B 認可 A

A 中國臺北 | B 中華臺北，A 認可 B，B 不認可 A

A 中國臺北 | B 中華臺北，A 不認可 B，B 不認可 A

目前所互相能夠接受、容忍、認可的一個平衡點，就是在大陸表述爲「中國臺北」，在臺灣表述爲「中華臺北」。唯一一次在中國大陸表述爲「中華臺北」，是在 2008 年北京奧運會期間，那也是兩岸關係最爲融洽的時候。

三、模糊的共識：人為語言製造迷宮

（一）40 種「兩岸關係」

據統計，目前所知的兩岸關係論述有 40 種。兩岸關係有哪麼複雜嗎？起碼在學者五花八門的論述上有。而且，還有千千萬萬種的新概念、新名詞、新表述，正在不斷地被發明、創造。

兩岸之間的九二共識，臺灣非要「一中各表」，結果表得五花八門，窮盡了人類語言的可能性。據中國人民大學教授王英津的統計，大陸研究界關於兩岸政治關係定位論述有 19 種，臺灣研究界更複雜，竟然有 28 種。加上海外和香港的 3 種不同論述，總數達到 40 種。臺灣論述上前期的做法是通過否定大陸來強調自身的主體性，發現此路不通後，開始從「否認對方」轉向「肯定對方」，試圖以「雙方對等」來肯定自己。〔註 141〕以前是有我所以沒你，現在是有你所以有我。想盡辦法創造、拆分、挪用、置換、轉換各種名詞和動詞，進行重新組合、定義和解釋、限定。比如，一個「分」字，就分出了分離、分解、分割、分裂、分治、分享。且不提「一個中國」都想要進行「自行表述」，單單「一國」前提下的「兩制」二字，就演化出了「兩治」、「兩府」、「兩院」、「兩體」、「兩權」、「兩區」、「兩岸」。議題的爭議化，導致爭議的議題化，而爭議化議題，拖成議題化爭議。再加上這種論述還有三種目的：給自己定位、給對方定位、共同定位。三個定位角度和兩表角度相乘，再乘上40，就可能延伸、衍生出 240 種以上的變種、變異、變形；乘以「做而不說」、「說而不做」，「說就是做」、「做就是說」的 4 種變數，就有了 960 種；再乘以對內說、對外說、對他人說的三種語境，就是 2880 種。再換不上不同的人、在不同的時間、不同的場合，衍生、變異出更多、更細、更錯綜複雜的說法、做法、用法，眞的就有十萬八千種。估計編一本辭典，也難以收齊。這樣一來，兩個點之間的邏輯關係，被語言的魔方轉上幾十圈，變成一個更加巨大的語言八卦陣，必然變得面目全非，一團亂麻越纏越大、越攪越亂，永遠也理不到線頭。

（二）無數種「一中各表」

「國家」與「政府」兩個概念，鑒於在學理上的多重涵義和兩岸意義上的涵義，「國家」有「10＋3」種、「政府」有「4＋2」種。王英津還列舉了兩

〔註 141〕王英津，兩岸政治關係定位研究〔M〕，北京：九州出版社，2016：14。

岸關係研究中一些容易混淆的「概念發明」、「概念組合」。這些「概念發明」舉例如下：一中不表、一中各表、一中共表、一中同表、一中新表、各表一中、各表一國、一中兩區、一中兩憲、一中三憲、一中兩岸、一中兩國、兩憲一中、憲法一中、兩岸一中、兩國一中、兩岸一國、一國兩區、一國兩府、一國兩治、一國良制等等。這些「概念組合」舉例如下：主權所有權與主權行使權、國家繼承與政府繼承、國家承認與政府承認、人民主權與民主形式、自決與公決、國家與國度、國度與國際法意義上的國家、國家與政府、國名與國號、法理狀態與事實狀態、法律承認與事實承認、法律人格與政治地位平等、形式平等與實質平等、政治問題與學術問題、政治問題與法律問題、國際政治上的主要與國內政治上的主權、實體一中和虛體一中、法理擁有與事實行使，等等。〔註 142〕這不是大人們在玩文字遊戲，也不是小孩子猜謎的小把戲，好不容易找到一個共識的詞，卻不能共表、同表，等於在語言上進入了無盡的迷宮、可怕的黑洞。

臺灣當局對大陸稱呼，主要有五種：中共、毛共、共匪（匪）、中國大陸（大陸）、中國。政大國關中心〔註 143〕的重要學術刊物《問題與研究》1961 年到 2013 年 40 多年間所刊發的文章統計看，中共 175 次，毛共 49 次，共匪（匪）155 次，中國大陸（大陸）40 次，中國 32 次。〔註 144〕從統計中可以看出，1977 年前使用的「毛共」、「共匪（匪）」，在 1978 年開始就沒有再出現過；「中共」、「中國大陸（大陸）」、「中國」的稱呼相對中性，但雖然持續了四十年，在每個階段含義有別，比如在中美建交之前，講起中國是包括「大陸淪陷區」和「光復基地臺灣」的，到了後來「臺獨言論」公開化的時候，就有意無意地在與「臺灣」並列的層面上講「中國」。解嚴之後的中國大陸，不好再以「淪陷區」、「匪佔區」視之，有意將之定義為與「自由地區」（臺灣地區）相對應的「大陸地區」。臺灣當局 1994 年發布的「臺海兩岸關係說明書」中，

〔註 142〕王英津，兩岸政治關係定位研究〔M〕， 北京：九州出版社，2016：29。

〔註 143〕臺灣最有名的官方智庫是政治大學國際關係研究中心，屬於「黨國一體」，位置重要。編輯有兩本刊物《問題與研究》、《匪情月報》（1985 年更名為《中國大陸研究》。要知道其位置之重要，可以看看這個眼花繚亂的「旋轉門」：1984 年，張京育出任新聞局長，邵玉銘繼任國關中心主任；1987 年邵玉銘出任新聞局長，張京育回任國關中心主任。1989 年張京育擔任政治大學校長，暫兼主任。1990 年林碧炤接任國關中心主任，1994 年林升任總統府、國安會副秘書長後，國關中心主任再由邵玉銘繼任。

〔註 144〕陳先才，臺灣地區智庫研究〔M〕，北京：九州出版社，2015：153～154。

「中國」的含義之前不再是指「中華民國」，而是指「歷史上、地理上、文化、血緣上的中國」。後來又換了說法，提出「一個中國」不是指過去的、現在的「中國」，而是指未來的「一個中國」。〔註 145〕

（三）「共識」一詞突然找不到共識

如果按照這樣的邏輯不斷想方設法、處心積慮地「創造概念」、「發明歷史」，基本的前提在不斷地模糊、漂移、轉換，前面提到的「一中各表」概念，名詞的涵義理論上又會產生了無數的可性性，「共識」的可能性也變成無窮小。接下來突然發現，連「共識」這個詞，也變得沒辦法找到共識。

「九二共識」這個名詞的提出、試創或者發明者蘇起，對於「共識』一詞的感受也最爲複雜，他認爲用「共識」這個詞本身就是一種「創意的模糊」、「善意的模糊」，「共識」是模糊的政治名詞，沒有法律意涵。〔註 146〕2000 年 4 月 28 日，即將卸任的陸委會主任委員蘇起在淡江大學的一場研討會上提出了「九二共識』這個名詞。這時離陳水扁即將就任總統的「520」大限不到一個月，民進黨已經內定爲李登輝總統起草過「兩國論」表述文字的蔡英文接任陸委會主任委員。兩個月後（6 月 27 日），陳水扁以總統身份在府內接見美國訪賓時，表示新政府願意接受「一個中國，各自表述」的共識。這個說法在第二天遭到陸委會主委蔡英文的否認，造成下屬否認長官談話的罕例。

「九二共識」的「九二」，「指涉的是九二年到九五年的兩岸緩和經驗」，說起來話長，這裡按下不表。單說「共識」這個名詞。按蘇起的解釋：「共識」在中文是外來語，從英文 consensus 翻譯過來，在一九八〇年代臺灣多元化與民主化的過程中才開始流行，並於一九九〇年代傳入中國大陸。嚴格地說，它確實不是法律用語，卻十分簡單貼切地描述了前述「換文」（exchange of notes or letters）兩造所表達的共同看法。因此，在一九九二年以後，我方官員與媒體不約而同地同時使用「共識」來說明一九九二年的共同看法。中共官方至一九九五年四月二十八日汪辜會談兩週年時，也首度使用「共識」一詞。顯見兩岸不僅有共識，並對「共識」一詞的使用，也有共識。〔註 147〕然而，事實的變化遠比理論複雜。2016 年民進黨再次上臺執政，蔡英文比陳水扁更

〔註 145〕祝捷，兩岸關係定位與國際空間——臺灣地區參與國際活動問題研究〔M〕，北京：九州出版社，2013：57。

〔註 146〕蘇起，兩岸波濤二十年〔M〕，臺北：天下遠見出版，2014：152。

〔註 147〕蘇起，兩岸波濤二十年〔M〕，臺北：天下遠見出版，2014：29。

「綠」，520 就職演說中絕口不提「一中」和「九二共識」。2017 年 10 月 10 日的「國慶日」講話，提出 2017 年是「兩岸交流三十週年」，卻仍未提及「一中」和「九二共識」兩個詞，並重申其「新四不原則」。又一次成為在野黨的國民黨又如何呢？2017 年 8 月 20 日在國民黨第二十次代表大會上宣誓就任主席的吳敦義表示：國民黨若重新執政，一定尊重「九二共識」。在這裡，他用的詞是「尊重」，而不是承認、贊成，更不是支持、遵守。暗獨之態，與民進黨的蔡英文的表述，在本質上似乎並無區別。

四、解禁第三波：黨政軍退出廣電

雜誌、報紙相繼開放之間，隔了八九年，廣電開放的完成又等了十幾年。呼籲黨政軍退出老牌的中視、華視、臺視，要求廣播電視開放的呼聲無法迴避，相應來說，似乎過程更為曲折困難，除了依法辦事的漫長程序，民進黨的訴求增加也提高了其中的難度。但是，解禁的趨勢不可阻擋，甚至在報禁解除後，已成為理所當然的解禁「第三波」。

（一）廣電媒體：「不完全開放」

自 1959 年政府凍結無線廣播電臺申設之後，共有 99 家申請案件遭到駁回，理由為「政府整理頻道期間，不再開放電臺」。到後來新興的調頻廣播問世，主管機關也只是分三個梯次指定中國廣播公司等八家電臺開辦調頻廣播業務，而不是完全放開禁制。

臺灣地形多山，許多地區因地形、地物的阻隔，電視信號收視不佳，除合法的社區共同天線外，另有許多非法第三臺私接線路，播出三臺以外的節目，俗稱第四臺。主管機關自 1983 年起分梯次執行「順風專案」，取締非法第四臺。廣播業界，吳樂天等人以私設電臺方式干擾合法電臺播音，用突破言論封鎖、爭取言論自由為訴求，反證政府無頻道的說法係與事實不符。〔註 148〕

解嚴前後，國民黨利用其執政優勢不斷阻擾各界對開放無線電波的抗爭，而民進黨則基於政黨發展需要，附和島內廣電媒體的改革訴求，不斷在此議題上挑戰國民黨。為突破國民黨掌控電視媒體的困境，1986 年 11 月 30 日，當時在海外的許信良未獲國民黨政府許可卻強行搭機返臺，在機場引發

〔註 148〕洪瓊娟，重構廣電結構〔G〕／／卓越新聞獎基金會 主編，臺灣傳媒再解構，臺北：巨流圖書公司，2009：25～26。

警民衝突，「綠色小組」以影像記錄其過程並對外發售，同時在非法的第四臺廣爲播放，象徵著臺灣媒體改革行動延伸到電子媒體場域。〔註149〕此後，非法的第四臺成爲反對黨爭取媒體權的出口，大舉介入第四臺的經營，陸續集結成名稱掛有「民主」旗幟的「民主臺」，第四臺的俗稱又變成了「民主臺」。廣播行業的「藍天綠地」景觀，就此形成。

接續解除戒嚴和解除報禁兩個解禁之後，廣播電視成爲第三波解禁的「要角」。主管廣播電視業務的行政院新聞局，於1992年宣布開放廣播頻道申請，至2003年全島有線電視營運執照發放完畢，前後約有十年時間，形成了臺灣社會的第三波解禁。〔註150〕爲了解決黨政不分，交通部、國防部與新聞局多頭管理問題，1996年，當時的新聞局長程建人提出應成立獨立的機構管理廣電業務，引起各界響應並付諸實際行動，至2004年1月7日公布「通訊傳播基本法」，2005年11月9日「國家通訊傳播委員會組織法」完成立法，獨立機關國家通訊傳播委員會（NCC），於2006年2月22日正式掛牌運作。

平實而言，廣播電視媒體的解禁，在當時的時空受惠於政治解禁、報禁解除甚多，的確對於民眾言論自由與「知的權利」的擴增有直接的影響。媒體解禁的核心思想在於追求公平、公義，合理地分配國家有限的媒體資源，故期待媒體營運能服務全民的需求，引導社會國家朝更良善的方向發展。〔註151〕

楊志弘把廣播電視之禁簡稱爲「臺禁」。看似簡潔有力，卻沒有流傳開來，除了王天濱在《新聞自由——被打壓的臺灣媒體第四權》中有「臺禁」表述（「禁止民營電臺申設」），其他相關著作和論述中比較少見這一提法。一個主要原因在於，廣播電視頻道資源與技術、網絡投入和管理的門檻限制，遠遠複雜過報紙的印刷和發行。

（二）公共衛視：「不完全誕生」

相對於報禁的「不完全解禁」，公共電視的誕生是典型的「不完全誕生」。如果說當年的電視節目是「豐盛中的匱乏」，那麼當年的報業可謂是「匱乏中

〔註149〕馮建三，臺灣媒體八十年1921～2002〔J〕，二十一世紀雙月刊，2002（74）：119～126。

〔註150〕洪瓊娟，重構廣電結構〔G〕／／卓越新聞獎基金會 主編，臺灣傳媒再解構，臺北：巨流圖書公司，2009：24。

〔註151〕洪瓊娟，重構廣電結構〔G〕／／卓越新聞獎基金會 主編，臺灣傳媒再解構，臺北：巨流圖書公司，2009：33。

的豐盛」，尤其是在「保護與放任」政策下的中時、聯合兩大報系，賺得盆滿砵滿。而公共電視節目的出現，也是試圖取代或補充已經過度商業化的既有三家「政府電視」，以應付社會與輿論的壓力，彌補流失的「道德領導正當性」。早在 1980 年，當時的行政院長孫運璿就提出了「公共電視臺」的設想，跟起源於西歐的公共廣電服務概念不同，而是「負責製作沒有廣告的社會教育節目，以配合國家政策和教育的需要」。兩年之後（1982 年 6 月），新聞局邀請傳播學者徐佳士、媒體工作者張繼高等人，組成「廣電未來發展研究委員會」，研擬計劃草案。新聞局主張提撥廣電事業盈餘作爲公共電視發展基金，籌劃公共電視臺。有的立法委員主張從商業電視廣告營業額中抽稅或徵收頻道使用特許金，資助公共電視體制，創造結構性的變革。以臺視董事長許金德爲首的三臺方面積極游說阻止，不但取消了從三臺廣告固定抽稅的構想，最後也放棄了公共電視臺的建臺計劃。取代的方案是，由新聞局的國內新聞處下成立「公共電視製播小組」，從 1983 年下半年開始製作所謂的「社教」節目，借用三臺的特定時間段播出。1984 年 5 月第一個節目「大家來讀三字經」播出。隔年，新聞局成立「財團法人廣電發展基金會」，董事長由新聞局長兼任，繼續負責「公共電視」節目製作。〔註 152〕

黨營國營不等於公營，公家的不等於公共的，觀眾也不等於公眾，同理，公共電視節目不等於公共電視臺，更不等於公共廣電政策。與歐洲國家公共廣電體制的「大魚模式」相比，馮建三稱之爲「蝦米模式」（相對於「小魚模式」、「大魚模式」）。國民黨的這種公視理念，本質上就是一種帶有道德與文化領導任務的「政府電視」，林麗雲斥之爲掛羊頭賣狗肉一陣子，還帶來了一個副作用，那就是讓一般民眾對那些叫做「公共電視」的節目，留下錯誤認知和不良印象，而增加了後來推動理想公共電視的困難。林麗雲認爲，如果說解嚴前文化與道德的領導權還在國民黨手中，社會對於「三臺」的批評還「都是政府的事」，那麼解嚴以後，道德與文化領導權的重要性雖然在實質上並未降低，但是其重心已經逐漸轉移到族群與本土認同方面，道德、教育、信息，以及一般性文化面向的問題，在政權維繫上的重要性相對愈來愈低，社會上對於電視媒體表現的任何批評，已是「私人企業」而非國家政府之責，

〔註 152〕魏玓，林麗雲，三十年崎嶇路：我國公視的演進、困境與前進〔G〕／／媒改社，劉昌德 主編，豐盛中的匱乏——傳播政策的反思與重構，臺北：巨流圖書公司，2012：6。

國家甚至轉而以形式主義化的「新聞自由」或「言論自由」等理念爲由，選擇性地置身事外，彷彿世間並無「傳播政策」這麼一回事。

政府因爲不看重或者無力顧及而放棄了在這一領域的作爲，並且因爲完全開放政策而找到了不作爲的理由。同樣的批評理由被用於報禁政策上，「報禁完全開放、政策配套不足」，就是政府怕麻煩、圖省事，一放了之，甩手了事，還理直氣壯地說成是政府大度，美其名曰尊重新聞自由、言論自由。

同時再次說明了傳媒業必須面對的一個冷酷事實：「公共廣電乃至於整體傳媒，顯然只是臺灣政黨與政治的次級議題和場域。」「政治干預媒體」的理論架構恐怕也得修正一下，「政黨、政治介入公共媒體」這類傳統的問題框架也顯得不夠用了，或者說，「輕視」、「放任不理」也是一種工具性、功利性的表現。報禁解除前五年的雜誌解禁，報禁解除五年後的電臺解禁，報禁解除後十年的電視解禁，這種對整個新聞出版廣電行業的工具性管控和分階段逐次開放的過程，也體現了一種看似重視中的不以爲然，一種以主系統爲中心的配套調整。

（三）非法「第四臺」：野火燒不盡

臺灣的地下媒體「第四臺」，它以電影的內涵、電視的播映形式席捲了臺灣的民間社會，在都市中的公寓密集區，創造出另一個傳播天地。根據行政院新聞局 1982 年 7 月「取締違法設置錄影帶節目播放系統及非法經營錄影帶節目帶參考資料」的定義，所謂的「第四臺」是：「利用錄放影機，加裝線路送入一般住戶，經由電視接受機或其他類似機具，供人直接收視或收聽者，係廣播電視法第二條第二款之有線電視，一般稱之爲『第四頻道』。依廣播電視法第二條第二款後段規定，因教育、宣導等特殊需要，經專案申請核准者，得設置有線電視錄影節目播放系統。故凡未經核准擅自設置者，均屬違法，應嚴加取締。」〔註 153〕由於係從電視備用之第四頻道接收，在國內俗稱「第四頻道」，又因爲其儼然形成合法三臺以外的「第四臺」，故又習稱「第四臺」。後來越來越多的反對黨佔據這個頻道時，因爲許多臺名裏有「民主」字樣，又被稱爲「民主臺」。

這個時候，剛好是臺灣人家家買得起彩色電視，卻買不起錄放影機的時候，強大的地下經濟盜版工業支撐起了地下電視臺。具體的經營情形，按行

〔註 153〕翁秀琪，臺灣的地下媒體〔M〕／／鄭瑞城等 合著，解構廣電媒體——建立廣電新秩序，臺北：澄社，1993：459。

政院新聞局 1981 年 9 月的描述，當時一個訂戶要繳納安裝材料費二千五百元至四千元（視距離遠近而定），每月再繳納保養費三百至五百元不等。通常印有播出節目表，播出時間在每日上午八至十二時，下午二至六時，晚上八時至凌晨一二時，節目內容多爲當時政府禁播的日本片、摔角片及西洋電影片，深夜時往往亦播出色情片以招攬客戶。十年後的發展情況，可見於臺灣省新聞處 1991 年 9 月的一份統計資料，「第四臺」業者約有兩百餘家，六十萬訂戶。

於是，越來越多的臺灣民眾上午在家收看股市行情，下午收看立法院質詢的現場轉播，晚飯後在自家客廳唱卡拉 OK，深夜在家中小孩熟睡後，讓熒光幕上的「妖精打架」來疏解一天的疲憊身心，奧運時比三臺電視新聞早一步知道比賽結果，或聆聽法師弘法，或觀賞高水準的各類節目。非法的第四臺，憑著多樣的選擇、便宜的收費，正在臺灣社會迅速蔓延，在臺灣社會底層形成一個盤根錯節的地下傳播網。〔註 154〕

爲了取締這類地下媒體，行政院新聞局在 1982 年完成了廣播電視法修正案，增訂第四十五條之一規定：「凡未經法定程序加設電臺、轉播站或播放系統者，處三萬元以上、四萬元以下罰款，並沒入其設備」。同時適用《刑法》第九十條：「有犯罪之習慣或以犯罪爲常業或因游蕩或懶惰成習而犯罪者，得於刑法執行完畢或赦免後，令入勞動場所，強制工作。前項處分期間爲三年以下。」相當於經濟處罰加勞動改造的手段都齊備了，行政院從 1983 年開始實施「順風專案」（1987 年解嚴以後不用這個名稱，改爲只做不說），從取締非法錄影帶、取締發射臺到剪除同軸線，從 1983 年到 1992 年間，剪除的纜線超過 60 萬公斤，眞可謂剪不斷，理還亂。

鎮壓與籠絡，管制與特許，保護與放任，這兩手恩威並用、軟硬兼施的辦法，到了一定階段就會不太管用，或者硬的一手不宜再用，需要以後一手柔性的控制爲主。1991 年行政院新聞局決定將非法的「第四臺」合法化時，非法有線電視中除了 35 家民進黨主導的「民主臺」，還有兩大企業集團和信、力霸也在積極布局搶佔市場。當年 2 月民進黨公布「電視解禁計劃」，以五個階段來推動反國民黨媒體壟斷的具體行動：一是推動有線電視民主臺的成立，二是籌設無線電視臺，三是發動群眾包圍電視臺，四是電波干擾，五是

〔註 154〕翁秀琪，臺灣的地下媒體〔M〕／／鄭瑞城等 合著，解構廣電媒體——建立廣電新秩序，臺北：澄社，1993：474。

以暴力摧毀現有的電視臺。〔註 155〕民進黨一慣的反對派做法，就是直接公開地抛出反對宣言和行動計劃，逼迫執政黨當局就範，取上線的高調和強大的高度，極其容易占得上風，步步緊逼不斷加碼，讓執政黨不得不應戰出招做出相應的調整動作，就像當初一宣布組黨，立即公布一個完整的「憲政時間表」，以收先聲奪人之效。

（四）出版法廢止於「法案大清倉」

解除戒嚴後，有 16 種子法不適用，有 30 種行政命令在解嚴日同時廢止。與此同時，司法院發布減刑復權案審核結果，計有許南占等 237 名受刑人獲減刑，23 人刑滿開釋，70 人移司法監所繼續執行；70 名偵審中的報告，分別由檢查處偵察和法院審判。許信良、傅朝樞等 15 名原被軍法機關通緝的叛亂罪案嫌犯移由高檢處下通緝令。〔註 156〕

報禁解除 11 年後，出版法被乾淨利落地廢止了，對立法院來說，是「法案大清倉」的一部分而已。對政府來說，開放中放權放手，能少管能不管和管不了的事，都統統不管為上。對「惡法」深惡痛絕的新聞人、出版人早就想「除之而後快」。對野心勃勃的反對黨來說，破除、解除、廢止、砸爛的還不夠多，還不夠快，還不夠徹底。沒有經歷過戒嚴時代管制的新一代，可能也會覺得「無法無天」更痛快吧。在那個年代，甚至在後來的三十年裏，開放、革新、突破、解除，甚至顛覆，都是褒義詞，具有一種道德上的正當性和正確性。這個陣勢下，時代的潮流勢不可擋，誰要是再講什麼謹慎、完善、周全之慮，一定會顯得迂腐、煩人、繁瑣，講道理的更顯得「不可理喻」，甚至更像是來阻撓歷史發展和社會進步的「絆腳石」，只會被一腳踢開。

第三屆立法院謝幕前夕之「法案大清倉」行動中，1999 年 1 月 12 日無異議通過廢止 1930 年制定的出版案。唯一保留的是要求新聞局於出版法廢止後，應調整一切獎助政策，把資源轉移到其他文教機構，或輔導民間自行辦理之附帶決議。據媒體報導，曾受出版法令（主要是臺灣地區戒嚴時期出版物管制辦法）不當限制言論自由之出版人、作者與新聞媒體，無不認為廢止出版惡法乃臺灣邁向言論自由之重要里程碑，雖於報禁解除滿 11 年後才廢

〔註 155〕陳炳宏，電視無線變有線，管理有限或無限？〔G〕／／媒改社，劉昌德 主編，豐盛中的匱乏——傳播政策的反思與重構，臺北：巨流圖書公司，2012：93。

〔註 156〕李松林，陳太先，蔣經國大傳（下）〔M〕，臺北：風雲時代出版，2009：305。

法，但遲來之正義，仍值得額手稱慶，至於反對與質疑全盤廢止出版法之聲音，則幾乎被淹沒。〔註157〕張永明教授感慨之餘又點評說：「言論自由（新聞自由）是否存在與落實，並不以規範新聞出版事業之法律是否存廢爲要，而是以該規範之內容是否有違新聞出版業應享有之權利與應履行之義務爲斷。」這已經是 2000 年了，報禁解除都十幾年了，話還說得這麼「嚴謹」，如同還在「自我戒嚴」之中不能自拔。這段正確的學究之言，顯得如此之「迂腐」、如此之「不通人情」、「不可理喻」，如果翻譯成白話或者口語，可能還有人聽得見，耐心聽一聽也能聽得懂，可惜這種語言和語言中的道理，都被抛在馬路對面——道不同，不相謀也！語言不通，渠道不暢，「道」上的「理」也被連皮帶渣一起扔掉了、倒掉了。何況這種不受人待見的新聞與傳播學，連帶著受到媒體地位、角色、評價的負面影響，也會造成更大的牽連和貶低。如果非要做出深刻的樣子，碰上較眞的人來「剝洋蔥」，剝不上兩圈就會暴露眞相——其實裏面什麼都沒有。

聯合報社長張作錦對行政院新聞局在報禁十年後試圖修訂《出版法》表示不解，爲了在對比中顯示新法的惡，拿出了 1958 年的出版法進行對比，並奇怪於已經走到解除戒嚴和開放報禁，言論自由一夕改觀，所有的禁忌都成了歷史文獻，但「出版法卻既未廢除也未修正，而新聞界似乎也忘了政府手中還有這把刀」。轉而又說「所幸政府『寬大爲懷』，自民國四十七年出版法修正以來，尙未援用該法查封過報紙。」〔註158〕張作錦的這段話不但自相矛盾，也有裝瘋賣傻之嫌，且不提戒嚴之初爲修訂此法，聯合報創辦人王惕吾一輩的抗爭與摩擦，以自律之嚴格換取他律之緩衝的苦衷，此時此刻，更不能用舊法嚴苛而未用，來證明新法之苛而必用、用而必苛。

有了出版法，覺得是限制，說這說那的。徹底廢了出版法，從此無法無天，又有什麼好失落的？有什麼好留戀的？沒有了出版法，跟新聞出版有關的問題跟著也不見了，消失了，這是多好的感覺，這就是全部人都在「額手稱慶」的原因。立法院內政聯席會主席葉菊蘭表示：出版法戕害臺灣言論自由多年；廢止出版法是歷史的一刻，也還給臺灣言論自由一個眞正的面貌。聯合報則強調出版法廢止雖是好事，但無補大局，言論自由還要新聞界本身

〔註157〕張永明，新聞傳播之自由與界限〔M〕，臺北：永然文化出版，2001：288。
〔註158〕張作錦，高希均，王力行，三人行看臺灣新價值〔M〕，臺北：天下遠見出版，2000：8～9。

繼續爭取。學者也提醒切莫高興太早，在擺脫出版法後，媒體更要注意另類的行政干預。這個「歷史的一刻」，沒有人去想，廢止出版法以後，會有什麼弊端。「反思」、「反覆」、「反彈」，以及「再管制」的話題，是以後才會有的事，是下一輪預留的話題。

五、兩黨總統「最感無力的是情治和媒體」

（一）李登輝「登記」的「不正確報導」

（1985 年 12 月 4 日）李登輝向總統報告的五件事中第四項原文是：「王玉雲來，報告國營事業（臺電、中油資本支出情形）一事，並對臺灣時報報導陳水扁太太受傷不正確報導，要糾正事一併報告。」〔註 159〕看不出李登輝要表達什麼，「臺灣時報報導陳水扁太太受傷不正確報導」是來者王玉雲所講，還是李登輝本人向蔣經國彙報提起，不得而知。因為中間一直用的是「逗號」，而這些「逗號」後面還有一個大喘氣的「逗號」，連起來是「並對臺灣時報報導陳水扁太太受傷不正確報導，要糾正事一併報告」，看不出態度是褒是貶，是誰的態度也看不清，加上「要糾正事」一句，就更加穩當正確、可進可退，就算被抄家抄出了這本手抄本，想必也是安全的，到了 2000 年後出版時，天翻地覆之下，又顯出另一種的不合時宜和彆扭。比如到了 1986 年政治革新已經啓動，報刊文章裏響應「三民主義統一中國」的新口號，不再用「共匪」、「匪區」之類武力對抗的詞匯，轉而用「中共」、「大陸」等相對中性的詞來溝通，但在李登輝的「私人筆記本」中，還是用著「共匪」的表述。如果不是對李登輝的中文書寫水平有寬容的預期，就要懷疑編注者在臺灣時報報導這一節上做過「技術處理」，比如斷句，比如一個「逗號」的增刪或挪移，都足以抹去、掩飾或改變整個句型，以及言中之意、言下之意、言外之意。但是，既然李登輝百忙之中「登記」在這裡，想必心裏是有一堆的想法，連「春秋筆法」也不好直接用，只好以「登記」作為備忘，插個標簽在這裡。

而編注這本李登輝口述史的國史館館長張炎憲，顯然留意到了李登輝的「登記」用心所在，不但在處理上加編注，並且排版時找來了報紙的原版作為配圖。編注如下：1985 年 11 月 28 日《臺灣時報》以「謝票隊伍被撞、事

〔註 159〕李登輝，見證臺灣——蔣經國總統與我〔M〕，臺北：允晨文化公司，2004：144。

前已有徵兆：各種跡象顯示，絕非純屬意外」一文報導吳淑珍車禍事件，認爲該次車禍係導因於政治恩怨。版面語言的運用，體現了編注者的用心，以及對李登輝的「登記」用心，做到了心照不宣，心領神會。

（二）陳水扁獄中自辯「容忍媒體之亂」

「如果沒有我太太的鼓勵，我不可能有機會參與美麗島事件軍法大審的辯護工作。如果沒有美麗島事件，就沒有阿扁棄法從政，當然也就沒有後來的阿扁市長、阿扁總統。更當然不會有阿扁的兩度入獄。第一次是在二十二年前，一九八六年六月十日爲爭取百分之百的言論自由及催生新黨而入獄八個月，一九八七年二月十日出獄。還在獄中，太太於一九八六年年底立委選舉坐著輪椅被送進國會。」〔註 160〕不知是有意還是巧合，陳水扁入獄後律師接見的地方，特別安排在檢察官臨時偵查處，這也是二十二年前進來時所熟悉的地方。他還記得當時要出獄的前夕，1987 年 2 月 9 日晚上，經過安排，與同案的黃天福、李逸洋兩位難友，就在那個地方，與蔡辰洲立委聊敘暢談。

那一次入獄是在 22 年前，因美麗島事件審判而一戰成名的律師陳水扁，還只是一本黨外雜誌的社長，後來成爲第一個上臺執政的反對黨總統，下臺後又成爲第一個坐牢的總統。在獄中回憶那時候，「黨外雜誌、政論性週刊，新聞處配合警總在執行查扣政策，黃老生處長對我們這些議員直接負責或間接掛名經營的黨外雜誌只能賠不是。如《蓬萊島雜誌》，黃天福發行，李逸洋總編，我掛名社長，五十二期，只有第二期沒被查禁，『蓬萊島三君子』就是爲了這一期被關八個月的。」〔註 161〕

陳水扁表明心跡：「政府可以換，但新聞自由是民主價値，新聞媒體的報導評論，可以讓政府知興替、知榮辱，有則改之，無則嘉勉。二十二年前，我爲爭取 100%言論自由，爲爭取 100%出版自由、新聞自由而坐牢，我對威權政府箝制新聞自由、打壓言論自由，有切膚之痛。我不希望歷史重演，再以影響國家安全、破壞政府與人民之間的情感爲由，以行政權力來控制媒體、迫害媒體、打壓媒體，否則很容易又回到獨裁威權統治，這也是我的信念和信仰。」〔註 162〕爲強調他對新聞自由堅決維護的態度，還加上了曾爲此坐牢的事例，很有說服力，很能打動人。但他作以上的表態，純粹是爲接

〔註 160〕陳水扁，臺灣的十字架〔M〕，臺北：財團法人凱達格蘭基金會，2009：39。
〔註 161〕陳水扁，臺灣的十字架〔M〕，臺北：財團法人凱達格蘭基金會，2009：165。
〔註 162〕陳水扁，臺灣的十字架〔M〕，臺北：財團法人凱達格蘭基金會，2009：195。

著要講的新聞媒體處理問題做鋪墊，是爲了給自己任內的新聞傳播政策辯護得更有力。講完 TVBS、NCC 的事以後，他轉而說到：「再說時代不同了，新聞媒體事業這麼發達，電子頻道超過一百個，有時一家電子媒體擁有五個以上的頻道，撤照可以關掉所有頻道嗎？抑或只是其中一個頻道被關閉，尙有其他頻道可以轉換，有用嗎？我認爲大有爲政府的時代已經過去，對新聞媒體的制裁，不是依賴政府的公權力，而是依靠閱聽人的公斷及廣告業者的配合。」〔註 163〕

這段大道理難以服人，辯解沒有任何說服力。所以陳水扁又開始做自我反省，當然可能理解是換個角度又在自我辯護：「對新聞媒體我有理想化的期待，事後證明，不管在市長時代或總統任內，我都太天眞，黨政軍退出媒本，走向公共化，結果『我退，你不退』，媒體改造成果有限，甚至退步。」「華視公共化併入公視，臺視民營化釋股給民間，黨政軍退出媒體，政府、國防部都做到了，國民黨的『三中』呢？借殼上市，借屍還魂，仍然國民黨在主控。立意善良的媒體改造，錯的是媒體文化，錯的是國民黨黨國主義下黨政一家的政治文化。要國民黨不染指媒體、不干涉媒體，是完全不可能的。我們太天眞、太理想化了，所以我們吃虧，而且是吃大虧。」

「李前總統告訴過我，十二年總統最感無力的兩件事，其實是情治司法及新聞媒體。在我的八年，也是這兩塊讓我最頭痛。我在位的最後兩年，媒體之亂更甚於紅衫軍亂臺，我全部都忍了下來，紅衫軍再亂，不過三個月，媒體之亂則是兩年、四年、八年。我已經下臺，好像我還是當今的總統，持續打扁，繼續亂不停。」

「我容忍媒體之亂，不是沒有正面的代價。不論美國華府的自由之家或法國巴黎無疆界記者組織，在二〇〇七年都把臺灣評鑒爲最自由的國家之一，不僅言論自由 100%，新聞自由則是亞洲第一名，比日本的新聞自由還自由。我付出代價，我的親友付出代價，我的黨付出代價，臺灣從過去沒有新聞自由、沒有言論自由的國家，一躍而成爲亞洲最自由的國家，可以媲美歐美先進國家，這是臺灣人民的共同成就與驕傲。」〔註 164〕

〔註 163〕陳水扁，臺灣的十字架〔M〕，臺北：財團法人凱達格蘭基金會，2009：196。
〔註 164〕陳水扁，臺灣的十字架〔M〕，臺北：財團法人凱達格蘭基金會，2009：197～198。

六、文工會改名：自稱「化妝師轉行」

文工會職能的轉變，新聞局、警總，黨政軍乃至整個國民黨當局的政治革新和國民黨的改造，是轉型過程中一個系統性的改造和調整過程。到 2000 年民進黨贏得大選上臺執政，國民黨一夜之間變成了在野黨、反對黨，文工會的職能和名稱都全部轉換。再後來，也因爲文化部的成立、總統發言人的設立，行政系統的新聞局職能拆分、整個撤銷了。

（一）文工會曾經最受重視

國民黨文工會的角色和職能變化，以及在解嚴解禁前後行政院新聞局、國防部警備總部等，都有涉及媒體管理、新聞管理、出版管理到輿論管理、言論管理、思想管理的相關職能，在論述臺灣新聞媒體的新聞史、報業史、傳播史中，每每都有或明或暗的涉及。但專門論述其職能的文章著述並不多見。有話題敏感的原因，有資料搜集的困難，更大的困擾在於其決策過程的模糊不清，無法明示的章法程序和裁量空間，因人因事、因時因地靈活機動的權變之策，內部的控制之道、操控之術，難以全過程透明，僅僅從法規政策以及明文規定的職能準則上簡單描述容易，從個案處理中窺視其運作規則的特點也不難，但要系統地梳理歸納分析是極爲艱難的。

關於國民黨文工會職能變化較爲完整的論述，臺灣世新大學袁公瑜的論文是到目前爲止僅見的相對完整系統的理論成果。它所能做的，就是依靠公開政策信息和內部文件資料的分析、大量著述和回憶錄中點滴涉及的枝節片斷，以及力所能及的管理者和被管理者訪談印證。其他涉及到文工會、新聞局的論述，散見於各種相關材料的隻言片語，由此也可以側面印證其決策過程的模糊、隨機和不透明。

在外界眼裏略顯神秘的國民黨文工會，機構出身來歷倒也並不複雜。從孫中山 1920 年 11 月 9 日在上海召集國民黨本部會議，在原有的總務、黨務、財務之外增設宣傳部開始，到蔣介石 1950 年 8 月在臺灣成立國民黨中央改造委員會爲止，一直屬於中央宣傳部（The Central Reform Commission. CRC）時代。

1952 年國民黨在臺灣進行改造後，責成改造委員會中央第四組專司宣傳業務，工作包括書刊審查、廣播事業政策和新聞政策等。此階段國民黨對大眾傳播媒體的管理、定位，就是透過第四組指揮媒體配合國家政令做宣導工具。

1972 年 3 月，隨著國民黨十屆三中全會修正通過中央委員會組織條例，中央第四組更名爲中央文化工作會（The Department of Cultural Affairs）。這就是常說的文工會，此後延用了28年，經過了解嚴和黨禁報禁的解除，直到2000年3月第二屆民選總統大選，國民黨從執政黨一下子變成了在野黨，文工會易名爲文化傳播委員會（簡稱文傳會）。文傳會下設黨史館、國際傳播部、公務服務部、媒體服務部和傳播事業部。與文工會時代龐大的業務體系和管理職能相比，已經變得相對簡單，與80年前孫中山建黨之初的中央宣傳部相比，還要精簡得多，也輕鬆得多。

文工會時代的宣傳系統，概念要寬泛得多，管理的業務範圍也大得多。執政的國民黨以黨領政、以黨領軍，所以，除了黨中央的文工會，還有行政院的新聞局，國防部的警備總部，在黨務、政務、警務上配合統籌。文工會管理的業務和管理的方式，制定和運用的法規政策也一直有部分調整，但是總體的職能於1972年3月成立之初，就已經完備確立。工作內容爲宣揚國民黨推行民主憲政成就和施政方針，瞭解民意歸趨作政策研訂參考，協調國內電視臺、電臺、報紙雜誌進行反共文化宣傳，及如何改進新聞內容，與新聞管理爲國家利益服務等事。該部門經常透過工作會的召開，召集國民黨籍各媒體負責人，編採部門主管傳達黨的新聞政策，提示黨的新聞規範。〔註165〕

從中央宣傳部、中央改造委員會第四組，到中央文化工作會、中央文化傳播委員會，伴隨著國民黨自身的使命與命運從革命黨到執政黨，再到多黨制選舉下成爲在野的反對黨的變遷歷程，各階段的任務與職能、資源與能力，相應地經歷了拓展、擴張、強化、調整、收縮的過程。回到1987年這個民主轉型的關鍵時刻，放大地圖，一個小點變成了一條繁複曲折的複線，自變與他變、大變與小變中重重疊疊交織交錯，變量如此之多，變數如此之大，足以展開一幅歷史節點上的變革與轉型三維形勢圖。

（二）從壟斷資源到領導輿論

許多學者認爲，20世紀70年代末期以後，政治反對勢力逐漸成爲社會行動體系的一部分，執政當局對新聞傳播媒體也由「壟斷」轉變爲「領導」。媒介權力結構仍然非常封閉，但媒介成爲社會勢力結合點的情形略爲可見。尤其是許多重大社會事件上，黨公營報紙與民營報紙的報導已有所差異。〔註166〕

〔註165〕田弘茂，大轉型——中華民國的政治和社會變遷〔M〕，臺北：時報文化出版企業有限公司，1989：253。

〔註166〕曹立新，臺灣報業史話〔M〕，北京：九州出版社，2015：72。

壟斷式是在媒介資源上的控制，領導式是柔性的媒介力量運用；後來者會發現，不用壟斷媒介資源、不用控制媒介力量，也可以實現輿論的調控；退一步對輿論的控制再放手，發現只要能夠掌握消息來源、引領和設置議題，一樣可以引導輿論而不必辦媒體、養媒體、買媒體資源。就像沒有了黨報的國民黨，一樣可以發布消息、引導輿論，並再次回到執政的舞臺中心；就像當年的國民黨，在中時、聯合兩大民營報紙起來，遠遠超過中央日報的影響力的時候，也沒有影響到執政黨的新聞控制、輿論控制。執政黨治理水平的不斷進化和提升，最聰明最高明的地方就體現在：從媒體壟斷到媒體管制、從新聞管制到輿論管控，即從領導到輔導、從主導到引導。

1987 年之後的文工會，經過臺灣第三波民主化第一階段的自由化開放，戒嚴解除、黨禁解除、報禁解除，基本職能已經有了某種微妙而深刻的調整變化。作爲國民黨中央委員會屬下的七個工作會（組織、大陸、海外、文化、社會、青年、婦女）之一，文工會下設六個組：第一組負責輿論指導新聞聯繫，第二組負責中央直屬黨部文宣，第三組負責文化藝術新聞宣傳，第四組負責三民主義思想教育，第五組負責出版事業輔導獎勵，第六組負責黨營文化人事管理。

就在 1987 年這個變化的轉折點上，文工會角色的變化體現在三個方面：一是在爲既存政治現實政策辯護、宣揚推行民主憲政的成就時，扮演文宣政策指導者的角色，逐漸放棄執行者的角色。二是按照蔣經國黨政分際觀念，不再倚重黨政結合搭配的戰鬥功能，逐漸釐清黨政分工，逐漸退到後臺，比如解除戒嚴、解除報禁等重大法規政策的正式發布，均以行政院新聞局出面進行。三是從協調傳媒進行反共宣傳報導，心中只有對抗沒有對話的黨國存亡信念，「朝黨文宣選舉機器蛻變，成爲黨的發言人角色」。〔註 167〕時任行政院新聞局局長邵玉銘，直接參與了解嚴、報禁解除的新聞宣布，參與了報禁解除政策措施的全程制定，他從來沒有想過要與國民黨文工會負責人商量，從來沒有專門去「彙報請示」，「只向行政院院長俞國華負責」。事實上的決策過程，並沒有邵玉銘說的那麼簡單隨意，比如宋楚瑜、戴瑞明兩任文工會主任對報禁政策的思考和開放政策的安排，邵玉銘不可能一無所知，對此邵玉銘的解釋是，大家對開放已經有了共識和默契，至於更高層的決策，會在中

〔註 167〕袁公瑜，國民黨文工會職能轉變之研究——1951 年至 2002 年〔D〕，高雄：佛光人文社會學院政治學研究所，2003：12。

常會完成。〔註 168〕

1984 年 8 月，曾任蔣經國英文秘書、在新聞局長任上風頭無兩的宋楚瑜，調任文工會主任（他的副手戴瑞明升任新聞局長），此後的兩三年間，也是文工會最後的強勢時期。中國時報美洲版停刊事件，聯合報總編輯趙玉明免職事件、民眾日報停刊七天事件，海內外人士多把矛頭指向宋楚瑜，認爲他在執行國民黨緊縮言論政策中扮演關鍵性角色。宋楚瑜作爲最有活力的新聞局長、最有政治影響力的文工會主任，扮演著樞紐性角色。也因爲在臺灣民主運動風起雲湧的轉型大潮中，一直站在風口浪尖：1984 年的江南命案，到 1987 年還沒有了結。1984 年的十信事件，差點影響到經濟和金融的信譽破產。1984 年成立的黨外公政會，1986 年已經變成了與國民黨正式叫板的民進黨。宋楚瑜全程參與這些重大政策形成和決策應對過程。到 1987 年 3 月，宋楚瑜升任國民黨中央委員會排名第一的副秘書長，他原來在新聞局的副手戴瑞明，由文工會副主任接任主任。在臺灣報禁開放的決定過程中，宋楚瑜也參與許多作業程序，對開放決定前的重大考量，爭取管得越少越是維護新聞自由。〔註 169〕

國民黨黨營文化事業相當龐大，1986 年全年營運總額達 48.8 億元。宋楚瑜認爲國民黨文宣主導力要發揮競爭力，否則在文宣上會成爲支流，因此除了政策效益功能，還同時重視成本概念。爲此，對文化媒體進行大幅度改革，成功晚報、商工日報 1986 年宣布關閉，舊金山少年中國晨報被他從文工會踢回海工會。以嘉義的商工日報爲例，當時有費報才兩千份，每個月要賠 400 萬，這些都省了下來。但事實上，文工會處理新聞指導聯繫媒體的功能，在此時並未消失，只是從往昔的封鎖、封殺新聞模式，轉爲協助媒體、溝通理解文工會在維護國家安全與維護新聞自由之間，朝政府與媒體雙贏方向發展的努力，這種協調處理管理模式，後來成爲與新聞界新聞協調的準繩。〔註 170〕

在 2000 年國民黨失掉大選，首次成爲在野黨的時候，文工會（文化工作會）改組成文傳會（文化傳播委員會），純粹成爲國民黨的文宣部門、公共關係部門和公眾溝通部門。

〔註 168〕筆者 2012 年 9 月 23 日在廣州與邵玉銘進行訪談，詳見附錄。

〔註 169〕袁公瑜，國民黨文工會職能轉變之研究——1951 年至 2002 年〔D〕，高雄：佛光人文社會學院政治學研究所碩士論文，2003：65。

〔註 170〕葉建麗，新聞歲月四十年〔M〕，臺北：新生報出版部，1994：183。

七、新聞局「吃力不討好」

（一）解嚴解禁時期角色突顯

1987年4月22日內閣局部調整，以連戰出任副院長、丁懋時爲外交部長、鄭爲元爲國防部長、郭南宏爲交通部長、張國英任退輔委主委、關中爲青輔會主委、邵玉銘爲新聞局長。邵玉銘到任不到3個月，7月14日出面宣布解除戒嚴。〔註171〕到12月，宣布解除報禁。

從新聞局長邵玉銘當時的講話報告中，可以看出一些轉型中交織、交錯的特徵。解嚴到解禁，新聞局的角色突顯，又是承接警總轉移來的文化審檢工作，又要面臨許多大陸出版品的開放許可政策、報禁開放政策，還要負責發布解嚴、解禁的消息，塑造臺灣「民主憲政」的形象。邵玉銘指出，新聞局首要的職責，還是當好「化妝師、美容師、推銷員」。「今日我們從事中華民國的國際宣傳，就是使別人對我們國家的認知和形象變好一點，所以，也可以說我們所擔任的是化妝師、美容師或推銷員的工作，唯一不同的是我們包裝和推銷的商品是國家。」〔註172〕邵玉銘給新聞局的員工動員打氣時說：概括起來，70年代，中華民國的國際形象，在軍事上仍是「反共堡壘」；在政治上仍是「威權式」領導；在經濟上則小有成就，人民衣食無憂，也知榮辱。80年代中期以後，「民主憲政」的形象更爲凸顯。

在對外代表政府發言時，邵玉銘力挺「改革而非革命」。他說，面對轉型期的社會，是改革還是革命的問題。今天國民平均所得已達五千美元，是一個中產階段逐漸擴大的社會，在政治民主化、經濟自由化、社會多元化之下，根據其他國家的歷史經驗、國家發展的主流，應是改革而非革命。因此，今日若有人強調「體制外」的革命而非「體制內」的改革，恐與歷史經驗及國民意願相違背，這是不可能成功的。〔註173〕

對於作爲新聞局分內事的出版管理，特別是任務繁重的大陸地區出版品

〔註171〕1987年7月7日立法院一致通過「在臺灣地區」取消動員戡亂法令。「邵玉銘建議蔣經國模仿美國總統的做法，召開記者會公開簽署解除戒嚴法令，他還建議用許多支筆簽署，簽完後把這些筆送給立法委員作紀念。蔣經國不接受這個主意。」出自 陶涵，蔣經國傳〔M〕，北京：華文出版社，2010：372。

〔註172〕邵玉銘，遽變下——一個公僕的心路歷程〔M〕，臺北：時報文化出版企業有限公司，1990：4。

〔註173〕邵玉銘，遽變下——一個公僕的心路歷程〔M〕，臺北：時報文化出版企業有限公司，1990：33。

審檢工作，雖然覺得「吃力不討好」，還是要面對爭議，制定許可政策。邵玉銘談到了爭議的兩派意見：由於最近政府宣布解嚴，而有國民卅八年前後出版的大陸地區出版品是否應准進口的問題。這有兩派意見。一派主張，這三十多年來我們隔絕了這些污染毒素，所以才擁有現在的進步繁榮，因此不應准其進口；但另一派則認為，一味的隔絕已造成文化斷層的現象，使臺灣近四十年來發展的文化與中國近代史的源流不互通不相連，以致產生地域思想與分裂意識。「個人認為，政府一方面有責任隔離共產主義毒素，但另一方面，也必須將現今在臺灣發展的文化，與中華民族的整個歷史經驗結合起來，這樣才能維護中華文化一脈相承的偉大傳統，也可以沖淡與避免地域思想及分歧意識。這是新聞局目前處理大陸出版品的工作原則與精神。」〔註 174〕

大陸出版品也是多年來頗受爭議的問題。解嚴後，所有機場、港口、加工出口區以及郵局等之出版品、電視及電影節目之查核工作，全部移交給新聞局接管，新聞局必須在很短的時間內完成接管工作的部署。先是修訂法令，召募工作人員，另覓辦公場所，還得跟海關、調查局等單位劃分權責等等，最困難的則是大陸出版品進口的問題。邵玉銘在實踐堂主持一項專題講座時表示，大陸知識分子的著作是他們心血的結晶，是中華民族的資產，由於海峽兩岸的相隔，產生精神以及文化的斷層，所以我們的文化政策對此也要負一部分責任，假如認定大陸知識分子心血的結晶是民族的資產，除了內容涉及共產主義毒素及有違我們國家政策者不准進口、出版以外，其他應該可以准許進口、出版。

邵玉銘回顧說，那次演講之後一個月，一直沒有接到反對的輿論，於是就著手研究訂定一個「淪陷區出版品進口出版管理要點」，這時恰好在解嚴之後、探親政策宣布之前。未料及，七十六年十一月二日政府宣布開放探親政策，民眾返鄉探親或出國觀光旅遊攜回的大陸出版品數量驟升，而原訂之要點已經不能切合此一現狀之需要，而大陸出版品種類繁多，很多都是非常具有學術性的，為了服務社會大眾之需要，新聞局乃聘請百餘位學者專家，依政治、經濟、社會、法律、藝術、科技及體育等分別成立許多小組，就其專才範圍進行審查，如不違反有關規定，則可予進口或可出版。

有些大陸版書籍被扣留的學者也有微詞，甚至在報上發表文章說：「有些學

〔註 174〕邵玉銘，遽變下——一個公僕的心路歷程〔M〕，臺北：時報文化出版企業有限公司，1990：36。

者從政以後比官僚還要惡劣」，邵玉銘猜想「他們可能是對我而言，面對這些指責，我也百口莫辯」，不過，目前凡是學者專家的研究參考書籍，我們基於尊重學術自由的立場，均儘量予以方便。新聞局的工作，有時眞是吃力不討好，但是只要有益於社會，有利於國家，我們仍然會勇往直前，義無反顧。〔註175〕

解嚴過後，接著是政府開放對大陸探親，這兩項政策增加了新聞局許多業務。新聞局在解嚴後被指定接管警備總部在戒嚴時期的文化審檢工作，這種工作需要龐大人力、物力。警總在昔日有極多的人力從事這項工作，但新聞局卻只增加了九十名工作人員。〔註176〕從法律的修訂、人員的聘雇，到辦公處所的安置……忙得不可開交。剛理出頭緒，大陸探親政策施行，探親民眾歸來所攜入的大陸出版品又需處理。在此同時，也碰到報紙開放登記與增張，對於這種強勢報與弱勢報之間的衝突，要化解實在很難，我自己就親自奔波於北、中、南三地，與各報的老闆協商。有的需好言相勸，有的需盛宴款待，有的還需半夜親赴其家中情商，最後，終於與報業於去年（1987 年）十二月一日大致達成了八點協議，今年一月一日正式開放報紙登記。〔註177〕

參謀總長郝柏村的日記印證了邵玉銘所言非虛：（1987 年 6 月 26 日）「總統上午約見俞院長、馬秘書長、內政、法務、國防部長和余，以及沈秘書長、張副秘書長，就解嚴有關事項垂詢。余提出文化審檢轉移之人力達五百人以上」，「總統揭示國安法通過爲一件大事，政府責任更大，新聞局應克服一切困難從事文化審檢工作。」〔註178〕

（二）「寧靜革命」：革自己的命

1989 年第 46 屆記者節，報禁解除過了不到兩年，新聞局長邵玉銘的判斷相當樂觀，他在中國時報撰文，列舉了解嚴之後報業蓬勃發展的一組可觀的數字，指出解嚴後大眾傳播媒體的七項貢獻，提出了八項檢討與建議，並且

〔註175〕邵玉銘，遽變下——一個公僕的心路歷程〔M〕，臺北：時報文化出版企業有限公司，1990：66。

〔註176〕警備總部政治作戰部下設政六處，負責文化審檢、書刊雜誌出版物審查、電視出版審查，裁撤後業務主要移交新聞局。引自：張炎憲 主編，戰後臺灣媒體與轉型正義論文集〔G〕，臺北：吳三連獎基金會、吳三連臺灣史料基金會，2008：99。

〔註177〕邵玉銘，遽變下——一個公僕的心路歷程〔M〕，臺北：時報文化出版企業有限公司，1990：58。

〔註178〕郝柏村，郝總長日記中的經國先生晚年〔M〕，王力行採編，臺北：天下文化出版，2005：368。

樂觀地認爲：再過一至數年，我們應該會出現一個成熟的大眾媒體。「在經過三十八年的戒嚴後，只靠二年來的解嚴，大眾傳播事業還無法馬上恢復到一個眞正成熟而有秩序的傳播體系。」大眾傳播媒體會從混亂時期走向進步與成熟的境界，將隨著政治、社會及文化各層面日趨完善而成熟。〔註 179〕

「最自由、開放的言論空間及最多元、進步的傳播環境」，五年後擔任新聞局長的胡志強將報禁開放列爲「寧靜革命」的成就之中極爲重要的一個部分，認爲報禁開放作爲傳播的「寧靜革命」，帶來兩個立即而明顯的效果，一是使民意輿情更加伸張，政治社會更趨多元開放，言論自由和意見市場更加蓬勃發展，社會也更加進步；二是使原來「奇貨可居」的報紙發行執照，失去它不正常的行情。解除戒嚴以前，因爲新執照久不開放，舊執照之轉手，常常使原持有人獲利頗豐，更使有理想而無財力的人士，望之卻步。報紙開放登記之後，終於使若干充滿抱負的新聞從業人員，爭相投入傳播市場，使報業更趨多元，競爭亦更加激烈。」〔註 180〕

據新聞局長胡志強 1994 年的介紹，新的辦報登記條件十分簡單，只要備妥報業名稱、發行旨趣、刊期、組織概況、發行所及印刷所之名稱及所在地，與發行人、編輯姓名及年籍資料，再加上新臺幣三百萬元的資本，即可申請登記辦報。

胡志強的觀點肯定了報禁開放的政策，同時也說明這是政府的政績而不是報業努力的成果。也就是說，在政治與媒體的關係中，在政黨與報紙的關係中，孰先孰後、孰高孰低，是可以想見的。解嚴那一年擔任了自立晚報總編輯的陳國祥在報禁解除二十年之際，已回到「藍營」的中國時報集團，擔任過中時育才公司董事長，2008 年大選馬英九代表國民黨重新上臺執政後，還擔任了中央社董事長，而就在 2008 年初他還是這樣評說的：「臺灣媒體在新聞自由的眞理上面究竟貢獻多少？我的親身經歷就是說，其實是『政治先行媒體跟進』，媒體絕對不是爭取言論自由的先鋒，而是黨外人士在第一線、在議會、在政見發表會場合或在黨外雜誌擴張了新聞自由的空間，媒體跟進，站在他們的步伐後面推波助瀾，而不是站在政治前面抗爭爭取自由。」〔註 181〕

〔註 179〕邵玉銘，遽變下——一個公僕的心路歷程〔M〕，臺北：時報文化出版企業有限公司，1990：39～46。

〔註 180〕行政院新聞局 編印，寧靜革命〔G〕，臺北：行政院新聞局，1994：438。

〔註 181〕陳國祥，新聞自由及其敵人〔G〕／／卓越新聞獎基金會 主編，關鍵力量的沉淪——回首報禁解除二十年，臺北：巨流圖書公司，2008：44。

民進黨上臺後擔任過新聞局長的蘇正平，在職責的定位上顯然更沒有歷史包袱。他此時的政策改進建議是：新聞局停止「輔導」媒體；不待「行政院組織法」之全面翻修，即進行新聞局及相關部會職掌之調整；公視、中央社及央廣須重新檢討組織功能定位及經費來源。〔註 182〕他說：「處理解嚴後新聞局職掌變更，並且改變它與媒體之間的關係，這也是重整媒體機構與機制的重要工作。我在新聞局長任內多次公開宣示，出版、廣電、電影等涉及相關產業秩序的業務應該撥出新聞局，就是希望新聞局的功能可以回復到民主國家的常態。只是法制更改面對的政治阻撓很多，新聞局的業務調整，除了廣電業務已做部分處理之外，到今天都還在等『行政院組織法』的全面修訂。」「同時，為了釐清新聞局與新聞媒體的角色分際，我在新聞局期間也決意拿掉各個由新聞局頒發的新聞獎項，因為讓新聞記者從理應接受他監督的人手中領取新聞獎，實在是讓新聞專業蒙羞。遺憾的是停頒新聞獎的執行過程有些為德不卒，到今天，新聞局還在頒發雜誌類的新聞獎，這是我當年的疏忽，留下了漏網之魚。」「從新聞局釋出對媒體管制的職掌，是走出正確的一步，但『輔導』媒體的資源還是留在新聞局則顯然不妥。」「公共媒體或準公共媒體，如公視、中央社、央廣等的定位及資源分配問題，攸關臺灣的媒體景象，都應該訴諸公共討論，讓它們清楚自己的角色，發揮應有的功能。目前國家補助這些媒體的預算擺在新聞局，使得新聞局與這些媒體之間，有時會因彼此認知與期待不同而產生緊張關係。」

2008 年報禁解除二十週年之際，蘇正平的身份是中央通訊社董事長，之前曾任職新聞局長十四個月，這兩個身份都是民進黨上臺執政後所授。據他自己的說法，他是在 1988 年 1 月 1 日報禁解除那一天開始當記者，所以不算是走過戒嚴的記者。「威權時代需要一個很大的政治威權，他既要管人民頭皮上面的頭髮，也要管頭皮下面的腦袋，新聞局就是那個時代一個負責對人洗腦、對外宣傳的大機關。」解嚴解禁前後都在綠營的民營報紙臺灣時報擔任總編輯的李旺臺說：「新聞局在民主時代是個不必要的單位。威權時代新聞局長很大，大到可以當完就當外交部長（暗指錢復），然後成為重要的政治領袖（暗指宋楚瑜）。解嚴以後，新聞局長的角色從非常大變得非常不大，這是一

〔註 182〕蘇正平，一個非典型新聞人看報禁解除二十年〔G〕／／卓越新聞獎基金會 主編，關鍵力量的沉淪——回首報禁解除二十年，臺北：巨流圖書公司，2008：26。

個進步。今天我們有兩位前任新聞局長在座（注：報禁解除二十年研討會，邀請到邵玉銘、蘇正平參加），一個是非常大非常大那個時代的新聞局長，一個是後來越來越小的新聞局長，兩人的發言基礎也因而有一些不同。我認爲這個發展是對的，是進步的。」「解嚴最重要的一個效果就是把政治的威權下降，把社會上對它虛幻的崇敬減低，變成眞實的。」〔註 183〕

在 2010 年的一次座談會上，新聞局出版事業處處長張崇仁說，「講起主管機關有點心虛，因爲新聞不該有主管機關；尤其當出版法廢止之後，從政府的立場來說，新聞局作爲新聞事業管理機關的法源依據消失了。但是無可否認的，在政府相關部會中，目前，新聞局仍然是新聞事業的主管機關，負責輔導新聞事業。」〔註 184〕

完成解嚴解禁任務的新聞局，在國民黨的文工會走入歷史之後，存在了十幾年，期間角色職責幾經調整。而最新一次調整，也是最大的一次調整，是在馬英九代表國民黨重新上臺執政的第二個任期，2013 年行政院新聞局撤銷，部分職能劃入了新成立的文化部，部分功能歸於總統府設立的新聞發言人。

第三節　轉型媒體的語法轉換

一、報紙出版開啓「冷系統」

從「熱系統」印刷時期轉入「冷系統」印刷時期，帶來報紙這個大眾傳播媒介的便利和擴張，帶來社會信息交流系統的普及化、世俗化，相應帶來人際交往方式的陌生化、原子化，逐漸脫離熟人社會、以陌生人交往爲主的公共生活中，使用的語言也開始脫離熟人、鄰居、親友圈子的語言系統，合乎公共交往規範和工業化生產的社交語言、外交語言、法律語言、官方語言、公司語言、商業語言，以一種通用的、高效的、冰冷的、開放的形態，快速複製擴散開來，成爲一種有效的「冷語言系統」。

〔註 183〕李旺臺，解嚴沒解乾淨的「侍從報業」——政治民主化是如何造成媒體惡質化〔G〕／／卓越新聞獎基金會 主編，關鍵力量的沉淪——回首報禁解除二十年，臺北：巨流圖書公司，2008：49。

〔註 184〕羅世宏，胡元輝 主編，新聞業的危機與重建：全球經驗與臺灣反思〔G〕，臺北： 先驅媒體社會企業股份有限公司，2010：221。

這與麥克盧漢的「冷媒介」之說還有所不同。麥克盧漢是想說明電視等缺乏交流、不需要動用腦筋思考的媒介，造成與閱讀書籍報刊的不同體驗和生活方式、思維方式。這是在「冷系統」取代「熱系統」的印刷媒介之後的事情，是一種回調式的反思和反應。但也同樣讓我們看到了媒介形式的變革，帶來的語言變化和行爲變化。

輪轉印刷機的問世，使人類文明從活字版印刷、木刻印刷的時期進入到「熱系統」（Hot System）印刷時期，緊接著又進入「冷系統」（Cold System）印刷時期，而這種「熱冷」轉換，正是臺灣社會轉型前期報業的一大特徵，從「鉛與火」到「光與電」，從手工撿字到電腦錄入，從鉛鑄澆版到照相製版，從黑白印刷到彩色印刷，這一切都遠離了高溫現場，而是在低溫下進行，印刷的速度也從每小時可印一大張三萬份報紙，提高到最高可達十六萬份。

李登輝的日記中提到一個細節：1984 年 10 月 16 日李登輝向蔣經國報告：「信息工業策進會、文建會和民間電腦業花費美金 50 萬元共同開發成功的中文電腦輸入系統，去年以 25 萬美金售給 IBM，當時民間電腦業因此系統深具遠大市場而反對賤價出售，當時趙耀東部長曾公開辯護。如今，IBM 於 9 月 12 日在北平公開此一系統，並售與中共，中共科技人員及官員對該系統反應良好。」〔註 185〕據資料記載，臺灣早在 1983 與美國 IBM 合作發展中文電腦，稱爲「五五五〇案」。1984 年 9 月 IBM 與中國大陸完成中文簡體字開發，聲明否認該系統與「五五五〇專案」有關，而是由日本 IBM 公司自行研發。

「冷系統」越來越強大。聯合報在 1982 年 9 月就與日本企業合作研發，起用電腦檢排、紙上拼版，實現了中文編排不用鉛字的願望。1986 年後，中央日報用臺灣自有技術，實現了電腦全頁拼版，拼版速度比紙上拼版又快了兩倍。到了 1992 年，中國時報奮起直追，與聯合報同步進行升級換代，引入中文電腦編排印刷全自動化系統。在當時最爲不可思議的事，電腦製作完成的整個報紙版面，可以直接用 PX 版傳眞到各地的印刷廠，平均每三四分鐘就可以傳出一張版，在全球華文報紙中遙遙領先。

報禁開放政策推動了「冷系統」的擴張，還是「冷系統」的擴張推動了報禁開放，很難有直接而明白的結論。但有一點可以肯定，這兩個方面不約而同地出現了，交織推進中把辦報者的熱情調動起來了，添上了兩把熊熊大

〔註 185〕李登輝，見證臺灣——蔣經國總統與我〔M〕，臺北：允晨文化公司，2004：74。

火。更爲難得的是，還不愁「添柴」、「加油」者：商業廣告多得排不下，只好用更小的字排，用分版換版的方式變著法子擴版增版、擴容增容，這當然是在「加油」。神奇的是，經濟增長那麼好，物價似乎沒有漲多少，連占報紙費用大頭的印刷用紙，供應上充足，對價格而言仍爲平穩的狀態，可以說是「添柴」。報業上下敢於要求解禁，取消限張限印，既是因爲有了增張擴印的技術條件，也是因爲有了經濟條件，有了叫板的實力和底氣。可惜好景不長，報禁開放後，報紙數量猛增，報紙版面猛擴，原料和紙張需求量大了許多。「國際間白報紙價格高漲，使得原料、紙張供應不足，價格最貴，如此情況對財力薄弱的報社形成極大的負擔。」〔註186〕

相對互聯網時代的「冷系統、冷循環」而言，報紙出版系統「冷卻」下來了，但本質上還是「熱」工業時代的規模化產品、流水線生產模式，從成本上講，紙張比人工貴，發行比採編貴，更神奇的是，紙張和發行的費用還要比零售的定價低，最後是靠廣告的二次銷售來完成成本回收。最後能不能贏利就看廣告收入，紙張費用上漲，財力雄厚的報社尚可支撐，實力弱的報社立即就捉肘見襟、難以爲繼。

二、輿論：仍舊是獨裁者的獨白？

話語對權力的建構與顛覆作用，越來越多地體現爲後者，即向權力的顛覆力量的傾斜：「首先，話語體系具有潛在的影響、組織和操控政治社會存在和發展的權力；其次，話語體系在發展中形成了具有顛覆性的政治力量，通過不同的方式實現了對政治權力，尤其是政治霸權的抵抗和消解。」〔註187〕爲了不使消解導致瓦解，顛覆變成被顛覆，建構變成了解構，話語策略的選擇就十分重要。通過妥協和協商達成共識便成了現代政治中通行的一種話語策略，與之並行不悖的另一種話語策略，是以論辯和批判爲主的批評性話語策略。而無論協商還是論辯，都是對話和討論的公共話語形式。

最初的、古老的輿論可不是這樣，多樣，多元，分散得像權力一樣，七零八落，七嘴八舌。原初意義上的輿論是非獨白的獨白，它是「採集自民間

〔註186〕張宏源，解構媒體環境變遷與報業發展趨勢〔M〕，臺北：亞太圖書，1999：127。

〔註187〕王海洲，合法性的爭奪——政治記憶的多重刻寫〔M〕，南京：江蘇人民出版社，2008：129。

的歌謠」，是一種弱政治性的民眾生活的反映，是服務於「採集」它的主人即君王的獨白，「經過國家權力篩選後的民間輿論就轉換了作用，成爲國家性的權威獨白」，成了別人的獨白，君王的獨白。比如，「《詩經》作爲重要的典籍便正式開始了漫長而權威的獨白」。〔註 188〕

再後來的君王進化成了獨裁者，有了集體主義，有了公共空間，千人一面、眾口一詞的輿論裏，便只剩下了獨裁者的獨白，即統治者的霸權話語。統治者不必動用強權暴力，以話語霸權「取得從屬階級的認同和被動順從，是比制裁和強迫更爲有效的階級統治方式，這才是霸權的關鍵意涵」。〔註 189〕

再後來，這個獨白者變成不是一個人，而是一個組織、機構、國家，變成了權力本身。這種權力中樞的獨白、少數人霸權的獨白，巧妙擺佈大眾傳播媒介，完成意識形態操控、公共輿論操控和交往行爲操控。這種獨白需要的只是聽眾和復讀者，而不是交流對話的對象。「在其述說的過程中，旁若無人的獨白無需得到受眾的允許或認可，即使是徵求意見，那也是發生在獨白的間隙，並且這種徵求對獨白的內容影響甚微。」〔註 190〕

話語離不開權杖，只不過功能上多了解構和消解，正如它曾經和仍然在發揮作用的建構和化解，妥協和協商、對話和討論、維護和保全，開始走向了自己的對立面，走到了另一個臨界點。聽起來像是民主話語的少數人話語霸權，開始面對一個數量龐大的對手——公眾，那怕這只是李普曼所謂的「幻影公眾」，因爲不是每一個人都甘心成爲「幻影公眾」中臣服的一員。在解禁前後的臺灣，膠著中開始鬆動的獨白式霸權，忠誠的聽眾越來越少，觀眾變得坐立不安，而心不在焉、隨意起哄的圍觀者開始出現。因爲民眾意識到，既使輿論或者其他話語形式的確參與到「話語民主化」、「話語商業化」、「話語技術化」的過程中來，表面上消除了明顯權力標誌和權力不對稱的行爲，實際上只是裝飾性的，「各種各樣的權力持有者和『守門人』不過是以隱蔽的控制機制替代了明顯的控制機制」。〔註 191〕南方朔在接受訪談時尖銳地指

〔註 188〕王海洲，合法性的爭奪——政治記憶的多重刻寫〔M〕，南京：江蘇人民出版社，2008：137。

〔註 189〕（美）詹姆斯・C・斯科特（Scott. J. C.），弱者的武器〔M〕，鄭廣懷，譯，南京：譯林出版社，2007：382。

〔註 190〕王海洲，合法性的爭奪——政治記憶的多重刻寫〔M〕，南京：江蘇人民出版社，2008：137。

〔註 191〕（英）諾曼・費爾克拉夫（Norman Fairclough），話語與社會變遷〔M〕，殷曉蓉，譯，北京：華夏出版社，2003：189。

出，報禁開放以後，言論自由和新聞自由似乎再無障礙，任何人都可以任意發言，但是沒有用，因爲你的聲音沒有人聽得到，因爲你不掌握龐大的輿論機器。〔註 192〕

三、文人辦報轉向專業辦報、商人辦報

「近現代中國知識分子以報刊論政報國。這是儒家士大夫轉型到現代知識分子的階段，這個階段正是余英時教授所說的『中國知識分子邊緣化』的一部分。」〔註 193〕李金銓教授歸納了文人論政的三個特徵：其一，現代中國知識分子抱著「以天下爲己任」的精神，企圖以文章報國，符合「立德、立功、立言」的三不朽。其二，他們感染儒家「君子群而不黨」的思想，無黨無派，個人主義的色彩濃厚，論政而不參政。傅斯年曾致信胡適說：「與其入政府，不如組黨；與其組黨，不如辦報。」其三，自由知識分子和國民黨當局的關係曖昧，殊堪玩味。王奇生把國民黨定位爲一個「弱勢獨裁政黨」，有獨裁之心，無獨裁之力，縱置黨於國上，卻從未建立堅強的政權合法性〔註 194〕；國民黨企圖以三民主義治國，但這個弱勢意識形態無法匹敵自由主義或馬克思主義；國民黨企圖動員文人和筆桿子建立合法性，但知識分子並未普遍認同這個政權。〔註 195〕也就是按照這個邏輯，擔任吳三連史料基金會秘書長的政治大學新聞博士林淇瀁教授得出一種冷酷無情的誅心之論，在臺灣民主運動史上被列爲壯烈第一波的雷震組黨案與《自由中國》事件，也被看成了與國民黨機器的合與分，雷震從「擁蔣反共」到「反蔣反國」，只是「由『侍從』在側到『異議』於外」，並非《自由中國》論述產生的動力。〔註 196〕

李金銓把美國的民主分爲「高調民主」和「低調民主」：杜威的實用主義貫穿「高調民主」的精神，反對代議制，相信社群的智慧和理性，甚至有民粹的傾向。李普曼代表「低調民主」，認爲新聞掛一漏萬，應由博通的專家精

〔註 192〕筆者 2012 年 12 月 13 日在臺北與南方朔、陳曉林進行訪談，詳見附錄。

〔註 193〕李金銓 主編，文人論政——知識分子與報刊〔M〕，桂林：廣西師範大學出版社，2008：3。

〔註 194〕王奇生，黨員、黨權與黨爭：1924～1949 中國國民黨的組織形態〔M〕，上海：上海書店出版社，2003：2。

〔註 195〕李金銓 主編，文人論政——知識分子與報刊〔M〕，桂林：廣西師範大學出版社，2008：7。

〔註 196〕李金銓 主編，文人論政——知識分子與報刊〔M〕，桂林：廣西師範大學出版社，2008：310。

英為公眾闡明其意。後來，拉查斯菲爾德的「兩級傳播理論」就提議媒介信息經過「意見領袖」過濾吸收詮釋，再傳佈到一般的受眾。李金銓認為，「高調民主」可望不可及，只好退而求其次。「低調民主」要求最低標準，強調建立程序共識，務求各方遵照既定而公平的遊戲規則，並透過開放溝通的語境，以使不同的意見和利益獲得合理的調節。民主的眞諦是既服從多數，又尊重少數。尊重少數，因為經過理性溝通以後，少數可以變成多數。「這兩種民主想像交鋒，永遠以不同面貌在不同時代延續，自有其時空的普遍性」，比如對代議制形式民主這種「大政治」的厭煩，轉變到對日常生活切身的這種「小政治」的關心，「這個轉變在歐美的場景尙可理解，但搬到第三世界則因噎廢食。」「若無這項權利的人奢言權利不重要，毋乃如晉惠帝問饑民『何不食肉糜』一樣超現實，只有令人啼笑皆非。」〔註 197〕

圍繞報刊與政權遞嬗的關係問題，在《文人論政》的續篇《報人報國》中，李金銓寫了一篇《記者與時代相遇》，分析時代與報社的關係、報社與記者的關係、記者與時代的關係。認為中國近現代的報業有三個主要的範式：一是商業報，最有錢；二是專業報，最受尊敬；三是政黨報，最有權勢。〔註 198〕國民黨治理下尙有「多少」的自由，說明這個「弱勢獨裁政權」有心無力，只能勉強做出局部的、不完全的而有特定對象的控制；只要不直接威脅到它的統治基礎，報人尙有若干「消極自由」的空間。〔註 199〕李金銓對國民黨治下新聞自由程度的判斷，適用於 1949 年之前在大陸，也適用於 1949 年之後的臺灣，國民黨到臺之初有過最極端的「白色恐怖」時期，1977～1987 這十年間到了緊中有鬆、收中有放、張中有弛的解禁前期，同樣，也過了文人論政、文人辦報的歷史階段，進入到專業辦報，或者說商人辦報的現代報業新階段。

四、話語的民主化、商品化、技術化

如何通過「批判的語言意識」，讓我們「對自己作為文本的生產者和消費者而介入的實踐有更多的意識」？話語分析專家費爾克拉夫提出的方法是，

〔註 197〕李金銓 主編，文人論政——知識分子與報刊〔M〕，桂林：廣西師範大學出版社，2008：14。

〔註 198〕李金銓 編，報人報國——中國新聞史的另一種讀法〔M〕，香港：中文大學出版社，2013：404。

〔註 199〕李金銓 編，報人報國——中國新聞史的另一種讀法〔M〕，香港：中文大學出版社，2013：447。

從話語實踐中的互文性、文本的互動控制、社會實踐中的話語秩序三方面進行觀察分析。在《媒介話語》一書中，費爾克拉夫明確提出了傳播事件分析可以分爲三個層次：文本——它偏向語言學，話語實踐——也就是文本的生產與消費，社會文化實踐——它是解釋話語實踐的基礎。〔註 200〕

對於當代社會中話語秩序的變化，以及這種變化影響話語的社會秩序的主要趨勢，可以概括爲話語的民主化、商業化、技術化。

「話語的民主化意思是消除話語權利和語言權利、義務和人類群體聲望方面的不平等和不對稱。」〔註 201〕在臺灣解嚴解禁開啓的轉型期，可以理解成「國語」與「方言」的平等與競爭，口語與書面語的交融與混用，官方語言與非正式語言的碰撞與消解，私人用語與公共語言的背離與重逢，兩性語言差別包括稱謂變化的爭議與和解等等。

話語的商品化更容易理解，當所有的社會領域和機構都不過是根據商品生產、分配和消費而被組織起來時，教育、藝術、傳媒都被稱爲行業、產業的時候，意味著所面對的主角是顧客和消費者。馬克思本人注意到了商品化對於語言的影響。例如，把人稱做工業背景下的「手」，這在某種程度上是將人看做商品——這種商品對於生產其他商品來說是有用的，並將人看做是具體的勞動力。「就話語秩序來說，通過與商品生產相聯繫的話語類型，我們可以將商品化看做是機構的話語秩序的殖民化，更寬泛地說，看做是社會話語秩序的殖民化。」〔註 202〕

新聞傳媒行業自我的定義和說法，所經歷的變化過程既體現了這個話語民主化的過程，也體現了話語商品化的過程。以前的說法，報紙是商品，新聞絕對不是，特別是在政治傳播學和社會責任論者看來，新聞與商業的關係，如同與政治的關係一樣，都是衝突的，都是需要從業者時刻警惕和嚴格區分的。按照現在這個概念，似乎新聞報導、信息服務也是產品了，也是商品了。報紙是信息產品，也是工業產品，可以買賣交易，報導、信息、數據都可以出售、交易，因爲它是「生產」出來的，是可以「消費」的東西。甚至新聞

〔註 200〕（英）諾曼・費爾克拉夫（Norman Fairclough），話語與社會變遷〔M〕，殷曉蓉，譯，北京：華夏出版社，2003：序言 5。

〔註 201〕（英）諾曼・費爾克拉夫（Norman Fairclough），話語與社會變遷〔M〕，殷曉蓉，譯，北京：華夏出版社，2003：222。

〔註 202〕（英）諾曼・費爾克拉夫（Norman Fairclough），話語與社會變遷〔M〕，殷曉蓉，譯，北京：華夏出版社，2003：193。

專業主義強調的獨立報導和專業生產，也反過來被拿來證明它就是一種職業技能、一種專業服務、一種專門行業。而商業廣告和政治宣傳一樣，也成了一種絕妙的「策略的」話語，成了「信息和說服的混合」。〔註 203〕

話語的技術化，還不僅是專業技術分工和「技巧」問題。就像「權力技術」一樣，「話語技術」作爲現代話語秩序的一大特徵，表現在訪談、教學、諮詢、廣告，當然還有政府公文、領導講話和外交發言，每個領域和行業都有了自己專門的技術專家，都有了相關的研究和培訓體系，因而，「話語技術在有關語言和話語的知識與權力之間確立了一種緊密的聯繫」。其中一個側重點在於，將對抗性的談話變成合作性的、協同性的談話的技巧，包括「管理」意見不一致和反對意見的技能，這類意見在語用學文獻中是以「積極的禮貌」和「消極的禮貌」而著稱的。在臺灣這樣一個面臨衝突和轉型的社會裏，話語技術的一大特點正也在於此，反對的語言、抗議的語言、衝突的語言、轉型的語言，需要及時的、大量的「管理」協調、「打通」語法、「翻譯」處理。

「民主化和商品化也許看起來是簡單的對立物——前者是對控制的削弱，後者是對控制的加強。但是，諸如虛假的人格化這樣的現象表明，這裡的關係要更加複雜。這些趨勢之所以不能被看作是簡單的對立物的另一個理由是，商品化實際上包含著民主化。」也就是說，兩種力量在匯聚而不是在互相消解。在社會轉型到話語轉型的過程中，必然出現的某種脫節、斷裂，似乎會成爲話語之日益增加的技術化的一個條件。「悖論在於：斷裂似乎是對話語實踐管理的一種緩和，而技術化似乎又是它的一種強化。」〔註 204〕

無論是眞正的緩和，還只是作爲一種策略，都不可能是獨裁者獨佔、強權者強佔、霸權者霸佔，也就是說，沒有人再能夠自信地確定自己說了就算、只有自己說了算。「權力持有者可以佔用民主化，但佔用過程本身打開了另一片鬥爭的天地——在這裡，權力持有者有可能遭受失敗。存在著這樣一種意義——在此，出於策略目的而產生的虛假的，或模仿的民主化是一個高度危險的策略，其本身既是對民主性力量的權力進行鬥爭的一個步驟，也是對之的一個讓步。」「結果可能是話語實踐中一個矛盾，即民主化話語的形式和民主化話語的內容之間的矛盾，後者又可能成一個鬥爭的領域。」

〔註 203〕（英）諾曼・費爾克拉夫（Norman Fairclough），話語與社會變遷〔M〕，殷曉蓉，譯，北京：華夏出版社，2003：199。

〔註 204〕（英）諾曼・費爾克拉夫（Norman Fairclough），話語與社會變遷〔M〕，殷曉蓉，譯，北京：華夏出版社，2003：205。

這是在明確提醒那些「進化中的獨裁者」，對於民主、自由、公平、正義這些詞，威權統治者要愼用。不要以爲只是簡單地趕時代潮流，輕鬆自如地迎合一下民意和社會輿論，這絕對不是什麼好玩的玩具，很有可能就是玩火自焚的開始。統治者可以佔用它們、借用它們、挪用它們、轉換它們、擺佈它們、玩弄它們，這種可能性很大，但是，「也存在著抵制它們、反對它們的可能性，或容納它們和使之邊緣化的可能性」。初時看起來確實可能有點好玩，最多有點彆扭，慢慢就會變得情況不妙，明顯難以收場，「它們造成了許多形形色色的混合的或雜交的話語形式，通過這些形式，各種妥協在它們和更加傳統的非商品化或非民主化的話語實踐之間得以實現」。〔註 205〕這種混亂的「語言紅利期」不會太久，統治者到後期會發現成本越來越高，爲了維持這種「佔用」所花費的精力越來越多，相應的負擔越來越重，爲之付出的代價高到威脅威權統治，甚至需要拱手讓出統治權本身。這時候威權、獨裁、戒嚴、控制的任意「佔用」，就逐漸成全了民主、自由、公平、正義的「反佔用」。表達變成了表決，話語變成了行動，概念變成了現實，預言變成了結果。

「道高一尺」的當代統治者，看到了同類者的命運和下場，看到了這種「言說的致命危險」，試圖控制話語研究本身的學術體系、學科機構和學者們。也就是說，學術理論承認了話語對意識形態和政治的影響，就要準備著面對意識形態和政治對話語的影響，準備面對「被整合到官僚主義和管理者的議程去的危險」。〔註 206〕話語的社會變遷從官場、商場、民間延展到學術界，管理和控制如影隨形，尾隨而至，從學術和基因上進行巧妙的改造，從源頭上進行內在的控制，因而，必然帶來話語體系和社會體系新一輪的衝突和激化，必將引發話語「魔高一丈」的新進化和新的變遷。

對於社會變遷、話語變遷中的文本決定論，許多學者是不屑一顧的。趙鼎新引用文化符號學者司懷特（又譯斯威德，Ann.Swidler）的話說，「任何具體的文化都包含多元的，甚至是相互衝突的符號、禮儀、故事和行爲準則。聖經的讀者如果想爲自己的任何行爲做出辯解的話，他總是可以在其中找到

〔註 205〕（英）諾曼・費爾克拉夫（Norman Fairclough），話語與社會變遷〔M〕，殷曉蓉，譯，北京：華夏出版社，2003：206。

〔註 206〕（英）諾曼・費爾克拉夫（Norman Fairclough），話語與社會變遷〔M〕，殷曉蓉，譯，北京：華夏出版社，2003：221。

相應的段落。一個社會的文化並不是一個能把社會行爲引向特定方向的唯一的系統。」從話語到話語的分析方法的一個通病，就是任何時代的話語總是要比一個時代的主導性話語大得多，由此我們必須解釋爲什麼那麼多話語中，某一話語會成爲一個社會的主導話語。〔註 207〕

「現代傳播的重大影響是加速社會變遷的過程。傳播的管道不曾歇息，因爲世界變遷越加快速，人們便被迫必須更立即地反應。」「新聞工作者在以清楚與平衡的方式報導快速變遷狀況的過程中是重要的。因爲我們的世界正快速地變遷，這逼迫新聞工作者更適切地瞭解歷史和社會變遷的本質。經過一段時間之後，嚴肅的書籍和學術界會有深度地看待這些事。但因爲現在都會生活持續快速地改變，對所有的人而言，在這些變遷每日、每星期、每個月發生時立即知道他們的存在是很重要的。經過這種方式，人們可以緩慢地調適，而不會在突然面對過量、巨大改變的累積時，被嚇著或困惑住了。」美國傳播學者貝狄更（H. Bagdikian）〔註 208〕點到了告知與調適的問題，特別是速度變化加快的時候，對周邊外在環境的感知和響應是必要的。變化加速的過程，本身就是一種變化，加速即變化；時間侵入空間並扭轉空間，每個人眼中景觀和結構都會產生變化，變化即加速。所以，媒體的報導不再是追隨式的、被動式的、旁觀式、置身事外的「客觀」報導，而是在參與中互動，在互動中報導，報導即參與，參與即報導。〔註 209〕

〔註 207〕趙鼎新，社會與政治運動講義（第二版）〔M〕，北京：社會科學文獻出版社，2012：220。

〔註 208〕世界新聞傳播學院（成舍我先生 1956 年創辦世界新聞職業學校，1960 年改制爲世界新聞專科學校，1991 年改制爲世界新聞傳播學院，1997 年改名世新大學）1996 年成立四十週年，美國加州柏克萊大學教授 Ben H. Bagdikian（臺灣譯爲貝狄更）來校作主題演講，題爲「現代傳播：新世界裏的古老眞理」。查對學術資料發現，這位傳播學者 1983 年出版的英文著作《媒體壟斷》，2004 年有了中文版（吳婧譯），作者名字譯作貝戈蒂克安，2013 年的《新媒體壟斷》中文版（鄧建國等譯），作者名字譯作巴格迪基安。而在《製造共識》（邵紅松譯）一書導論中，又譯成馬格迪肯。令人驚詫的是，這位關注「媒體壟斷」、「新媒體壟斷」的學者，來到臺灣演講時竟然對臺灣報禁和解禁之事隻字未提。

〔註 209〕Ben H. Bagdikian，Modern communication：new worlds with old truths〔G〕／／彭懷恩 主編，90 年代臺灣媒介發展與批判，臺北：財團法私立世界新聞傳播學院，1997：18。

五、製造共識、製造議題到製造名詞概念

（一）製造共識的「新聞過濾器」

美國語言學大師喬姆斯基和經濟學家赫爾曼合作，研究了數十年間的新聞評論和資料，構建出由五層「新聞過濾器」構成的宣傳模型，從而層層展開了「製造共識」的工藝體系和加工過程：⑴媒體規模、所有權的集中化、股東財富水平和主要大眾傳媒企業的利潤取向；⑵廣告作爲大眾媒體的主要收入來源；⑶媒體對政府、企業及這些主要信息源和權力機構所資助的專家人士的信息依賴；⑷新聞批評——制約媒體的力量；⑸「反共」成爲國家宗教和控制機制。〔註210〕

「由於這些新聞過濾因素的作用，精英階層得以統治媒體並對反對意見實施邊緣化。這個現象發生得如此自然，以至於具有良好操守和意志的媒體職業人士均可以令自己信服一點，即他們是基於職業新聞價值觀對新聞進行『客觀的』選擇和解釋的；在這個新聞過濾機制的約束範疇內，他們經常是具備客觀性的；但這種約束的力量已經深入整個機器，且作用是如此強大，以至於想要建立另一套新聞選擇機制根本就是難以想像的。」對喬姆斯基推崇備至的英國語言學家尼爾・史密斯認爲，喬姆斯基揭示政府的謊言，揭露大財團的幕後操控，構建社會秩序的模式，他是「西方的良心」。喬姆斯基證明了世界上實際只有一種人類語言，我們所聽到的身邊數以萬計、複雜紛呈的各種語言乃是同一語言的不同變體。喬姆斯基引發的語言學革命，改變了人類對自己的認知方式，在思想史上的地位可以跟達爾文或者笛卡爾相提並論。〔註211〕

我們通常認爲西方的新聞界在很大程度上是獨立的、激進的、直言不諱的、顛覆權威的……總之用一個詞可以概括：「自由」。爲了反對這種令人欣慰的觀點，喬姆斯基和赫爾曼總結出媒體的「宣傳模式」，指出「媒體的目的是反覆灌輸和捍衛那些控制著社會和國家的特權集團的經濟、社會和政治的日常議題」。

也有學者認爲「共同體」（共通體）是一個神話，不存在，也無用。讓一

〔註210〕（美）愛德華・S・赫爾曼，諾姆・喬姆斯基，製造共識——大眾傳媒的政治經濟學〔M〕，邵紅松譯，北京：北京大學出版社，2011：2。

〔註211〕（英）尼爾・史密斯，喬姆斯基——思想與理想（第二版）〔M〕，田啓林等，譯，北京：北京大學出版社，2015：1。

呂克・南希在《無用的共通體》開篇第一句就說：「現代世界最重大、最痛苦的見證，就是對共同體（共通體）的分裂、錯位或動盪的見證。」呂克・南希認為：不存在共通體的實體，也不存在共通體的神聖基體；而是存在有「激情的釋放」，獨一存在的分享，以及有限性的溝通。之所以不存在共通體的實體或基體，乃是因為這個分享，這個過渡是不可完成的。

「神話是一個神話」這句話在同一個思想中同時包含了兩個意思：一個是清醒的諷刺（「創建是一個虛構」），另一個是本體的—詩性—邏輯（學）的肯定（「虛構是一個創建」）。這就是為什麼神話被打斷了，神話被它的神話打斷了。〔註 212〕

「製造共識」的宣傳模型被諸多評論家說成是「陰謀論」，對此，喬姆斯基和赫爾曼還擊說，他們沒有使用任何陰謀假設來解釋媒體表現，並且再次指出：「大部分媒體帶有偏見的選擇主要是因為它們預先挑選思想正確的人士為其工作，預先內化某些概念，使媒體人員適應股東方、各類機構、市場和政治力量的控制。」「大部分情況下，主流媒體的表現大致相同，因為它們的世界觀大致相同並受類似的條件和動機的制約。因此，它們要麼共同進行報導，要麼一起保持沉默，跟隨領導者的腳步。」雖然媒體有與對手的競爭，並不是在所有的事件上都是鐵板一塊，當大的權力機構或高層領導人意見相左時，在如何達成共同的目標方面就會產生不同的看法，這反映在媒體的辯論上。「但是挑戰基本前提的，或認為國家權力的實施所遵循的模式是基於體系性因素的觀點都會被從大眾媒體中剔除，哪怕是精英們的策略之爭非常激烈時亦是如此」。〔註 213〕

（二）製造議題與設置議程

媒介見證並參與社會力量的衝突博弈，作為一種延伸的社會平臺和舞臺，媒介代表社會甚至成了社會本身。而在政黨看來，它是一個特殊的工具，特殊的戰線，特殊的領域，都希望能主導、引導這股力量為其所用，主導媒體議題的設置、議程的設置。其他的社會力量的追隨、附和、批評、抵制，沉默或參與，都是一種選擇。被動參與者或主動參與者，都可能解碼解構、

〔註 212〕（法）讓—呂克・南希，無用的共通體〔M〕，郭建玲等，譯，開封：河南大學出版社，2016：131。

〔註 213〕（美）愛德華・S・赫爾曼，諾姆・喬姆斯基，製造共識——大眾傳媒的政治經濟學〔M〕，邵紅松，譯，北京：北京大學出版社，2011：2。

消費消解。反解正解都是解，無解誤解也是解。捲入不捲入都在媒介環境中，投入不投入都在傳播語境中。

有限的議程容量和激烈的議題競爭，產生的衝突不僅僅來源於各種權力的鬥爭博弈，還應當考慮客觀上公眾「消費議題」的承受量有限和「圍觀議程」的參與度有限。也就是說，從公眾議題變成新聞議題、從傳媒議程變成公眾議程，需要一個轉譯、轉碼的程序，一個轉移、轉化的過程。

「議程設置效果——顯要性從傳媒議程到公眾議程的成功轉移，可以發生於任何政治系統與傳媒系統相對開放的地方」，其傳媒系統是「新聞與政治言論的獨立來源，不受政府與主要政黨的控制」。〔註 214〕在報禁開放之前，臺灣的傳媒議題往往都不是自選動作和自主行動，也不是來自公眾議題，而是來自官方的啓動、發起、指導、統籌、謀劃。到了 1987 年前後則是反對黨頻頻挑起議題、參與進程，甚至連執政黨主動發起的議題、主導制定的進程，也要去反制、破壞、置換、轉移、搭車、攪局，想盡辦法用盡手段，搶奪主動權和主導權。

製造議題在反對力量一方是爲了製造爭議、製造異議，也是爲了製造新的共識。而在當局作爲強勢一方時，是爲了主導議題、引導議題，也是爲了達成新的共識。至於這兩種「共識」能否合成同一種共識，或代之以另一種「共存之識」、「共見之識」、「共通之識」、「共求之識」，不光靠手段之「高明」，還要看議題的見解是否「高明」，是否合乎「眾議」、合乎「共和」、合乎「民主」。

（三）名詞概念的製造和發明

製造名詞概念，是媒體製造輿論、製造話題的延伸和特色。黃年 1987 年是聯合報的採訪部主任，1988 年報禁解除後出任新創辦的聯合晚報總編輯。他最自爲得意的是發明了「黑金政治」、「統一公投」、「內耗空轉」等詞匯，第一個提出「政策賄選」、「量身裁制」等概念，第一個以「民粹」來形容臺灣政治，並提出了兩岸關係的「筷子理論」。

黃年說，「黑金政治」一詞大概是臺灣新聞史上影響最大的新聞詞匯。李登輝主政期間，錢權交易盛行，他認爲日本人的「金權政治」還不足以形容臺灣的情況，於是使用「黑金政治」一詞。有些人把「黑金政治」窄化成「黑道與金錢」的關係，但他的本意是泛指「以金錢換權力，又以權力換金

〔註 214〕（美）馬克斯韋爾·麥庫姆斯（Maxwell Mccombs），議程設置：大眾媒介與輿論〔M〕，郭鎮之，徐培喜，譯，北京：北京大學出版社，2008：42。

錢」的惡質政治操作。〔註215〕

概念的背後是理念，名詞的背後是名義。熱詞、流行詞能夠留存下來的，肯定不是一時頭腦發熱，更不是憑空生造。它能熱起來，一定是觸動了社會的某種情緒；它能在流行之後留下來，一定是暗合了時代的某種趨勢。

六、假新聞的「自我實現」

假的會成為真的，虛構會成為歷史，過去會變成未來。這句話反過來說就是，真的可能由假的所生成，歷史可能由虛構所生產，未來可能由過去所製造。聽起來似乎不可思議，也超出了常識的理解，悖於常理、不合情理，那麼，明明不存在的事、明明不可能的事、明明不靠譜的事，為什麼能夠變成事實、變成歷史、變成未來呢？

李旺臺舉了三個新聞報導的例子。第一個，報紙如何「製造成事實」。大約是在1990年，他在臺灣時報擔任副總編輯兼採訪主任。有一天，仁武工業區一家化工廠廢氣外泄，附近村莊有多人聞到後頭暈、嘔吐送醫，大約五六戶人家，共十餘人中毒。那時是剛剛解嚴，報紙正在比賽誰最能大鳴大放。次日各報除一版頭條外，也在內頁整版報導。其中，我的報紙想多提供信息服務，同時也居於塡滿大版需要，我們增加報導傷害保險理賠的事例。次日，村民紛紛去就醫，不管有無中毒，取得就醫記錄再說。結果中毒人數每天增加，從十餘人到二十餘人，再變成近百人。一個小型的工廠管理事故被報紙製造成重大的環保與社會事件。

第二個，報紙如何「製造成事件」。2001年夏天，一次颱風豪雨淹了臺北幾個社區，很多大樓地下室進水。過了幾個禮拜又有一個輕度颱風警報，電視每小時報導，加上24小時不間斷的跑馬燈，竟使一個輕度颱風警報驚嚇了全臺北，沙包被搶購一空，那是輕度颱風警報被媒體升級了。

第三個，最近2008要大選，在野黨明顯地打經濟牌，黨媒聯手，每天報導並評論經濟是如何不好，臺灣社會突然爆發許多「吃不飽穿不暖」的新聞。而且經濟有「自我實現」的特性，亦即大家說它壞，說多了、說久了它真的會變壞。這是一個全國集體自我唱衰的故事，媒體在其中扮演要角。

〔註215〕黃年，黑金政治的命名者與批判者〔G〕／／何榮幸 策劃，夜中尋找星星——走過戒嚴的資深記者生命史，臺北：時報文化出版企業有限公司，2008：491。

這三個故事，不管是出於善意、惡意、無意，不管媒體的居心何在，你只要大量地去報導並評論一條新聞，新聞便會走樣。換句話說，量的本身會長腳也會長角，長腳會使新聞長大，長角會傷害眞相，甚至傷害公義。〔註 216〕

以上是量的問題。還有質的問題，扭曲、變形的過程也同樣可怕。比如嚴謹調查、忠實引述、平衡報導等提高新聞素質的方法，如果另有居心，反方向使用，會被用來做更嚴重的扭曲與掩護的工具。由於缺乏社會責任，所以媒體可以爲了政治立場不同而誤導和扭曲事實，再根據錯誤的「事實」大肆評論，大家耳聞口傳，一些錯誤的訊息成爲常態，很多事以訛傳訛，很少見媒體主動勘誤、更正或道歉。當失眞的「事實」被錯誤地一再報導和評論之後，原本失眞的「事實」會自我實現，成爲人們確信的「事實」。假的變眞，眞的變假，弄得社會由失眞到失序，最後失序竟成爲社會的常態。

經濟的變化會自我實現，事實的傳播會自我實現，推而廣之，謠言的傳播會自我實現，謊言的傳播會自我實現，預言的傳播會自我實現，這就是弄假成眞、變虛爲實、化去爲來的傳播軌跡。最可怕而且最難以識別的，是部分爲眞、部分爲假的事實和評論，就像臺灣藍綠對壘、五花八門的媒體消息，不同的碎片、不同的剪裁、不同的角度，一般的讀者聽眾，不可能有精力和能力都去通讀一遍，不可能再去過濾、篩選、平衡一遍，得到的信息和評論有幾成眞幾成假，便成了隨機的中毒、偏食、偏信過程。媒體構建的現實便取代了眞實存在的現實，成爲頭腦中眞正的現實。事實就這樣改變了，評價就這樣改變了，歷史就這樣改變了。

這相當於說，在長或短的時間段裏，在時間兩頭的兩個點上，任意改變一個點的位置，劃出的線也就隨之改變了，就像在空間裏兩個點之間做出的改變一樣。這條線的移動就會造成相互關係的變化、相互定位的變化，從而造成由兩者關係來定位的兩個點本身的變化。假如這兩個點，一頭是過去，一頭是現在，兩者之間的關係就無法固定下來了，如果改變過去的描述也就改變了現在的定位關係，如果改變現在的描述也就改變了過去的定位關係。過去與未來，現在與未來，關係的改寫和關係定位的人爲移動，也是同樣的道理。虛假的新聞、誇大的新聞、放大的新聞，甚至只是因爲重視而顯示重

〔註 216〕李旺臺，解嚴沒解乾淨的「侍從報業」——政治民主化是如何造成媒體惡質化〔G〕／／卓越新聞獎基金會 主編，關鍵力量的沉淪——回首報禁解除二十年，臺北：巨流圖書公司，2008：51～52。

要性的新聞，都會讓某個點產生位移，讓兩者相連的實線消失或變成虛線，讓兩者相連的虛線取代實線，當然，也可能讓沒有關係的兩個點產生連線。這就是在製造事實、製造關係、製造地圖、製造歷史。

報禁解除，言論多元，沒有了一黨獨大控制媒體，不同的政治立場開始用不同的辦法主導同樣的新聞，或者用相同的辦法主導不同的新聞，不同的媒體開始各自選擇向不同政黨傾斜，新聞不再是客觀公正據實報導。「有一個新聞主管曾經公開說，他根本不必擔心『平衡報導』的問題，因爲各家媒體有不同的政治立場，對整個臺灣社會來說就是一個平衡。這種推論明顯有誤，就好比一個人同時吃了過鹹和過甜的菜，絕不能說他吃的菜加總起來就是鹹甜適中。」〔註 217〕事實上，同時吃那麼多種菜肯定吃不過來，何況人人都有偏食的習慣：「一般人看報或看電視，經常會選擇跟自己立場比較接近的，越接受其信息就越偏頗。例如，你去看《自由時報》，看到的是《自由時報》所建構的眞相，看《聯合報》就看到另一種眞相。不同立場的人擁抱不同的媒體之後，越來越強化原來的立場，這是政治被分裂、社會被撕裂非常重要的原因。」〔註 218〕

七、爭論話題如何「正確表達」

正確的話永遠是說在前頭的，有遠見的話永遠聽著像廢話。反過來說也有一種可能：說在前頭的話容易佔據正確位置，說著廢話的人容易顯得有遠見。報禁解除前的許多預警提醒，以及報禁解除後的許多「馬後炮」，都是同樣的道理：正確，但是沒有用。翻完資深媒體人王洪鈞厚厚一本《臺灣新聞事業發展證言》〔註 219〕，特別是他在解除報禁前後發表的一系列講話，深感這是一位有責任感但對現實無感的老前輩，他的「證言」不管是前證還是後證，都證明是十分正確的，但確實無用——十分空泛而無法採用。

比如說，在解除報禁一章的第一篇，「開放報紙登記後的幾個基本問題」：一、開放報紙登記需要報業和衷共濟；二、開放報紙登記與解除四限；三、以正確之認知創建自由而負責之報業；四、需要健全之法律促進報業之發展；

〔註 217〕屠乃瑋，對媒體與政治之間的一點思索〔G〕／／卓越新聞獎基金會 主編，關鍵力量的沉淪——回首報禁解除二十年，臺北：巨流圖書公司，2008：29。

〔註 218〕陳國祥，新聞自由及其敵人〔G〕／／卓越新聞獎基金會 主編，關鍵力量的沉淪——回首報禁解除二十年，臺北：巨流圖書公司，2008：45。

〔註 219〕王洪鈞，臺灣新聞事業發展證言〔M〕，臺北：臺北市新聞記者公會，1998。

五、加強新聞自律制度與善盡社會責任；六、需要讀者提高對報業理性回應力。第二篇「報禁開放前四次接受記者訪談要點」，到第六篇「報禁開放一年幾個值得深思的問題」，認爲報禁解除既是「信息自由化」，也是「信息市場經營的自由化」，一定要合理、公平，不能讓弱小報紙活不下去；一定要預作節制，不讓激情主義氾濫；一定要注意編採的品質和評論的水準，盡到社會的責任；一定要負起「清流」的責任，扮演「諍友」的角色；一定要留意報業「突變」時會與社會互動關係造成混亂；一定不能因爲既有秩序改變及失調而角色迷失，失控、失調、失序；一定不能濫用新聞自由、採訪自由；一定不要因爲版面多而稀釋內容，造成讀者的挫敗感；政府雖不欲直接干預，卻不宜放棄其對報業發展之「剩餘責任」；政府不能對管理和引導「產生畏懼和抗拒心理」，淡然不顧或全然放手。

通讀下來，縱觀全篇，方方面面都提示到了，不管是強賦新詞，還是新瓶舊酒；不管是官腔，還是江湖腔調；不管是陳腐還是俗氣，學究還是匪氣。可能是因爲報禁解除在時間上太近了，還來不及看清楚變化，來不及認眞反思，經歷並見證了這一歷史階段的前前後後，在報業將自由、正自由、已自由的前一刻、後一刻，念念不忘、反覆念叨的，是責任、公平、正義、倫理、秩序，這是先見之明、先知先覺，還是先發制人，永遠正確，還是說眞的預感到了、預見到了？在這個明白無誤的轉變時期、轉型時期、轉換時期，這種平衡居中的論述、居高臨下的論調，會不會成爲沒有是非、沒有擔當的套話、空話？過渡時期也可能是空白時期、灰色時期，到底是「放不足而禁有餘」，還是「禁不足而放有餘」，過渡提前的預警預判，與早早擺上的「馬後炮」有多大區別？

一個學者的角色和眼光，再高明也會有局限，再長遠也會有短視，把持得再好也會顧此失彼。哪怕是在站在同一個地點，在同一個時間，向同一個角度眺望，因爲場景、視野、地圖的不同，每個人眼中看到的東西，心中關注的東西，肯定會截然不同。報禁解除前後這一刻，每一個「當事人」，都看到了各自想看到的東西。比如說，蔣經國作爲國民黨主席、作爲總統，報禁可能只是解嚴與制定國安法之下，一個小之又小的子系統；對行政院長俞國華來說，外匯管制的開放、應付立法院內的反對黨，可能更費心思；對新聞局長邵玉銘來說，張羅座談、徵詢意見環節肯定是少不了的，然後到最後還是一放了事；對新成立的反對黨民進黨來說，報禁開放中爭取發言渠道、爭取宣傳陣地最重要；對報業來說，中時、聯合兩大報系積極響應、從容應戰，全部開放就是機會，而對於地方小型報紙來說，沒有保護和限制就面臨生死之戰，對黨報、軍報來說，不能放手參戰也不能不應戰；對於新聞傳播行業的學者專家來說，關心和關注之下，總要說些兩可的話。過後的回憶與反思，每一個重回現場的人，也可能是在平行的世界擦身而過，原本就不在同一個空間層面、同一個地圖場景。報禁解除前，有的報紙已經在競爭中敗下陣來，提前停刊退出；有的已經在競爭中調適應變，有的不但靜觀其變還想著伺機待變。多年以後再復原現場，一切都顯得水到渠成、波瀾不驚，不覺得有任何驚心動魄之處；1987 年之後出生的人，一睜開眼就是滿街的大報、厚報，信息過載、謠言太多，他們可能得到的印象是吃得太飽，沒有了食欲，他們的原始地圖上就沒有什麼非要開放不可的東西，也不可能明白那麼多的人爭吵和爲他們擔心的是何許重要之物，淡化之後的淡漠，淡然之後的淡定，讓這些盡責盡職的忠告和預警，也失去了著落。

回頭看報禁前一年的呼籲聲中，王洪鈞老先生的表態，顯然也有著他的不以爲然：「解除『報禁』便足以代表三民主義的傳播政策嗎？差得太遠了。便足使報紙與兩黨或多黨政治作同質之發展嗎？誰都不敢如此樂觀。只是『報禁』現已成爲臺灣三十多年來一元化政治的象徵；好像不繼「黨禁」之後加以解除，便不能因應民主開放政治的需要。」預想了報禁解除初期難免的幾種痛苦的反應後，王洪鈞提出相應的六項努力：修正出版法及施行細則，重新訂定新聞記者法，強化新聞評議會之組織及職權，建立報業內部之示警制度及公評人職位之設置，加強報業團體之組織，建立專業教育之體系規格。說起來都是極虛的泛泛之談。但他不得不承認，「政治體制及體質既變，屬於同質政治文化之新聞事業自沒有不變的理由。」〔註 220〕

報禁解除十年際的《中華民國新聞年鑒（精華本）》也收錄了王洪鈞的一篇長文章，除了再次回顧引用新聞局召集的、他本人參與的「報紙登記及張數問題專案研究小組」報告書（1987 年 5 月 15 日），認爲解除報禁及後來的開放天空兩大政策，結束信息全面管制時期，或稱保護時期，開啓經營自由時期，不過是「臨門一腳」而已。近十年迄今，新聞事業確已發生脫胎換骨的改變。「以宏觀而深入觀察，實乃國家情勢之『大氣候』使然。」反思的結

〔註 220〕王洪鈞，臺灣新聞事業發展證言〔M〕，臺北：臺北市新聞記者公會，1998：58。

論是：「所謂過猶不及，信息之超載一如信息之不足，均易增加讀者讀報之沮喪感，於解除『三限』反生負面之意義。」〔註221〕

造成王洪鈞如此平靜冷淡和消極評價的原因之一，「在新聞報導部分，客觀深入固屬常態，仍有主導新聞及主觀報導之現象」。所謂主導新聞，即報紙未充分重視事件之意義重要性，而對具有激情價值之事件，尤其具有衝突性及反常因素者，渲染誇大，設定議題，以製造並饜足大眾之興趣。所謂主觀報導，即脫離事實性報導之常軌，而濫用特寫或深度報導方式，夾敘夾議，使事實及意見之界線難以釐清。

這種主導、主觀、主題、主見之類新聞報導，十年後仍然存在，用「仍然」二字來限定，說明以前已經存在並且相當嚴重。那麼，是當時已經發現問題並指出過批評過，還是說現在回頭反思才發現、發聲的？事後的「反對」聲音，也是反思的一種，但與在當時就指出過、批評過，顯然有性質、效果上完全不同的含義。這可能連馬後炮都算不上，而是倒推歷史之錯誤而自證高明，以批評現存的問題而肯定自己，以現在的批評肯定過去的自己，以對過去的批評肯定現在的自己，總之，別人一貫錯，自己一貫對，問題一貫在。那麼，這種正確又有什麼意義呢，或者說，指出這些一貫存在、一貫不解的問題，沒有什麼價值，反而在提示一個可能：這些問題永遠無解，要麼原本就不是問題。

相比之下，還有一些學者和報人參與討論的語言表達，不是太過情緒化，就是太直白、太生硬，不是把報禁開放的空間想像得太美好，就是把解禁後的報業狀況說得慘不忍睹。試舉幾例典型說法：

高希均：「媒體誤國」說

民主化過程，從「亂中有懼」到「亂中有序」、「亂中有趣」，又到了「亂中有懼」，「亂中有痛」。

「媒體亂象」到「媒體亂源」、「媒體誤國」的指責，似乎並不誇張。高希均歸納了六條「媒體誤國」可怕的後果：把「壞」消息當成能熱賣的「好」新聞；把做壞事的「惡人」，當成「名人」；把翻雲覆雨的「政客」當成「英雄」；把信口開河的「對答」當成「專家」；把違反做人做事原則的「叛逆」當成「好漢」；把堅持原則的人「君子」，當成傻瓜。

〔註221〕王洪鈞，臺灣新聞事業邁入新時代〔G〕，／／中國新聞學會，90年代我國新聞傳播事業，中國新聞年鑒（精華本），臺北：風雲論壇出版社，1997：6。

這是言論自由與市場經濟下出現的痛心現象：報導商業化、新聞娛樂化、犯罪戲劇化、評論兩極化、善良邊緣化、正派人物惡意醜化。這些後果與現象的擴大與張力，又形成了當前六項缺失：媒體失態、國會失算、政府失能、市場失靈、企業失常、貧富失衡。〔註 222〕

六誤、六化、六失，從小到大的三個「六點」，點出了媒體的致命病症，以及病因和病變的惡果。想想二十多年前，遠見雜誌在 1987 年 1 月、3 月出了兩期「報禁開放」專輯，較早地發起鼓與呼，可謂遠見卓識。如今的後果，想必遠遠超出了高希均的見識之外。他提的藥方不外乎是呼籲：要改變「民主不再是人民作主，而是傳媒和政客在作主，理性選民不應當容忍變質的民主」，「臺灣要減少兩黨惡鬥，必須要靠兩黨領袖，做出理性的選擇：『退一步』相互折衷，『讓一步』取得共贏，『進一步』理性獻策，『跨一步』全力推動。」〔註 223〕

胡元輝：「亂無可制」說

「解嚴，誠然是一個具有象徵意義的分界點。解嚴，當然也只是一個具有象徵意義的時刻。」前自立晚報記者到前總編輯、到前公視總經理的胡元輝在解嚴解禁二十週年之際，談到解嚴前後媒體的變化，坦白講到已對之「感到乏味」：「媒體生態的巨大變化爲何？一言以蔽之，就是政治力隱沒，市場力崛起。何以謂政治力隱沒？因爲解嚴後政治力並未消失，只是外顯的控制不再，轉以市場的機制操作。至於市場力則因法制與人心的鬆綁，不僅堂而皇之，而且百無禁忌地成爲媒體操作的最大律則。」

「從正面的角度來看，百家爭鳴既打破了壟斷的言論空間，又釋放了禁錮的民間活力，臺灣社會將很難再走向封閉的思維與體制；但是，從負面的角度觀察，百家爭鳴已淪爲百家亂鳴，掙脫束縛的言論空間並未成爲提高民主品質的公共領域，打破禁錮的民間活力亦未成爲推動國家進步的公民社會，憂心忡忡者乃直言：臺灣的媒體生態怎是一個亂字了得！」「臺灣媒體之亂已到『亂無所懼』及『亂無可制』的地步，如不能有效遏止，即時導正，其亂足以誤國、敗國。」愛深責切的胡元輝也承認，「解嚴之後的臺灣媒體當然不只有亂，也有其序；不只有破，也有其立；同樣的，臺

〔註 222〕高希均，開放臺灣〔M〕，臺北：天下文化出版公司，2015：61～62。
〔註 223〕高希均，開放臺灣〔M〕，臺北：天下文化出版公司，2015：94。

灣媒體之亂亦不能單責於媒體，從政商力量無孔不入的媒體操控，執政者缺乏媒體政策的理想與見識，乃至閱聽眾媒體素養的匱乏，在在使得媒體亂上加亂。」〔註224〕

第四節　轉型語言的基因突變

一、政治語言娛樂化、遊戲化

民進黨將「兩蔣時代」一概稱爲「白色恐怖時期」，其激情加悲情的文宣模式，也被斥爲「綠色恐怖」。〔註225〕比如，他們把島內泛藍勢力打成「中共同路人」、「中國代言人」，扣上「黑金政治」、「老年政治」、「專制回潮」、「政治分贓」、「聯共賣臺」五頂大帽子，全面抹黑、抹黃、抹紅敵對力量。〔註226〕

從「娛樂政治化」到「政治娛樂化」、「政治遊戲化」的大跨度轉變過程，對應著從政治有禁忌、娛樂有禁忌的戒嚴時代，到政治無禁忌、娛樂無禁忌的狂歡時代，從零度自由、有限自由到過度自由，從政治宣傳、政治營銷到政治表演。造成這種「轉基因」的原因之一是：「原先威權時代使民眾窒息太久，整個社會突然間有了前所未有的寬鬆開放的言論環境，長期以來所積澱海量的民怨，呈火山爆發一樣的噴湧姿態，言論失控、言論失態的現象在所難免，甚至有些聲音顯得十分嘈雜而搞笑，政治的嚴肅性被這種『民粹』特

〔註224〕胡元輝，「黑暗之幕」將成事實？——戒嚴與報禁解除二十週年的憂思〔G〕／／卓越新聞獎基金會 主編，關鍵力量的沉淪——回首報禁解除二十年，臺北：巨流圖書公司，2008：14～16。

〔註225〕汪澍，洪偉，艾克 主編，臺灣「民主政治」透視〔G〕，北京：華藝出版社，2014：153。

〔註226〕這是一本非史非論、非專著非教材的「編寫類」書籍，文風上有新聞時評的味道。本來在很多嚴謹的學者眼裏沒有參考和引用價值，但在研究和論述本身也可能成爲事件一部分的研究框架內，反而產生了一種特別的觀照價值，這本書編寫的過程和表達方式，也是「語言展現」的現實版本之一。署名《臺灣「政治民主」透視》編寫組在後記裏說：中國臺灣地區在所謂「民主化」之後，基本舶來了西式民主政治運作的規則、秩序，陶醉於西式民主的光鮮外表，但實則並未眞正實現民主深層次的精神內涵，而由此導致的民粹主義氾濫、藍綠群體分裂、政治生態惡化、黑金體制嚴重等問題日積月累，已滲透到臺灣政治肌體的每個毛孔，臺灣「民主」已陷入民主模式認識的模糊和民主品質的惡化相交織的困境之中。我們編寫該書就是試圖對這些問題進行梳理和展現。

色『搞笑』所消解，從『根源上走向娛樂化』。」〔註227〕從中可以看出暴力語言與娛樂語言的奇特切換和奇妙轉換，說明語言的轉換轉向，也可能是基因突變式的斷裂和接續，而不一定非要是常規式的漸進漸變，不一定要在時空轉換的漫長過程中逐步地變形置換、緩慢地變異替代。或許，這是巨變年代、轉型社會才可能出現的一道奇觀。

二、轉型語言助長歧義

製造衝突也罷，製造共識也好，不光是通過行動（肢體行動、街頭行動、議會行動等等），也會通過語言。語言本身不僅在製造衝突或共識，也在理清或者搞亂是非，放大或者扭曲事實和觀點。在臺灣轉型的過程，不僅產生了豐富的抗議行動「形式庫」，也創造了繁複的「語言庫」、「概念庫」、「觀點庫」、「理論庫」。被陳芳明指責爲「製造政治迫害的理論大師」的南方朔，是不是「反對運動理論大師第一人」，自有後來的史家評論。但在語言的運用上，在語言的研究上，南方朔絕對稱得上是大師級的人物，南方朔在接受筆者訪談時，也毫不客氣地說自己是臺灣唯一一個一直靠寫作吃飯的人。

南方朔在他後來出版的五本「語言之書」自序「語言是我們的疼痛」一文中，表達了對臺灣「語言——現實」、「語言——行爲」的紐帶斷裂之痛。他說：「當人們只是爲語言而語言，而不是用語言來談論事情，這就是語言的墮落，而語言的墮落也是人的墮落。」「語言的媒介功能，在現世裏，卻經常會被扭曲，因此，人們會用語言來說謊，用語言來說髒話，用語言來逃避，以及借著語言來操控別人。當語言被過度的私欲和權力所穿透，語言就被帶到了另一個方向。」〔註228〕

「首先，在我們自己的社會裏，由於一切都日益泛政治化與泛工具化，在這種趨勢的穿透與浸潤下，我們的語言當然日益淪爲一種工具，當語言被工具化，其實也就等於它不再是媒介平臺，所有古典的判斷準則也告失去。這時的語言也就像是一個鬧劇舞臺，無釐頭的插科打諢多於說理，空洞的語言插曲多過論證。每一個語言概念甚至語法，當然也都變得可疑。其次，就全世界這個範圍而言，目前也進入了一個更弱肉強食的階段，因而語言也同

〔註227〕汪澍，洪偉，艾克 主編，臺灣「民主政治」透視〔G〕，北京：華藝出版社，2014：178。

〔註228〕南方朔，語言是我們的希望〔M〕，北京：法律出版社，2011：2。

樣日益粗暴化，並變成操控的工具。而除此之外，則是由於媒體的變化，也使得人們更加個體甚至獨我化，它助長了語言的歧義和不可溝通性；而政客的語言則成了所謂的『戰鬥語言』。」〔註 229〕

三、新聞語言老化，文言痕跡難除

同文同源同體的漢語體系，因爲數十年間使用習慣和傳承、交融的關係，臺灣的漢語用詞、詞義、句式也有一些不同的特色。比如，勞動、管制、擴張、集團在臺灣都是中性詞，沒有任何貶義，策劃、策動、死黨，也都不是貶義詞。群眾，在臺灣指一大群人，一個群體，而大陸指相對於「黨員」的一種身份。如果新聞報導提到「幾個群眾」則臺灣的讀者可能不太容易理解。公車在大陸是公家的汽車，在臺灣卻指公共汽車。臺灣研究者分析國語新詞對於大陸民眾的「可懂度」，發現高達 69.9%～87.9%。〔註 230〕也就是說，兩岸用語仍有著極高的相似性和一致性。

臺灣的縮略詞也有其特色，如：評估鑒定——評鑒，驚訝見到——驚見，純眞潔白——純白，考慮衡量——考量，意義內涵——意涵，程序和手續——程續，制訂頒布——訂頒，成績效果——績效，審核備案——核備，呈請辭職——請辭，製造聲勢——造勢，委婉拒絕——婉拒，體會認識——體認，通貨膨脹——通膨。按照黃裕峰的分析，臺灣縮略詞的特點是較多採用提取式，五音節、三音節縮略爲雙音節的也比較多見，如：缺點和失誤——缺失，激勵的因素——激素，共同的認識——共識，掌握並控制——掌控，軍人與警察——軍警，教育界——教界，仿製品——仿品，制空權——空權，承包商——包商。還有三音節、兩音節縮略爲單音節的，如：陳水扁——扁，馬英九——馬，尋找——尋，遭到——遭，淪爲——淪，爆出——爆，歸來——歸，批評——批，教師——師，回答——答。

國民黨帶著傳統漢語規範到了臺灣，包括長期固守的直排直寫形式，保留了較多的文言色彩。因爲受到文言教育的影響，臺灣新聞報導中無意識使用了文言味較濃的潛詞庫，如「秉持」、「慰留」、「宣示」、「裁示」、「昭示」、「核示」、「核備」、「福祉」、「肇致」、「建言」、「期勉」、「嘉許」、「履任」、「頻仍」、「延攬」、「釐訂」、「漏夜」、「晉見」、「閣揆」、「幕僚」、「銓敘」等。以

〔註 229〕南方朔，語言是我們的希望〔M〕，北京：法律出版社，2011：3。
〔註 230〕黃裕峰，兩岸新聞用語比較研究〔D〕，上海：復旦大學新聞學院，2011：90。

致出現媒體規範日常用字取代文言文用字的要求，如：中央通訊社社稿一般體例規範，要求用「我」取代「余」，用「都」取代「俱」、「皆」、「均」；不用「之」、「該」、「稱」、「係」、「亦」、「旨在」、「彼等」、「業經」、「嗣後」等文言詞語。

也有人認爲，臺灣新聞用語較爲口語化，較多使用生活俚語、流行語、縮略語、黑話，甚至自創詞匯。臺灣新聞較多的開宗明義，使用簡練的句法來敘述事件，通常會在前面幾句直接破題。在語法上，使用帶賓語的句式會比用其他句式節省字詞，使得新聞顯得簡短，精寫精編，不拘束於語法上的規律，一部分是漢字具有表義的功能，另一則是新聞內容中能做補充說明，但也可能造成語法使用上的混亂。例如「核四停工墾丁油污 在野立委促張俊雄負政治責任」。漢語的一些動詞，在其前面加上定語時，一般應加上「的」字，臺灣新聞鼓勵省去「的」，且認爲「的」是新聞寫作受到西化影響太過雕琢、太多修飾，應避免濫用才顯得簡練。例如「廖廣學火爆（的）質詢」、「市長指示解決不合理（的）現象」。〔註 231〕

深得邱立本欣賞與懷念的文言詩詞對仗式標題，不光一般的年輕讀者不領情，老一輩的學者也未必都認可。1987 年剛過八十整壽的中央研究院院長吳大猷，談到他對新聞界的看法，「記者凡事好起哄，編輯老爺也往往並不高明。譬如費盡心血湊個對偶式的標題，吳大猷說他不欣賞，『無聊極了』，爲什麼不把心思放在新聞價値取捨的判斷上，好好表現一個編輯的見地？」〔註 232〕可見黃年在聯合晚報的採編改革，是順應閱讀變化趨勢的。

四、語言位階反轉，「土話」轉向「高級語言」

「在蔣經國開始啓用本土菁英進入政府的上層官僚體系以前，佔有社會上層階層的人可以帶有浙江國語、山東國語、或是廣東國語，就是不能出現臺灣國語。」在解嚴前，所有的白領工作，包括政府官員、專家學者、管理階級，以及中小學老師等等，幾乎是清一色帶有除了臺灣國語之外的各省腔調的「國語語群」。〔註 233〕蔡采秀指出，「認同外來者」的語言，代表著「高

〔註 231〕黃裕峰，兩岸新聞用語比較研究〔D〕，上海：復旦大學新聞學院，2011：74～89。

〔註 232〕徐梅屏，吳大猷對新聞界的諍言〔N〕，中央日報，1987-10-3（2）。

〔註 233〕蔡采秀，解嚴與自我殖民〔G〕／／中央研究院臺灣推動委員會 主編，威權體制下的變遷：解嚴後的臺灣，臺北：中央研究院臺灣史研究所史籌備處，2001：334。

級」、「現代」、「文明」和具有「國際觀」，以統治者母語爲中心的語言政策讓被統治者永遠覺得「劣等」、「不文明」和「土」，以致完全失去建立一份完整社會自我的可能。

於是，從語言上劃分出不同的文化階層。蔡采秀在觀察臺灣社會內部的「語言位階」時發現，「通常說英文被視爲最有文化教養，其次是說日文，最後才是只會說中文，而這些語言的優位性都在方言之上」。

這種現象如果和香港社會的語言位階作個比較，不難發現所謂「世界文化階層」的存在。在九七回歸以前的香港，英文是最上等的語言，其次是廣東話，最下等的人才講中文的普通話。當然，九七以後，情況完全改觀，每個人都變成過去香港人認爲最下等的人，因爲他們都必須積極地學會說過去最下等的語言。香港人之所以會認爲英文比中文高級，這固然是反映出被殖民者對殖民者的文化認同，但香港人會認爲廣東話比中文還高級，自認比臺灣人要高級，卻是反映出世界文化階層的存在，即被歐洲帝國主義殖民過要比未被殖民過的東亞社會（中國）高級，也比只被東方帝國主義殖民過的東亞社會（臺灣、韓國）高級，而最早也最全面西化、自我殖民最嚴重到可以殖民其他國家的日本當然自認是東亞社會中「最高級」的國家；就這個層面而言，東亞社會彼此間的文化位階是以殖民母國在世界文化階層中的位階而定。〔註234〕

在這段繞來繞去的語言中，就是兩個詞在對比纏繞：語言的位階、殖民文化的階層。對日本殖民那一段歷史的表述中，可以再次看到對殖民者態度上不同的「語言位階」：日據、日占、日領、日治。可以說，沒有一個詞是中性的，只要放入到臺灣的語境中，說出這個詞的人，就是站在其中一個語言位階上，其態度、角度、程度、深度，一瞬間表露無疑。

臺灣此後「土話」地位不斷升高，不能在公眾面前說幾句「閩南話」，不能在競選時用「臺灣國語」、「臺語」喊口號發表演說，就不是「臺灣人」，就是「不愛臺灣」。「國語」的地位不斷下降，先是與「臺語」（臺灣的「閩南話」）並列爲「國家語言」，又從「普通話」變成地方話（「北平話」）。按照這個「語言位階」邏輯，在作者論文發表後的十幾年間，「語言位階」已經完全倒轉，現在受歧視的可能是說普通話的外省人了。

〔註234〕蔡采秀，解嚴與自我殖民〔G〕／／中央研究院臺灣推動委員會 主編，威權體制下的變遷：解嚴後的臺灣，臺北：中央研究院臺灣史研究所史籌備處，2001：335。

五、劃線即劃界：「白色恐怖」分期的語言邏輯

對國民黨在臺統治時期的歷史分期，也能看出論者的藍綠統獨之別。呂東熹認爲：臺灣的「白色恐怖」（white terror）可以包含最廣義、廣義和狹義三種。狹義的「白色恐怖」即俗稱的「50年代白色恐怖」；而他所謂的「白色恐怖」乃指廣義的解釋，亦即除了「50年代白色恐怖」之外，還包括後來部分學者所稱的「殘餘白色恐怖」，也就是戒嚴時期（1949～1987）長達三十八年的政治迫害。〔註235〕按照作者的說法，他採取的這一「白色恐怖」定義還不是最廣義的，「最廣義的定義則是指一般國際上的泛稱，即不分時期，凡國家機器運用各種政治的手段，對異議分子進行壓制、迫害，這種保守而反動的恐怖措施，不是只發生在一時一地，全球各地區亦常聽聞」。

也有眾多論者把1987年解嚴之前國民黨在臺統治，分爲「硬性威權」和「柔性威權」兩個時期，1987年之後則列爲民主化時期（也有列爲民粹主義時期等）。至於「硬性」與「柔性」的分野，有的學者索性以兩蔣執掌實權的前後兩個任期來劃分。

最近的一次重大分期變化發生在2017年12月5日，立法院院會三讀通過《促進轉型正義條例》，條例規定所指的威權統治時期爲1945年8月15日到1992年11月6日，即從日本投降、臺灣光復到戒嚴解除後、動員戡亂時期終止，這一長時段的國民黨統治時期。條例要求威權統治象徵的建築場所應予移除、改名，這意味著臺灣的兩蔣銅像、兩蔣寢陵、兩蔣文化園區、中正紀念堂都面臨移除、改名的命運，各縣市的主乾道中正路、介壽路，臺北市的中正中學、介壽中學等也要改名。2016年民進黨再次上臺執政後，蔡英文就提出要繼續推動「轉型正義」，從國民黨黨產、二二八事件平反、兩蔣歷史評價等方面進行全面清算。再次成爲在野黨的國民黨，則稱之爲「政治追殺」。

劃線、劃界，實在是一種最便利的區分方法，雖然歷史的事實、事實的歷史很難簡單一分爲二。比如，楊志弘1992年的博士論文《臺灣地區報社總編輯職業角色之研究》中，有一節專門分析總編輯的籍貫，附有一張「報社所有權屬性與總編輯籍貫關係表」，說明調研的20位總編輯中，執政黨報、政府報和軍報等三類報社，合計6家報社，總編輯籍貫是清一色的大陸省籍，而另兩類的民營報（報團報、財團報），則呈現較平均現象。這張圖表到了呂東熹的書中，別的都沒有變，只把「臺灣省籍」、「大陸省籍」改成了「臺灣

〔註235〕呂東熹，政媒角力下的臺灣報業〔M〕，臺北：玉山社，2010：95。

籍」、「中國籍」。同樣的邏輯，呂東熹挪用羅文輝 1996 年論文《臺灣新聞從業人員背景及工作概況之研究》中的圖表時，直接把其中的人員分類「五種並列」：中國籍、臺灣籍閩南、臺灣籍客家、臺灣籍原住民、華僑。〔註 236〕如果這就叫自由理念，這就叫自立精神，靠偷換概念轉瞬已經完成。

〔註 236〕呂東熹，政媒角力下的臺灣報業〔M〕，臺北：玉山社，2010：614。

第四章　媒介語言演變的生命週期

第一節　報禁政策回歸式反思

一、自由無限並非自由無價

（一）政府當年不管也是失職

向芬博士在其與2009年博士論文同題的著作中，研究中國國民黨的新聞傳播制度，更多偏重於歷史制度的系統分析，對報禁這一關節點幾乎一筆帶過。向芬提出，雖然報人與許多專家學者希望政府早日開放報禁，但有人認為：廢除「黨禁」與「戒嚴令」，社會須付出代價；開放報禁，亦同樣須付出高昂的代價。〔註1〕並引用了李瞻的話作為佐證，這個「有人」其實就是李瞻本人。而李瞻的觀點，當時和後來的許多學者並不認可，認為李瞻的擔憂顯然是誇大其辭，危言聳聽，甚至有沒有他向蔣經國進言的方案設想，都表示存有懷疑。

完全解禁、有限解禁、重建秩序這三種所謂的報禁解除方式中，政府為什麼選擇完全開放不管呢？在日後的持續跟蹤研究和訪談中，向芬的觀點又有了深化或者變化。向芬在後來幾年的持續追蹤研究中，又有了新的發現：「有學者認為兩大報與國民黨有著盤根錯節的關係，兩家報老闆都是國民黨的中常委，與其讓利給前程未卜的小報，遠不如順水推舟讓兩大報漁翁得利。」〔註2〕

〔註1〕向芬，國民黨新聞傳播制度研究〔M〕，北京：中國社會科學出版社，2012：130。

〔註2〕向芬，臺灣民主轉型中新聞傳播的變遷與發展——一項基於對臺灣新聞傳播界深度訪談的研究〔J〕，廈門大學學報（哲學社會科學版），2015，（3）：75～86。

文中引述的訪談場景，是在 2013 年 8 月，報禁解除 25 年後，「馬後炮」的射程又延後了幾年。當年的當事人角度也在不經意中調整了，說話的口氣變得更加隨意，專家的層層分析和各種猜測性評論變得更加想當然，甚至不負責任。

當時的報界學界，反對開放報禁的聲音肯定沒有。但事後不斷有聲音出來，認爲政府該管的還是要管，政府該負的責任還是要負，並且把媒體的亂象和開放成效的不如意，大半推到了政府的頭上。「自由主義的概念就是政府不要管，民進黨的反對運動一直都是從自由主義的概念出發希望政府不要管，但是政府不要管就是財團管（馮建三）。」「在管制媒體方面內容不能管是大家的共識，但媒體結構還是應該管，比如對大財團阻礙市場競爭的管制（林麗雲）。」當年在推動報禁上聲音最大、衝破報導禁忌最有功，並且在解禁後嘗盡了「自由滋味」的自立晚報社長吳豐山也談起了法律規制的重要：「很多人認爲新聞自由就是不能管，《出版法》廢止了，我個人是不贊成的。我認爲新聞自由不是無限的自由，新聞自由可以包括誹謗的自由嗎？新聞自由包括指鹿爲馬的自由嗎？新聞自由包括捕風捉影的自由嗎？我們現在沒有《出版法》，對於媒體管理也嚴重缺乏法律，現有的法律大部分在管現有利益的分配。」

對於臺灣政府管理部門對媒體不負責任的放任，程宗明認爲是臺灣錯解了自由主義和市場經濟，導致新聞傳播政策本身存在缺陷，並將問題的根源歸結於建制的時候簡單複製美國。他說：「這是臺灣知識結構的偏差，都在學美國，包括執政的國民黨和那些留美的立法委員都影響力太大了。」其實美國的放鬆管制（Deregulation）叫再管制（Re-regulation），「所有的學者都承認它在 1980 年後搞放鬆管制本質是再管制，它要重新管制才能讓它解禁，不是因爲放手它才解禁」。「其實臺灣對自由主義一知半解，這些留美人士不負責任只講一半，只講自由經濟的手會自己動起來，而不講前面做了多少的行政手段，美國聯邦政府做了很多事，對媒體而言你不可以越雷池一步，自由競爭是鐵律，管制很強。而臺灣的放任是眞的放任，完全沒有做經濟評估。」

就連在報禁十年際主持編寫了《黑夜中尋找星星——走過戒嚴的資深記者生命史》的何榮幸，此刻也不斷提到政府傳播政策的失職失誤，認爲「沒有採取優先發展和壯大公共媒體的政策，而是迎媚地按照自由主義市場機制開放」。

對於媒體在戒嚴時期是侍從還是合謀？在民主化過程是推手還是跟從？種種政媒關係問題和媒體的地位作用問題，也再次被事後的馬後炮「各種炮製」。主流媒體在民主轉型中的催化作用是普遍得到認可的，不過何榮幸堅持說，「還沒有到領航者的地步，不是領頭羊。有些人把主流媒體貶低爲只是純粹的追隨者，這又過度貶低了大眾媒體的角色。主流媒體有扮演催生、催化的角色，這樣說算是比較適切的，它雖然沒有辦法引領潮流，但它的確在強人決定開放之前就已經有不一樣的聲音，譬如說當時被認爲比較獨立自主的媒體《自立晚報》。總體看，強人決定之後媒體在敲邊鼓，在推波助瀾。」〔註 3〕

國民黨當局遷臺至今 70 年，就算到 2000 年政黨輪替時變成在野黨，之前也已有 50 多年。時過境遷之後，突然間連國民黨有沒有自己的新聞管理制度體系，有沒有完整意義上的三民主義新聞思想，都變得面目模糊，概念存疑了。

鄭貞銘坦言：「有一段時期還眞有這個想法，但我們眞的做到了嗎？沒有。並沒有眞的有所謂的三民主義傳播思想，到現在更不用談了。有部分學者特別是李瞻教授，喜歡談三民主義新聞思想，也沒有其他教授附議。事實上，三民主義新聞傳播思想的內涵到底是什麼，也沒人說得清楚。臺灣現在的新聞價值觀算是比較接近英美自由主義，學者會呼籲加強社會責任，在自由主義之中加強社會責任這一部分。」吳豐山的印象裏，理論與實踐上都屬於「雙線並行」：「一個是我們現在號稱的三民主義，但事實上我們長期是一個資本主義國家，所以另一個是資本主義的思想，新聞自由的思想。」〔註 4〕

三民主義新聞思想以及兩蔣輿論管控理念的總結和落實貫徹，到了解嚴前後確實已不是關注的焦點。或者說，政府管理部門、業界和理論界，都不約而同地撿起了歷史上一直時明時暗埋伏著的另一條脈絡線索：新聞自由。監督政府的媒體第四權，消極的新聞自由與積極的新聞自由，外部新聞自由與內部新聞自由，媒體的新聞自由與公眾的言論自由，古典自由主義與有國

〔註 3〕向芬，臺灣民主轉型中新聞傳播的變遷與發展——一項基於對臺灣新聞傳播界深度訪談的研究〔J〕，廈門大學學報（哲學社會科學版），2015，(3)：75～86。

〔註 4〕向芬，臺灣民主轉型中新聞傳播的變遷與發展——一項基於對臺灣新聞傳播界深度訪談的研究〔J〕，廈門大學學報（哲學社會科學版），2015，(3)：75～86。

家干預的自由，媒體的多元結構與公共新聞的空間，政府介入管理的限度和尺度，都提供了討論和探索的無盡可能和想像。所以，向芬博士繼續利用 2013 年的臺灣深度訪談資料，完成了另一篇有意思的論文《野火之後：臺灣地區媒體市場、政府管控與新聞自由》，繼續著 25 年後的反思。面對眾說紛紜、難以釐清的「新聞自由」，唯一可以認定的是，當今新聞自由的意義與問題，已不再是 1988 年報禁解除時，歡慶政治束縛的鬆綁、邁向自由主義式的新聞自由而已。而向芬博士 2013 年訪問的這 16 位臺灣的專家學者，「幾乎所有受訪者均能達成共識」的可能只有這麼一點：「伴隨民主轉型的進程，黨政軍特對媒體的控制由硬轉軟，報禁解除只是臺灣民主的自然產物，即臺灣新聞傳播是基於自由化、市場化的意識形態建立起來的。」〔註 5〕

（二）自律無效、他律無用

「報禁的解除代表一種國家化的他律模式的消失；然而對照今日的媒體表現，新聞媒體顯然尚未進入媒體自律的時代。」〔註 6〕世新大學劉慧雯老師的觀點，代表了相當數量的學界看法。在長期報禁期間，在報禁開放的政策討論期間，自律、他律、眾律、共律、法律以及其間的關係，就是一直在爭論不休的大問題，報業的自主與自律、記者的自由與自律，也是業界學界時時提醒和交代的社會責任大原則。然而，戒嚴期間的自律，大半靠的是他律在威懾；新聞管制的公律、他律，又內化成行業的自律。到了報禁解除後，沒有了這種他律的牽制與平衡，純粹的、單一的自律，如何能夠單獨存在？有沒有相應的平衡之術、制衡之道？

陳世敏認爲，過去的媒體自律成效不彰，或多或少可以歸咎於產業界缺乏秩序、各行其是所致。所以，當務之急是建構媒體市場新秩序，即產業秩序能否獲得維持，讓媒體依遊戲規則在公平競爭的市場裏各盡所能。他特別強調自己所提出的「自律」是指「個別媒體對市場秩序所負的生命共同體連帶責任」，而過去討論自律只限於媒體的編採過程或媒體的內容呈現而已。〔註 7〕

〔註 5〕向芬，野火之後：臺灣地區媒體市場、政府管控與新聞自由〔J〕，現代傳播，2016，38（6）：37～43。

〔註 6〕劉慧雯，新聞倫理能否再出發？〔G〕／／卓越新聞獎基金會 主編，關鍵力量的沉淪——回首報禁解除二十年，臺北：巨流圖書公司，2008：93。

〔註 7〕陳世敏，市場秩序是媒體自律的基礎結構〔G〕／／卓越新聞獎基金會 主編，關鍵力量的沉淪——回首報禁解除二十年，臺北：巨流圖書公司，2008：102。

「後報禁」時代的自律，再次成為話題，卻沒有清晰的答案，更沒能提出明確的方案，又豈能抱怨報禁解除時沒有相應的預案？被警總關掉、被老闆拿掉、被廣告擠掉、被編輯刪掉、被記者漏掉，之間的區別是什麼樣的程度和性質，還是只有手段上的大同小異、效果上的異曲同工？既然報禁本身就是沒有章法、沒有規則、沒有秩序，解禁之後自然也就是另一種必然的無序？過度的競爭、過度的開放、過度的自由，讓行業協會和評議組織失去約束的能力，還是說這些大大小小的新舊團體和組織，天然就沒有存在的價值？即便在解嚴前的威權時代，也從未缺少對「新聞自由」的論述和對「新聞自律」的要求，也都不缺乏對媒體「濫用新聞自由」和「缺乏新聞自律」的嚴厲批評，顯然，這並不能反證當時的新聞自由之多、新聞自律之缺。

卓越新聞獎基金會的報禁解除二十週年研討會文集，請來了陳世敏老師前言中鄭重推薦的「坐鎮大作」——前《自立晚報》社長、公共電視董事長吳豐山先生的文章，名為「針對匡正傳播亂象提出幾個建議」，所列六條建議每條短短兩行字，都是「新聞事業應該如何如何」，唯有最後一條建議突然嚇人一跳：「政府應該有一個機制，在新聞事業家數到達市場容納上限的時候，可以『說服』不再新增。」〔註 8〕請看，這是多麼熟悉的語言，當年的報禁政策不就是考慮到了「市場容納的上限」？不就是「『說服』不再新增」？吳豐山先生如果不是老糊塗了，記性太差，一定會記得他在主持《自立晚報》時，是如何據理力爭要求開放報禁的，又是如何在報禁開放第一天就迫不及待地登記了《自立早報》；顯然他也忘記了《自立早報》是如何因為「市場容納有限」而草草收場的。三十年河東河西，歷史在此劃了一個驚人的圓圈，雖然不是重複，雖然不能重複，卻似乎在不斷地模擬著過去，試圖反覆複製。

最嚴肅、最正確也最沒有用的，是報禁解除前後一直被鄭重提出的「自律」議題，幾乎每個學者和從業者都會談到，明知無用無效而念念不已。相比之下，也許「自律」最有用、最見效的恰恰是1988年解禁之前，那個時期管制最嚴，反而「自律有保障」，恰似戒嚴期間反而「記者有尊嚴」之說。或者說，禁即是保，禁中才有保護之功效。毫不知情的研究者發現，1974 年成

〔註 8〕吳豐山，記者是永遠的社會改革先鋒〔G〕／／卓越新聞獎基金會 主編，關鍵力量的沉淪——回首報禁解除二十年，臺北：巨流圖書公司，2008：129。

立的中華民國新聞評議會，在 1988 年報禁解除後的發展歷程，反而沒有了完整、系統、詳實的研究資料。〔註 9〕

報禁期間的自律是他律的內化，亦是掙脫新聞管制時的自我辯護。管制者提出「社會責任論」，也往往是自律與他律的另一套變相說法。媒體這個不服管束的工具，總是在無法掙脫的管制中自我「正當化」，試圖以自律的承諾沖抵他律的壓力，時而收斂時而放肆，總是在他律與自律中掙扎搖擺。

（三）懷念報禁時政府扮演的角色

自由時報社長俞國基（報禁解除前是中國時報總主筆）在報禁開放 22 年後，痛感於新聞的娛樂化和政治化，突然懷念起報禁期間的好來。「令人最不解的是，言論自由的空間放寬了，政治力介入新聞的那隻手也拿到掉了，報業自由競爭的管制也取消了，但報紙的品質並未隨之提升，反而向下沉淪。此一現象，我們總不能怪罪科技的發達，也不能諉過於市場的萎縮吧？我們不得不承認，主宰報業方向的大老闆，太缺乏對社會責任的承擔，只顧求取眼前的政治利益和商業利益。欺蒙讀者，誤導讀者，接受置入式營銷，甚至製造新聞或歪曲新聞以取悅政治人物則無處不見。」俞國基說：「有時令人不得不懷念兩大報時代的盛景，雖然在戒嚴令箝制下，新聞自由受限，但兩大報從民國四十年至七十年代解除戒嚴、開放報禁爲止，近四十年，對臺灣社會亦有其不可磨滅的貢獻。」〔註 10〕

俞國基舉出兩大理由爲報禁辯護：「(一)有報禁的保護，使其營利攀高，報社並未將利潤全部據爲己有，而將其部分營利擴大採編陣容，延攬一流人才，提升專業水準，造成華文報業前所未有的榮景。有人認爲，其時的專業層次僅低於西方的一流報紙（除篇幅外），在華人世界可以說獨領風騷。(二)對社會的影響力遠較現在爲大。當時雖限量三大張，但卻發揮了無比的社會教育功能，補充了當時學校教育空泛無味的缺失。我個人認爲，臺灣實施長達四十年的戒嚴，而臺灣社會尚能保有無窮的活力，創造舉世讚頌的經濟奇蹟，其功臣有二，一是達國際水準的大學，培育了無數的菁英，這些菁英中的部分人物又再負笈海外，近十餘年的大量『鮭魚返鄉』，造就了臺灣科技業的一片

〔註 9〕王婷，從新聞評議會看臺灣新聞媒體自律組織的發展與困境〔D〕，陝西：西北大學新聞與傳播學院，2013。

〔註 10〕羅世宏，胡元輝 主編，新聞業的危機與重建：全球經驗與臺灣反思〔G〕，臺北：先驅媒體社會企業股份有限公司，2010：184。

榮景。二是兩大報在社會教育上的貢獻，啓迪民智，引進世界性的知識，提升藝術、文學的水準與品味，甚至在一片股票發熱之際，使菜籃族也吸收了不少財經信息。何況當時兩大報多少也發揮了監督政府的功能，並非完全如後人所指謫的『國民黨政權的傳聲筒』。用這種籠統的字眼一筆抹殺其功績，是不公平的。」可能是覺得稍嫌過分吧，俞國基還是接著貶了一下「兩大報」：「不可否認，兩大報時代，報紙與政權千絲萬縷的瓜葛自不可免，報老闆竟身兼執政黨的中常委便是全球新聞界的一大奇聞，言論之自我設限，新聞輕重之取捨，是非認定之乖離，均令有識之士難以接受，這種模式運作了數十年，雖然兩大報人才輩出，但已暗藏了失敗的基因。」〔註 11〕

俞國基回想到報禁開放之初，也是惋惜不已，「最可惜的是，有志於報業者紛紛投入市場，但不旋踵間，又消失無蹤。之所以此起彼落者，其最大的關鍵便在於資金不足，財務不健全。其間如首都早報、環球日報、公論報、自立早報、勁報、明日報等，創報初期理想甚高，人才濟濟，但均因財務後繼無力，不得不告別市場，幸存者僅蘋果與自由兩家，而兩家報業之成功，端在於資本的雄厚，無懼於初期投資與虧損，始能屹立於市場而不墜，此二例亦充分說明，臺灣的報業經營已由政府遷臺初期之文人辦報、小本經營，不介意利潤，而發展爲大投資、大規模，方能在市場上有立足之地。」也就是說，媒體擺脫了政府的控制與限制，又逃不脫資本的控制力量。反過來說，在政府的控制之下，也就是保護之下，有失也有得。「臺灣報紙在光復之初多爲國營或黨營，不論其編輯政策與輿論取向有所偏袒，爲讀者所詬病。但全面開放民營而黨政軍退出媒體之後，媒體落入資本家之手，其偏袒、阿諛、誤導、歪曲等惡習，並不亞於官營或黨營報紙。追蹤開放報禁二十餘年之發展，此種歪風愈演愈烈，資本家之自私與短視難辭其咎。」

看來，缺什麼想什麼，有什麼罵什麼，是所有人的通病，以前怨政府，現在怪老闆，也是人之常情。甚至因爲記得以前的好，就把現在貶得一無是處，或者因爲要講現在的不好，就把以前統統美化了，這也是論證上的人之常理，實在沒有什麼道理。「當年高信疆主持中時人間副刊時，副刊也算是一時之盛，可是那個時候他可以無限制的花錢，無限制的羅致人才，這樣的盛

〔註 11〕羅世宏，胡元輝 主編，新聞業的危機與重建：全球經驗與臺灣反思〔G〕，臺北：先驅媒體社會企業股份有限公司，2010：185。

況現在不可能有了，是令人比較優心的。」〔註 12〕當年之盛況是可以確認的，但是否就可以「無限地」花錢和羅致人才，就大存疑。副刊之興盛，大半的原因還在於報業當時就是副刊當家的年代，沒有電視和廣播，沒有網絡和遊戲，信息和娛樂的消費渠道和方式比較少，報紙副刊當然讀者比較多。

卓越新聞獎基金會董事長陳世敏在報禁前後寫過大量的分析文章，在報禁解除 22 年之際，也有了不同的感受和新的看法：「這是我們所沒有預料到的現象。可是我們還繼續在學習美國上一代的辦報哲學，臺灣報界、學界仍然在高唱自由報業市場理論。事實證實美國自由報業爲基礎的經營模式，是行不通了。時移境遷，任何思維或想法，都有時間的局限性。現在回想起來，廢除出版法時，人人稱快，可是我們也同時砍掉了整個媒體的產業政策，任報社自生自滅。報紙是一個非常龐大的產業，也是一個非常奇怪的產業，天底下幾乎沒有一個產品像報紙一樣，是成本高於售價，賣的越多賠的越多。此外，還有哪種產品會像報紙一樣，它的價值在第二天就完全不存在了；哪種產品，它的那個原料是一種耗損性高、不斷漲價的東西，叫白報紙，占去了一份報紙的成本大宗，以致前述資源一旦有任何風吹草動，報紙的出版就受到影響。如果沒有一個適當的政策來支持的話，絕大部分報紙會慢慢走向死亡。從 1999 年立法院廢除出版法之後，臺灣的報紙快速消失，緣於報紙的人生存環境非常不利。此時如果有人還主張自由報業經濟市場，可就完全不切實際了。」「『凡有管制，就是違背報業自由經濟市場原則』的偏差思維，確實一度是主流思維。二十年前報禁開放時，新聞局撤銷了所有管制，等到出版法廢止，報業管制從此完全走入歷史。重要的是，政府的輔導、產業政策也跟著走入歷史。」「報業需要有資源，這一點認識，我認爲是最難的。過去我們似乎誤解了報業自由的眞諦，以爲沒有管制才是最大的自由。當報業沒有得到它的資源而滅亡，最後損失的，是社會大眾。因此我認爲創造一個適宜於報業生存的環境，是政府的法定責任。」〔註 13〕

新頭殼網站董事長、曾在民進黨執政時間擔任過新聞局長的蘇正平則認爲，臺灣報紙今天的狀況，經營者有非常大的責任，他提出「一個有趣的問

〔註 12〕羅世宏，胡元輝 主編，新聞業的危機與重建：全球經驗與臺灣反思〔G〕，臺北：先驅媒體社會企業股份有限公司，2010：207。
〔註 13〕羅世宏，胡元輝 主編，新聞業的危機與重建：全球經驗與臺灣反思〔G〕，臺北：先驅媒體社會企業股份有限公司，2010：245。

題是說，報業是不是就代表那個journalism？新聞專業是不是主要由報業來代表？假如報紙衰落了，原本期待透過新聞專業要達成的社會功能，是不是很難再由其他的媒體來促成？就是說，我們到底是要救報業，還是要救新聞業？我們假如拿出一些資源出來，到底是要支持報紙這個產業，還是希望能在我們這個社會裏面保全新聞專業作爲一種公共服務的這麼一種性質。」〔註14〕在拋出這麼一個令報業尷尬的問題後，蘇正平又指出一個嚴酷的事實：「政府應不應該拿公共資源出來協助報業的經營？我有一些保留，因爲政策的善心常常會走樣；但有關市場秩序的建立，我個人也是覺得當初出版法的廢除恐怕是廢的太快，也太徹底了一點。固然有些國家是沒有出版法，但也有一些國家是有的。從全然的管制到全然開放，是不是跑得太快，這可以檢討，但恐怕已經沒有回頭餘地。」〔註15〕

做了32年窮記者的王健壯，自稱到現在還是「一個死不悔改的自由報業的信徒」，對於很多平面媒體紛紛倒閉、或者現存的幾個大媒體生存受到威脅，他直言不諱地說：「其實我一點也不在乎。我看不到他們有什麼捨我其誰的使命，看不出來多了這樣的媒體，對社會有什麼幫助。」〔註16〕對於歐洲尤其是北歐，政府補助報業最具代表性的幾種模式，他引用《經濟學人》每年一次的全世界民主指標調查結果來說明，媒體接受補助的這些國家，基本上民主自由的程度都是全球排名前面幾名的；再根據美國自由之家每年做的全球新聞自由度的調查，這些接受政府補助的歐洲媒體，新聞自由也都是排名前面的。「這個結果跟自由報業古典價值信徒本來所想像的，其實是有很大的距離的，我們原本的認知很簡單，幫助的手（helping hand），就是干涉的手（interfering hand），但實證的結果卻正好相反，這是事實。」「美國確確實實已經開始修正古典的自由報業的定義，它也考慮到政府的角色，應該要在媒體的發展當中出現，但是要出現到什麼樣的程度，還沒有定論。但即使如此，他們仍有一個前提，就是政府不能扮演分配者的角色，政府也不能扮演稽核者的角色。你如果扮演分配者，你就已經有你的選擇對象，其中就可能有政

〔註14〕羅世宏，胡元輝　主編，新聞業的危機與重建：全球經驗與臺灣反思〔G〕，臺北：先驅媒體社會企業股份有限公司，2010：247。

〔註15〕羅世宏，胡元輝　主編，新聞業的危機與重建：全球經驗與臺灣反思〔G〕，臺北：先驅媒體社會企業股份有限公司，2010：248。

〔註16〕羅世宏，胡元輝　主編，新聞業的危機與重建：全球經驗與臺灣反思〔G〕，臺北：先驅媒體社會企業股份有限公司，2010：254。

治上的傾向；你扮演稽核者，就有管制內容的可能性存在，所以這兩個角色政府絕對不能扮演。」〔註17〕

（四）正確評價轉向正面評價

「政府在媒體經營中扮演一定程度的角色」，這個「一定程度」到底是多大程度才恰當、什麼程度才合適呢。聯合晚報社長項國寧在2010年也就是報禁開放 22 年後說：「解嚴之後，政府逐步退出控制媒體的角色。但是，我們的退出似乎不是非常清楚完整的退出，反而由於政府角色的模糊，讓媒體與政府的角色產生奇怪的關係」，「完全的退出是不是保證媒體市場的機制更健全？」「政府確實在媒體經營中應該扮演一定程度的角色，只是政府應該如何扮演」，項國寧自己似乎也說不清楚，他也開始講戒嚴時期「好的事情」：「有些在戒嚴時期的機制，是不錯的做法」，例如新聞局過去曾補助資深記者的進修，例如評議制度。〔註18〕

中正大學羅世宏教授說，「事實上，政府已經長期的在間接補助報業，可是這十幾年來的發展，補助變得很直接。不是用廣告補助你，是直接補助你的新聞，連你要去採訪那個新聞，長度要多長？要怎麼做？都告訴你了，這是『補助』得過頭了。政府的錢其實花下去了，但是花下去之後沒有看到新聞業的提升，反而成爲讓新聞界尊嚴下降、公信力下降的一個加害者。」「不見得政府補助就一定會影響、干預或是控制媒體，反而政府不補助媒體的結果，會變得也沒有媒體可以控制、干預，因爲新聞業漸漸變廣告業了。」〔註19〕言下之意，政府還是要補助，政府補助的錢還是要拿，但政府給了錢最好不要管新聞怎麼做。這樣的好事現在沒有了，不補助就是不控制了，也就是不管媒體了。管多了有抱怨，不管了，媒體又會失落了失控了。恐怕再沒有任何一個行業，像媒體行業一樣難管、難用、難伺候。

不同於後來報禁解除二十週年時的回顧與反思，是由卓越新聞獎基金會

〔註17〕羅世宏，胡元輝 主編，新聞業的危機與重建：全球經驗與臺灣反思〔G〕，臺北：先驅媒體社會企業股份有限公司，2010：252～253。

〔註18〕羅世宏，胡元輝 主編，新聞業的危機與重建：全球經驗與臺灣反思〔G〕，臺北：先驅媒體社會企業股份有限公司，2010：218。

〔註19〕2010年9月16～17日，在中正大學臺北聯絡處會議室，羅世宏、胡元輝連續主持召集了三場「報業／新聞業的未來及政策選擇」焦點座談，邀請到22位新聞界人士座談。出自 羅世宏，胡元輝 主編，新聞業的危機與重建：全球經驗與臺灣反思〔G〕，臺北：先驅媒體社會企業股份有限公司，2010：215。

籌劃，此前相關的紀念活動本身，官方色彩也是比較濃厚的。報禁解除五週年時，行政院新聞局出版的《寧靜革命》，直接就說明是對外的「文宣品」。1997 年 1 月 1 日適逢十週年時，行政院新聞局舉辦了三項系列活動，特點是比較開放了，與幾家媒體、學校研究機構聯合來辦，但從對報禁的稱呼上就能識別出來，有兩場與黨營媒體合辦的活動裏叫「開放報紙媒體」，另一場與民營報紙合辦的活動裏叫「報禁解除」，兩個名稱都用上了，可見還是在兩可之間，或者含糊與搖擺之間。

在隨後合輯而成的薄薄一本小冊子裏，時任行政院新聞局長程建人在序文中，詳列了三項活動的正式名稱：一、與臺灣新生報合辦：蛻變・展望・新世紀——開放報紙媒體十週年座談會，這個題目基本上就是後來的書名；二、與中央日報合辦：開放報紙媒體十週年專文系列；三、與臺大新聞研究所、中國時報合辦：報禁解除與臺灣社會發展——跨世紀的媒體展望學術研討會。〔註 20〕更奇的開頭第一篇，即十週年專文打頭第一個，是新聞學博士賴國洲的文章，這時候他已經貴爲李登輝總統的女婿，並曾出任由八個新聞團體組成的新聞評議會秘書長。賴國洲的文中特別提到：「儘管官方不承認有所謂『報禁』之說，但是報業曾有三限：限證、限印、限張，則是不爭的事實。」正像在他博士論文中堅持使用的概念一樣，這篇「專文」中提到報禁解除時，用的名詞爲「解限」。總結八卦、扒糞之失時，警示評議與自律。〔註 21〕

這組「專文」的後八篇文章的內容，除了稱讚政府的開放政策英明正確，就是提醒媒體要珍惜並且注意「公器之濫用」、「自由之濫用」，注重「專業品質」、「規範自律」。還有一些貌似正確、語重心長的說法，比如，自由了不等於有序了，自由了不等於平衡了，自由了不等於多元了；自由的代價可能是放任自然，等於野蠻競爭，等於混亂失序。唯有時任臺灣新聞記者協會會長蘇正平的文章，換了個角度貶低媒體：「令有反省能力的媒體難堪的是，媒體作爲政治民主開放的最大受益者，卻只是在民主浪潮沛然已成之後，才發揮一點推波助瀾的功用，並沒有在民主浪潮形成過程中建立多少可資稱頌的事蹟。翻開解嚴前一些關鍵事件的報導和評論，對於臺灣新聞史而言不會是一段光榮驕傲的篇章。當然戒嚴時期有和今天截然不同的時空環境，那個時期

〔註 20〕行政院新聞局 編印，蛻變・展望・新世紀——開放報紙媒體十週年專輯〔G〕，臺北：行政院新聞局，1997：序言。

〔註 21〕行政院新聞局 編印，蛻變・展望・新世紀——開放報紙媒體十週年專輯〔G〕，臺北：行政院新聞局，1997：4。

也有在字裏行間『埋地雷』的『工兵』型記者，但無論如何，『典範』的缺乏錯亂總是一定影響到媒體自由化以後的新聞工作者，造成他們價值的混淆和方向感的迷失。」〔註22〕蘇正平承認自己是報禁解除時才進入新聞這一行的，此時是解禁後新成立的臺灣新聞記者協會會長。如果他知道自己後來要成爲民進黨上臺後的新聞局長，或者轉而再次回到媒體行業，不知道當年是否還會這樣說。

從自立晚報總編輯轉回到中國時報擔任總編輯的陳國祥，更是借機對政府的決策大加讚揚：「首先，在這裡必須指出，報禁開放基本是臺灣政治自由化的議程之一，它不是報業本身透過與國家的對抗所爭取而來的，而是國家主動的鬆綁，也可以說一九八八年報禁解除，是繼一九八七年執政當局解除戒嚴令之後陸續開放的政治議程之一。由此可見，報紙應可算得上是臺灣政治開放的受益者之一，不過如此斷言絕非要降低報紙媒體在臺灣民主化過程中的角色，相反的，我認爲報紙媒體在解禁後的十年來，不僅是持續催化臺灣民主化的關鍵角色之一，某種程度上它甚至還是不可或缺的角色。」〔註23〕

溫和的反對派康寧祥作爲監察委員，有過豐富的辦刊、辦報實踐，他肯定了媒體的開放與政治發展同步，媒體梯次開放早在1975年政論雜誌開放時就開始了，然後才有報紙、廣播、電視的相繼開放。至此，媒體開放與政治民主發展的關係，有了一系列的表述：同步說、同一說、一體說、跟隨說、伴隨說、受益說、優先說、推動說，看似層次豐富的種種關係說，都跳脫不出對政府主動、政策主導的肯定和厚望；面對媒體的亂象、亂源、亂局，唯一感歎的是「自律不可靠，他律不可行」，把「管不好」的原因怪罪於「不好管」，相當於直接爲新聞局撇清最後的一點責任。

有葉不開花，開花不結果，結果也是苦果。這一連串的反應和後果，在座的、在論的、在場的，似乎都視而不見。彷彿對面坐著的新聞局官員，還在行使著新聞檢查的權力。還是說，這些博士教授們、總編社長們，習慣於自律而不及看清報業現狀？要知道，這十年間報業市場過山車式的變化，不但比解禁前十年的變化大得多，比解禁後下一個十年的變化也要大，先是熱情甚至瘋狂的辦報熱，接著是接二連三的倒閉潮。當然，也有一種可能性，

〔註22〕行政院新聞局 編印，蛻變・展望・新世紀——開放報紙媒體十週年專輯〔G〕，臺北：行政院新聞局，1997：33～34。

〔註23〕行政院新聞局 編印，蛻變・展望・新世紀——開放報紙媒體十週年專輯〔G〕，臺北：行政院新聞局，1997：43。

因爲還在行進中，加上時間上的距離太近，反而一時看不清楚，更不要說看到來自電視以及網絡的大舉蠶食，將讓整個報業市場未來面臨嚴重擠壓。比如，有位叫萬礎的作者還在 1997 年 1 月 2 日的臺灣新生報徵文欄目撰文分析說：「報紙由於具有取得的便利性，不必透過硬體設備及開電源的過程，即可立即獲得閱讀信息，此點是電子媒體所不能取代的，因此，報紙從業人員應多用腦筋求新求變，以滿足讀者的需求。」〔註 24〕

（五）科技資本造就更大的籠子

科技＋資本，未必等於進步和公共生活的提升，「文化工業」未必等於「信息社會」，「市場機能」未必帶來自由競爭和社會公平。〔註 25〕馮建三認爲，傳播科技能夠更爲快速地在不同地理空間裏助資本的累積，資本主義原有的各種形式之財富分配的不平均，遂爾更形擴張、強化。因此，「公共文化」在閱聽人生活中，扮演了愈來愈淡薄的角色，觀眾乃是社會公民的身份愈來愈不成其形，終至於只能是消費者，以物質財貨的消費取代了對於社會事務的參與，自身命運任由外在力量擺弄。〔註 26〕雖然歷史證據已經可以指明「市場機能」只能製造「報業、媒體大亨」的自由，而不是養成公民的素養，但類同的意識形態，依然再現於現今傳播科技的普及過程。這裡面的規律和誤區在於，盲目的樂觀和一再的誤判，並用簡單的邏輯不加思索地形成結論。當報紙興起的時候，廣播興起的時候，乃至電視興起的時候，網絡興起的時候，學界和業界都會樂觀地以爲「開放市場」必然帶來信息市場的豐富和多元，帶來信息獲取上更多的渠道和便利，卻不太留意這可能僅僅是消費的升級換代，消費的升級不代表公共生活的提升，科技的進步不代表社會發展的進步。更大空間的壟斷、更多控制的商業，給消費者提供了一個嶄新的、更大的籠子，就讓所有人樂此不疲，永遠忘記了籠子外才是真實的天和地。

〔註 24〕行政院新聞局 編印，蛻變·展望·新世紀——開放報紙媒體十週年專輯〔G〕，臺北：行政院新聞局，1997：153。

〔註 25〕馮建三教授文章附錄的參考書目中，赫然見到有署名「敦誠」的文章《報禁解除聲中的臺灣信息環境》。注解中有一句「現收於馮建三，1992b」，這已經是自己交代了。標注 1992b 的《信息·錢·權》也可印證：敦誠原來就是馮建三。許多資料介紹馮建三教授，時常講他 1987 年時還在英國求學，1990 年才學成歸來，挾其精湛的英式理論框架，在臺灣左衝右突，所向披靡。但從敦誠的這篇年度批判文章來看，他當年求學期間也沒有缺席解嚴解禁的歷史現場。

〔註 26〕馮建三，公共電視〔M〕／／鄭瑞城等 合著，解構廣電媒體——建立廣電新秩序，臺北：澄社，1993：328。

二、懷念戒嚴時媒體「更有尊嚴」

「從新聞專業的角度來看，我總覺得戒嚴時期的媒體比起商業營運的媒體要有尊嚴些。我的觀察是，戒嚴時期政治力在干預媒體時，大多總還懂得掩飾，深怕被人洞穿，而媒體老闆（黨官營除外）也多還能謹守專業份際，亦不敢毫無忌憚左右記者，使新聞工作者因此保有些許的迂迴與突破的空間。反觀當今的媒體運作，經濟力（如廣告主）與商業邏輯（如媒體老闆）大剌剌地直接伸手進入編輯臺」，「現在受經濟力宰制的媒體似乎讓媒體工作者比在戒嚴時期還沒有尊嚴，還沒有專業，恐怕也還不民主吧！因為解嚴了，我反而幾乎看不到有反骨的新聞工作者，敢出來與商業機制衝撞。」「我看到解嚴後的現象是，臺灣媒體並沒有更專業，也沒有更自由，媒體工作者也沒有更有尊嚴。」〔註 27〕在報禁解除二十週年之際，臺灣師範大學大眾傳播研究所教授陳炳宏的聲音尤為尖銳刺耳。因為專業與行業概念混用、尊重與尊嚴名詞交錯，難免造成理解上的混亂和一連串的疑問：臺灣媒體是不是在解嚴前就受到了專業的尊重？還是傳統的文人辦報習氣裏重官輕商？被官方強勢壓制管控時稍有抗爭就特有尊嚴？被商人呼喝時稍加順從就特沒有尊嚴？向政治屈膝比向商業低頭面子上更說得過去，還是向政治抗爭比向商業抗爭更有面子？在解嚴前後都沒有享有過專業民主與新聞自由，所指的是媒體還是新聞工作者？媒體的地位與媒體工作者的尊嚴之間微妙的區別如何分辨？

「總部設在巴黎的『無疆界記者組織』，近兩年連續在全球新聞自由評比中，把臺灣列為亞洲新聞自由排名第一的國家。同時地，按美國『自由之家』的『2007 年新聞自由』報告，臺灣享有亞洲最自由的新聞環境，排名全球第三十三。另一方面，在國際間以進行公眾信任調查知名的艾德曼（Edelman）公司一年前指出，臺灣大眾傳播媒體只獲得 1%公眾信任，於亞洲敬陪末座。兩年多前，美國《洛杉磯時報》貼切地描繪解禁前後臺灣傳媒的角色：從昔日威權時代的哈巴狗，變成今日民主時代的瘋狗；且其亂象一言以蔽之，媒體無能處理眞相。」〔註 28〕新聞公害防治基金會執行長、卓越新聞獎基金會

〔註 27〕陳炳宏，解嚴並沒有讓媒體更專業自主〔G〕／／卓越新聞獎基金會 主編，關鍵力量的沉淪——回首報禁解除二十年，臺北：巨流圖書公司，2008：60。

〔註 28〕盧世祥，解禁二十年媒體公信力不升反降〔G〕／／卓越新聞獎基金會 主編，關鍵力量的沉淪——回首報禁解除二十年，臺北：巨流圖書公司，2008：67～68。

董事盧世祥列舉了這些互相矛盾的現象後提出：爲什麼媒體公信力不升反降？他自己給出的答案是：烏龍新聞氾濫、媒體騙子橫行。

爲什麼有人會「懷念」報禁時期？爲什麼有人覺得新聞管制的環境下更有職業尊嚴？爲什麼新聞更自由更熱鬧了，媒體的公信力不升反降？解嚴前後任職《臺灣時報》的李旺臺，採訪過美麗島事件，寫過一本《臺灣的反對運動》，後出任該報總編輯。對這一問題，他的解釋很有意思，歸納起來主要有兩層意思：

其一，所有的機關和政治工作者地位都在下降，媒體也不例外，這是進步的，是好事。在報禁解除二十週年研討會上，李旺臺把解嚴解禁前後的兩個新聞局長邵玉銘、蘇正平做了一番對比調侃，認爲前者是角色非常大那個時代的新聞局長，後一個是越來越小的新聞局長，這個發展是對的，是進步的。他由此談到：「解嚴最重要的一個效果就是把政治的威權下降，把社會上對它虛幻的崇敬減低，變成眞實的。解嚴是民主化過程很重要的一件事情，政治威權降低後，所有的機關和政治工作者都不再偉大，現在的陳水扁有威權嗎？他跟蔣經國時代那種威權天差地別。」「解嚴之後，當政治的威權下降了，他御用的司法、立法、媒體的社會尊敬程度是有機會上升的。這幾年的發展，我感覺到司法在經過幾件重要的案子宣判後，逐漸從陰影中走出來，逐漸贏得社會對它應有的依賴。立法院從威權體制的管控中跑出來後，政治的威權大大提高了，可惜因忙於政治鬥爭、議事怠惰，失去應有的社會尊敬。」〔註29〕

其二，戒嚴時期的「侍從報業」和「黨外報刊」的從業者都受到社會上的尊敬，也是同樣的道理：「戒嚴時代報紙是很大的，那是因爲政治很大。」戒嚴時期，媒體不過是威權政府手裏的一個包包，「兩報三臺」外加一個中央日報，不過是威權政府包包裏的一件東西，是他豢養的，是他養大的。對社會大眾，它們是無冕王，但在威權體制內，它們只是家臣。臺大教授林麗雲教授稱之爲「侍從報業」。李旺臺以自身爲例，他先後在人稱「南部兩家黨外報」的《臺灣時報》和《民眾日報》以及黨外雜誌工作，「那時候媒體就是戒嚴體制本身，我總是感覺天空中籠罩著一大片黑雲，我們是在黑雲之下工作。」「但是走出去，我常感覺到社會上很多很多人尊敬你，這是眞的。」

〔註29〕李旺臺，解嚴沒解乾淨的「侍從報業」——政治民主化是如何造成媒體惡質化〔G〕／／卓越新聞獎基金會 主編，關鍵力量的沉淪——回首報禁解除二十年，臺北：巨流圖書公司，2008：49。

或許可以簡單地說，因爲媒體就是政治、媒體就是戒嚴體制本身，所以有了較高的身價、較高的身份，無論在立場上對政府是贊同的還是反對的，從行業角度來看都是從事同樣「層次」的工作，因而也就有了相同的職業尊嚴和地位。後來的尊嚴感在消失，遠的來說，是政治的地位在下降，官員的地位在下降，媒體的地位也在下降；近的來看，是因爲媒體太多了，量太大了顯得不稀奇、不值錢了。新聞量大而且質差，成了讀者隨機挑選、任意挑剔的買方消費市場。

「解嚴前，我必須要有勇氣、要堅持、要有技巧；解嚴後，我必須克制，避免過度放大與渲染。」解嚴前後同樣坐在臺灣時報老總的位置上，李旺臺的心情卻大不相同。從高高在上到回到民間，從威權侍從到大眾消費，從聲達廟堂到遍及街頭，民主化自由化的結果就是普及、多元和世俗。

不要說本身作爲「大眾媒介」的報紙，就是「上帝之言」、「人間福音」的聖經，也同樣隨著宗教的普及、教育的普及、閱讀的普及、印刷的普及，走出神性的教堂，在民間變得泛化和日常，反過來也弱化和消解宗教。「機器印刷的發明促成了各種新版本《聖經》和各語種《聖經》的出版，撕裂拉丁文《聖經》和教廷一統天下的局面。印刷術對宗教改革產生了嚴重的後果，『宗教改革放縱大眾的造反，使歐洲沉入血海，且長達一個半世紀』。」「使中世紀的拉丁文《聖經》過時的不是新教而是印刷術。」「公共知識興起於印刷術，近代科學是公共知識，沒有印刷術就沒有近代科學。」〔註 30〕印刷＋編輯的書籍到報紙的普及，是一個緩慢的擴散過程，就像臺灣的「寧靜革命」本身，沒有經過流血暴力，也就沒有讓一部分人一下子失去尊嚴、一下子斯文掃地，相應的過程或者說代價就是慢慢轉化、慢慢淡化，而不是全新的脫胎換骨、急劇顛覆。宗教和世俗的政權一樣，就只能面對和適應新的傳播革命，來尋找新的控制方式和使用方式。

談到解嚴前媒體的正派和解嚴後的墮落，薛心鎔認爲，戒嚴時期的媒體，正因爲受到約束，所以大家都有戒心，會正經八百地辦報、辦新聞，努力於正面的表現。所以戒嚴時期顯得大家還有國家觀念，有道德規範，新聞事業大致還能夠保持爲文化事業努力，具有教育的性質。解嚴以後束縛完全解除了，競爭手段無所不用其極，以前所不屑的一些東西，現在都去做了。以前

〔註 30〕（美）伊麗莎白·愛森斯坦，作爲變革動因的印刷機〔M〕，何道寬，譯，北京：北京大學出版社，2010：10～11。

還以「誨淫誨盜」爲自律的誡條，現在則反其道而行之。再加上外地媒體看中這塊市場，以資本主義的手段、殖民地的腐化作風衝了進來，酒色財氣，隱私秘聞，以前頂多只屬小報的材料，如今一躍而取代昔日的「要聞」的地位，極盡其聳動、刺激之能事。以前還能考量新聞價值，現在只誇「獨家」，不論價值。〔註 31〕

在 2010 年報禁解除 22 週年的座談會上，已經由自由時報副社長升任社長的俞國基，公開表示「懷念」報禁時期。其想法在 2008 年二十週年之際的口述史訪談中已露倪端。他承認管制新聞的黑手有四隻，除了無處不在的警總，還有調查局、國民黨文工會、軍方的政工單位。儘管如此，俞國基仍堅持認爲，戒嚴時期的新聞工作者是有使命感的：「我們經常用一根針去『刺』它一下，刺當政者或刺政策面，例如我們曾刺過救國團、刺一些不合理的現狀。雖然在威權體制下，新聞界的針砭，有時卻也會得到有效的反應。它會回刺你，甚至一拳把你打倒。但有時也會產生正面的作用。」

俞國基津津樂道的是這樣一些場景：寫文章的時候，裏面偷偷暗藏些諷刺的、隱喻的文字，雖然是一些小動作，但也可以窺見我們當時的心理。第二天刊出時，我們便等著反應，看會不會出事、警總會不會上門。「沒事！」就會放心又開心、有一種偷渡成功的樂趣。有時候，他們會有反應，但反應沒有強大到把你打死。「現在已經解嚴了，新聞也自由了，當然也不再想『突破』什麼了，可是現在的媒體環境，與過去差別很大，現在的政府、政治人物怎麼『刺』都沒有反應。現在當記者，寫什麼都像丟到水裏面一樣，沒有反應，在成就感上還不如戒嚴時代。」

由於對現狀的不滿、反差和失落，俞國基不但懷念戒嚴、懷念報禁，甚至懷念起警總來了：「最近我常開一玩笑說：『拜託，把警總恢復一下好不好？我覺得，當前媒體界，已經失去拉撥社會向上提升的理想，這是解嚴前後最大的差別。」〔註 32〕

不刺不激進，不被反刺不激動，就像小偷懷念警察、警察需要小偷。這

〔註 31〕薛心鎔，一甲子的信守與體驗〔G〕／／何榮幸 策劃，黑夜中尋找星星——走過戒嚴的資深記者生命史，臺北：時報文化出版企業有限公司，2008：113～114。

〔註 32〕俞國基，凌空看政治的專業新聞人〔G〕／／何榮幸 策劃，黑夜中尋找星星——走過戒嚴的資深記者生命史，臺北：時報文化出版企業有限公司，2008：151～152。

肯定不能說成是病態反應，或者無聊的遊戲，好像一個老叫化子，被土財主放狗出來狂吠亂咬一通才開心過癮，一邊躲一邊罵才刺激有趣。但時過境遷，失去了對手和戰場，失去了目標和方向，是當年努力呼籲和推動解嚴解禁的人，無論如何料想不到的。

司馬文武則從專業分工的角度，指出解嚴前後的記者是完全不同的兩種人：「在不同國家，記者往往擁有不同面貌。落後國家的記者都是知識分子，爲了理想和使命感而奮鬥，所以記者被賦予很重大的責任。但在自由民主開放的社會，記者是專業的記者，知識分子就是知識分子。臺灣戒嚴時期記者都是知識分子，沒名沒利，所以後來一有機會，就跑去做官或教書。直到現在，臺灣才開始有『專業記者』的空間。」〔註33〕

寫作「走過傷心地」系列作品的聯合報環保記者楊憲宏，談到戒嚴時期的上一代報人，覺得他們都有文人的氣質，文采也很好，而且他們一輩子生活過得很清苦。他們做這個行業自己有光榮感，他們對於後輩、具有很好文采的人，眞是惜才如金。但那個時代過去了，不只這些人已經凋萎，連他們所共有的文人特質都沒有了。這種 journalism 的精神是無法拷貝的，是人類文明在特定時代的特殊表現，現在全都消失了。〔註34〕

事實上，新聞業（而不是指記者）同時面臨著政治和經濟的「雙重依附」關係，而不是某些專家在批評政府管制時常講的單一政治上的依附關係、侍從關係，到了解嚴後就變成單一受商業利益影響的經濟依附，政治依附和經濟依附的關係是並存的，雖然可能會時有側重。「新聞業在很大程度上是不可能自主的，或者從最悲觀的方面來看，是總是必須重新贏得自主性而永遠沒有終點的故事，因爲自主總是被威脅。新聞生產總是爲社會，特別是政治和經濟以及構成它的社會條件所強力規定。」「許多前東歐的社會主義國家的報刊不得不關閉。那些生存下來的報刊付出了報導內容徹底改變的代價，而這嚴格說並不是一種改進。」運用布爾厄迪的「新聞場」理論和「雙重依附」定位，尚帕涅分析了爲什麼「一些記者喜歡政治審查的時代」、「一些新聞記者甚至更喜歡政治審查的時代」，原因在於「它很明顯，所有人都能看得到，

〔註33〕司馬文武，只想當「眞正的記者」〔G〕／／何榮幸 策劃，黑夜中尋找星星——走過戒嚴的資深記者生命史，臺北：時報文化出版企業有限公司，2008：85～86。

〔註34〕楊憲宏，科學精神的人文記者〔G〕／／卓越新聞獎基金會 主編，關鍵力量的沉淪——回首報禁解除二十年，臺北：巨流圖書公司，2008：357～358。

具體由一些多少有些天眞的官僚來進行，愚弄他們並不需要費太大的勁。在報紙銷售中的經濟審查相比更強烈，也更無情。」〔註 35〕

三、「管制」一詞被污名化？

管制一詞通常當作是限制、防範，然而，管制的影響也可以是賦能的、促進的。以傳播內容管制爲例，可分爲消極（負面）管制和積極（正面）管制，其目的無非是壓抑過度發達、但具負面外部性之傳播內容（例如猥褻、性別或種族歧視、或暴力），並且鼓勵扶持通常供應不足、但具正面外部性之傳播內容（例如少數族群之語言、文化、價値觀，以及民主政治之多樣再現之內容）。因此，傳播管制就內容管制方面而言，不只包括消極避免觀眾受到過度商業化傳播內容的危害，也包括積極促成可欲的、市場機制無法自動產生的傳媒服務／內容的生產和流通。〔註 36〕

1988 年解除報禁及 1993 年有線電視合法化，政府未能負責任地提出配套措施，使報紙及有線電視市場走上正軌，導致報禁解除二十年後、有線電視開放十五年後、以及出版法廢除十年後的今天，國人面對的是報紙和電視市場秩序的混亂與傳媒內容品質低落，完全無以期待報紙和電視可以擔當民主政治深化的重大責任。因此，管制越少越好，或是簡單論定管制在本質上是好是壞，都是無據之論。當管制作爲一個貶義詞的時候，解除管制就成爲具有正義色彩的褒義詞，是一種理想中的正常狀態，而不當的、不必要的、不好的管制，都是應當打破的、非常態的東西。「管制」被污名化，連以管制爲目的而成立的機關（例如 NCC）都急著和「管制」一詞撇清關係，開口閉口都是「解除管制」。羅世宏因此主張，傳媒行政管制體系應以「政府有能、人民有權、傳媒有責」爲檢驗標準，回應並滿足民主公共生活的迫切需求。〔註 37〕事實上，只要管制的思維不變，那些積極的、嚴格的、細緻的指導和監督，既便目標上號稱「以公共利益爲目的」，在概念上仍然屬於羅世宏

〔註 35〕（法）帕特里克·尚帕涅，「雙重依附」：處於政治與市場之間的新聞場〔G〕／／（美）羅德尼·本森，（法）艾瑞克·內維爾 主編，布爾厄迪與新聞場域，張斌，譯，杭州：浙江大學出版社，2017：51～52。

〔註 36〕羅世宏，臺灣傳媒行政管制體系的解構與重建〔G〕／／卓越新聞獎基金會 主編，臺灣傳媒再解構，臺北：巨流圖書公司，2009：126。

〔註 37〕羅世宏，臺灣傳媒行政管制體系的解構與重建〔G〕／／卓越新聞獎基金會 主編，臺灣傳媒再解構，臺北：巨流圖書公司，2009：129。

本身所提示的「消極管制」，如同「反對腐敗」的行動，再積極也還是一種消極的管理，而不是積極的建設。過去黨政不分、文武不分，政策不明、法令不全，現在分了明了全了，學者們突然發現了一個重大原理：規模小、數量多時，政府直接制訂規範更有效能。學者們開始呼籲政府、向政府呼籲，這或許說明，管制是正道，解除是另一種管制之道，放是另一種收法而已。

到了報禁解除 20 年後，林麗雲教授也在繼續著對報禁政策的批判，這時候批判的重點放在了報禁開放時，管制者的被動和不作爲，「放任它持續變形」，爲此邏輯的成立，把此前長期的威權統治下的報禁政策，概括爲「管制者的保護與放任」。〔註 38〕

這是從報業行業、傳媒產業的角度而言，甚至只是從報業老闆們的角度而言，而不是從新聞從業者的角度而言，更不是從大眾傳播學的角度而言。以前的保護和放任，現在的被動和不作爲，聽起來都是同一種錯誤；報業結構以前的扭曲和現在的持續變形，看起來是一串連續的動作。這種自求前後統一的理論自洽之法，實在難以同時說服兩種時空的人，或是同一時空兩個極端的人。

這與前述羅世宏的「消極管制說」也形成了評價上明顯的衝突。從前嚴厲的管制，是消極的管制，又是積極的「保護和放任」？積極開放報禁，是積極的管制，還是「被動、不作爲」？一個把禁當成了保，當成了放，當成了幫；一個把禁當成了管，當成了限，當成了收。一個把放也當成了收的一種，解除也當成了管制的一種，消極管制、積極管制，這是管制至上說。一個把限當成了保的一種，開放當成了放任的一種，被動開放、主動開放，似乎都是政府的錯：後面報業的錯證明前面政府的錯，前面政府的錯證明後面報業的錯。原來的政治體系不在了，現在的執政當局不可能強勢存在了，批評 20 年前的措施時連它是一種「政治革新」都不認了，批評在此之前 40 年的威權統治連它的報禁也要當成保護了。這樣的立論方式、論證方式，只有在一個轉型了的政治環境下、一個變遷了的社會制度下，才有可能成功拿出來「雙向立論」，才有人敢於並且成功地「錯位立論」。得益於變遷而大談變遷中弊端的，恐怕也是臺灣學界中的一種消費潮流，在無風險的批評中顯示學者的獨立性，在無效的反思中顯示思想的深刻性，在無根的展望中顯示理

〔註 38〕林麗雲，變遷與挑戰：解禁後的臺灣報業〔G〕／／卓越新聞獎基金會 主編，臺灣傳媒再解構，臺北：巨流圖書公司，2009：177。

論的前瞻性，這如果不是「管制者保護和放任」的結果，那也一定有「被動、不作爲」的因素，導致學術無禁區，研究無禁忌，學者無禁言。後果就像報業的開放無禁一樣，是一種「甜蜜的苦果」：水果吃多了，不甜了，味道淡了，甚至苦了；報紙多了，品質低了，眞話沒了，甚至假了；學術成果多了，價值降了，邏輯亂了，甚至道理沒了。

報禁開放20年後再反思，林麗雲和羅世宏兩位教授衝突中的共同點是，對於政府不作爲的批評，對於消極管制的批評。林麗雲教授甚至說，「對於政府的不作爲，當時的反對黨也無法有效監督。他們長期反對威權統治，也批判報禁限制了人民（包括他們自己）的言論自由。然而，當他們以威權主義政體爲最大的敵人時，並未意識到在當時扭曲的結構下，報業解禁未必能保證言論自由，報業解禁有可能照樣限制言論自由。」 這種爲反對黨的辯護，扯上反對黨爲理由的辯護，更是憑空而來，毫無道理。由此推導出的結論，說得好聽點是馬後炮，說得不好聽近乎落井下石：「在沒有太大爭論的情況下，政府對報業採取完全解禁的模式。這就好像是長年加在馬群身上的繩索要解開了，他們將展開激烈競爭。這個關鍵時刻是一大轉機。但在這個緊要關頭（或起跑點上），管制者卻未建立合理的遊戲規則（如所有權多元性、內部民主、市場行爲、與新聞品質等），於是，臺灣報業在此時錯失轉變、改革的良機，也沒有改進體質。」「完全解禁的模式爲報業埋下了危機的種子，在歷史過程中引發重重的問題。」〔註39〕什麼叫一套合理的遊戲規則，什麼叫傳播的秩序？規範與限制的詞匯再次發熱的時候，似乎20年後學者還是沒有想明白，歷史中的詞匯可以重複，歷史本身再不可能回到20年前，讓報業的競賽重新來過——這事兒放在歷史全景上看，似乎小了點。

無怪乎學者論證的無力、建議的蒼白，要淘新聞的沙，卻再也找不到歷史的金。報禁解除後這三十年來，可謂十年盛、十年衰、十年轉，競爭規範不規範之爭，已經讓位給生存之爭，限制不限制已與生死無關了。三十年河東河西，在河流改道之後意義不大了。三十年風水輪轉，已經把報業拋離了傳播的主場。因此，報禁解除後新聞媒體的集團化發展，對新聞工作者來說，是勞動環境遠較過去來得辛苦、殘酷。這一點，新聞從業者可能沒有想到，可能想到了但願意接受開放中的挑戰。唯一沒有料到的是，辛苦不代表有收

〔註39〕林麗雲，變遷與挑戰：解禁後的臺灣報業〔G〕／／卓越新聞獎基金會 主編，臺灣傳媒再解構，臺北：巨流圖書公司，2009：184。

穫，殘酷不代表有成果。心累會身疲，身累心會疲，心盡力竭是一體的。

與報禁解除結局相近的還有臺灣電影。解嚴後臺灣電影產業的衰退，也被當作了開放的罪過，進而成爲懷念限制、肯定國家干預的重大理由。冷戰鬆動到結束這段時間，特別是 20 世紀 80 年代臺灣電影工業的奇蹟，與臺灣整個的經濟奇蹟一樣，說明「管制」、「壓制」模式容易形成資源集中、力量的積聚，形成一股強大的爆發力，甚至說明，政經可以分開，政經應當分開，經熱未必要政熱，政熱甚至必然造成經冷。首先，技術的作用，與報紙編輯、排版、彩印等技術改進不同的是，在廣播電視以及互聯網行業上技術帶來的革命性變化更大，從 1980 年代陸續出現的錄影帶技術、數碼錄製和儲存技術，以及數字廣播技術、有線電視技術、衛星傳輸及接收技術、網絡傳輸及應用技術等，催生了新興行業和新型產業，連帶對產業政策、傳播政策提出全新的要求。這比報紙純粹的內生性自發性要求，更容易推動決策者考慮相應的對策。其次，跨境的因素，或者說全球化進程的影響，廣播電視與報紙的感受也完全不同。對電視電影來說，日本片、美國片到香港片，從電視頻道到電影播放，攔是攔不住的，擋是擋不了的。不像報紙有那麼強的地域性，境外的報刊要想引進或者打入新興的市場，存在很高的難度和門檻，也不會成爲區域內同業競爭中考量的主要因素。電視、廣播以及電影，更容易像酒吧、夜總會、舞廳歌廳一樣，被列入特殊休閒娛樂行業，甚至被定爲「特種行業」進行管理。

從解嚴開始的「去管制」和「市場化」進程中，欲禁反解、欲守反放的情形，在電影行業表現得尤其明顯。臺灣當局 1986 年廢止了已實施 32 年的外片進口配額制度，以及停止向外片徵收輔導國片特別稅，強勢的好萊塢電影如入無人之境。像臺灣眾多的中小型企業處境一樣，臺灣的電影製片公司，也像中小型的報刊、中小型的廣播電臺，絕大部分只是以低成本、低品質和快速回收爲經營取向，唯一的不同是他們的產品並不出口。」〔註 40〕開放的結局」必然是立即崩盤，全線敗落，在同一趨勢下徹底「失勢」。這種開放到失勢的過程，大戰之後盛極而衰的過程，大約都是五年光景，先是興奮、繁榮，轉眼間失落、衰落。對大眾來說，從一開始的接受、滿足，到不滿足了、不滿意了，只是消費習慣的一點點變化，對行業則可能是顛覆性的、毀滅性的。

〔註 40〕魏玓，資本興衰，國家進退：臺灣電影產業的歷史分析〔G〕／／卓越新聞獎基金會 主編，臺灣傳媒再解構，臺北：巨流圖書公司，2009：231。

四、再管制聲音再起

（一）解禁等於重新規範

反思反省中的學者善意地指出，若將傳媒「解除管制」的歷史，與近年來全球興起的「再管制」（也有學者譯成解禁與重規範）訴求相對照，將更明白政府介入傳媒市場之行動，在當下時空的政治意義。

1980 年代以前，政府管制傳媒之舉儘管屢遭批評，仍是世界各國主要的傳媒政策；1980 年代後，爲解決經濟不景氣的困境，各國紛紛吹起解除管制（deregulation）的經濟風潮。自由主義論者亦搭此景氣便車，趁勢提出降低政府管制、邁向市場導向的政策基調，推動私有化、解除經濟管制的理念。此一呼聲連帶衝擊了各國對大眾傳播媒體的管制規範；臺灣報禁的解除、出版法的廢止，皆爲解除管制精神的具體展現。李郁青認爲，自「解除管制」的呼聲，至「再管制」要求的提出，此一過程似乎意味著：「國家或市場二者任何單一調節機制的作用，皆無法透過不自由的市場展現出來，更遑論使其獲得滿足」。〔註 41〕

「再管制」的具體實踐方式，學者意見綜合起來可分爲三方面的重新調整：管制機關、結構管制、內容管制。一是管制機關，調整爲多元、間接與系統式，降低行政機關直接干涉媒介內容的機會，並建立一套由家庭、學校、公民團體、業者自律團體及政府等共管的機制，以具體落實再管制的政策。二是結構管制，重新檢討傳媒經營者的資格限制，確立黨政軍勢力退出媒體經營，擴大公共服務媒體的發展空間與規模，使符合公共利益的媒體內容能更自由地被創造，以積極的獎勵取代消極的管制，強化閱聽人消費優良文化產品的意願。三是內容管制上，強化政府信息公開法，制訂媒體近用權相關法律，引進「機會均等原則」與「公平原則」，及鼓勵另類媒體經營、維護少數族群傳播權益。在這三種「再管制」思路之上的發展新思潮，是歐洲的「共同管制」（co-regulation），期待能將傳播管制由過去傳統的「命令一控制」式管制（command -and-control regulation），轉向由國家管制與非國家管制雙重共管的概念，希冀解決傳統的政府失靈與市場失靈問題。這種共同管制又稱「有管制的自律」（regulated self-regulation）、或「受監督的自律」（audited self-regulation），在自律的外化、他律的內化之間，遊走搖擺，難有定論。

〔註 41〕李郁青，傳媒外部性及其政治：檢視《壹週刊》〔D〕，臺北：政治大學新聞學系，2009：12～13。

鄭瑞城教授在報禁解除五年的一篇探討廣電管理的文章中提出，解禁之說不精確，宜稱之爲重規範。他指出：「越來越多的國家的廣播電視，已由原本政府介入管制的形態，逐漸注入或採取由市場自由運作的形態。英國、法國與意大利等國的轉變就是鮮明的例證。這種轉變即所謂的解禁（deregulation）。但睽諸事實，解禁似乎並不是一個精確的概念，稱之重規範（re-regulation）也許更妥適。因爲解禁並不表示政府的介入就此消失，或規範性機制就此撤離；相反的，解禁隱含著企圖在市場經濟論與社會價值論中間尋求一個平衡點，以重訂遊戲規則。」〔註 42〕按照這一邏輯，解禁後需要新的介入和管制舉措的觀點，在這裡已經直接從概念上變成了解禁就是重新規範、就是再管制。禁等於管，放等於收，報禁等於一種管法，解禁等於一種管法。

（二）審查等於「消毒」

引導輿論，不同於製造輿論，正如新聞不同於宣傳。代表民意，不同於製造民意，正如新聞不同於散文。

依據布爾迪厄的場域理論以及福柯的微型權力理論，對新聞場域的權力結構進行劃分，最顯見的有三個方面：一是政治權力，二是經濟權力，三是新聞專業主義。布萊恩·邁克奈爾曾分析蘇聯的新聞控制問題，他指出，列寧把新聞看成是反抗沙皇獨裁統治的意識形態和組織的武器。這種新聞有堅定的立場，因爲它代表著無產階級。但是，因爲它代表著無產階級，因此從概念上講，它應該是客觀和眞實的。然而，新聞作爲一種反抗沙皇獨裁統治的革命形式，其作爲一件社會控制的工具爲一黨專制國家的政黨所把持和操縱是截然不同的。一旦一個政黨主張新聞壟斷，那麼它對非黨派新聞活動的鎭壓就會變得合法化。非黨派的新聞被指控爲反革命和反無產階級，因此，從定義上說，企圖從事這種新聞活動的人就變成了國家的敵人。如此一來，審查制度和鎭壓在眞實和自由的名義下成爲了正當的手段，而且超越了新聞的範圍，延伸到文學和藝術領域。〔註 43〕

1976 年，臺灣每千人有 178 臺電視機、64 臺收音機及 97 份報章雜誌。到 1985 年時，其數字已分別躍升至每千人 230 臺電視機、150 臺收音機及 195

〔註 42〕鄭瑞城，頻率與頻道資源之管理與配用〔M〕／／鄭瑞城等 合著，解構廣電媒體——建立廣電新秩序，臺北：澄社，1993：11～12。

〔註 43〕吳飛，新聞專業主義研究〔M〕，北京：中國人民大學出版社，2009：213。

份報章雜誌，不到十年間，收音機和報紙雜誌翻倍，電視機增加 42%。根據1987 年的統計，臺灣每十戶有九戶以上擁有電視機，幾乎每個人擁有一臺收音機，而且三分之二的家庭都訂閱報紙或雜誌。

人民廣泛接觸大眾傳播，對執政黨當局與媒體之間以及媒體與人民之間關係，引發了新問題。在一個高度意識形態化並採行威權統治的政治體系中，傳播媒體成爲替執政党進行社會化功能之機構，在這種情形下，信息的傳播必須先經過一番篩檢及「消毒」，使媒體只許散播官方的政策。大部分國家，尤其在第三世界，其傳播媒體都是商業性質夾雜著某種程度官方控制下的政治消毒之綜合型。中華民國的媒體功能大致上屬於此一類型，即有高度商業化的廣播、電視系統及報紙和期刊，但是也有官方進行信息篩檢的政治消毒行爲，因此，媒體在國民黨控制及獨立報導的兩相平衡之間惟有窄巷可走，只要稍稍偏離窄巷就會被歸類爲消毒性媒體，而偏向另一邊則變成商業化的自由與獨立媒體。〔註 44〕

田弘茂的「篩檢及消毒」說，完全跳脫出了新聞與傳播行業的視角，從威權統治體系的角度來看待傳播媒體的社會化功能，從這個角度來看，或者從威權統治角度來看，信息傳播的「篩檢及消毒」是必須的社會功能，首先是政府提供並啓用了這一功能，媒體本身只是實現這一功能的手段和載體。再進一步看，媒體本身的自律、自篩自檢、自我消毒，只是這道大工序上的一個環節，只是工具本身的清洗、保潔工序而已。就像打掃廚房的抹布，本身也要搓洗乾淨。搓洗不乾淨的，或者不甘心做抹布，自行塗抹一些東西，或者努力刷出不一樣的顏色和圖案，就自許爲畫筆了，豈不知，所能找到的顏料和畫布，也都是別人的，一個媒體能有幾把刷子呢，能塗抹幾下子呢。以爲自己有更好的處方和自行配置的消毒劑，從此可以自由、自立、自足、自主的，往往是忘記了自己所能承擔的角色和功能，不管是誰家廚房的抹布，或者進了客廳成爲畫布，可能要麼是自立晚報的結局，要麼就是中央日報的結局。

報禁十年際的反思文章開始明顯的分化，有學者在反思體制的進化和完善，政策的更新，傳播法規的修訂，傳媒價値的提升與再造，也有學者和從業者覺得開放就是前提，自由就是一切，一味地反對政府的管理，反對任何

〔註 44〕田弘茂，大轉型——中華民國的政治和社會變遷〔M〕，臺北：時報文化出版企業有限公司，1989：242。

政治的干預和使用，不想要任何的法和律，只顧一味地「反法」、「抗法」、「去法」，包括對出版法的修訂。走過了報禁年代，到 2000 年已是聯合報社長的張作錦就是這樣的一位直線不改的批判者。在他和高希均、王力行兩位好友名家共同出版的文集中，除了批判新聞的不自由，就是批評媒體的不自省。

張作錦甚至為報紙上的犯罪新聞辯護說：「實際上近年來的犯罪新聞案件都太重大，太使社會大眾關心，新聞界不能不提供這一方面的消息，使民眾能切實瞭解自己的生活環境，以求趨吉避凶。還是那句話：是社會有了這些事件，新聞界才去報導，而不是媒體雅好做這些選擇。」〔註 45〕可能由於閱歷豐富、見多識廣，張作錦有一段批評政治人物的論述倒是極為精彩：「政治人物常有雙重人格，他在野的時候，支持言論自由，用這項武器抗衡執政者；等到他執政了，就要箝制、扼殺言論自由，不容別人監督。政治人物也常有雙重標準：他指責政敵的話，媒體登得愈多愈大，愈是站在正義的一邊； 政敵若指責他，誰要照原來的標準，登得一樣多一樣大，就變成了受人利用的『打手』，非我族類，要除之而後快了。」〔註 46〕照此說來，也許因為處於弱勢，反對黨、在野黨最講求正義，最支持輿論監督。

第二節 警惕記憶的自我美化

一、解嚴後智慧比勇氣重要

Freedom is not free（自由必有代價），刻在美國首府華盛頓韓戰紀念碑上。

「萬山不許一溪奔，攔得溪聲日夜喧；到得前頭山腳盡，堂堂溪水出前村。」是南宋楊萬里的絕句《桂源鋪》。

臺灣學人常引上述一句美國格言、一首中國古詩，以此來形容爭取新聞自由、言論自由的歷程。加上狄更斯《雙城記》的開場白「這是最好的時代，這是最壞的時代……」，堪稱「三大引子」，當然也可以做為「三大結尾」以示回味無窮。

抄錄一段臺灣版的《雙城記》：「這是智慧的時代，也是愚蠢的時代，這

〔註 45〕張作錦，高希均，王力行，三人行看臺灣新價值〔M〕，臺北：天下遠見出版，2000：15。

〔註 46〕張作錦，高希均，王力行，三人行看臺灣新價值〔M〕，臺北：天下遠見出版，2000：5。

是信仰的時代，也是懷疑的時代，這是光明的時季，也是黑暗的時季，這是有希望的春天，也是絕望的冬天，我們的前途有著一切，我們的前途什麼也沒有。」〔註47〕

偶而也有人引用北島的詩《一切》：一切希望都帶著注釋／一切信仰都帶著呻吟／一切爆發都有著片刻的寧靜／一切死亡都有冗長的迴響

當年的激動想必親歷者才會眞切感受。有一篇1987年度的評點文章說：到1987年12月底，當臺北各報的編輯們選編本年度十大新聞時，都感到難以下筆。有一點是各報一致公認的，這就是：1987年將作爲臺灣政治發展史上具轉折作用的一年載入史冊。〔註48〕

然而，解嚴解禁當年的眞實感受到底如何，只能靠親歷者的記憶和後人的梳理。20年之際時，臺灣有過一輪比較有規模的系統梳理。

20年時尚且記憶猶新，甚至心有餘悸的戒嚴、報禁到底長什麼樣子？按照「走過戒嚴的資深記者生命史」口述項目負責人何榮幸的說法，入選「口述史」的十七人中，唯一有過坐牢經驗的是大華晚報創辦人兼總編輯薛心鎔，在1952年「蔡斯事件」中，因爲大華晚報記者披露美軍援華顧問團物品失竊、並且表揚刑警破案迅速，就被保安司令部問話拘留，並且一肩下責任，拘禁十天才因不起訴獲釋。經歷過大陸撤退來臺的薛心鎔，談起戒嚴時期的感受仍充分表示理解：「政府爲局勢所迫，戒嚴是不得已的事情；如果在執行上謹愼檢點，不要小題大做、輕率從事、過於敏感、株連無辜，當可避免造成民怨。」後來擔任過中央日報總編輯的他，對自己這段牢獄之災的總評則是：「有人說新聞記者坐牢，是光榮的歷史，我倒不覺得有何光彩，只覺得是無聊而已。」〔註49〕

也就是說，唯一一位坐過十天牢的，也沒有覺得是光彩，是英雄。薛心鎔後來在1971年回到中央日報擔任總編輯，顯然也沒有因爲這次「坐牢」影響到個人前途。由此可見，這十七位的生存、抗爭、堅持，進行得都很體面、很有尊嚴。「審時度勢之際，雖時而沉默、時而妥協，但更伺機而起、時而躍上浪峰」。〔註50〕

〔註47〕倪炎元，相對剝奪與集體抗議，反叛的年代——1987臺灣年度評論〔G〕／／圓神年度評論編輯小組，圓神出版社，1988：132。

〔註48〕黃嘉樹，國民黨在臺灣（內部發行）〔M〕，海南：南海出版公司，1991：746。

〔註49〕何榮幸，他們看見了歷史〔G〕／／何榮幸 策劃，黑夜中尋找星星——走過戒嚴的資深記者生命史，臺北：時報文化出版企業有限公司，2008：39。

〔註50〕張錦華，回首來時路，莫忘初衷〔G〕／／何榮幸策劃，黑夜中尋找星星——走過戒嚴的資深記者生命史，臺北：時報文化出版企業有限公司，2008：22。

任何人物訪談都可能出現「自我美化」或「選擇性記憶」現象，受訪者可能在自覺或不自覺的情況下，合理化過往動作言行。對此，何榮幸提出，有興趣研究者，可以對照其當年的報導與作品，進一步檢驗其記憶眞實性與言行是否一致；或接續訪問其周遭關係人看法，藉此比對與受訪者的經驗是否吻合。爲此，何榮幸把原始訪問內容存放在臺灣大學總圖書館，並建議有興趣的讀者與研究者參閱，在完整訪談資料上深化相關探討與持續研究。〔註51〕

在戒嚴時代，新聞記者的勇氣比智慧重要；解嚴以後，智慧比勇氣重要。戒嚴年代，最大的趣味是追尋自由。在夾縫裏面，鑽來鑽去，找尋自由、找尋方向，但在解嚴後的自由時代沒有這個滋味。戒嚴時代無新聞自由，也能產生適格勝任的新聞記者；解嚴後有新聞自由，卻未必皆能成爲適格勝任的新聞記者。戒嚴時代需要的是追求新聞自由的勇氣，但解嚴後需要的是使用新聞自由的能力。戒嚴時代沒有充分的表達自由，但大部分的記者至少都還保有「不想說就不要說」的自由，拒絕諂媚當權者；不過，解嚴以後，很多記者竟然「自由地」淪爲當權者的打手，這是背叛了「第四權」。戒嚴當然不好，解嚴當然好。但在戒嚴末期整個社會有很明確的方向感，也有很明顯的進行感；解嚴後的共同感覺則是「內耗空轉」。對照解嚴前後，確實頗多感觸：過河是對的，但是否上錯岸？〔註52〕革命是否出現了反動？民主是否遭到了背叛？對比解嚴前後的變化，解嚴前夕擔任聯合報採訪部主任、解嚴後升任新創辦的聯合晚報總編輯的黃年一口氣說下來，發現這一代的記者也有「不願面對的眞相」。

戒嚴時，大部分的人屈從高壓，反而一些小眾媒體表現較好。解嚴後，大家都很勇敢，但也開始荒腔走板。戒嚴時什麼都被禁止，這是一個極端。但解嚴後，什麼都被放縱，這更是一個極端。解嚴之後，銀行、媒體、航空、證券公司都隨意開放。小小一個島，市場秩序亂了，開始惡性競爭，不僅造成國家總體資源喪失，更混亂人心。〔註53〕把媒體與銀行、航空、證券並列

〔註51〕何榮幸，他們看見了歷史〔G〕／／何榮幸 策劃，黑夜中尋找星星——走過戒嚴的資深記者生命史，臺北：時報文化出版企業有限公司，2008：43。

〔註52〕黃年，黑金政治的命名者與批判者〔G〕／／何榮幸 策劃，夜中尋找星星——走過戒嚴的資深記者生命史，臺北：時報文化出版企業有限公司，2008：492。

〔註53〕吳豐山，記者是永遠的社會改革先鋒〔G〕／／何榮幸 策劃，黑夜中尋找星星——走過戒嚴的資深記者生命史，臺北： 時報文化出版企業有限公司，2008：217～218。

的資深報人吳豐山，並不覺得因此看低了從業一生的媒體行業，在他心目中，這幾個行業就是並列的「現代服務業」。

二、媒體解嚴過程並不複雜

歷史學、政治學的評價角度確實不同於新聞學，臺灣師範大學歷史學系副教授陳登武直接稱報禁解除爲「媒體解嚴」。〔註54〕加上書禁、歌禁、舞禁等解除，有人統而稱之爲「文化解嚴」。

自1988年1月1日起，那頂念了三十六年的報禁緊箍咒解除了。這是繼戒嚴、黨禁解除之後，又一回復民主憲政常態的積極做法與具體表現。報禁的解除，對即將邁入民主政治的臺灣而言，吳文程高度評價其重大意義有二：「就保障人民『知』的權利而言，報禁的解除，將使得報業市場走向市場競爭形態，一旦形成多元競爭的市場，寡頭壟斷的現象將不復存在，社會大眾也才有眞正的選擇權利與機會」；「透過持平、公允的報導，大眾更能獲得有關新聞事件之整體性、多層次的報導，這將有助於大眾以較客觀、冷靜而理性的態度來面對政治事件的發生」。若要維持一個完全公平競爭、負責、健全的政治體系，就必須靠大眾媒體適時發揮「第四權」的監督功能。無論是執政黨的施政品質，亦或反對黨的角色扮演，大眾媒體都必須適時地提出客觀、公允的批評與意見，發揮社會公器的責任。因此，報禁的解除，正是爲未來憲政重整工作得以順遂、周延，提供了一個有利的條件與環境，也爲健全成熟的政黨政治，添加了不可或缺的潤滑與調劑。總之，新聞自由，政治也將更自由；反之亦然。報禁的開放，象徵著政治自由化的一大躍進。解除報禁本身不是目的，只是促進言論自由與憲政民主的手段。從這個角度來看，報禁解除的意義與影響不可謂不大。〔註55〕

張祖詒說得更輕鬆：「至於開放報禁，毋需修改或制訂法律，只要一紙行政命令，就可解除原有的限張（三張）和限證（二十九家）（注：加上兩家英文報則爲三十一家），這種限制一旦取消就可自由擴張，只是蔣經國也沒有看到其後二十年臺灣新聞事業蓬勃發展的榮景。」〔註56〕

〔註54〕陳登武，臺灣全志 卷十二 文化志·文化事業篇〔M〕，臺北：國史館臺灣文獻館，2009：173。

〔註55〕吳文程，臺灣的民主轉型：從權威性的黨國體系到競爭性的政黨體系〔M〕，臺北：時英出版社，1996：204。

〔註56〕張祖詒，蔣經國晚年身影〔M〕，臺北：天下遠見出版公司，2009：223。

「長期戒嚴早已嚴重扭曲媒介的市場秩序，在報禁解除後，若干微弱的聲音（包括李金銓以及其他更有遠見的人）曾經一再呼籲當局趕緊建立健全的遊戲規則，只有公平的環境才能自由競爭。」這些當年有遠見的人，和《遠見》雜誌的人一道，後來不斷地指責政府當初毫無遠見：「當局置若罔聞，根本沒有配套措施，一方面驟然開放報業市場，一方面積極維護國民黨的電視壟斷，使扭曲的市場繼續扭曲。政府對於解禁沒有全盤的遠見，沒有整體的計劃，一味因循苟且，以致造成了資本的浪費與文化的亂象。臺灣亟需發動新的公民運動，再度全盤檢討傳媒秩序。〔註 57〕

對報禁的理解，在電視臺和在報社的感覺完全不同。戒嚴前最後兩年在電視臺工作的記者林照眞，知道政治性的議題不能亂碰，「爲了安全起見，多半會先請示國民黨文工會」，「但年輕的我也沒有被迫害的感覺，我還是每天做著記者夢，享受從事新聞工作的快樂，那種快樂的工作生涯不會有政治。好像只要不碰政治，就沒有什麼問題。」解嚴前夕參加《中國時報》的招考到了報社工作，林照眞「才眞正感受到新聞脈動與政治現實的關連，以及新聞理念與民主社會的關係。到了報社，不可諱言，許多思考比在電視臺深刻許多，尤其報禁正是衝著報紙來，這讓我眞正感受到報紙作爲『公共領域』時許多事情的變質，也讓包括我在內的若干人傷心地離開了新聞界。」〔註 58〕

馬英九後來在不同場合回憶追隨蔣經國身邊「參與改寫歷史」的經歷，更多是從整個戒嚴解除的進程來評價「蔣經國時代」：

> 經國先生很早就開始思考解除戒嚴以及國會改革問題，並曾交代英九研究「戒嚴」（martial law）的意義，以及國際社會對臺灣戒嚴的觀感。民國七十五年十月七日下午，經國先生在總統府接見美國《華盛頓郵報》發行人葛蘭姆女士（Mrs. Katherine Graham）時，正式告知對方「我國將解除戒嚴、開放組黨」，臺灣的民主改革也踏出了歷史性的第一步。
>
> 英九當天在場負責傳譯工作，把經國先生所說的「我們即將在制定國家安全法後終止戒嚴」、「開放政黨合法登記」等關鍵字句，

〔註 57〕李金銓，臺灣傳媒與民主變革的交光互影：媒介政治經濟學的悖論〔G〕／／卓越新聞獎基金會 主編，臺灣傳媒再解構，臺北：巨流圖書公司，2009：11。

〔註 58〕林照眞，報禁解除對我是一種啓蒙〔G〕／／卓越新聞獎基金會 編，關鍵力量的沉淪——回首報禁解除二十年，臺北：巨流圖書公司，2008：27～28。

逐字、逐句、精確地翻譯給訪客知悉。當時立即感受到猶如電流通過身體一般，我告訴我自己：「我們正在改寫歷史」，一股強烈的歷史參與感油然而生，為此心中振奮不已。

後來，英九參與「動員戡亂時期國家安全法」、「動員戡亂時期集會遊行法」與「動員戡亂時期人民團體法」的草擬工作，也遇上若干質疑大幅度開放人民自由與權利是否合宜的聲浪。為此，經國先生曾當面指示：「解嚴後當然應該更寬，不能更嚴，否則就是換湯不換藥。」這些指示也成為後來民主改革的基調。〔註 59〕

當時的新聞局長邵玉銘在解禁 20 週年時正擔任文化大學史學研究所教授，他回憶道：「大家都有很多意見，我的立場只有一個：全部開放，印刷廠設幾個、報頁多少張、價格多少，完全不予限制。」〔註 60〕對此，李金銓的評價是：「說穿了，這是一種消極政策，表面合理，實質上使強者愈強，弱者愈弱。」〔註 61〕

相對於這一歷史潮流的大勢所趨，報禁解除只是其中一個相對較小的配套措施而已。連解除戒嚴這種歷史大事件的宣布，都是交由新聞局負責，何況只是一個報禁解除的行業政策。所以，對於報禁完全開放，邵玉銘事隔 25 年後的感受仍然是「感恩」、「安慰」、「無愧」，「不需要道歉」，「沒必要檢討」。他說：「如果沒有開放報禁，沒有媒體自由，國民黨不會垮，民進黨不會垮。這是一個最大的貢獻。我記得那時候我開放報禁，國民黨一些元老罵我，他們說都是你搞的，把我們搞垮了。等到馬英九後來上臺，他們又說，你看要不是開放報禁，怎麼能修理了民進黨。」〔註 62〕

三、報禁解除只具象徵意義

時過境遷，一些專家開始認為：報禁解除具有象徵意義，而且只有象徵意義。

〔註 59〕2004 年 1 月 8 日，曾任臺灣前總統蔣經國英文秘書的臺北市長馬英九，在國民黨中常會發表紀念「本黨蔣故主席經國先生」逝世 15 週年的專題報告，題為「蔣經國時代的啓示」。

〔註 60〕邵玉銘，開放報禁之背景、過程與影響〔G〕//卓越新聞獎基金會 主編，關鍵力量的沉淪——回首報禁解除二十年，臺北：巨流圖書公司，2008：3～8。

〔註 61〕李金銓，臺灣傳媒與民主變革的交光互影：媒介政治經濟學的悖論〔G〕//卓越新聞獎基金會 主編，臺灣傳媒再解構，臺北：巨流圖書公司，2009：12。

〔註 62〕筆者 2012 年 9 月 23 日在廣州與邵玉銘進行訪談，詳見附錄。

「報禁開放後，政治反對人士得以進入媒介權力結構，如康寧祥創辦首都早報。事實上，開放報禁人人得以自由接近新聞媒體，其精神意義大於實質意義。因爲，報禁開放後，國家機構介入新聞媒體運作的情形減弱，但經濟結構對新聞媒體的影響卻有增強的趨勢。具體言之，報禁解除後，社會大眾進入媒介市場的機會增加，至少不再因政治因素被排除。但是，由於進入市場成本或營運成本增加，接近媒介權力結構的機會，並不是人人平等。」「雖然，獨立或反對雜誌或報紙的誕生，象徵著多元化公共領域的到來，但是其象徵的意義仍大於實質意義。由於經濟困難，市場結構狹小，『人間』、『文星』、『臺灣春秋』、『南方』等雜誌，相繼於創刊兩三年內停刊，而政治反對人士所辦的首都早報亦於 1990 年停刊。」〔註 63〕康寧祥辦的《首都早報》只風光了一年兩個月，是最短命的新報紙。

報禁解除後，表面上似乎破除了壟斷性的結構，惟因行銷通路的壟斷性已成定局，報紙家數的增加並不代表言論市場趨向多元。〔註 64〕根據調查，聯合報系與中國時報系共計 70%以上的市場佔有率，在報禁開放後，並未受到挑戰。

成舍我老先生，曾經在北京、上海、香港等地創辦過世界晚報、世界日報、世界畫報、民生報、上海立報等著名報刊，到臺灣後創辦世界新聞專科學校（後改制爲世新大學），曾誓言「報禁不除，決不辦報」。在解禁半年後的 1988 年 7 月 12 日，以 92 歲高齡創辦《臺灣立報》，創下了世界新聞史上創辦人年齡最高的記錄。1991 年成舍我、馬星野兩位老報人去世，象徵著中國報業史上「士人辦報時代」的結束，從此，具有強烈使命感之資深報人，將爲以現代經營爲取向之年輕一代報業精英所取代。〔註 65〕

1991 年成舍我去世之時，臺灣《立報》仍毫無起色，女兒成露茜接掌後於 1998 年將之改爲一份教育爲主軸的小眾報紙，後來又創辦了不賺錢的《破報》，也是一種自我顛覆的反向做法。據 2002 年的統計，報禁解除 15 年來，登記在案的報紙中，有 100 多家有證不敢出報，有 130 家雖然啓動動作但不

〔註 63〕陳雪雲，我國新聞媒體建構社會現實之研究——以社會運動報導爲例〔D〕，臺北：政治大學新聞研究所，1991：311～312。

〔註 64〕彭明輝，中文報業王國的興起：王惕吾與聯合報〔M〕，臺北：稻鄉出版社，2001：86。

〔註 65〕王洪鈞，臺灣新聞事業邁入新時代〔G〕，／／中國新聞學會，90 年代我國新聞傳播事業，中國新聞年鑒（精華本），臺北：風雲論壇出版社，1997：18。

能經常發行，正常運營的只有 30 家。〔註 66〕而報禁解除前的幾十年中，臺灣限制發證的數量就是 31 家。大家突然看清了一個事實，報禁政策原來眞的是保護大家的，臺灣的報業市場就是這麼大，再多一點都難以生存。

（一）另類報禁「似解未解」

中國時報記者傅崑成當年與多位專跑政治新聞記者問答之後發現，「報禁」解除似乎並不能保證更大的新聞採訪自由。因此，這個社會還有另一種「報禁」有待解除。〔註 67〕

中國時報的另一名記者林照眞，在二十年後作爲交通大學傳播與科技系助理教授，認爲「新聞商品化是報禁解除最大的反諷」，「如果報禁開放是臺灣民主化的結果，那麼新聞商品化無疑是臺灣媒體解除管制市場失調的反射。」「如果能夠透過政府政策與市場機制而擺脫商品化的操控，讓新聞重新脫胎換骨，將是另一種全新的解放。」〔註 68〕

就以上上下下都喜歡談論的新聞自律、行業自律來說，搞不好就成了自我設限、自我禁錮，恐怕這也正是管理機關和當權者、當局者最樂意看到的。鄭瑞城教授親眼看到了某電視臺當時所頒布的「採編譯同仁處理新聞十誡」，這十誡中，風化色情的新聞不報導及暴力犯罪的過程不報導等，尙稱有板有眼。但大部分的誡條則顯得意欠明確，例如第二條破壞政府形象的新聞不報導，第三條過度敏感的政治新聞不報導及第八條示威、抗議、遊行、請願的畫面不用等。「反觀我們的社會，新聞自由的理念方在萌芽階段，新聞機構承受的外在壓力已夠大了。現在電視臺不但不思消解壓力，爭取新聞空間，反而劃地自限，就傳播的社會功能角度觀之，實屬不宜。」〔註 69〕

新聞若是涉及政治，則與「一個口令、一個動作」相去不遠。1987 年 11 月中旬，臺灣報紙相率以民進黨桃園接機迎聖火事件爲題，大幅報導評論。三家電視臺同日的新聞，卻「不約而同」對此相應不理。首則新聞竟然分別是許歷農任命案、蔣夫人讀書心得，與臺大海洋工程綜合實驗室啓用！12 月，南韓總統直接民選進行得如火如荼，主要報紙莫不藉此良機，對比中韓政情，

〔註 66〕胡元輝，堅持——一個媒體人的眞摯省思〔M〕，臺北：未來書城，2003：4。

〔註 67〕傅崑成，另一種報禁的解除〔N〕，中國時報（臺北），1987-3-10（2）。

〔註 68〕林照眞，報禁解除對我是一種啓蒙〔G〕／／卓越新聞獎基金會 編，關鍵力量的沉淪——回首報禁解除二十年，臺北：巨流圖書公司，2008：28。

〔註 69〕鄭瑞城，傳播的獨白〔M〕，臺北：久大文化公司，1987：18。

攻錯學步。電視臺不此之圖，不但不見賢思齊，反而訪問在漢城的執政黨籍增額立委李勝峰，聽任其人詆毀直選總統本身的意義，直謂南韓人民「必定會後悔開放總統直接民選的決定罷！」敦誠（馮建三）批評電視新聞當年的「自禁」:「年來雖然加添新聞性節目，但每日七時半至八時的黃金時段，一律用作報導新聞——或許，變相的政令宣導，唯有以強迫收視的手段，始能奏效。」〔註 70〕

遵照對「先總統蔣公」尊稱的依例要求，在政府公文和報紙期刊和書籍中提及時，前面空一格字位。甚至有的豎排文本中，還會將「先總統蔣公」幾個字用特殊字體、字號編排。有意思的是，這篇批評新聞報導不夠開放充分的年度文章，仍未敢突破慣例，這本注明 1987 年 4 月初出版的書籍《反叛的年代》，文中紀年已經用了西曆而不是民國紀年，但寫到「先總統」，仍是老老實實地在前面空上一格。

南方朔以其一貫的銳利話鋒直指要害:「在古代靜止的社會下面，社會沒什麼變化，記者能夠堅持社會良心就好。但現在媒體這麼發達，整個新聞價值觀一直在變，記者的角色一直在變化，很快你就會迷失自己。」除了八卦，就是消費，找不到公共的價值了。因而，「現在臺灣的新社會控制，已經不是古代社會威權控制。現在的社會控制，是一種惡劣的流氓控制、群眾控制。誰的群眾比較凶，你就怕誰！另外一種就是八卦控制，任何問題一轉，轉成八卦問題就消失掉了。謠言很多，專門造謠言，也變成另外一種形態的社會控制。臺灣媒體處在這些新社會控制中卻無力掙脫，這就是當前媒體的最大問題。」〔註 71〕

（二）總編輯主動「體察上意」

從新聞來源的角度看，戒嚴期間與解嚴以後一樣，政府永遠是最大的信源。執政黨文工會不再能要求報社完全不登執政黨的負面新聞，而只期望報社能平衡報導執政黨的觀點。「執政黨文工會經常主動傳真新聞稿給報社，請報社參考他們提供的資料，很像一般公關公司提供新聞資料的做法。文工會現在很像是執政黨的公關部門，不可能指示報社作什麼事，報社自己會判斷。」

〔註 70〕敦誠，報禁解除聲中的臺灣信息環境〔G〕／／圓神年度評論編輯小組，反叛的年代——1987 臺灣年度評論，圓神出版社，1988：67～68。

〔註 71〕南方朔，從文藝青年到自由左派〔G〕／／何榮幸 策劃，黑夜中尋找星星——走過戒嚴的資深記者生命史，臺北：時報文化出版企業有限公司，2008：191～192。

情治單位不再干預總編輯幹活，不再要求新聞上的配合，倒是總編輯主動找調查局查證消息，成爲常有的情形，這已經是反過來主動要求政治信源上「知的權利」，當然，其中也有求得報導安全的心思。

執政黨、文工會、新聞局以及情治單位，解嚴後影響媒體少了，在野黨也沒有「此消彼長」因此增加影響力。不過，在野黨特別是民進黨新聞來源的「易得性」增加了新聞報導的便利性，使得他們有較多機會被報導。「民進黨的主席和秘書長，都很容易採訪到，隨時可以打電話給他們。」〔註 72〕

國民黨中常會每逢週三開會，中時、聯合兩大報的老闆曾同爲中常委。「蔣經國時代，報社老闆擔任執政黨的中常委，每週三早上固定要出席中常會。所以，每週週二晚上編報紙時，編輯部同仁都相互提醒：『明天開常會，大家注意了！』換句話，要批評執政黨，等過了週三的中常會，才批評吧，以免老闆參加常會時，下不了臺。所以，每週三出版的報紙，通常比較保守。」〔註 73〕解嚴後，這一條就不管用了，也不用管了，管不了啦。

楊志弘在報禁解除四年之際進行的這項「總編輯角色」調研顯示：十幾位總編輯中多數較傾向「信息傳遞者角色」，其次是「解釋者角色」，而「對立者角色」最少。總編輯們以政府的「諍友」自許，抱持「監督執政黨，扶持在野黨」的態度，具有「天下興亡爲己任」的中國傳統「士」的精神。在編輯政策上，能主動「體察上意」，採取「有政策，依政策；無政策，依舊例；無舊例，依行規」的原則。主張引導民意，往往手上都有一份所謂的「有代表性的意見領袖」的名單，作爲反映民意的參考名單。〔註 74〕

（三）永遠的「不完全解禁」

學者批判自由資本主義的市場背叛民主的理想，特別是「軍事與工業複合體」肆無忌憚地追逐經濟利益，製造文化霸權，導致「不完全的解放」和資源分配失衡，以至於扭曲公共領域。〔註 75〕不完全的解禁，不完整的解禁，

〔註 72〕楊志弘，臺灣地區報社總編輯職業角色之研究〔D〕，臺北：政治大學新聞研究所，1992：277。

〔註 73〕楊志弘，臺灣地區報社總編輯職業角色之研究〔D〕，臺北：政治大學新聞研究所，1992：275。

〔註 74〕楊志弘，臺灣地區報社總編輯職業角色之研究〔D〕，臺北：政治大學新聞研究所，1992：323～324。

〔註 75〕李金銓，臺灣傳媒與民主變革的交光互影：媒介政治經濟學的悖論〔G〕／／卓越新聞獎基金會 主編，臺灣傳媒再解構，臺北：巨流圖書公司，2009：7。

不徹底的解禁，不管哪一種說法往往都是馬後炮式的總結評價，而不是當局者之「迷」，即便當局者當時決心進行完全的開放，在後來者眼裏也完全可以認爲是有局限性的「有限開放」；如果當局者有意進行節制性的分步驟的有限度開放，反而會評估風險和效果的最優化而成爲「有效開放」。而管制上的「有限的多元」，對媒介在政治上的限制很嚴格，在非政治領域則有相當的自主權，這是典型的「國家統合主義」。〔註76〕這種「有限的多元」及對應的「管制的多元」，造成在戒嚴時期的報禁也只是「有限的管制」，而不是完全的禁止、全面的禁止、徹底的禁止。

「解嚴沒解乾淨的『侍從報業』」，這是前《民眾日報》總編輯李旺臺在報禁解除二十年後的一個評價。沒解乾淨的地方表現在，第一，原先的威權政黨沒有解體，它在失去執政權之後，仍在國會擁有多數席次，力圖在國會行繼續執政之實；第二，一旦威權管制不再，一個百分之百言論自由的社會，成爲國家認同分歧的溫床。更爲關鍵的一點是，媒體解禁後未經正常「處理」：「臺灣媒體即是戒嚴體制本身，解嚴後用戒嚴時期的同一群事業體、同一批媒體主管、同一套思想文化，在民主的臺灣繼續執業確實不正常。何況它們在解嚴後有民主自由可以護身，又有一個更大的新主人在對岸召喚著。」李旺臺指出了兩個影響媒體生態的政治原因：第一，選舉與任期不更改，放任年年拚大選達十餘年之久，「媒體作亂」只是諸多不良副作用之一而已。第二，臺灣政界的抄短線作風和電子媒體的速食文化，解嚴二十年來，互相強化，是媒體亂象的另一個根源。過度頻繁更換政務官、患有「麥克風饑渴症」的政治人物把上電視和搶上報紙版面視爲政績。〔註77〕

到過臺灣訪學的高華教授則提出了「有限革命」模式，認爲國民党進行的是有限革命，國民黨的革命是政治層面上的革命，政權一到手則革命就告一段落。國民黨的革命後遺症小，因爲革命是有限的，未進入到精神革命領域。〔註78〕高華反思「五四激進主義」的負面性問題時認爲：危機迫使中國走上全面變革的道路，這就是從思想革命到政治革命，再到社會革命，以求

〔註76〕李金銓，臺灣傳媒與民主變革的交光互影：媒介政治經濟學的悖論〔G〕//卓越新聞獎基金會 主編，臺灣傳媒再解構，臺北：巨流圖書公司，2009：10。

〔註77〕李旺臺，解嚴沒解乾淨的「侍從報業」——政治民主化是如何造成媒體惡質化〔G〕//卓越新聞獎基金會 主編，關鍵力量的沉淪——回首報禁解除二十年，臺北：巨流圖書公司，2008：53～55。

〔註78〕高華，歷史學的境界〔M〕，南寧：廣西師範大學出版社，2011：241。

建立能自立於世界的現代民族國家。問題是，在達成這個目標後，這幾種革命漸次向更高階段遞進，進入不斷純在思想的精神價值、領域的革命，由此再帶動政治革命、社會革命和思想革命，從此生生不息，不斷革命。在激進和更激進的上升中，激進主義的革命政治進入一切領域，從而阻滯了社會、經濟、文化的發展。也就是說，從激進主義思潮很容易滑入一種叫做「無限革命」的軌道。而另一種革命的模式即所謂「有限革命」，它以政治革命的完成爲目標，尤其不觸及精神價值領域，因爲精神價值領域是一個很特別的領域，它有其堅固性，它的變化在很大程度上隨著社會變革而來，是一種漸進的、自發產生的過程。經常作爲貶義詞出現的「革命不徹底」，在這裡反而被高華肯定爲有效、有克制、有底線的「有限革命」。爲此，他對寫作了回憶錄四部曲的臺灣作家王鼎鈞「極爲罕見」的文學選擇進行了肯定式點評：抗戰勝利後，左翼思潮舉世滔滔，30 年代左翼文學受到青年普遍熱愛，各地都有中共地下黨或外圍組織的「讀書會」，但是王鼎鈞不喜歡魯迅的「氣性」，也不喜歡巴金、茅盾、郭沫若，覺得他們「只談意識形態，不談藝術技巧」，作品滿口不離「壓迫」、「剝削」、「受侮辱和受損害的」，「不能陶情冶性」，只能「引起絕望的積極和毀滅的快感」。〔註 79〕

「如果說戒嚴時期有什麼是好的，那時因爲題材受限，所以我們常去規劃一些很冷的、但是很有深度的調查報導，譬如說我們去做臺灣河川被污染的調查，連續在三版報導三天。現在報紙不可能，因爲怕銷售會下降。」整個社會缺乏沉靜與沉思，是臺灣解嚴二十年來政媒互動下的一個缺憾。〔註 80〕

（四）「沒有大眾的大眾媒體」

李普曼的「幻影公眾」說認爲：「民主理想從未定義過公眾的職能，它想當然地將公眾當作所有事情籠統的、朦朧的管理者。這個混亂的概念深深地根植於神奇的社會觀念中。『人民』被凝縮爲一個人；他們的意願被凝縮爲一個意願；他們的想法被凝縮爲一個想法；他們被凝縮爲一個有機體，每個人都是這個有機體的一個細胞。」「批評，從沒有停止過，當然，批評民主是一團糟的人不過是在抬高自己，展示自己更精於管理。這些批評者已經看清楚

〔註 79〕高華，歷史學的境界〔M〕，南寧：廣西師範大學出版社，2011：113～114。

〔註 80〕李旺臺，解嚴沒解乾淨的「侍從報業」——政治民主化是如何造成媒體惡質化〔G〕／／卓越新聞獎基金會 主編，關鍵力量的沉淪——回首報禁解除二十年，臺北：巨流圖書公司，2008：55。

了，重要決定只能由個別人來做，公眾輿論是不知情的、不相干的、愛管閒事的。他們一向認爲，少數精英與眾多無知大眾具有根本性差別。」〔註 81〕

李普曼提出這個殘酷現實，是要點明集權統治者試圖利用這一點進行權術的駕馭，因而有必要予以揭示。「一個集權社會受控於一個虛構的故事，即統治者是公眾意志的代言人。這個故事不僅消磨了公民個體的主動性，也使得公眾輿論變得無意義……面對如此複雜的情況，公眾只能表達自己支持或者反對某個權力政體，餘下的便只有忍受它，溫順地服從或者逃避它，總之，選擇一種看起來最方便的方法。因爲在實踐中，有機社會理論意味著集權，是一種意志在事務中的具體實踐。那麼，這也就意味著人們必須接受他們個體意志的失落，或者設法揭穿集權者宣稱代表所有人意志的謊言。」〔註 82〕

幻影公眾，是承認公眾的存在並且無視公眾的存在。沒有大眾的大眾媒體，是因爲重視大眾的多元而不再以泛泛的大眾漠然視之。兩者還是有語境和出發點上根本的不同。

「沒有大眾的大眾媒體」之說，在臺灣報禁開放後，有了三種新的解釋：

其一，爲少數人服務。臺灣新聞記者協會會長楊偉中 2010 年 9 月在羅世宏、胡元輝辦的座談會上談到，他剛讀到美國人 Ben.H Bagdikian 的《媒體壟斷》，其中有個章節的標題很好：「沒有大眾的大眾媒體」，也就是說，它認爲美國媒體愈來愈只爲少數人服務，同時，它的分析性和批判性也愈來愈低，其中很大的原因是，媒體是爲廣告主或企業服務。〔註 83〕

其二，爲小眾群體服務。苦勞網特約記者孫窮理當場回應：「如果說新科技的興起將傳統媒體的市場侵蝕了，我覺得不是這麼一回事。眼前看到的現象是，根本是大眾媒體的大眾已經不存在了，每個媒體面對的是小眾群眾。特別是電視新聞，它面對的群眾愈來愈小。」〔註 84〕

其三，找不到大眾市場。大眾需要大眾媒體的時候，大眾媒體確實是銷

〔註 81〕（美）沃爾特·李普曼，幻影公眾〔M〕，林牧茵，譯，上海：復旦大學出版社，2014：106～107。

〔註 82〕（美）沃爾特·李普曼，幻影公眾〔M〕，林牧茵，譯，上海：復旦大學出版社，2014：136～137。

〔註 83〕羅世宏，胡元輝 主編，新聞業的危機與重建：全球經驗與臺灣反思〔G〕，臺北：先驅媒體社會企業股份有限公司，2010：222。

〔註 84〕羅世宏，胡元輝 主編，新聞業的危機與重建：全球經驗與臺灣反思〔G〕，臺北：先驅媒體社會企業股份有限公司，2010：230。

售給了大眾，實質上是爲少數的企業廣告主服務，叫做大眾媒體的原因就是以大眾爲售賣對象而已，並不是心中有大眾，想著爲大眾服務。後來政府不管了，再後來企業廣告主也不買帳了，大眾也不領情了，找不到大眾市場的「大眾媒體」就只能是徒有虛名。「自由報業與『公共報業』並不是互相排斥的關係。」〔註 85〕卓越新聞獎基金會執行長邱家宜提示的，其實正是一組矛盾，自由報業不等於公共報業的概念，同樣，自由新聞並不等於公共新聞。

四、反思過度、批評失效

解嚴解禁以後自由無度，對自由無度的反思也失去了邊界。學界業界對濫用自由的批評，同樣面臨著濫用自由導致批評失效的尷尬。以王天濱論述「打壓新聞自由」的著作爲例，處處可見「自由發揮、自相矛盾」的自說自話。

「一九七六年一月八日公布廣播電視法（也下簡稱廣電法），成爲管理及輔導廣播電視事業的第一個經過立法程序的法令，明確訂定權責分配，廣電業務歸新聞局廣播電視處管轄，頻道使用和規範則歸交通部主管。」〔註 86〕作者接下來的評點，似乎體現了所有評論家都有的毛病，除了馬後炮還是馬後炮，沒有立法時會說亂而不管，有了立法又會說管得不當，放開了又會講該管的沒有管好：「換言之，臺灣廣播業在經營了廿餘年後，臺視開播了十四年之後，才有正式法規出現。」轉而又說：「『臺禁』對民營電臺形成保護措施，業者不必經過市場競爭即可獲得商業利益，電臺進步發展的動力更形消散。」電臺日子好過了，聽起來好像也是政府的錯，因爲這會導致電臺失去「進步發展的動力」。行業的問題其實永遠是這樣，已經入行者覺得是門檻保障，沒有進來者覺得是封閉保護。批評者站在不同的角度左批右評，永遠去指責、責怪政府和已經入行者，這樣的自由評判，就算沒有人出來「打壓」，又有多大的學術價值和思考價值呢？

從自立晚報津津樂道的「警總圍剿陶百川」報導，亦可見所謂威權統治的柔性身段，解嚴前夕已經不再是一味強硬到底、簡單處理、粗暴打壓。1982

〔註 85〕羅世宏，胡元輝 主編，新聞業的危機與重建：全球經驗與臺灣反思〔G〕，臺北：先驅媒體社會企業股份有限公司，2010：198。

〔註 86〕王天濱，新聞自由——被打壓的臺灣媒體第四權〔M〕，臺北：亞太圖書，2005：236。

年3月24日，資深的總統府國策顧問陶百川在自立晚報發表了《禁書有正道，奈何用牛刀》一文，針對警總依據「臺灣地區戒嚴時期出版物管制辦法」，動輒以「混淆視聽，足以影響民心士氣」爲理由，查禁刊物，提出加強維護言論自由的改進辦法。他認爲「國家應該善視和善用爲國干城的將軍們，不要讓他們管制這些文官也能管制的瑣屑事務」，建議由民政機關依據出版法，重建管理言論自由的法治規道，不要再勞動將軍們用牛刀管制小雞。被激怒了的主管機關某些人士，舉辦座談會，布置全面圍剿陶百川。這項舉措被立法委員蘇鎭秋知悉，5月3日向行政院提出緊急書面質詢，要求制止這個圍剿行動。書面質詢提出後，有關方面希望新聞機構不要披露，以免事端擴大。但自立晚報仍堅持在當天的二版頭條率先報導。「少數報紙亦婉拒協調，跟進報導，隨而引起軒然大波」。〔註87〕接下來的近一個月時間裏，自立晚報持續跟蹤報導，從胡佛等專家的反應，司馬文武的社論，張忠棟、黃越欽、黃爾璿、楊國樞人等的評論，到陶百川本人的再論，吳豐山專欄的點評，最後警總到國防部都被迫出來表態，否認圍剿行動之說。

以解嚴之前這幾年而言，管制處罰上大的事例有兩件，一是1984年11月美洲中國時報停刊，二是1985年6月民眾日報停刊七天。美洲中國時報創刊於1982年9月，在1984年7月洛杉磯奧運會期間，美洲中國時報報導了中國大陸運動員朱建華等的傑出表現後，引起臺灣官方輿論的圍攻，9月12日中常會上，中央日報曹聖芬指責這些報導「爲匪張目」，9月19日中常會上，余紀忠爲此做了說明和檢討，國民黨主席蔣經國作了結論，當場宣布「責成文工會作全盤檢討」。據悉，余紀忠接到有關單位通知，有三種選擇：一是撤換總編輯、總主筆和會計主任。二是由中央日報接辦，國民黨津貼報社每月七十萬元。三是停辦。結果余紀忠選擇了「停辦」。〔註88〕

高雄民眾日報停刊七天的直接原因是，1985年6月7日的報紙第一版上，選用了兩條要求解除戒嚴的稿子、七條有關中共的新聞。就當時的臺灣政治環境來說，這些都屬極度敏感的禁忌新聞，警總談話的中將甚至說：「今天的民眾日報眞像共匪人民日報的翻版」。停刊的公文由高雄市政府發出，市長蘇南成具名：「貴報本月七日所刊載的第一版頭條新聞，因標題及內容顯然違反

〔註87〕自立晚報報史編纂小組，自立晚報四十年〔M〕，臺北：自立晚報：1987：267。

〔註88〕王天濱，新聞自由——被打壓的臺灣媒體第四權〔M〕，臺北：亞太圖書，2005：166。

國策，有爲匪張目之嫌，依『出版法』第四十條第一項規定，自本月十日起裁處停刊七天。」這一消息被中央通訊社發布，全球各大媒體都有採用，美聯社在新聞中直言，這是1848年開社以來唯一因刊登美聯社外電而造成停刊處分的報紙，這是世界新聞史上令人惋惜的一件事。〔註89〕

這是解嚴前最後一次「休刊」的處罰。上一次更早的「休刊」處罰是在1967年9月，也就是解嚴解禁之前20年的事。聯合報系的經濟日報在1967年9月21日刊登一篇有關「琉球主權」的報導，題目是「不承認日對琉球有剩餘主權，決策人士昨告立委，我立場不變」。有關單位事前已發通知給各報，認爲事涉敏感國際事務，希望各報淡化處理琉球主權問題，經濟日報因收發作業問題，未及時獲悉該項通知，以致刊出這則消息，引發政府有關部門不滿，原計劃要以停刊處分，後來經過反覆折衝，最後以「休刊」因應。〔註90〕

美洲中國時報的停刊、高雄民眾日報的休刊，這兩個極端的例子，並不能夠說明新聞控制的嚴苛、粗暴、打壓。在《黑夜中尋找星星》一書中，接受訪問的十幾位「走過戒嚴」的資深新聞人，能夠想起的「鮮明、突出」的例子也不多，更多的是心理上的「戒備、戒嚴」，是對警總的心理恐懼和「嚴格自律」，反過來說，他們知道戒律、禁令的底線，並不會去直接衝撞。在黨外雜誌擔任過總編輯的司馬文武（江春男）坦率地說：「很多人回顧起戒嚴時期，都是一副非常勇敢的樣子。其實，在美麗島事件之後，就已經沒有眞正的危機和風險了。」〔註91〕1990年總統李登輝提名郝柏村擔任行政院長，他在首都早報擔任社長兼總編輯，爲了反對解嚴後軍人干政，直接在頭版全黑反白，只寫了一行字：「幹！反對軍人組閣！」後來招致很多批評，包括女性團體抗議，報社回應說，「幹」是一個感歎詞，不是動詞，所以也沒有受詞；只是憤怒、無奈之下，發出感歎的聲音。

不管算不得上合理的辯解，起碼政府有關部門沒有找上門來，「軍人干政」也沒有找報社的麻煩。相反，司馬文武對此是心裏有數的，所以他承認解嚴前後的媒體環境已經大不相同，戒嚴時期「一被警總查禁之後，就變成英雄，

〔註89〕王天濱，新聞自由——被打壓的臺灣媒體第四權〔M〕，臺北：亞太圖書，2005：169。

〔註90〕黄年　主編，聯合報四十年〔M〕，臺北：聯經出版事務公司，1991：58。

〔註91〕司馬文武，只想當「眞正的記者」〔G〕／／何榮幸　策劃，黑夜中尋找星星——走過戒嚴的資深記者生命史，臺北：時報文化出版企業有限公司，2008：62。

雜誌就大賣，現在沒有人要查禁，媒體自己辦不下去就只好關門了」。也就是說，亂「幹」一氣，只能是亂撒氣，當不成英雄，更不是專業辦報人的做法；讀者也不買帳，不查禁也幹不下去。

再舉報紙因漫畫被處分的一個例子，即後來者津津樂道的柏楊「大力水手」漫畫案，明眼人一看就知道，顯然不是無意之失，作者也只有「自做自受」、「甘願受罰」。1968 年柏楊爲其夫人倪明華主編的《中華日報》副刊翻譯大力水手四格漫畫系列，1 月 3 日這一天的主題是講大力水手和兒子，兩人流浪到一個小島上，父子突發奇想要競選總統，發表演說時，第一格漫畫父親說「Fellows」，柏楊翻譯成「全國軍民同胞們」，明顯模仿蔣介石講話的口吻。當局認爲這則漫畫影射蔣氏父子，侮辱元首。柏楊以「挑撥人民與政府之間感情」罪名被捕，審判期間罪名升級爲「運用文學技巧，影射政府的腐敗無能」、「推行匪方文化統戰工作」，又以三十年前參加「民主同盟」爲由，依據《懲治叛亂條例》判處 12 年有期徒刑，於 1977 年 4 月 1 日釋放時，一共坐牢九年零二十六天。〔註 92〕

這個故事或者說事故，王天濱專講種種「打壓」的書中自然會有收錄。這個判決有沒有道理、法理，姑且不論，單純從報導來看，顯然是直接衝撞了國民黨的神經，柏楊也因此成了反對國民黨的「英雄」。戒嚴解除前後，反對派爲了解構國民黨的形象，爲了把「兩蔣」拉下神壇，採取的語言、列舉的事例、貼上的標簽，比這個不知厲害多少倍，也沒有再受到處罰。只能說是政治環境變了，反對派的力量強大了，並不能說明新聞管理制度已經改變爲「支持反對政府、支持謾罵元首」。

過度政治化的解讀，會讓人人自危。媒體過度政治化，逃不出再次成爲「工具」、「道具」的角色和命運。過度商業化、過度自由化，也同樣容易走向另一個極端，包括媒體的任性濫用、揮霍無度。如果承認自由也是個籠子，也有邊框和界限，就不會把自由與責任簡單對立，把管理與控制簡單等同。

爲了證明「臺灣媒體的第四權」一直受限制、被打壓，王天濱收集的例子一直延伸到了 2004 年的「民粹主義時期」。這與學界討論的威權控制與媒體限制，已經不是一個概念範圍。當然，當民粹從褒義詞變成貶義詞，甚至民粹也變成一種新的威權的時候，「政治正確」的新禁忌、新禁區，正在變成

〔註 92〕王天濱，新聞自由——被打壓的臺灣媒體第四權〔M〕，臺北：亞太圖書，2005：187。

威脅新聞自由的「新白色恐怖」、「新綠色恐怖」，制衡與壓制、操縱與反制、認同與馴化，又碰到了政商新時代的「黑金」、「白銀」。民進黨推選的總統陳水扁在 2001 年 5 月就職一週年前夕，邀請 39 家媒體南下參觀訪問，獨漏中央日報。這一動作讓中央日報董事長兼社長邵玉銘很不滿，表示他擔任新聞局長四年半，任內服務過三位行政院長，從來沒有不准任何一家媒體隨行採訪總統或行政院長，陳水扁的做法是戕害新聞自由。〔註 93〕這個例子恰恰說明，媒體與政治難以斷然分開，臺灣政治藍綠分明之極並不可取。

第三節　媒體難脫工具性本色

一、自我工具化：尖銳的保守、自主的矮化

尖銳和保守兩個似乎對立的詞，也能同時並存集於一身，這可能是在轉型時期才會出現的狀況。「過去四十年間，黨、公營報紙由盛極一時而萎謝不振，部分民營報紙扶搖直上，執掌報業牛耳，也有不少民營報一直在困窘中掙扎待變或轉手易主；較特殊的是軍報家數增多，內容卻日益尖銳保守。」〔註 94〕在國民黨內改革派、黨外反對派眼裏，民主轉型過程中的中央日報等官方大報，包括眾多軍報，面臨著同樣一個尷尬的兩難處境，既要為當局的穩定措施辯護，又要響應轉型的變化而開放進化，體現在版面上的報導和評論的語言，就有了兩種看似衝突的屬性，既尖銳又保守，既維護又推動，既附和又迎合，瞻前顧後、左支右絀，兩面都可能不滿意，兩面都可能不討好。

對此，祝萍從臺灣四十年報業史的分析中，得出一個對報業的總體判斷：自我矮化、缺乏自主性。「在各種有形、無形的壓力束縛下，過去報業往往身不由己或自我矮化地辱命棄職，在政治禁忌或既得利益的迷障中載沉載浮，一直缺乏應有的自主性及前導性。就總體看來，臺灣報業過去對政局的穩定和經濟發展，的確卓有貢獻，但面對國家社會愈趨快速的變遷步調，自由報業顯然還有無限廣垠的領域待開拓。」〔註 95〕

〔註 93〕王華，總統南下未邀本報採訪，邵玉銘：戕害新聞自由〔N〕，臺北：中央日報，2001-5-17（1）。

〔註 94〕陳國祥，祝萍，臺灣報業演進四十年〔M〕，臺北：自立晚報出版部，1987：16。

〔註 95〕陳國祥，祝萍，臺灣報業演進四十年〔M〕，臺北：自立晚報出版部，1987：序言。

「自我矮化」既可能是因爲政治大格局中的身不由己，可也能是適應大局的自律狀態，以及自主、自動的結果。就以這本在報禁解除之際出版的《臺灣報業演進四十年》本身爲例，作爲自立晚報四十週年社慶的應景之作，屬於自立晚報出版的「臺灣經驗四十年叢書」之一，與《自立晚報四十年》同步推出。署名顯示還同時「著有」《自立晚報四十年》的作者陳國祥此時的身份是自立晚報總編輯，與《臺灣報業演進四十年》另一位作者祝萍同爲政治大學新聞研究所碩士，此時兩人還有一層夫妻關係。因而，作爲一本臺灣四十年報業史的著作，已經難以完全跳脫出「自立」的角度，達成學術和史料上的「自主」、「自立」，因而也難以避免學術價值上的「自我矮化」。

這種「自我矮化」的一大特點，就是拔高「自立晚報」、貶低中時聯合，實際上也是貶低了整個報業。從細節上看，在各個章節中較少提及中時、聯合，每個章節所附的總圖上，極少出現這兩家的報頭標識。對兩大「報業王國」的定性就是「保守」：「由於臺灣政治結構多元發展態勢猶未明朗，在一元性支配結構主導下，規模宏大的報系無可避免地被吸納到執政權力體系中，其政治新聞和言論的保守性格與受制地位乃屬必然之事。因此，在政治層面上，兩大報系以其碩大無朋的規模，以其水銀瀉地的滲透力，發揮維護既存結構的穩定作用，對政局的安定著有助益。」肯定起自立晚報來則毫不客氣，毫不避嫌：「趁勢崛起的獨立性報紙，以自立晚報和民眾日報最具代表性。」〔註 96〕

二、工具本色：「遠見」不解近憂，近觀不顧遠慮

在 1987 年 1 月號、3 月號《遠見》雜誌上，連出了兩期「報禁」專題，在行政院長俞國華 2 月 5 日正式提出要新聞局考慮有關問題前後推出，確實是有「遠見」。其中組織來的專家學者文章，也基本涵蓋了「報禁」問題的方方面面，並由此引發了報紙刊物對此話題持續的、集中的大討論。遠見雜誌 1987 年第 1 期報禁問題專題，附上了一份 1986 年 10 月針對報禁問題的電話調查，顯示的結果很有意思：「七成的受訪者認爲，目前的報紙只能反映小部分或完全不能反映民意，同時 63%的受訪者不知道我國正實施報禁。」〔註 97〕

〔註 96〕陳國祥，祝萍，臺灣報業演進四十年〔M〕，臺北：自立晚報出版部，1987：194～195。

〔註 97〕時代話題編輯委員會，報風圈：報禁開放震盪，臺北：久大文化股份有限公司，1987：225。

呼籲報禁解除的兩條最主要的理由，全部都是「爲政府著想」。這是一種試探策略，還是眞實意圖，不得而知。如果不是政府有意解嚴解禁，這兩條理由都根本不足以說服。兩期《遠見》主要觀點歸納起來，就是如下兩點理由：

理由之一：現在的新聞事業，絕對不能配合三民主義的要求。

在開放社會中，面對新聞自由的行使，政府應有的體認是，與新聞自由有關的資源運用，應重在信息交換的促進，而非信息交換的限制；亦即政府乃是信息交換的促進者而非限制者。〔註 98〕

新聞界資深元老曾虛白說：「我是三民主義的忠實研究、且希望忠實實踐的信徒。我很坦白的檢討，現在中華民國的新聞傳播事業，絕對不能配合三民主義的要求。」他引用了兩位領袖的話來做爲證明。國父說：「我們要做社會的導師」，我們不要做販賣新聞的人。蔣總裁說：「新聞記者是革命的先鋒」，這都是先知先覺領導不知不覺。〔註 99〕

李金銓也站在政府角度好言相勸：我才爲元月號的「遠見」寫了一篇《報禁的回顧與展望》，呼籲政府主動早日解除報禁，以開創中華民國前所未有活潑開放、守法負責的言論界。想不到形勢的演變竟如不及掩耳之迅雷。大原則即立，我倒覺得朝野不妨降溫片刻。「爲了爭千秋，朝野就得忍受朝夕」，「請政府提出一張時間表，不但給自己爭取若干緩衝的餘地，也叫社會進退有據。」李金銓自按：此項建議在新聞局的座談會中受到多位學者支持，新聞局允予以考慮。〔註 100〕

活躍的李金銓教授，在俞國華關於報禁的表態見報第二天，又在自立晚報發表長文《四十年來未有之變局——迎接報禁的解除》指出：「新聞媒介不能脫離社會環境而存在。有怎樣的社會，才有怎樣的媒介；反之亦然。」認爲「報紙競爭的自由化與社會多元化力量互爲表裏，相輔相成。」並提醒要注意的是：「別期望解除報禁可以解決一切難題。解除報禁是邁向民主憲

〔註 98〕陳長文，報禁開放後新聞自由的分際〔J〕，遠見雜誌，1987-3，／／時代話題編輯委員會，報風圈：報禁開放震盪〔M〕，臺北：久大文化股份有限公司，1987：192。

〔註 99〕曾虛白，辦報不是賣新聞〔J〕，遠見雜誌，1987-3，／／時代話題編輯委員會，報風圈：報禁開放震盪〔M〕，臺北：久大文化股份有限公司，1987：195。

〔註 100〕李金銓，建立報業的遊戲規則〔J〕，遠見雜誌，1987-3，／／時代話題編輯委員會，報風圈：報禁開放震盪〔M〕，臺北：久大文化股份有限公司，1987：169。

政的一大步，但爭取新聞自由是不可須臾或忘的過程，不以報禁的解除爲終結。」〔註 101〕

理由之二：報禁不能達到安定政局的預定目的。

張作錦換了個角度說，其實，朝野上下都清楚，報禁眞正的原因另有兩點大家不願說明的癥結：第一，政府當局認爲，把報紙家數限制在一定範圍內，比較容易掌握和影響，使政府和民間在積極上容易溝通，消極上減少意見對立的機會，以維持政局的和諧。第二，至少從臺灣的報業史上來看，官報（包括黨營和政府經營的報紙）在競爭能力上不如民營報紙，如開放報業（不管限證還是限張），都會使目前若干已經虧損的官報更無法支持。使這些報紙倒閉，無論在責任上或感情上，都是有關方面所不願見的。

報禁並不能達到安定政局的預定目的，報禁也並不能完全保護官報。近年來「黨外」的擾攘，對立的升高，證明報禁並不能達到安定政局的預定目的。張作錦認爲原因有三點：其一，傳播媒體的態度過分一致和集中，使民間不同的意見無法充分表達，因而導致政府在政策制訂上可能有錯誤的判斷，與社會大眾的溝通也可能有差距。其二，臺灣地區小，消息傳播快，一般人並不以報紙爲得到消息的唯一來源，所以報業並不能壟斷所有的信息。其三，由於意見的反映管道有阻礙，有話要說的人不免把聲音提高一些，說得誇張聳動一些，期能引起注意。這種說話習慣養成的後果，就是今天台灣社會的「語言暴力」。其對國家政局的戕害，是大家都看到了的。〔註 102〕

如果說報業在「自我矮化」，《遠見》上的這兩條呼籲報禁開放的理由，就是學界的「自我矮化」、自覺「工具化」。可能政府聽了順耳，民眾聽了卻難免刺耳。

三、媒介的工具性、角色的工具性：四十年不改

林麗雲分析了前後四十年間臺灣的傳播學術與社會需求間的感知與達成，指出了傳播媒體、傳播學術在不同階段相近的工具性：「在 1950 年代與

〔註 101〕李金銓，四十年來未有之變局——迎接報禁的解除〔N〕，自立晚報（臺北），1987-2-6（2），／／時代話題編輯委員會，報風圈：報禁開放震盪〔M〕，臺北：久大文化股份有限公司，1987：167。

〔註 102〕張作錦，黨禁開了，報禁如何？〔J〕，遠見雜誌，1987-1，／／時代話題編輯委員會，報風圈：報禁開放震盪〔M〕，臺北：久大文化股份有限公司，1987：160。

1960 年代間，臺灣國家社會所建構的首要目標是，在國府領導下達成反攻復國的使命，媒體與學術即被動員來作爲宣傳反攻復國的武器。」「到了 1960 年代末，臺灣國家社會的普遍目標是國家發展，媒體與學術被視爲國家發展的工具。」「到了 1990 年代，在國際新自由主義下，國際社會的主流目標是資本主義擴張，媒體與學術則被視爲是提高國家競爭力的利器。」〔註 103〕武器、工具、利器之説的大前提下，相應的學術研究也可能被視爲「政權的傳聲筒」，或者「資本家的附庸」，「成爲既定意識形態的複製工具」。〔註 104〕翁秀琪教授的序文借題發揮説，「長期以來，由於所處社會空間的特質以及不同力量的施壓與設限，使得傳播研究、傳播教育與大眾媒體的發展，均難脫工具性的世界觀或典範」。〔註 105〕傳媒與學術均爲「宣傳的工具」、「社會控制的工具」，關於傳媒的學術豈不成爲「工具中的工具」？

翁、林二位所歎的，其實也在意料之中。所在之皮，所附之毛，當然只能是末枝末節末端，是工具的附件工具、配套工具，是配角的配角、配套的配套。行政院國家科學委員會對於「傳播學門」的歸屬幾度更改，也可以看出這門學科尷尬游移的從屬性地位：1984 年以前，附屬於社會學門，1995 年獨立出來，2000 年又被歸併到社會學門中。目前在社會學門中的幾個次領域，除了傳播學，還有社會福利與社會工作、公共衛生學、文化研究和性別研究等。〔註 106〕

武器，利器，救急之方，魔術擴散者，雙臂，黑手，配角，貫穿在林麗雲書中的這種種「工具性」説法，細究其間的微妙差別，可能只在於工具性特色上的不同側重或者偏向，並沒有否定它作爲工具而具有的地位、力量和作用：自保於穩定或鬥爭階段，不妨直呼工具；自強於發展或抗爭階段，更像一種武器；擴張於全球化競爭階段，甚至堪稱利器。

政治掛帥之下，不管做傳媒實務，還是搞學術研究，專業能力和教育學術資本，都不是從業者的首要資格。林麗雲用曾虛白、謝然之等人「黨、官、

〔註 103〕林麗雲，臺灣傳播研究史——學院内的傳播學知識生產〔M〕，臺北：巨流圖書公司，2004：253～254。

〔註 104〕林麗雲，臺灣傳播研究史——學院内的傳播學知識生產〔M〕，臺北：巨流圖書公司，2004：257。

〔註 105〕翁秀琪，序言，／／林麗雲，臺灣傳播研究史——學院内的傳播學知識生產〔M〕，臺北：巨流圖書公司，2004：序言。

〔註 106〕翁秀琪 主編，臺灣傳播學的想像（上下冊）〔G〕，臺北：巨流圖書公司，2005：10。

產、學、研」通吃通殺並且不斷累積、任意轉換的多重經歷和身份，說明一點：「在政治場域的影響下，如果行動者想進入傳播學術生產場域，最重要的是必須具備特定的政治資本（黨政經歷）與文化資本（即官方宣傳的表現），而不是教育與學術資本」〔註 107〕。「他們也把官方新聞管制的邏輯翻譯成學術的語言，以正當化國府的新聞管制，包括對媒體的掌控與收編。他們開始依照國府的邏輯建構新聞學理論。這套理念內含的邏輯是：社會有共同的目標——在國府的領導下達到反攻復國的目標，媒體有『社會責任』達成此目標；媒體過度放任將會危害這個目標，因此政府必須加以管制。」〔註 108〕他們選擇性地轉譯美國四大報業理論中的「社會責任論」，挪用或者說直接「洋爲中用」地提出，「媒體應受政府控制才能負起責任」，主張新聞從業人員必須「自律」、「自覺及自反」，並進而做到「自制與自治」。〔註 109〕先後主持中央日報編務的陶希聖、董顯光都坦承御用角色，不約而同地自比爲「打字機」。陶希聖說：「我是打字機，我的意見沒有提出的餘地。」董顯光也說過，在國際新聞報導方面，他只不過是秉承上意，就像一架打字機而已。〔註 110〕

不管後來者如何褒貶，王惕吾作爲一名軍人轉戰「新聞戰場」四十年，是不會在意這些的。他對自己作爲報人、對報紙和記者角色和職責的看法，有著自己的內在邏輯：蔣公的子弟兵、新聞戰線、社會公器、正派辦報、新聞企業、輿論報國、超級報團、絕不稱報業王國、絕不稱報業大王、輿論的先鋒、報曉者、報警者、報導者、服務者、導引者、守護者、光明正面的使徒、面對橫逆的天職、號手、先鋒、記者無職階、記者不是無冕王、言論自由是私權更是公權、反對純超然立場、反對記者治報。〔註 111〕這裡面有些是自許，有些則是自謙，有些是講自己，有些則是對旗下媒體記者的要求，一起合成了這個報業的「聯合王國」。

不管是出於「國家安全說」，還是「避免惡性競爭說」，在長達四十年的

〔註 107〕林麗雲，臺灣傳播研究史——學院内的傳播學知識生產〔M〕，臺北：巨流圖書公司，2004：81。

〔註 108〕林麗雲，臺灣傳播研究史——學院内的傳播學知識生產〔M〕，臺北：巨流圖書公司，2004：94。

〔註 109〕林麗雲，臺灣傳播研究史——學院内的傳播學知識生產〔M〕，臺北：巨流圖書公司，2004：96～97。

〔註 110〕曹立新，臺灣報業史話〔M〕，北京：九州出版社，2015：87。

〔註 111〕彭明輝，中文報業王國的興起：王惕吾與聯合報〔M〕，臺北：稻鄉出版社，2001。

戒嚴期間，在正當化了的媒體控制理論延伸下，「報禁」是合理的，而有效的媒體控制策略就是：控制中的競爭，競爭中的控制。

李普曼的精英主義思維，在臺灣官、媒、學三界都受到選擇性的肯定和接收。根據李普曼的看法，大多數的民眾是「後知後覺」，受刻板印象的影響無法洞察社會問題，必須被「先知先覺」者（如專家與大眾媒體）所引導；但如果媒體無法善盡「先知先覺」的社會責任，則政府必須管制媒體。言下之意，人民應該被引導，沒有資格使用媒體、參與政治及表達意見。而同為美國學者的杜威，早就批判過李普曼的精英主義思維，並提出「民主參與」的觀點。按照林麗雲的學術史考證，直到1980年代中期，臺灣才有少數傳播研究者提出「民主參與」的觀點，主張人民才是傳播的主體，有參與及使用媒體的權力。

有意的壓制和曲解，造成拆解的不當，進而還造成後續者「反解」上的誤解，轉而成為在報禁解除上偏向支持的理由，這是當局者怎麼也沒有預想到的。因此之前過度正當化了政府進行媒體管制的理由，「影響所及，之後有些學者與媒體人士不信任國家介入的論述，認為國家介入的論述即意味著政治力干預媒體」。〔註112〕

物極必反，逢管必反，屬於一種心理學上的「矯枉必過正、糾偏必另偏」現象。這個時候，如果像十年二十年後反思報禁的那種論調，提出報禁解除時應當「適當管、適度放」，一定會被不再信任政府管制的人看作又在為政府管制找正當化的理由。到了這個時候，對於報禁的理論沒有了新的支持理由，沒有自己的理論、沒有自己的實踐，官方與業界、學界突然之間都失去了原有的基本依託，無從解釋，無力回應，無法對話。於是，只能是不放則已，一放到底。就像一輛沒有剎車控制系統的汽車，加大油門往前衝，有擁擠有碰撞，但絕對沒有任何人阻攔，沒有任何外力的阻擋。於是，就變成了完全開放，完全解禁，完全自由，完全競爭。

國民黨的目標口號，從「救國、復國」，到「建國、立國」，從不甘心、不死心，到不放心、不從心。對自己的包裝，從反共陣營到正義陣營、自由陣營、民主陣營，從合法性到正當性、正義性。攻防的層次上，從武力戰到物力戰，從主義戰到文化戰，從制度戰到民主戰，不斷強調自身意識形態的

〔註112〕林麗雲，臺灣傳播研究史——學院內的傳播學知識生產〔M〕，臺北：巨流圖書公司，2004：120～121。

所謂優越性，甚至把經濟生活一度繁榮的成就，也當成了炫耀的資本。媒體的包裝和傳播功能，被開足了馬力用，可惜的是，不管媒體控制是嚴還是鬆，再大的聲音也有聲嘶力竭的時候，再高的音調也有荒腔走調的時候。比如上面這些不斷改進的包裝，並不能打消臺灣人心存的疑慮，所有口號隱含的潛臺詞，反過來解釋就是：國民黨反攻大陸沒有指望了，國民黨不否認這一點了，國民黨公開承認這一點了。

四、泛政治化、去政治化到再政治化，難脫工具屬性

經過泛政治化、去政治化的過程之後，媒體因為工具的屬性和商業的本性，很快就再次政治化。在權力和資本操控下，媒體失去了獨立性，或者說從來就沒有眞正獨立過。學者阿特休爾在《權力的媒介》一書中無可奈何地說：「新聞工作人員能幹的最終一件事，就是振作起來對待他們所無法擺脫的歷史進程，並且自我調節風格和重點。他們的作用以往是，今後還是支持由不得他們自己規定的價値和制度。這些價値和制度的形成是那些比他們更強大、更重要的經濟和社會力量所致。新聞媒介的自我必須學會怎樣得體地縮小。」〔註 113〕他將新聞媒介比作吹笛手，而決定吹什麼曲子的人是那些付錢的主子。他發現，吹笛手和付錢主子的關係不外乎官方的、商業的、利益的和非正式的四種形式，而且這四種關係通常是混合交迭出現，不會是某一種純粹單一的關係。權力的媒介有好多種，大眾傳媒只是其中一種。

媒介的權力也有好多種，成為權力的工具，肯定是其中一種。看到吹笛手的比喻，想起了相似的稱呼：吹鼓手、吹號手。吹笛手像街邊的賣藝人，吹鼓手像吆喝的小販，吹號手像戰時的號兵。場景不太一樣，畫風、話風倒也接近。

社會責任論下的責任與自主，在威權控制的背景下表面看似乎是「非工具化、去工具化」的角色意識，更多時候演化成了「自工具」的包裝，只是為誰所用的問題，主動被動的一點區別。提供足夠的能讓用戶滿足的娛樂，也成為一種「政治正確」的「政治任務」，概念泛化、內容泛化、形式泛化之後的政治滲透，不僅體現在政治本身被消費而帶來的社會新聞化、娛樂新聞化趨勢，還表現在遊戲精神讓商業廣告、遊戲產品和政治活動有了更深切的結合，生產

〔註 113〕（美）J·赫伯特·阿特休爾，權力的媒介〔M〕，黃煜，裘志康，譯，北京：華夏出版社，1989：287。

與消費是同步的，投票與點贊是同款的，讀者與作者不可分，消解與賦權不可分。社會責任的承擔者，其實是社會本身，而不是別人或者爲了別人。

就像新聞界夫子自道的客觀性，也可能只是報老闆的客觀性。回到黨爭戰場的媒體，叫執行者還是打手，都有著不得觸犯的種種禁忌。大大小小的看門狗，不是走狗就是瘋狗，不是在咬，就得在叫。曾任聯合報總編輯、社長的張作錦對此深有體會，並且終於看清了一點：不論是執政黨還是在野黨，對於新聞自由的威脅心態表現得相當一致。在野時多會維護言論自由，言論自由成爲在野黨對抗執政黨最有力的武器，用它來宣揚主張、號召民眾，但一旦執政，自己變成新聞媒體監督的對象，則態度可能發生變化，「翻臉如翻書」、「順我者昌」。〔註 114〕

就像王惕吾在聯合報提倡社會新聞時，創造性地解釋爲關於社會進步的新聞，並且要「勇敢地走社會大眾的路線，突破我國報紙過去專以知識分子爲對象的狹隘天地」。〔註 115〕事實上，主打社會新聞完全是爲了逃避政治壓力，謀取生存空間和商業利益。到了黎智英的蘋果日報時代，不再強調大事要事優先的理由竟然是「只求傳真、不求高深」，「挑戰另一個既有新聞場域價值的信念，就是將原先相對屬於精英立場的布爾喬亞公共領域實踐，試圖改造爲訴諸平常百姓生活的庶民公共領域。」〔註 116〕這種貌似高深的說法，爲蘋果日報大肆報導「市井新聞」找了個更宏大的藉口，都屬於極富相像力和創造性的解釋和開脫。

林麗雲對解禁前報業環境和「侍從關係」展開批判，並將當下臺灣報業的困境，歸因於報禁時期不當政策的遺毒。當然，林麗雲的觀點也受到一些學者的質疑，認爲以批評當下來批評過去，並以當下的問題再次否定過去，從邏輯上來看也有一定問題，因爲這種對過去威權政治和管控體系的批判和歸因，恰恰從某種意義上「認可」了這種威權、管控的地位和價值，「而且由於過分關注政策法規的面向，誇大國家的主導能力而有化約論的傾向，報業自主性在侍從報業的視角下付之闕如」。〔註 117〕侍從關係有分主從，共謀犯也

〔註 114〕張作錦，試爲媒體說短長〔M〕，臺北：天下文化出版公司，1997：230。

〔註 115〕王惕吾，聯合報三十年的發展〔M〕，臺北：聯合報社，1981：6。

〔註 116〕黄順星，新聞的場域分析：戰後臺灣報業的變遷〔J〕，新聞學研究（臺北），2010（104）：113～160。

〔註 117〕黄順星，新聞的場域分析：戰後臺灣報業的變遷〔J〕，新聞學研究（臺北），2010（104）：113～160。

分主從，前題必須是雙方的關係密不可分，誰也離不開對方而獨立存在。那麼，到了解嚴以後、解禁以後，報業又是誰的同謀？誰的共犯？

林麗雲教授在梳理臺灣本土學術史上「新聞」概念流變時，提出了新聞功能與角色的幾種變種、變相：「鏡子」、「哈哈鏡」、「神論」、「權力的傳聲筒」、「層層疊疊的篩子」、「說客的面具」、「仿土雞」。其中對「鏡子說」的修正，認爲新聞雖不是鏡子，也仍是「望遠鏡」、「顯微鏡」、「哈哈鏡」之屬。面對求之不得的眞實，去認眞地求眞、寫眞，以求逼近眞實，反而在失眞中造眞。流動的眞實、變數的眞實、複數的眞實，轉而造成了新的理論來探索效果的眞實、模擬的眞實、建構的眞實。推而論之，有可能只是論述的眞實、語言的眞實。最後推論到極致，可能變成「語言即眞實」。或者不爲求實，只求好玩。何況在「多層篩」和「篩組」互動框架下的新聞，只能是「媒介眞實」，不等於「社會眞實」。記者如果拋棄或者不能承擔信差的角色，在模擬和表演性的出場中，就變成了演員、導演，新聞報導不再是關心公共事務的社會課本，而只是消費的商品，消費的動機也在娛樂。〔註 118〕按照這一推論，工具的概念和含義就更加豐富而立體了。也就是說，新聞的工具性角色已不僅包括媒體層面、記者層面、新聞層面三個內部層次的用途，還可能包括了消費層面、娛樂層面、生產銷售層面三個外部層次的用途。

與林麗雲、翁秀琪相近的一點，以傳播社會學角度自許的楊志弘，熱衷於對媒體、記者乃至新聞局、文工會進行角色定位。畢業於政大新聞所的楊志弘教授，卻沒有成爲「政大幫」。在中時報系工作八年後，1986 年 32 歲出任銘傳商專（後改制爲銘傳大學）大眾傳播科主任，從媒介的消費者、生產者變成批判者。適逢報禁話題將起，報禁解除在即，持續三年的觀察點評中，用了許多名詞，羅列出媒體和記者角色眾多角度的定義、定位、定語，甚至對新聞局的角色也多有指點，有些角色是既有而需要改變者，有些角色是未實現而應當達成者。擇要歸納，可以一窺解禁前後兩年媒體角色、記者角色理解上的變化、媒體功能理解上的變化，以及觀察者本人近距離觀察時角度的變化。比如講新聞局：雙向溝通的角色、橋樑的角色、政府的推銷者、行業的輔導者、行業的管理者、行業的溝通者、行業的仲裁者、行業的旁觀者、新聞指令的控制者、新聞協調者。比如講報紙媒體：監督制衡政府的角色、配合政令宣傳的角色、維持現狀的角色、改變現狀的角色、社會控制的角色、

〔註 118〕翁秀琪 主編，臺灣傳播學的想像（上下冊）〔G〕，臺北：巨流圖書公司，2005：80。

社會改革的角色、公共論壇、社會神經系統、社會感覺器官、掌權的工具、教化的工具、積錢的工具。比如講新聞記者：中立者、鼓吹者、操縱者、新聞導演者、管制下的異化者、代言者。〔註 119〕

陳雪雲則提出「複製功能」說：「社會行動體系中國家機構與市民社會互動頻仍，新聞媒體身爲 20 世紀以來最重要的社會複製機構，必然是兵家必爭之地。這種動態的競爭關係是辨認新聞媒體複製功能不可或缺的歷史條件，更是培育傳播學者歷史境遇感不可多得的良機。〔註 120〕

研究臺灣報禁與傳媒形態，必須用實證的＋批判的＋詮釋的辦法，事件的＋分析的＋話語的綜合，互證、互文、互校、互消，才有可能在政治與媒體的進化中，分辨語言以及言說的進化，工具以及工具論的進化。比如「媒體使用」的新說法，「媒體近用權」的新努力，從讀者、用戶、社會的角度談「使用」，不再叫「利用」，更不叫「操控」。

「沒有器官的軀體」、「人民主權的影子」，托克維爾對輿論力量工具性的理解令人難以捉摸，似乎輿論必然會成爲解嚴後的未解待解難解之謎。「統治者垮臺了，但是他的事業中最本質的東西仍然未倒；他的政府死亡了，他的行政機構卻繼續活著，從那以後人們多少次想打倒專制政府，但都僅僅限於將自由的頭顱安放在一個受奴役的軀體上。」〔註 121〕「將自由的頭顱安放在一個受奴役的軀體上」，這是暗示一個特別尷尬的處境，也許是一個新的痛苦的開始，也將使每個人放下制度問題，回到人的自身自由的終極問題，甚至神學的追問了。也可以說，倒掉的政府、被罵得一無是處、毫無尊嚴可言的政府，終於可以放下威嚴以及責任，聽任每個人去獨自面對自身的未來，而不必充當「代人受過」的替罪羊角色。眼裏無政府，身邊無政府，這時候還有什麼可以制約、牽制人們的神經呢？對，可能就是法律、慣例，還有輿論。「輿論的力量就連那些常常壓制它的人也不得不承認，但這種力量強弱無

〔註 119〕楊志弘鼓動銘傳商專傳播專業的學生辦起了《銘報》，發表大量新聞與傳播業的觀察批判文章。這位媒體觀察者列出了個人版的報禁解除前一年、後一年大事記，評出了銘傳版的「大傳界十大新聞（1983～1988）。出自 楊志弘，解剖媒體——媒體觀察者的筆記〔M〕，臺北：時報文化出版企業有限公司，1990：278～305。

〔註 120〕陳雪雲，我國新聞媒體建構社會現實之研究——以社會運動報導爲例〔D〕，臺北：政治大學新聞研究所，1991：11。

〔註 121〕（法）A. de 托克維爾（Alexis de Tocqueville），舊制度與大革命〔M〕馮棠，譯，北京：商務印書館，1992：220。

常，大起大落，頭一天強大無比，第二天幾乎難以捉摸；它永遠毫無節制，變化多端，難以確定；它是沒有器官的軀體；它是人民主權的影子，而非人民主權本身。」〔註 122〕

托克維爾的差評並非唯一，美國人文批評家斯坦納在點評傳播學者麥克盧漢時說：「傳統的文化素養和具有謊言催眠的大眾傳媒之間的關係危機，正是麥克盧漢的注意力所集中的領域，儘管他的措辭華麗，思路混亂，但見解卻往往精闢。」〔註 123〕對傳媒的刻薄和鄙視性評價，往往都是來自政治學、哲學、社會學等「高一級」的人文科學學者，這遠遠高於行業內部的自我貶低和自我批評。這種批評很少來自於政治家、企業家，這兩者對媒體既要防、又要用，所以，要麼克制著不願意無緣無故地得罪媒體，要麼在私底下對媒體恨得要死、煩得要死，並且貶得一錢不值。

在希特勒第三帝國生活過並且活了過來的德國文學教授克萊普勒，因爲「厭惡了櫥窗的語言，廣告牌的、棕黃色軍裝的、旗幟的語言，向希特勒致敬伸直的手臂的、修剪整齊的希特勒鬍鬚的語言」，卻爲了研究第三帝國的語言而不得不面對，面對的時候心情特別惡劣，語言顯然更加刻薄：「而在閱讀報紙的時候，我總是揣測不安地盡力將赤裸裸的事實——它們的赤裸裸表現已經令人心寒無比——從那些講話、評論和文章的令人作嘔的渾湯中打撈出來。」〔註 124〕

「作爲一名新聞工作者，一方面可以從比較遠的距離去觀察社會運動，一方面則可以幫他們發聲。若你問我，在社運事件中參與得那麼深，如何保持記者的客觀中立？我會說，新聞客觀那一套是『僞善』！」解嚴前後在時報新聞週刊當記者的楊渡，後來曾短暫出任國民黨文化傳播委員會主任，解嚴前的精力全部用在反杜邦等社會運動的採訪上。他坦率地說：「對我來講，每一個人的記憶都是自我的主觀認知，新聞是一個眞實的『再現』過程，而『再現』的過程，就不可能眞正看見原來的面貌。」〔註 125〕

〔註 122〕（法）A. de 托克維爾（Alexis de Tocqueville），舊制度與大革命〔M〕馮棠，譯，北京：商務印書館，1992：315。

〔註 123〕（美）喬治·斯坦納，語言與沉默——論語言、文學與非人道〔M〕，李小均，譯，上海：上海人民出版社，2013：291。

〔註 124〕（德）維克多·克萊普勒，第三帝國的語言——一個語文學者的筆記〔M〕，印芝虹，譯，北京：商務印書館，2013：3。

〔註 125〕楊渡，以報導文學實踐文人理想〔G〕／／何榮幸 策劃，黑夜中尋找星星——走過戒嚴的資深記者生命史，臺北： 時報文化出版企業有限公司，2008：379。

五、黨禁與報禁：相似的泡沫化，相似的工具性

工黨於 1987 年 11 月 1 日宣布成立，顯然它已成爲臺灣的另一個新黨。在不久的將來，還會有更多的新黨誕生。有人說，對新黨儘量開放，是國民黨的一種分化手段。我們認爲，這種說法有待商榷，這是一種公車心態，上了車的人希望中途不要停靠。任何一個政黨都必須以政策和實力去爭取選民的支持，不能靠特權保護。〔註 126〕看得出來，這裡提到的「公車心態」與報禁解除時十分相似：辦報的怕有更多新報紙開辦，分薄了市場蛋糕；新來的擔心原有兩大報財大氣粗，難以撼動。把新黨換成新報，換成新的電臺電視臺，其間的道理和心態也差不多。民進黨也不希望有太多的新黨、小黨產生，分散了有限的政治資源和國民黨「黨外反對力量」。

報禁解除前臺灣有 31 家報紙，解禁後註冊登記的報紙超過 100 個，幾年的競爭下來，還是餘下那麼 30 家左右。黨禁開放以後，合法登記的政黨超過 70 個，轉眼之間泡沫消退，最終形成兩黨競爭格局。

黨禁與報禁的手段，都是恩威並施，寬嚴並行。解禁前後的情形，也有異曲同工之妙：戒嚴期間都是「不禁之禁」，解嚴之後都是「不解之解」。

黨禁先禁人，黨禁便能夠「不禁而禁」，處理人或者變相處理人總是比面對一個組織去處理，相對容易控制效果和結果。從技術程序上講，「戒嚴法的禁止或解散只能對事不對人，就像查禁雜誌一樣，刊物查禁了，只要人沒抓，換個名字可以重新再來。所以，嚇阻作用不大，而且使用頻率一旦太多，反易引起負面作用。而使用叛亂重刑阻止作用大，可以從人的心理動機有效嚇止阻黨。」〔註 127〕同理，管住媒體後面的人，自然就管住了媒體。

再看看政黨與媒體的關係問題。每次選舉，總有候選人高喊開放電視，要上電視辯論。鄭瑞城教授在 1987 年忽發奇想地提出：「謝長廷和趙少康的街頭辯論，完全可以搬到電視上來嗎？」〔註 128〕他說，目前立法院正在審議

〔註 126〕文崇一，工黨要扮演什麼角色？〔N〕，自由日報，1987-11-5／／文崇一，臺灣社會的變遷秩序，臺北：東大圖書，1989：145。

〔註 127〕陳世岳，政治領袖與政治轉型——蔣經國與臺灣政治轉型〔D〕，臺北：中山大學中山學術研究所，1998：96。

〔註 128〕1987 年 1 月 15 日，在臺北舉辦了一場辯論會，題目是「臺灣與中國的前途」。進行對決的兩個辯士，一位是民進黨的中央常務委員兼發言人謝長廷；另一人則是在 1986 年底立法委員選舉中，以主張國民党進行徹底改革，並獲得臺北市最高票的國民黨候選人趙少康。出自 若林正丈 編，若林正丈，松永正義 著，中日會診臺灣——轉型期的政治〔M〕，日本文摘書選 28，廖兆陽譯，臺北：故鄉出版有限公司，1988：99。

「國安法」，人們在電視上看到的是，少數立法委員短暫的質詢，接著是政府官員長久的答詢。稍有常識的人都應該知道，在立法院現場，政府官員與立法（尤其是「民進黨」的委員們）必然唇槍舌戰，你來我往，進行著熱烈的政治辯論。但從電視上，人們嗅不出辯論的火藥味，它看起來更像套招式的電視政令宣傳。

「這是一九八七年的電視政治景象。可以想像，如果時光倒流，電視上立法委員的影子必然更孤寒，而政府官員的形象必定更偉岸。」〔註 129〕顯然，當年解嚴解禁大潮中，鄭瑞城教授和許多觀眾都是不滿意、不滿足的。「雖然大家往往只關心辯論中誰贏誰輸，容易忽視了眞正嚴肅的辯論話題。不能否認的，因電視的特性，電視的政治辯論難免也有缺陷，但總的來說，卻是利大於弊。如果電視平時多播政治辯論，到選舉時，社會也不致於顯得那麼僵硬、緊綳。」

後來，正如大家所看到的，眞的開放了，比想像的更開放，七八個電視頻道 24 小時直播，還加上了互動式的「叩應」（Call in）。結果快速走向了另一個極端，臺灣電視時政談話辯論欄目之多，電視名嘴之盛行，已經讓人不勝其煩。

觀眾和民眾不滿的，不只是媒體亂象，還有政黨亂局。不管是媒亂了黨，還是黨亂了媒，這兩種政爭的工具都已經失控，並且讓觀眾和民眾失去了耐心和信心。

媒體歷來是用於政治溝通的重要工具，歷來被當作增強政黨影響的手段。如今這個工具的地位似乎在提升，某些時候媒體與政黨間關係變成互有抵消和部分取代。「媒體不僅能夠爲政黨增加影響，而且可以佔據一部分原來屬於政黨的領地，代行政黨的職能，削弱政黨的影響力。」〔註 130〕

王長江教授認爲，政治傳播、政治通訊的提法均不準確，與政治有關的各種信息在一個政治共同體內流通運行的現象，應該叫做政治流通（political communication）。政黨和媒體都是公民社會內部關係互動需求的產物，我們平常所講的政治溝通，是因應政治流通的需要疏通信息渠道、促進政治互動的行爲。信息流量太大，或者渠道不暢，都會造成政治運行不穩定。

如果政黨和媒體都是一種政治流通工具的載體，兩者不僅限於雙方的互

〔註 129〕鄭瑞城，傳播的獨白〔M〕，臺北：久大文化公司，1987：61。
〔註 130〕王長江，政黨論〔M〕，北京：人民出版社，2009：237。

動消長關係和互相利用關係，在流量與渠道功能的承載上，也都是利弊皆存，可通之亦可阻之，可顯之亦可消之，可塑之亦可解之，可黏之亦可裂之。

但是，政黨和媒體畢竟是兩種不同的工具，「政黨有很多方面的優勢和特性是媒體所無法具備的」，「政黨的基本功能依然是媒體所難以替代的」。媒體的缺陷和局限，至少有兩點：過於情緒化，難以全面反映現實。〔註131〕因此，媒體作爲一種次一級的溝通工具，便成爲高級工具的工具，一種補充型工具甚至表演性道具。控制和利用傳媒工具的政策手段，各國各類政黨都必然會認眞考慮。

政黨政治理論下的大眾傳播，涉及到政治傳播與溝通，但也僅僅是政治傳播與溝通的一部分。「一般而言，政治學者在探討民主時並不太重視媒介的角色及功能，反而是傳播學者較爲關注這課題。這或許是反映出，從人類傳播史上，政府始終是新聞自由的對立角色，當政治學者將研究焦點放在政府時，傳播學者自然把視角放在媒介。」〔註132〕

彭懷恩教授的心目中，政黨與傳媒的工具性角色還是有明顯的輕重之別。作爲臺灣大學政治研究所的碩士、博士，曾任中國時報主筆、世新大學新聞傳播學院院長，是當然的政治學、新聞傳播學雙棲學者，兩個學科都有多種著作，在解嚴解禁前後也發表過大量的觀察文章。但奇怪的是，他的著作中把這兩門學科區分隔離得一清二楚，很少放在同一本著作裏同時論述。比如他的《臺灣政治變遷史》提到了戒嚴、解嚴，卻隻字未提黨禁、報禁字樣，更無一章一節專門論述。雖然書中有一節講「蔣經國的改革」，但卻把「寧靜革命」的招牌掛到了李登輝的脖子上。〔註133〕不知是爲了刻意顯示這是本政治學專著，還是骨子裏就認爲新聞與傳播不過是低一層次的子系統，或者根本就不認爲報禁有何特別之處，不管在學科的末梢還是工具角色的末梢，總之似乎都不在他的政治學研究關注範圍。

執政黨一旦喪失了議程設置能力，就像媒體一旦失去了話語權，同樣嚴重的後果是，轉瞬間處於一種劣勢，一種失語的危險狀態，它的權威性和信任度就會受到挑戰。政黨在政治上失敗的時候，相關媒體的地位和作用突然變得重要，往往是要爲失敗的責任找個「替罪羊」、「出氣筒」。黨禁與報禁解

〔註131〕王長江，政黨論〔M〕，北京：人民出版社，2009：244。

〔註132〕彭懷恩，政治傳播與溝通〔M〕，臺北：風雲論壇，2004：333。

〔註133〕彭懷恩，臺灣政治變遷史〔M〕，臺北：風雲論壇，2008：147。

除之後，黨報的命運已經注定，不在報業競爭的格局裏，保留下來也沒有多大價值。文工會、新聞局的命運與黨報相似，在完成了「化妝師」的使命後，改組、改名、改功能，直至消失。

類似的情形也出現在同時期的蘇聯，一個流行的觀點認為「新聞改革輿論失控是蘇聯解體的催化劑」。1990 年 7 月 12 日，蘇聯通過了歷史上的第一部媒體法（全稱是《報刊及其他大眾傳媒法規》），保證了公民及其代表機構的新聞輿論自由和學術創作自由；廣泛獲取信息和使用大眾傳播手段的權利；明確了權利管理機構的職責；並詳細說明了新聞記者和編輯部的權利和責任。該法案主要起草者之一，蘇聯評論員費伊德・布爾拉斯基說，法案試圖把蘇聯轉變為一個「開放的社會」，並確立「一種獲取國內和國際信息的全新方式……以及一種明確的新聞自由和信息自由觀念」。其他有關企業所有權的法規變更，使媒體組織脫離了黨政機關，為媒體組織在經濟獨立的條件下運作，從而成為自主經營、自負盈虧的經濟實體創造了條件。1991 年初發生的事件顯示，在廣闊的經濟、社會和政治領域中，公開化方案的發展仍然步履維艱。1 月 16 日，戈爾巴喬夫向蘇聯最高蘇維埃建議，媒體法應該暫時中止，以制止媒體對政府的極端攻擊。「1991 年 8 月，他們的耐性終於耗盡了，在這段短暫而緊張的日子裏，他們試圖使蘇聯社會，以及蘇聯媒體回到戈爾巴喬夫和改革家們企圖根除的勃列日涅夫式的政策上來。」「政變沒有成功，保守黨被徹底擊敗。列寧和布爾什維克發起的長達 70 年之久的媒體實驗隨著政變的結束而被迫落下了帷幕，蘇聯媒體進入了一個新的時代。」〔註 134〕

想當初，蘇聯新政府成立後的第一個立法法案，就是禁止報紙發表反蘇聯觀點的新聞法令，如果不履行就要沒收印刷設備和新聞紙。國家壟斷了新聞廣告，從而剝奪了私營報紙的主要收入來源。列寧承認，這種措施不受歡迎，即使是在他自己的黨內也是如此。他強調這些措施是臨時的，當形勢允許時就會被取消。令人沮喪的是，布爾什維克對黨內紛爭的處理採取了類似於鎮壓反對黨的方式。十大取締了列寧所謂的「宗派主義」。其後，政黨成員之間的討論成了顛覆和不忠實的代名詞。亞歷山大・馬雅斯尼柯夫的案例很有說明性，他強烈反對列寧在 1921 年制定的新聞自由和限制非黨派媒體的政策。列寧以其特有的方式對他進行了鎮壓，馬雅斯尼柯夫被指控為「幫助階

〔註 134〕（英）約翰・埃爾德里奇 主編，獲取信息——新聞、真相和權力〔G〕，北京：新華出版社，2004：66。

級敵人」。他在 1922 年被開除出黨，十月革命勝利後在斯大林的肅清運動中失蹤。列寧的「臨時措施」在他生前並沒有被廢止（事實上在整個 20 年代中，他越來越反對資產階級的「新聞自由謊言」），斯大林及其支持者們隨後繼承了列寧創造的集權主義媒體制度。〔註 135〕也就是說，這一「臨時」就是 70 餘年。直到戈爾巴喬夫的「公開化」以及媒體法出臺。但接著僅僅一年時間，蘇維埃政權垮了。

第四節　語言的生命在於運動

一、反、解、轉：是交鋒的語言，也是交流的語言

臺灣的反對語言、解禁語言、轉型語言是隨著解嚴的鬆動、黨禁報禁的開放、社會經濟和政治一起全面轉型的過程中，依次誕生、培育和成熟起來的。這一輪語言生命運動中催生的三朵奇葩，有著環環緊扣、次第開放、展示充分的生命週期和鮮活的生命特徵，在對的時候出現，在美的時候開花，在好的時候昇華。掌握了這三種語言的關鍵詞匯，就可以察知一個社會處在轉型進步過程的哪個階段。

其一，反對語言不等於批評語言、批判語言，雖然它時常以批評的姿態、批判的姿態出現。批評和讚美一樣，都是變著法子維護修補，批判和建設一樣，都是千方百計翻修改造。反對語言不是爲反對而反對，更不會爲批評而批評、爲批判而批判。但它帶來的效果會讓獨裁者無法安生，被迫接受新的規則和體系。

反對語言不等於造反語言、戰鬥語言，雖然它時常以造反的姿態、戰鬥的姿態出現。造反和擁戴一樣，都是變個法子改朝換代，戰鬥和招安一樣，都是不惜流血改天換地。反對語言不是爲對抗而對抗，更不會爲造反而造反、爲戰鬥而戰鬥。但它帶來的變化會讓新世界從容誕生，全盤瓦解掉舊的框架和基礎。

所以說，反對語言是一個中性詞、良性詞，甚至褒義詞。反對語言不是暴力性、攻擊性的詞匯，而是一個溫和的、和平的，甚至主動妥協、協商的詞匯。

〔註 135〕（英）約翰・埃爾德里奇 主編，獲取信息——新聞、眞相和權力〔G〕，北京：新華出版社，2004：70。

其二，解禁語言不能簡單等同於語言的解禁本身，正如反對語言不能簡單等同於反對運動中的語言、反對黨的語言，轉型語言不能簡單等同於轉型過程中的語言、轉型期的語言。解禁的語言就像解凍的土地上透進的陽光，未必是刺和刀，未必是血和淚，未必是撕和裂，未必是痛和苦。

解禁語言不能簡單等同於解脫、擺脫、放棄、拋棄，正如反對語言不能簡單等同於對立、對峙、對抗、對賭，轉型語言不能簡單等同於轉身、轉彎、扭轉、扭曲。解禁的語言就像反對語言和轉型語言的承載和承啓、先兆和先驅，它的生命未必比反對語言長，更沒有轉型語言的嶄新面貌，在這「反」與「轉」的中間，總是需要解開一把鎖，打開一道門，讓鬆動、反動的東西不再還原，讓轉動、轉型的東西不再離開。

所以說，解禁語言可能只是一個過渡詞、連接詞，但一定是不能忽略的關鍵詞。雖然你不可能同時站在門內門外，但進門出門的主動權是你的。

其三，轉型語言不等於改革語言、革命語言，雖然它時常以改革的面目、革命的面目出現。改革和保守一樣，都是爲了提升加固，革命和奪權一樣，都是爲了取而代之。轉型語言不是爲轉型而轉型，更不會爲改革而改革、爲革命而革命。但它帶來的結果會要了舊制度的命，注意，不是要了當權者的老命。

轉型語言不能簡單等同於轉換中的語言、流動不居的語言，它是小溪匯入大河的聲音，輕快而有力，它是大江匯入大海的聲音，沉著而自信，它是大海連接大洋的聲音，深潛而包容。轉型語言是新型的語言、升級的語言、建設的語言、和解的語言、妥當的語言、反思的語言、自轉的語言、自主的語言。

所以說，轉型語言是新生命的語言，新週期的語言。它是一個描述詞、形構詞，因而是一個正確的詞、正面的詞、正當的詞、正義的詞。

總之，反對語言是語言的撞擊、語言的競爭，解禁語言是語言的解放、語言的置換，轉型語言是語言的反轉、語言的重構。這三種語言都是語言交鋒中的流動，語言交流中的運動。

二、詞、義、境：是語言的魔宮，也有語言的魔力

沒有進行專業的詞頻分析、語義分析，是因爲臺灣解嚴解禁中的語言魔性太大，意境豐富，變幻無窮。不是科學、嚴謹的數據分析和邏輯歸類就可

以解決、限定和涵蓋的。而恰恰是因爲其豐富的實踐和創造，增加了語言理解尺度和層次上的更多可能性。反對語言、解禁語言、轉型語言，就是一次淬取和提煉的收穫。就像我們曾經用過的文革語言、改革語言，就像現在還在用的官方語言、教科書語言，就像時隱時現的戰爭語言、軍事語言，遊俠流民的江湖語言、民間語言，甚至還有我們祖先遺留下來的農業語言、田園語言，都是語言系統中常用常新的特色語言品種，有著或明或暗的滲透力和生命力。再細分一層，從所用的農業文明語言中，還可以覺察出語言的來源是平原、山地還是海邊。

非常認可廈門大學鄒振東老師一個觀點，西方輿論學無論是概念範疇還是理論體系，已經無法很好地解釋和分析臺灣的輿論現象，於是他自己琢磨出一整套輿論的分析工具和解釋工具，雖然很多不能寫進博士論文，可是足以另闢蹊徑地洞察和詮釋臺灣社會。特別是當他用這一套分析工具與解釋工具反過來觀察大陸，簡直就像殺雞用牛刀，所謂的輿論迷思頓時豁然開朗。〔註 136〕

知道了詞，知道了義，知道了境，就不會輕易被語言的迷宮迷惑，就不會任由語言的魔力迷亂。聽到一個正確的詞，就不會認爲說話的人一定就是對的。聽到一個反動的詞，就不會認爲說話的人一定就是錯的。聽到一句支持贊同，多想想會不會是幫倒忙的「豬隊友」，聽到一句反對抗議，再想想會不會是倒戈的「臥底」、「友軍」。

知道是誰在說，他是跟誰在說、說給誰聽、想讓誰聽，就知道了更大的語境和更多的語義。知道是在什麼時候說的，在什麼背景下說的，在什麼環境下說的，在什麼動機下說的，就不會聽不見、聽不清、聽不懂。

看到許多似是而非的近義詞，馬上就會明白，其間的區別何其大、何其多，甚至就是相對的詞、相反的義、相斥的境。比如：管理／治理、輿論／輿情、移民／殖民、中立／對立、妥協／妥善、共識／共謀、交織／交互、改寫／重寫、反抗／對抗、扶持／挾持。

看到一些層次各異的同類詞，馬上就會明白，其間不同的斟酌選擇；稍加推敲，層次分明，立意分明。比如：轉型－轉向－轉換、多層－多面－多維、受眾－大眾－分眾、連接－聯接－鏈接、翻譯－轉譯－破譯、引導－誘導－誤導、驟變－劇變－巨變、斷裂－撕裂－決裂、本土－鄉土－故土、化解－排解－消解。

〔註 136〕鄒振東，臺灣輿論議題與政治文化變遷〔M〕，北京：九州出版社，2014：311。

再比如，中間地帶這個詞，針對不同的語境和狀況，起碼可以拆分出十種不同的情形：中立地帶、斷裂地帶、灰色地帶、模糊地帶、空白地帶、緩衝地帶、邊緣地帶、過渡地帶、交叉地帶、連接地帶。碰到有人談起「中間地帶」時，不妨想一想，他所指的、想說的是哪一種中間地帶。

再比如，既然新聞作爲產品可以說新聞生產，那麼，引申出來的還可以有以下的八種生產組詞：信息生產、數據生產、輿論生產、輿情生產、文化生產、觀念生產、思想生產、政治生產。既然有生產，就會有銷售、消費，也就是說，以上詞組中的生產換成銷售、消費來組詞，也是說得通的。

甚至我們常說的輿論本身，也可以加上不同的動詞來組詞，其實就代表了看待輿論的不同角度和觀念：引導輿論、營造輿論、製造輿論、調控輿論、操縱輿論、反映輿論、順應輿論、平息輿論。

如果不認同、不贊同某種說法，除了說「不」這個否定詞，還可以找到五種相應的「不」，比如「非」（非正式、非官方）、「去」（去中介、去中心）、「反」（反社會、反人類）、「後」（後殖民、後現代）、「新」（新常態、新模式）。當然，在某些詞匯上「加引號」，會形成一種「所謂」式否定。無數例子證明，不能輕易地、簡單地進行眞僞判斷和是非判定。

三、紅、藍、綠：察顏觀色與反覆塗抹

語言迷人的姿色背後，是語言的幾種基本色調。知道了色彩分明的臺灣政治生態，就基本知道了對壘分明的語言陣營。察顏觀色，是一項必須具備的基本功。

但是，如果簡單地以顏色劃分，簡單地還以顏色，就會小看了語言進化中複雜多變的生命活力，掉入語言鋪設的迷人陷阱，從而導致語言的失效、失敗和生命體徵的失蹤、失靈。在國家機器強大主導下，媒體官辦或官方主導，新聞語言反映國家話語或官方主流語言，也折射或反射式地反映了「所有不同的觀點」，而不僅僅是「有所不同的觀點」，反映的方式，包括與官言主流觀點的協商對話，從而以肯定或否定的方式來表述自己、界定自己。

在反對語言、解禁語言、轉型語言的運用上，在反對運動中起家的民進黨，語言貢獻和語言收穫都是巨大的。許多研究者在研究後認爲：民進黨和國民黨一樣，從組織形態和管理方式甚至意識形態上，都屬於「列寧黨」，以至於民進黨上臺後對媒體變臉，採用的管控措施和新聞政策也沒有超越國民

黨的水平。而學會了「群眾運動」眞諦的民進黨，顯然不是紅色的革命黨，它的綠色也不是國際和平組織的「綠黨」。

解嚴從而避免解體、解禁從而避免解散，國民黨在反對語言、解禁語言和轉型語言上的實踐經驗，也有其巨大的價值。政治強人蔣經國代表的國民黨，作爲中國歷史上第一個現代政黨，曾經嘗試「聯俄聯共」，蔣經國在蘇聯 12 年的工作生活經歷，也被認爲埋藏著社會主義思想的情結。在臺灣解除報禁黨禁的民主化轉型的同一個時期，蘇聯和東歐、南美洲甚至臺灣周邊的韓國、菲律賓和中國大陸在內，都在不同程度經受著全球「第三波」民主化浪潮的衝擊。就在解體前的 1990 年 6 月，蘇聯最高蘇維埃通過了 70 年歷史上第一部《新聞出版法》，有評論說「新聞改革輿論失控是蘇聯解體的催化劑」。三十年物是人非，贊成與否定的觀點依然各執一端，俄羅斯也有人在反問：爲什麼沒有選擇中國模式？爲什麼沒有取得臺灣這樣的成功？

後來發生政黨輪替，國民黨學習扮演反對黨、在野黨的角色，爲反對語言、解禁語言、轉型語言再添生命活力。在角色互換的過程中，在泛政治化、去政治化到再政治化的過程中，反對語言、解禁語言、轉型語言積累下來的成果非但沒有失落，反而大放光彩。藍綠對立的「顏色政治」中，反覆塗抹、互相塗抹、你塗我抹、自塗自抹的過程，又讓這三種特色語言再次增色不少，語言的生命張力不斷激發，反覆激活。

雙方對抗中逐漸趨同的反對語言、解禁語言和轉型語言，肯定與否定的交錯轉換，造成了「互藍互綠」的釉色「窯變」效果。舉二二八事件的研究論述、歷史記憶、現實評價爲例，眞假猴王、眞假李逵、眞假元兇、眞假民主，已經很難分清誰說、說誰。從而催化產生一種奇特的語言景觀，即反對語言的進化和借用、解禁語言的同化和挪用、轉型語言的異化和合用。在兩岸關係上、一中問題上，也有相似的表現，比如一中問題的「各表」、「同表」、「分表」，交叉錯亂如經脈倒轉，造成轉型語言再次「反轉」：反對就是贊成、解禁就是禁解、否定就是肯定。

參考文獻

1. （波）彼得・什托姆普卡，社會變遷的社會學〔M〕，林聚任等，譯，北京：北京大學出版社，2011。
2. （德）維克多・克萊普勒，第三帝國的語言——一個語文學者的筆記〔M〕，印芝虹，譯，北京：商務印書館，2013。
3. （法）A.de 托克維爾（Alexis de Tocqueville），舊制度與大革命〔M〕，馮棠，譯，北京：商務印書館，1992。
4. （法）邦斯曼・貢斯當（Benjamin Constant），古代人的自由與現代人的自由〔M〕，閻克文，劉滿清，譯，北京：商務印書館，1999。
5. （法）古斯塔夫・勒龐，革命心理學〔M〕，廣州：廣東人民出版社，2012。
6. （法）皮埃爾・阿考斯，（瑞士）皮埃爾・朗契尼克，病夫治國（續集）〔M〕，何逸之，譯，北京：新華出版社，1992。
7. （法）讓—呂克・南希，無用的共通體〔M〕，郭建玲等，譯，開封：河南大學出版社，2016。
8. （美）J・赫伯特・阿特休爾，權力的媒介〔M〕，黃煜，裘志康，譯，北京：華夏出版社，1989。
9. （美）阿爾溫・托夫勒（Alvin Toffler），權力的轉移〔M〕，劉江等，譯，北京：中共中央黨校出版社，1991。
10. （美）愛德華・S・赫爾曼，諾姆・喬姆斯基，製造共識——大眾傳媒的政治經濟學〔M〕，邵紅松，譯，北京：北京大學出版社，2011。
11. （美）愛德華・魯瓦克（Edward Luttwak），完全政變手冊〔M〕，臺北：木馬文化事業有限公司，2011。
12. （美）包滬寧（Daniel K.Berman），筆桿裏出民主——論新聞媒介對臺灣民主化的貢獻〔M〕，李連江，譯，臺北：時報文化出版企業有限公司，1995。

13. （美）保羅・萊文森（Paul Levinson），數字麥克盧漢——信息化新紀元指南〔M〕，何道寬，譯，北京：社會科學文獻出版社，2001。
14. （美）布魯斯・布爾諾・德・梅斯奎斯，阿拉斯泰爾・史密斯，獨裁者手冊〔M〕，駱偉陽，譯，南京：江蘇文藝出版社，2014。
15. （美）道格拉斯・C・諾思，約翰・約瑟夫・瓦利斯，巴里・R・溫格斯特，暴力與社會秩序——詮釋有文字記載的人類歷史的一個概念性框架〔M〕，杭行，王亮，譯，上海：上海人民出版社，2013。
16. （美）弗雷德里克・S・西伯特，西奧多・彼得森，威爾伯・施拉姆，傳媒的四種理論〔G〕，戴鑫，譯，展江，校，北京：中國人民大學出版社，2008。
17. （美）吉列爾莫・奧唐奈，（意）菲利普・施密特，威權統治的轉型——關於不確定民主的試探性結論〔M〕，北京：新星出版社，2012。
18. （美）拉里・戴蒙德，民主的精神〔M〕，張大軍，譯，北京：群言出版社，2013.
19. （美）羅德尼・本森，（法）艾瑞克・內維爾 主編，布爾厄迪與新聞場域〔G〕，張斌，譯，杭州：浙江大學出版社，2017。
20. （美）馬克斯韋爾・麥庫姆斯（Maxwell Mccombs），議程設置：大眾媒介與輿論〔M〕，郭鎮之，徐培喜，譯，北京：北京大學出版社，2008。
21. （美）喬治・斯坦納，語言與沉默——論語言、文學與非人道〔M〕，李小均，譯，上海：上海人民出版社，2013。
22. （美）塞繆爾・P・亨廷頓，第三波——20 世紀後期民主化浪潮〔M〕，上海：三聯書店，1998。
23. （美）威爾伯・L・施拉姆（Wilbur Schramm）等，報刊的四種理論〔M〕，北京：新華出版社，1980。
24. （美）威廉・H・布蘭察德（William H.Blanchard），革命道德——關於革命者的精神分析〔M〕，戴長征，譯，北京：中央編譯出版社，2004。
25. （美）威廉・道布森（William.J.Dobson），獨裁者的進化——收編、進化、假民主〔M〕，謝惟敏，譯，臺北：左岸文化，2014。
26. （美）沃爾特・李普曼，幻影公眾〔M〕，林牧茵，譯，上海：復旦大學出版社，2014。
27. （美）西德尼・塔羅 等著，社會運動論〔G〕，張等文，孔兆政，譯，長春：吉林人民出版社，2011。
28. （美）小約瑟夫・S，奈，菲利普・D，澤利科，戴維・C，金 編，人們爲什麼不相信政府〔G〕，朱芳芳，譯，北京：商務印書館，2015。
29. （美）伊麗莎白・愛森斯坦，作爲變革動因的印刷機〔M〕，何道寬，譯，北京：北京大學出版社，2010。

30. （美）約翰・基恩（Keen Johnson），媒體與民主〔M〕，郜繼紅，譯，北京：社會科學文獻出版社，2003。
31. （美）詹姆斯・C・斯科特（Scott.J.C.），弱者的武器〔M〕，鄭廣懷，譯，南京：譯林出版社，2007。
32. （日）若林正丈 編，若林正丈，松永正義 著，中日會診臺灣——轉型期的政治〔M〕，日本文摘書選 28，廖兆陽譯，臺北：故鄉出版有限公司，1988。
33. （日）若林正丈，轉型期的臺灣〔M〕，張炎憲 審訂，臺北：故鄉出版社，1989。
34. （日）佐藤卓己，輿論與世論（閱讀日本書系）〔M〕，汪平，林祥瑜，張天一，譯，南京：南京大學出版社，2013。
35. （匈牙利）卡爾・波蘭尼，巨變——當代政治與經濟的起源〔M〕，北京：社會科學文獻出版社，2013。
36. （英）安德魯・瑞格比，暴力之後的正義與和解〔M〕，劉成，譯，南京：譯林出版社，2003。
37. （英）羅伯特・雷納，警察與政治〔M〕，易繼蒼，朱俊瑞，譯，北京：知識產權出版社，2008。
38. （英）茉莉・安德魯斯（Molly Andrews），形塑歷史：政治變遷如何被敘述〔M〕.陳巨擘，譯，臺北：聯經出版事務公司，2015。
39. （英）尼爾・史密斯，喬姆斯基——思想與理想（第二版）〔M〕，田啓林等，譯，北京：北京大學出版社，2015。
40. （英）諾曼・費爾克拉夫（Norman Fairclough），話語與社會變遷〔M〕，殷曉蓉，譯，北京：華夏出版社，2003.
41. （英）威廉・烏斯懷特，（英）拉里・雷，大轉型的社會理論〔M〕，呂鵬等，譯，北京：北京大學出版社，2011。
42. （英）約翰・埃爾德里奇 主編，獲取信息——新聞、眞相和權力〔G〕，北京：新華出版社，2004。
43. 編輯部譯編，簡明不列顚百科全書〔G〕，北京：中國大百科全書出版社，1986。
44. 財團法人臺灣媒體觀察教育基金會 編著，媒體改革，漫漫長路——紀錄與反思（1999～2009）〔G〕，臺北：臺灣媒體觀察教育基金會出版，2011
45. 蔡銘澤，中國國民黨黨報歷史研究（1927～1949）〔M〕，北京：團結出版社，1998。
46. 蔡銘澤，中國國民黨黨報歷史研究（1927～1949）〔M〕，臺北：花木蘭文化出版社，2013。

47. 曹立新，臺灣報業史話〔M〕，北京：九州出版社，2015。
48. 曾慶豹，上帝、關係與言說——批判神學與神學的批判，上海：華東師範大學出版社，2008。
49. 陳登武，臺灣全志，卷十二，文化志・文化事業篇〔M〕，臺北：國史館臺灣文獻館，2009。
50. 陳芳明，臺灣內部民主的觀察〔M〕，臺北：自立晚報社，1990。
51. 陳國祥，祝萍，臺灣報業演進四十年〔M〕，臺北：自立晚報出版部，1987。
52. 陳水扁，臺灣的十字架〔M〕，臺北：財團法人凱達格蘭基金會，2009。
53. 陳先才，臺灣地區智庫研究〔M〕，北京：九州出版社，2015。
54. 陳星，臺灣民主化與政治變遷——政治衰退理論的視角〔M〕，北京：九州出版社，2013。
55. 楚崧秋，新聞與我〔M〕，臺北：東大圖書公司，1995。
56. 丁庭宇，馬康莊，臺灣社會變遷的經驗——一個新興的工業社會〔G〕，臺北：巨流圖書公司，1986。
57. 董青嶺，複合建構主義——進化衝突與進化合作〔M〕，北京：時事出版社，2012。
58. 方積根，唐潤華，李秀萍 編著，臺灣新聞事業概觀〔M〕，北京：新華出版社，1990。
59. 風雲論壇編輯委員會，蔣經國變法維新（風雲論壇 30）〔M〕，臺北：風雲論壇，1987。
60. 封漢章，臺灣四十年紀實〔M〕，石家莊：河北人民出版社，1992。
61. 馮建三，廣電資本運動的政經分析〔M〕，臺北：唐山出版社，1995。
62. 高華，歷史學的境界〔M〕，南寧：廣西師範大學出版社，2011。
63. 高希均，開放臺灣〔M〕，臺北：天下文化出版公司，2015。
64. 高信疆，楊青矗，走上街頭——1987 臺灣民運批判〔M〕，臺北：敦理出版社，1988。
65. 行政院新聞局 編印，寧靜革命〔G〕，臺北：行政院新聞局，1994。
66. 行政院新聞局 編印，蛻變・展望・新世紀——開放報紙媒體十週年專輯〔G〕，臺北：行政院新聞局，1997。
67. 郝柏村，郝總長日記中的經國先生晚年〔M〕，臺北：天下文化出版公司，1995。
68. 何明修，綠色民主：臺灣環境運動的研究〔M〕，臺北：群學出版公司，2006。
69. 何榮幸 策劃，黑夜中尋找星星——走過戒嚴的資深記者生命史〔G〕，臺北：時報文化出版，2008。

70. 賀文發，李燁輝，突發事件與信息公開——危機傳播中的政府、媒體與公眾〔M〕，北京：中國傳媒大學出版社，2010。
71. 胡德夫，我們都是趕路人〔M〕，北京：北京聯合出版公司，2016。
72. 胡慧玲，民主的浪潮〔M〕，臺北：衛城出版社，2013。
73. 胡元輝，堅持——一個媒體人的真摯省思〔M〕，臺北：未來書城，2003。
74. 胡元輝，媒體與改造——重建臺灣的關鍵工程〔M〕，臺北：商周出版，2007。
75. 戶張東夫，蔣經國的改革〔M〕，香港：廣角鏡出版社，1988。
76. 黃嘉樹，國民黨在臺灣（內部發行）〔M〕，海南：南海出版公司，1991。
77. 黃年 主編，聯合報四十年〔G〕，臺北：聯經出版，1991。
78. 黃年 等編，在新聞的河，淘歷史的金——聯合報60年紀實（1951～2011）〔M〕，臺北：聯合報，2011。
79. 黃徙，臺獨的社會眞實與新聞眞實〔M〕，臺北：稻鄉出版社，1992。
80. 機器戰警 主編，臺灣的新反對運動〔G〕，臺北：唐山出版社，1991。
81. 江詩菁，宰制與反抗：中時、聯合兩大報系與黨外雜誌之文化爭奪（1975～1989）〔M〕，臺北：稻鄉出版社，2007。
82. 蔣經國，風雨中的寧靜〔M〕，臺北：大專學生集訓班恭印，1967。
83. 金泓汎，董玉洪，林岡，臺灣的政治轉型——從蔣經國體制到李登輝體制〔M〕，香港：香港社會科學出版社，1998。
84. 金克禮，朱顯龍 主編，中國國民黨全書〔G〕，西安：陝西人民出版社，2001。
85. 黎明文化事業公司編印，新聞開放與社會導正——談新聞開放及新聞責任與自律〔M〕，臺北，1988。
86. 李登輝，見證臺灣——蔣經國總統與我〔M〕，臺北：允晨文化公司，2004。
87. 李金銓 編，報人報國——中國新聞史的另一種讀法〔M〕，香港：中文大學出版社，2013。
88. 李金銓 主編，文人論政——知識分子與報刊〔M〕，桂林：廣西師範大學出版社，2008。
89. 李金銓，新聞的政治，政治的新聞〔M〕，臺北：圓神出版社，1987。
90. 李松林，陳太先，蔣經國大傳〔M〕，臺北：風雲時代出版，2009。
91. 李筱峰，臺灣民主運動40年〔M〕，臺北：自立晚報出版部，1987。
92. 廖信忠，我們臺灣這些年2〔M〕，南京：江蘇人民出版社，2014。
93. 林岡，臺灣政治轉型與兩岸關係的演變〔M〕，北京：九州出版社，2010。
94. 林麗雲，臺灣傳播研究史——學院內的傳播學知識生產〔M〕，臺北：巨流圖書公司，2004。
95. 林孝庭，困守與反攻：冷戰中的臺灣選擇〔J〕，北京：九州出版社，2017。
96. 林蔭庭，追隨半世紀——李煥與經國先生〔M〕，臺北：天下文化出版公司，1998。
97. 林濁水，統治神話的終結〔M〕，臺北：前衛出版社，1991。
98. 劉臺平，眷村〔M〕，南昌：江西教育出版社，2013。
99. 劉燕南 編著，臺灣報業爭戰縱橫〔M〕，北京：九州圖書出版社，1997。
100. 南京大學臺灣研究所 編，海峽兩岸關係日志（1949～1998〔M〕，北京：九州圖書出版社，1999。
101. 盧蒼 編，殷海光書信集〔G〕，香港：文藝書局出版社，1975。
102. 魯署明，田憲生 主編，旅美學者看臺灣——二十一世紀臺灣社會考察與分析〔G〕，臺北：秀威信息科技出版，2004。
103. 陸鏗，陸鏗回憶與懺悔錄〔M〕，臺北：時報文化出版企業有限公司，1997。
104. 羅世宏，胡元輝 主編，新聞業的危機與重建：全球經驗與臺灣反思〔G〕，臺北：先驅媒體社會企業股份有限公司，2010。
105. 呂東熹，政媒角力下的臺灣報業〔M〕，臺北：玉山社，2010。
106. 馬克思，恩格斯，馬克思恩格斯全集（1）〔M〕，北京：人民出版社，2002。
107. 茅家琦，蔣經國的一生和他的思想演變〔M〕，臺北：臺灣商務印書館，2003。
108. 媒改社，劉昌德 主編，豐盛中的匱乏——傳播政策的反思與重構〔G〕，臺北：巨流圖書公司，2012。
109. 彭懷恩，臺灣政黨政治〔M〕，臺北：風雲出版社，1993。
110. 彭懷恩，政治傳播與溝通〔M〕，臺北：風雲論壇，2004。
111. 彭明輝，中文報業王國的興起：王惕吾與聯合報〔M〕，臺北：稻鄉出版社，2001。
112. 錢復，錢復回憶錄（卷二）華府路崎嶇〔M〕，臺北：天下文化出版，2005。
113. 日本文摘編譯中心 編，日本人看臺灣政治發展——從黨外到後蔣經國時代〔M〕，日本文摘書選26，臺北：故鄉出版社，1988。
114. 邵鵬，媒介記憶理論——人類一切記憶研究的核心與紐帶〔M〕，杭州：浙江大學出版社，2016。
115. 邵玉銘，遽變下——一個公僕的心路歷程〔M〕，臺北：時報文化出版，1990。
116. 沈固朝，歐洲書報檢查制度的興衰〔M〕，南京：南京大學出版社，1999。
117. 石之瑜，小天下：國民黨與臺灣的萎縮〔M〕，臺北：海峽學術出版社，

2011。

118. 蘇蘅，競爭時代的報紙：理論與實務〔M〕，臺北：時英出版，2002。
119. 蘇起，兩岸波濤二十年〔M〕，臺北：天下遠見出版，2014。
120. 宋楚瑜 口述歷史，從威權邁向開放民主：臺灣民主化關鍵歷程（1988～1993），方鵬程 採訪整理，臺北：商周出版，2019。
121. 孫哲，獨裁政治學〔M〕，臺北：揚智文化，1995。
122. 孫中山，孫中山全集（第12卷）〔M〕，北京：中華書局，1986。
123. 陶百川，困強回憶又十年〔M〕，臺北：東大圖書，1995。
124. 陶涵，蔣經國傳〔M〕，北京：華文出版社，2010。
125. 田弘茂，大轉型——中華民國的政治和社會變遷〔M〕，臺北：時報文化出版，1989。
126. 汪澍，洪偉，艾克 主編，臺灣「民主政治」透視〔G〕，北京：華藝出版社，2014。
127. 王鼎鈞，文學江湖〔M〕，回憶錄四部曲之四，北京：三聯書店，2013。
128. 王海洲，合法性的爭奪——政治記憶的多重刻寫〔M〕，南京：江蘇人民出版社，2008。
129. 王洪鈞，臺灣新聞事業發展證言〔M〕，臺北：臺北市新聞記者公會，1998。
130. 王洪鈞 主編，新聞理論的中國歷史觀〔M〕，臺北：遠流出版，1998。
131. 王力行，汪士淳，蔣孝勇的最後告白〔M〕，北京：時事出版社，1998。
132. 王奇生，黨員、黨權與黨爭：1924～1949中國國民黨的組織形態〔M〕，上海：上海書店出版社，2003。
133. 王紹光，波蘭尼《大轉型》與中國的大轉型〔M〕，北京：三聯書店，2012。
134. 王惕吾，聯合報三十年的發展〔M〕，臺北：聯合報社，1981。
135. 王惕吾，我與新聞事業〔M〕，臺北：聯經出版事務公司，1991。
136. 王天濱，新聞自由——被打壓的臺灣媒體第四權〔M〕，臺北：亞太圖書，2005。
137. 王長江，現代政黨執政規律研究〔M〕，上海：上海人民出版社，2002。
138. 王長江，政黨論〔M〕，北京：人民出版社，2009。
139. 王英津，兩岸政治關係定位研究〔M〕，北京：九州出版社，2016。
140. 文崇一，臺灣社會的變遷與秩序〔M〕，臺北：東大圖書，1989。
141. 翁秀琪 編，新聞與社會眞實建構——大眾媒體、官方消息來源與社會運動的三角關係〔G〕，臺北：三民書局，1997。
142. 翁秀琪 主編，臺灣傳播學的想像（上下冊）〔G〕，臺北：巨流圖書公司，2005。

143. 吳飛，新聞專業主義研究〔M〕，北京：中國人民大學出版社，2009。
144. 吳文程，臺灣的民主轉型：從權威性的黨國體系到競爭性的政黨體系〔M〕，臺北：時英出版社，1996。
145. 習賢德，《聯合報》企業文化的形成與傳承（1963～2005）〔M〕，臺北：秀威信息科技，2006。
146. 夏春祥，在傳播的迷霧中——二二八事件的媒體印象與社會記憶〔M〕，臺北：韋伯文化，2007。
147. 夏道平文集〔M〕，何卓恩，夏明 編選，長春：長春出版社，2013。
148. 向芬，國民黨新聞傳播制度研究〔M〕，北京：中國社會科學出版社，2012。
149. 謝岳，抗議政治學〔M〕，上海：上海教育出版社，2010。
150. 謝岳，社會抗爭與民主轉型——20 世紀 70 年代以來的威權主義政治〔M〕，上海：上海人民出版社，2008。
151. 新聞鏡雜誌社編輯部，爲新聞界把脈〔M〕，臺北：華瀚文化出版，1989。
152. 新聞局，行政院新聞局局史：四十年紀要〔M〕，臺北：新聞局，1989。
153. 徐正光，宋文里 合編，臺灣新興社會運動〔G〕，臺北：巨流圖書公司，1990。
154. 許倬雲，許倬雲說歷史：臺灣四百年〔M〕，杭州：浙江人民出版社，2013。
155. 楊渡，強控制解體〔M〕，臺北：遠流出版公司，1988。
156. 楊錦麟，不知天高地厚——楊錦麟觸電記〔M〕，香港：天地出版，2017。
157. 楊秀菁，薛化元，李福鍾 編注，戰後臺灣民主運動史料彙編（八）新聞自由（1961～1987）〔G〕，臺北：國史館印行，2002。
158. 楊志弘，解剖媒體——媒體觀察者的筆記〔M〕，臺北：時報文化出版，1990。
159. 葉建麗，新聞歲月四十年〔M〕，臺北：新生報出版部，1994。
160. 圓神年度評論編輯小組，反叛的年代——1987 臺灣年度評論〔G〕，臺北：圓神出版社，1988。
161. 張富忠，邱萬興 編著，綠色年代——臺灣民主運動 25 年（上冊）（1975～1987）〔M〕，臺北：INK 印刻出版，2005。
162. 張巨岩，權力的聲音——美國的媒體和戰爭〔M〕，北京：三聯書店，2004。
163. 張永明，新聞傳播之自由與界限〔M〕，臺北：永然文化出版，2001。
164. 張祖詒，蔣經國晚年身影〔M〕，臺北：天下遠見出版，2009。
165. 張作錦，高希均，王力行，三人行看臺灣新價值〔M〕，臺北：天下遠見出版，2000。
166. 張作錦，試爲媒體說短長〔M〕，臺北：天下文化出版，1997。

167. 趙鼎新，社會與政治運動講義（第二版）〔M〕，北京：社會科學文獻出版社，2012。
168. 鄭鴻生，青春之歌〔G〕，北京：三聯書店，2013。
169. 鄭牧心，臺灣議會政治四十年〔M〕，臺北自立晚報出版部，1987。
170. 鄭瑞城，傳播的獨白〔M〕，臺北：久大文化公司，1987。
171. 鄭瑞城等 合著，解構廣電媒體——建立廣電新秩序〔M〕，臺北：澄社，1993。
172. 中共中央統一戰線工作部研究所三局 編，一個國家、兩種制度（第三輯）〔G〕，北京：中國文史出版社.1987。
173. 中國國民黨中央委員會文化工作會 編，第五次新聞工作會談實錄〔M〕，臺北：群學出版有限公司，1978。
174. 中國時報，《中國時報五十年》〔M〕，臺北：中國時報社，2000。
175. 中國新聞學會，90年代我國新聞傳播事業〔G〕.中國新聞年鑒（精華本），臺北：風雲論壇出版社，1997。
176. 中央研究院臺灣推動委員會 主編，威權體制下的變遷：解嚴後的臺灣〔G〕，臺北：中央研究院臺灣史研究所籌備處，2001。
177. 朱學勤，道德理想國的覆滅〔M〕，上海：上海三聯書店，2003。
178. 朱雲漢，包宗和，民主轉型與經濟衝突〔G〕，臺北：桂冠圖書公司，2000。
179. 朱雲漢等 著，臺灣民主轉型的經驗與啓示〔M〕，北京：社會科學文獻出版社，2012。
180. 祝捷，兩岸關係定位與國際空間——臺灣地區參與國際活動問題研究〔M〕，北京：九州出版社，2013。
181. 卓越新聞獎基金會 主編，關鍵力量的沉淪——回首報禁解除二十年〔G〕，臺北：巨流圖書公司，2008。
182. 卓越新聞獎基金會 主編，臺灣傳媒再解構〔G〕，臺北：巨流圖書公司，2009。
183. 自立晚報報史編纂小組，自立晚報四十年〔M〕，臺北：自立晚報：1987。
184. 鄒振東，臺灣輿論議題與政治文化變遷〔M〕，北京：九州出版社，2014。
185. 左成慈，余紀忠辦報思想與實踐研究（1988～2001）〔M〕，南京：南京大學出版社，2003。

附錄　親歷者訪談

一、邵玉銘訪談

時間：2012 年 9 月 23 日

地點：廣州

邵玉銘簡介，1938 年 11 月 3 日生，籍貫黑龍江綏化市蘭西縣。臺灣政治大學外交學系學士，美國佛萊契爾（Fletcher）法律與外交學院碩士，美國芝加哥大學歷史學博士。曾任臺灣政治大學國際關係研究中心主任，行政院新聞局長，中國國民黨副秘書長，中央日報董事長兼發行人，文化大學史學研究所教授。接受訪談時擔任行政院北美事務協調委員會主委。

問：在 1988 年 1 月正式開放報禁前，據說當時有三種觀點：完全解禁、有限解禁、重建秩序再逐步取消管制。您參與了哪些準備？並如何評價這些準備？

邵：這個題目跟我有關係。完全沒有這個事情。這樣說吧，我是 1987 年 4 月 29 日到新聞局去服務。我的前任局長是張京育，事實上，2 月份的時候行政院院長俞國華在院務會議宣布，我們要開放報禁了，請新聞局研究這個事情，一方面要開放報禁，一方面要媒體秩序的平衡，不能太亂來。所以京育局長就從 2 月開始的時候做這個研究，做到 4 月份就下臺了。我接任以後也在想，到底你國民黨是玩眞的還是玩假的？玩眞的你就開放，要是玩假的，就是表面開放，留一些條條框框，這不行那不行。我當時沒有去問蔣經國總統，我問了我們的院長俞國華。他一聽也一愣，他說我們沒有什麼特別的要求，你認爲該怎麼開放就這麼開放。給了我充分的授權，這對我來講就很好。

因爲我是1965年到美國去留學，1982年底回國，我在美國一共呆了十七年多。我在美國馬里蘭大學、聖母大學，看全國性的紐約時報，也看印第安納當地的報紙，什麼叫做言論自由，什麼叫一個開放的媒體政策？是不需要人教你的。既然長官沒有任何指示，那我就全權決定了，我的想法就是全部開放。

所以你這三個問題大概是你的猜想，沒那麼細膩。因爲1988年1月1日開放報禁，之前在1987年7月15日解除戒嚴，11月2日就宣布開放老兵到大陸探親。實際上事情很多，大家都忙得要命，那麼開放報禁這個事兒，你要想辦法去處理，所以說我就處理了。所以說你這個問題，也就是你提出的開放報禁的「三個觀點」，我不認爲有這個事情。

你要知道，當時我們有黨有政，黨裏的是文工會，是可以管我的；我是政，是行政院新聞局。那時候國民黨內很開明，沒有給我穿小鞋，就是說沒有說這說那指手畫腳的。我們是有聯繫的，但是該怎麼開放報禁，他們沒有給我指示。

問：還是想打斷問一下，您認爲這個完全授權和這種自信，是因爲幾十年來做好了準備呢，還是說沒有意識到傳媒在政治上的作用這麼大？

邵：我們講遠一點啊，實話實說，蔣經國總統在1986年10月的中常會就講：時代在變，潮流在變，我們也要變。原話我不記得了。（注：據《中央日報》1986年10月16日報導，國民黨中常會通過「制定《動員勘亂時期國家安全法》」、「修訂《非常時期人民團體組織法》兩項革新議案後，蔣經國發表即席講話，他說：「時代在變、環境在變、潮流也在變，因應這些變遷，執政黨必須以新的觀念、新的做法，在民主憲政體制的基礎上，推動革新措施，唯有如此，才能與時代潮流相結合，才能與民眾永遠在一起。」）所以蔣經國總統這個人是了不起的。

我回臺灣以後就推動解除戒嚴。我是學者，我是教書的。我們學術界的一些人給蔣經國總統建議，要解除戒嚴，因爲臺灣沒有戒嚴得那麼嚴重，它當時是背著一個惡名，不如乾脆解除戒嚴。

1986年9月28日民進黨宣布組黨。那時還在戒嚴中。按道理可以抓他，但是沒有抓他，就是默許他組黨。到了1987年2月的時候，俞院長就宣布新聞局的工作目標是開放報禁。然後7月15日就宣布解除戒嚴，11月2日就宣布老兵可以到大陸探親，1988年1月1日就開放報禁。蔣經國晚年宣布的這些一連串的決定，當然我沒問過他，他也沒寫回憶錄講。但我知道他所做的這一切，環境在變，潮流在變，時代在變，他說我們也要變。你要瞭解國民黨到臺灣，他是一個少數人的政權，我們大陸人到了臺灣，從來沒有超過15%的人口，因爲 70%都是閩南人，你是要對著幹，還是要撫順民情，大家和諧相處？我大致的猜測，他知道這是大勢所趨。

這裡有兩個問題。第一個問題，因爲在報禁期間，報紙是遵守三大張十二頁，一個都不能增加。價錢一樣，管得很嚴。要開放報禁，這個張數問題我能怎麼辦啊，就不能限制了。你們的報紙比同城的報紙版面多，你說我能限制你嗎？

第二個問題，這個印刷廠，以前在戒嚴時期，一個印刷廠一個證，你這個證只能在這個地方用。但你從臺北到了高雄很遠，你還要午夜飛車送報紙到高雄去，又很危險。所以開放報禁後，大報如中時報和聯合報，他很有錢，他在高雄買了一些機器印報，他不用午夜飛車。臺中高雄這些地方報紙就開始找我，他們來了我們就完了，他們財大氣粗怎麼怎麼的。我就找一些法律顧問，虛心求教。因爲憲法不能禁止一個媒體有幾個印刷廠、在哪兒印報紙，這個不能限制。好，我整個就開放。我自己覺得，照著歐美先進國家的辦法，你怎麼印、印多少張、在哪裏印、怎麼賣、賣多少錢，這不是我的事，這是你們家的事情，政府怎麼會管這些事情？確定開放！

我對於當年自己這樣一個決定，到今天爲止，我無愧於心，爲什麼？臺灣有今天，就是因爲有一個開放的媒體。

我還做過中央日報的董事長和發行人，那是黨報。我是中央日報結束的「元兇」，因爲我開放了報禁。中央日報沒辦法，國民黨選敗了，沒錢了。因爲我這個中央日報沒有廣告，人家中國時報聯合報都有廣告大賺錢，所以我這個報紙就完蛋了。我是中央日報的董事長，我就是「元兇」，因爲我開放了報禁。但是我非常高興，我認爲一個黨能不能贏就是要靠著候選人的政見，很少有國家政黨辦報。所以中央日報的結束，就是證明了，臺灣的政治改革、政治民主是玩眞的，不是玩假的。我也不認同中央日報這種辦法，馬英九當選是靠中央日報嗎？不是，是靠他個人的能力、形象和政見。中央日報現在還有一個網絡報，其實沒有什麼用。

問：您能不能說的再細一點，對報禁開放問題，您在 1987 年有一個八個月的調研，和那些大的報團有過接觸，您能不能講一講他們有一些什麼觀點？

邵：他們的觀點很簡單。因爲中時、聯合是兩個最大的報業集團，這兩個報業集團的董事長，一個是余紀忠，一個是王惕吾，兩個也都是國民黨的中常委。他們是黨員！他們說既然你開放報禁，那麼，對不起，我的印刷廠要在臺北、高雄、臺中設廠，我要擴大篇幅，印很多張。

所以地方報，臺中和高雄的都很緊張，說他們有錢，他們來了，我們就慘了。他們就跑來找我說，哎喲不行啊！提出說開放報禁，只能在臺北，不能給他們來臺中和高雄。那不行，於法無據。因爲我找了很多律師來研究這個法律，你怎麼能限制別人有幾個印刷廠、賣多少錢、印多少張呢。

我記得有一次和中國時報的董事長余紀忠談這個事情。他說，邵局長，如果你不准的話，我們法院見，通過法律來解決。我回去之後找了很多法律顧問研究，最後他們說，局長，我們沒有法律的依據。

我今年 73 歲，現在已經退休了。我過去 30 年在臺灣工作，我坦白跟你們講，看這整個的歷史，臺灣的政治媒體化是完整的。而我也是躬逢其盛，正好趕上了。政府重用我任用我，讓我放開手腳儘量去做，所以報禁開放的非常徹底。

但是，爲什麼我今天感覺到，感恩也好，無愧也好，就是說，因爲開放報禁、媒體的「第四權」，把臺灣的陰暗面腐敗面都翻過來了。在 2000 年競選中，民進黨說終結黑金，國民黨確實有黑金，所以我們敗了。但是也因爲媒體呼風喚雨，增大了龐大力量，把阿扁的貪腐，民進黨的無能，暴露無遺，所以馬英九 2008 年當選總統。就是說這些媒體所發揮的力量，盡了他該盡的職責。而我之所以能扮演一個角色，讓媒體發揮它百分之百的力量，我作爲一個園丁也好，推手也好，我盡到了我的責任。也就是說，沒有開放的媒體，民進黨 2000 年不能執政；沒有開放的媒體，2008 年國民黨馬英九也不能執政。所以我不需要道歉。這麼講是不是太狂妄了啊。

問：這麼大的一個幾十年的報禁政策，如果要開放，裏面應該有很多很多決策，可是聽你講，好像是很容易就過去的事情？

邵：我跟你講，開放黨禁與我無關，當時蔣經國先生認了，就是默許了，這個與我無關。黨政是兩個方面，黨政應該分開管。我絕對不會去問黨部，你萬一問了他要是給你穿小鞋怎麼辦，不是很麻煩嗎。當時國民黨的文工會主任叫戴瑞明，我從來不問他這個事情，我們相安無事。因爲我是個學者，他對我還蠻客氣的。

問：其實臺灣這個事情，在國民黨開放報禁這個事情上，從政黨和媒體的關係來說是有損失的，本身國民黨是有損失的。

邵：這個我不覺得，我不同意。

問：民眾會不會感恩國民黨的這個決定，讓他們有了更多的言論自由呢？

邵：老百姓是覺得國民黨很好啊，因爲開放了。我就是最好的例子，那個時候如果搞一些表面開放，背地裏搞一些條條框框，這樣事情就多了，就不光是報紙的事情了。

問：如果一加條件，就顯得沒有誠意？

邵：除非我不當新聞局長，你不要給我搞一些穿小鞋的事情。我給你們講一個笑死人的事情。像新聞局這個單位，文化沙皇啊。它也倒楣，那些事本來在臺灣警備總部。歌曲它也管，外國的報紙雜誌進來，它也管。它有三個步驟，第一個叫做蓋章。比如說美國的雜誌《時代週刊》要進來，上面有一個毛澤東的照片，它又不能不讓進來，就給它蓋一個章，叫做「匪酋」。第二個叫做撕頁。如果這一頁講毛澤東很好的，就把這一頁撕掉。第三個是抹黑。如果這一段罵了蔣介石，他就把這一段用黑筆槓掉。在我任內不允許做這種事，這種事阿 Q 一樣，很無聊的事情。從一開始解除戒嚴，警總所有的這些業務全部都搬到新聞局來了。這樣我就慘了，因爲這是很無聊的事情。比如說，歌要禁，比如你們很多的歌像《黃河大合唱》，我們原來不准唱的。這個《黃河大合唱》的演出，是我任內批准的演出。

我第一個不允許你蓋「匪酋」的章，不准撕頁、不准抹黑。這都變成我的事情。還有一種大陸來的書叫做「匪書」，帶進臺灣來以前是不准的，我大部分都把它開放了。因爲既然你要解除戒嚴要搞民主，那你就玩眞的。好在我的長官也很忙，因爲你也知道，李登輝和幾任行政院院長鬥來鬥去，他們也很忙，他們沒時間管我。所以我能夠決定的尺度就大一點，能管的地方也就大一些。所以說，我必須跟你們講，國民黨解除戒嚴、開放報禁，是有誠意的。

問：按照您的說法，這個開放的條件是水到渠成的，也不是很突然的？

邵：當時蔣經國總統身體不好，怕影響他也沒有機會直接問過他。他當時就講了，時代在變，潮流在變，我們必須隨著時代和潮流改變。我是學歷史的，我認爲他當時就在想，面臨一個抉擇，假如說對抗時代潮流就要流血，假如順著的話呢，就不會被時代潮流所淹沒。他有信心，國民黨在臺灣三十幾年，到 1987 年解除戒嚴時，因為經濟的奇蹟和契機，民眾上下勠力同心。他有信心，就是不怕你民進黨，他說來幹吧，但他也沒有敗，眞正敗的是李登輝。

蔣經國晚年的時候，他用了一些他信任的所謂人才。我當時當新聞局局長之前，是在政治大學國際關係研究中心當主任，那是當時最大的一個所謂「匪情」研究機構。總統不點頭，那是不會過得來的。

關中當時在國民黨組織工作會當主任，他有一大批幹部，就是國民黨的忠貞黨員，但是都經過歐風美雨的栽培和沐浴。當時黨的這些候選人都是由黨內決定，我記得有一次，關中講國民黨要怎麼民主呢，學歐美的辦法，就是讓黨員參與、尊重黨員的意見，搞民意調查。關中一提出，黨內很多大佬反對，他們說應該由我們來決定，權利怎麼能下放到黨員呢。但是我們這批人裏，關中是有實權的，宋楚瑜是有實權的，讓我們放手去幹。所以，我們到 2000 年才敗，那是因為李登輝上臺我們才敗，我們以前沒有敗過。

我們是迎接這個時代的潮流，開大門做大事，我們沒有什麼私心。你說我當這個新聞局局長，你問我什麼是言論自由？這還需要你教我？我如果這個都不懂，怎麼做這個事情？蔣經國決定的這一批幹部，這一點我必須跟你們講，這批幹部對黨對國是忠貞的，但是有點學問，有點見識。就是你給我一個任務，不用你說什麼，我知道該怎麼做。這是蔣經國很了不起的地方。所以說，要我從長遠看來說，國民黨這樣做是對的。開放報禁，媒體開放，媒體成為「第四權」，也只有「第四權」才能監督行政、立法和司法。

從這個角度來看，我就很安慰。當然我當時也有很多不成功的、做的不對的，但是大方向我是有所掌握的。我也很謝謝經國先生和俞院長，還有李煥院長和郝柏村院長。我是服務了兩個總統，一個是蔣經國，一個是李登輝。我是發言人，三任院長對我都還算好，因為我不是搞政治的，我是教書的，意外的好處就是學者從政，他們都對我很好，我很感謝他們。因為我們是教書的，我們是借調到政府四年，1991 年一屆到期我就不幹了，回政大國際政治研究中心教書了。後來當行政院北美事務協調委員會主任委員，是 2009 年的事了。馬英九當了總統，因為我的專業是研究美國政治、中美外交關係的，做了三年。我都七十多歲了，也該下來了。

問：普遍的看法是，管新聞的和做新聞的有點對立，是這樣嗎？

邵：絕對不要去管，在新聞局你就是服務。做新聞的都是想伸張正義、主持正義，記者都有點正義感，你讓他做他該做的事，就是好事。記者又不好管，因爲你管他，他對你更沒有好感，所以說管他是最笨的。我很坦白講，就是服務。

問：在您的任期，除了開放報禁，還有具體的針對新聞媒體的一些服務舉措嗎？

邵：就是整個開放。舉個例子說，我辦了公共電視臺，辦國際書展，辦金曲獎。我認爲，一個政府的開放、服務，就贏得了大家的心聲。去管呢，就很無聊，第一個你管不了人家，第二個你管人家，人家還很反感你開倒車。

在我任期內，國民黨做的最大的兩個措施，是去壓李敖和柏楊。他本來也沒那麼偉大，他本來就是個烈士，你越理他，他越變成英雄，你越變成狗熊。所以說我第一個絕對不禁書，因爲禁書是最笨的，你不禁他還沒事兒，你一禁，他大紅。所以說，查禁李敖和柏楊的書，是最笨的一件事，我從來不幹這些事。

下面說的這個最好不要寫，因爲這個李敖很難搞的。他搞個求是報，一大張四頁，第四頁弄個漫畫、寫了個很嚇人的詩來消遣我。如果我很生氣，根據出版法去抓他，一抓，報紙一登，他的報就大賣。我一看這個報紙也沒什麼廣告，報紙沒廣告是活不了的，所以我絕對不去碰它，我理都不理它，它兩個月就關門了。

這一次我是很意外的來到廣州。國民黨也做過好事，什麼好事呢？他在六零年代搞了一個中山獎學金，紀念孫中山先生的。六零年代我們都很窮啊，沒有國民黨獎學金，我沒辦法到美國留學，馬英九拿的這個獎學金，我也拿了。所以，這次他們一請我就來了，就到中山翠亨村看了看，感念孫中山先生。孫先生是我很敬佩的民族英雄。

問：解禁之後媒體的自由競爭，對臺灣的自由和民主化轉型起到什麼作用？

邵：如果沒有開放報禁，沒有媒體自由，國民黨不會垮，民進黨不會垮。這是一個最大的貢獻。我記得那時候我開放報禁，國民黨一些元老罵我，他們說都是你搞的，把我們搞垮了。等到馬英九後來上臺，他們又說，你看要不是開放報禁，怎麼能修理了民進黨。

問：從九十年代以後，你沒有具體管新聞這一塊，後面這段時間，您對臺灣媒體的演變，新聞的演變，是否繼續保持關注？

邵：我關注，而且我正面關注。臺灣是藍綠惡鬥，有代表藍營的媒體，也有代表綠營的媒體。我的話就是講，這有什麼不對的呢？本來就有藍的人民，也有綠的人民，還有一批對藍綠都沒興趣，他喜歡那種「羶色腥」、還有八卦這一部分。所以臺灣媒體三分天下，藍的一片，綠的一片，另外一片，我管你什麼藍綠，我自己過我的小市民的生活。

問：就以藍營媒體來說，它跟國民黨的關係，現在是處於一種什麼樣的狀態。

邵：因爲大家活命，都要賣報，對不對？它不可以當你的工具，你好，說明報紙就不好賣，國民黨也不能夠從資金、政策，乃至於從人事上對它有任何控制。媒體已經壯大到一個地步，所以報紙和媒體現在要勾結很難，大家都得活命。

問：現在臺灣的新聞媒體，處在自由競爭裏面，臺灣是不是也沒有新聞法，具體的新聞法？

邵：沒法。本來我們有一個出版法，就是管理報紙出版的，給取消了。這些都是專制國家搞的事情。我記得我當時開放報禁，報紙老闆就說，怕這些記者亂搞，你定一個記者法，把這些記者管管。我查了查，居然沒有一個民主國家有記者法，美國就沒有，只有非洲國家和東歐國家有記者法，就是讓新聞記者不要亂講話。我說如果記者亂寫，告他誹謗就行了，已經有了民法，是管所有老百姓的，爲什麼要有一個記者法？完全沒有必要單獨針對新聞記者出一個法律，這是不合理的。眞正想讓定個記者法的，不是政府，是報老闆，因爲他怕記者亂寫，出了毛病，善後麻煩。後來國民黨也不錯，把出版法給廢了，這就是開放。其實就是臺灣官方對這個事情就完全放下了，這就是民主潮流。

問：我看您有個材料很有意思，臺灣今年連新聞局都取消了，連局長這個職位都沒有了，就簡單地歸到文化部了。

邵：這是另外一個問題，就不展開談了。當年的新聞局是個很奇怪的單位，廣播電視是我的，新聞是我的，電影是我的，宣傳是我的，出版也是我的，金馬獎也是我辦的。沒有我不管的，我都變成了文宣部、文化沙皇啦。我呢就反其道而行之，統統放開不管了。

問：臺灣現在有沒有一種眞正意義上的公共報紙？就是歐美流行的那種公共報紙的概念，也就是不受財閥的控制，也不受政黨的控制？

邵：沒有。沒辦法，辦報要錢。

問：這個方向，就像英國的 BBC，這種電視也是屬於政府來支持的。

邵：對，這是對的。我就是幹這個傻事，我在當時搞了個公共電視臺，就想搞個 BBC，搞個 NHK。但是必須告訴你，我本人慘敗。什麼叫慘敗呢？臺灣現在這個公共電視臺還是藍綠惡鬥。公共電視，不管是 NHK 或者 BBC，它是公眾的媒體，但是因爲藍綠惡鬥，在臺灣還是沒有辦法產生。公共電視臺是我創辦的，到現在選這個董監事，名額分配都是政黨在分配，惡鬥，鬥不出來，包括龍應台這個文化部部長也沒辦法。位置空缺，陷入僵局，六百多天，董監事選不出來。

問：完全放任的新聞自由，眼下看來也會有一些問題，對臺灣也有一些不好的影響吧？

邵：做媒體，就是把所有我知道的東西，我都報導出來，至於具體讀者怎麼下結論那我不管，可以沒有結論，但是絕對不能沒有透明度。絕對不能收黑錢，這是我所反感的。

問：解除報禁其實是對媒體的一次解放，對官方來說，可以說是把他們逼到了牆角，在這個過程當中，他們是不情願的，那怎麼能到達完全的開放，我要知道什麼就一定能夠知道？

邵：臺灣有信息公開法，不能拒絕。比如說，解禁之後不管過了多少年，我要寫回憶錄，調新聞局的檔案，它就不能拒絕。所以說這就是民主，美國也是這個樣子，不能說這是什麼國家機密，不行。司法要獨立，媒體要開放，要靠整體開放。臺灣解嚴解禁之前的 38 年，要靠媒體一點一點的把事實眞相找出來，但是事情是朝著一個好的方向發展的。

問：您認爲臺灣媒體現在哪些方面還需要努力？

邵：唉，臺灣媒體很無聊，整天就搞一些八卦，去探尋演藝人員的私生活，精力都花在這一方面。要把時間和精力放在大事上。但是老百姓喜歡看八卦，很不長進。我很生氣，我開放忙了半天，你們就給我搞這些事情？太無聊了。我總覺得，報紙要有報格，正經的社論、正經的版面必須有。臺灣的聯合報還好一點，所謂有所爲有所不爲。

二、陳國祥訪談

時間：2012 年 11 月 9 日

地點：廣州

陳國祥簡介：1987 年解嚴前後任自立晚報總編輯，2004 年以中時晚報社長的身份退休。2011 年由行政院長任命出任中央通訊社董事長。

陳：我現在是中央通訊社的董事長，中央社現在是政府管的財團法人。內容上，政府是沒有人敢來干預了，反而是民進黨天天派人盯著，有人通風報信。NCC 管的是廣播電視，管不了我們的。管我們的大單位，是文化部。原來的新聞局拆掉了，業務大部分歸到了新的文化部，新聞局原來既是裁判員，又是運動員，既管媒體，又辦媒體。

問：您是在臺灣出生長大的？

陳：我是苗栗長大，梅州蕉嶺的客家人。蕉嶺去臺灣的，我們苗栗就有 30 萬人。苗栗的環境，跟蕉嶺很像的，都是丘陵地帶。

問：臺灣有個蕉嶺同鄉會，把族譜帶過來，可以找到親屬的。

陳：1986 年，許信良從美國強行回臺灣，在桃園機場強行被遣返，幾千人去接機，霸佔了機場的高速公路，那麼大的事情，第二天的日報沒有一個字的報導，我們自立晚報就全版報導。這個事就轟動了。可見當時的媒體控制有多嚴，這已經是黨禁報禁開放前夕了。

問：聽說你們自立的老闆比較厲害？

陳：對，林榮三他是臺灣士紳，有一定名望和影響的。但是，我們不敢向老闆報告，先幹了，然後說就是這樣了。這個叫擔當嘛，鐵肩擔道義。報告他，他就要承擔責任的。

我當自立晚報總編輯的時候，剛好是 1987 年解嚴解禁前。那個時候，歷史的真相被隱藏了幾十年了，比如一些冤案、政治犯的題材，蔣家的東西也挖。蔣經國去世，李登輝當了總統，代理國民黨主席，宋美齡施壓要延後半年決定黨主席。1988 年 1 月 27 日吧，當時開中常會，主持人是中國時報的老闆余紀忠，宋楚瑜出面踢爆這個事情。這個事第二天別的報紙也沒有報，只有我們自立嘩嘩嘩地把過程完完整整全報出來了。這不光是對政治有影響，也代表著一個公信。別的媒體一看，這個也可以報了，那以後我也報啦。

問：媒體既是在記錄歷史，也是在參與歷史的創造。

陳：那時當總編輯，廣告沒有責任，發行就有間接的責任。因爲內容做不好，會影響發行。

問：二十幾年前報禁解除前後的那段歷史，臺灣有人在研究。早兩個月在廣州見到邵玉銘，他說也準備出回憶錄，會提到他當新聞局長時親歷的經過。但他的觀點，跟李瞻他們的，跟你的，似乎都不一樣。他覺得當時很簡單的事，就是開放了，解禁了，沒有想像的那麼複雜，沒有任何的爭議，沒有什麼其他的說法。

陳：這是他的官方觀點。

問：依你觀察社會的眼光，當時蔣經國解除黨禁報禁，你認爲主要的原因在哪裏？是他個人的這種思維、膽魄呢，還是臺灣那時候社會發展的一個必然呢？

陳：我覺得是內外交集。在內部來講，其實在 1977 年的時候，中壢事件之後，臺灣的黨外力量快速竄起，被壓抑的東西，壓抑了幾十年的東西都反彈了，爆開了。1978 年美國宣布與臺灣斷交，凍結了選舉，那時候黨外力量在選舉時已很成氣候了。還有 1979 年的美麗島事件，那個時候的社會潮流已經趨近成熟。蔣經國一直在壓制，到 1987 年正式開放，壓制了十年的時間。島內的反國民黨的力量，或者說要求自力的力量，已經遍地開花了。當時國際上，特別是美國，對臺灣已經很不滿意了，黨外力量、海外臺獨勢力一直在美國運作鼓動參議兩院，而江南命案後，臺灣和蔣經國的國際聲望掉到了谷底。估計蔣是認知到這種客觀形勢，壓力之下不得不開放，如果等到壓力太大、衝破之後再開放，那你的掌控力可能就更差了，不如乾脆就先主動一點開放。

問：陳總那時候 30 出頭，就是自立晚報的總編輯了，不簡單。

陳：其實那個時候的突破性報導，我們自己知道，承擔的政治風險不是很大。因爲社會條件上，已經在逐步地自由化、民主化了。蔣經國那時候最喜歡用的一個詞是說，媒體是社會的啄木鳥啊。

問：陳總的意思，是不是說，那時候雖然沒有正式開放報禁，但在事實上，已經在放開了？

陳：那個時候，不光有報禁，連雜誌也禁。你辦雜誌，是要申請的。按現在的做法，報備就可以了，不是去申請，經過批准。那時候很多黨外雜誌，就不去辦申請，被你查到了沒收了，也就認了，查不到的就買出去了，有渠道進行印刷、發行的。那個時候已經到了這個程度了，不需要什麼「刊號」。

我上大學的時候，1974 年大三吧，就在一本黨外雜誌寫了篇文章，叫《新聞自由的社會功能》，列出了十大功能。因爲我在政大讀書時，在圖書館找到一個藏書的地方，看到了大量的 1950 年代的《自由中國》雜誌，雷震、胡適他們的文章，比較有自由思想。我的碩士論文是寫《新青年》雜誌的。這兩個事情對我影響很大，自由思想，上接五四傳統。所以，我說自己是民族主義者，是中華民族的民族主義者，不是臺灣民族主義者。

在臺灣，新聞的專業性在慢慢流失。你的評論、社論可以有立場，但是新聞不能有立場，一定要保證它的客觀公正。2000 年選總統的時候，我是中國時報總編輯，那時候的報導上，我就規定，宋楚瑜、連戰、陳水扁，三個等量齊觀，沒有偏袒任何一方，沒有老總的個人觀點，完全看不出我的政治立場。

問：邵玉銘有個觀點，認爲從李登輝到陳水扁，都是學日本政界的做法，與財團的關係太緊密，再一個就是，媒體不得不參與到政治鬥爭和商業利益中來，很難保持中立客觀，你不受政治的影響，就會受經濟的影響。媒體與財團的關係，應該怎麼處理？甚至廣告客戶也可會施加壓力，您怎麼看這個問題？

陳：這個還不是主要的、迫在眉睫的問題。關鍵是你的自主性、獨立性問題，你的自由度有多大。或者說，那是下一階段的問題，還不必太早煩惱。

問：您怎麼看李登輝這種轉型期的領導人？

陳：我新出的一本書裏也寫了他兩萬字。李登輝很「硬頸」，也很不簡單。過渡和轉換時期的領導人物，往往也有一個角色轉換的問題。李登輝剛當主席、當接班人的時候，沒有自我，只有主席、總統這個角色扮演；第二階段是既有角色，也有個人，總統直選前夕，是他做得最好的時候，民主化轉型也很有成績；第三個階段呢，他只有自我，沒有了總統、主席這個角色，他的自我已經凌駕到領導人的一切角色之上了，容易劍走偏鋒。我在中時當總編輯時，1998 年吧，龍應台到臺北做文化局長，問我怎麼看這種角色變化。我說你是文化人，當文化局長，最可能犯的錯誤，是過度自我。所以呢，你龍應台如果要學，應該學習第二階段的李登輝。

三、邱立本訪談

時間：2012 年 12 月 9 日
地點：高雄佛光山

邱立本簡介：1950 年生於香港，祖籍廣東開平，香港亞洲週刊總編輯。1972 年畢業於臺北政治大學經濟系，歷任中國時報編譯，美洲中國時報記者、編輯，1990 年返回香港任《亞洲週刊》主筆，1993 年出任總編輯。

問：國民黨作爲一個執政黨，從一開始的自己辦媒體，到後來的調控媒體，再到後來的把媒體當成平臺來運用，經歷了怎麼樣的一個過程？

邱：20 世紀 70 年代初，在臺灣政大讀書，和張俊宏比較熟，他就讓我來參與《大學》雜誌的編輯，做執行編輯，唯一的編輯，要跑印刷廠。他們都是大教授，編委會有張俊宏、許信良、邱宏達、孫震，十幾個人。他們都是蔣經國的朋友和參謀，當時國民黨每年會請海外的留美學人回來提建議，後來有了個革新保臺派。

跟後來的《美麗島》、《八十年代》雜誌，沒有直接的淵源，但也有一定的關係，比如許信良、張俊宏。但當時他們可能沒有後來那樣的想法，或者說還沒有成熟，或是沒有暴露出來。更多體現的是，留美派的開明改革。當然，中間也經過了「保釣」運動，學生開始走出校園，整個社會也開始走出「白色恐怖」。

當時和《文星》到《臺灣政論》論戰，反對自由派的，除了《現代》，還有一本不太核心的，胡秋原辦的《中華》。李敖老是罵他。他當年和魯迅有過筆戰，在臺灣做國民黨的立法委員，跟黨中央並不一致，有他自己的獨立思考和看法，在保釣中跟民族主義知識分子王曉波他們走得很近。王曉波是殷海光的學生，統派學者，也是我的大哥。

1972 年畢業，我進了中時做編譯。關於保釣運動，我寫過一篇文章，大意是說香港僑生是 1971 年保釣的主要力量。當然，後來才發現，來自韓國的學生搞運動更能折騰。考慮國家、民族利益，比簡單地談自由民主，又多了一個層次和維度，讓大家意識到，不是 COPY 美國就可以解決一切的。

1973 年到 1990 年這十七年，我都呆在美國，在臺灣是被列入了黑名單的，不能回臺灣，不能回香港。中間有機會在美洲中國時報做過，人才濟濟，一時俊彥啊。

1977 年中壢事件後，李煥受壓制，蔣經國 1979 年後重用了政戰系的王昇，直到1984年的美洲中時事件後，解嚴之前夕，1987年又重新啓用李煥，把王昇貶到什麼巴拉圭去做大使。蔣經國用人很奇怪，常常有神來之筆，而且不會讓人提前知道，如果有人先知道或者媒體先報導了，那一定是見光死，一定要讓人有天威難測之感。

國民黨文工委的前身是中央黨部第四組。它的負責人會打電話給各大報的老總、主任。我當年在中時的國際新聞部，部門負責人是齊振一，東北人，父親是齊世英，寫《巨流河》的齊邦媛的哥哥。我因爲看外電，隨口講到了蔣經國「遇刺」的「死訊」，他就勸我不要亂開口，會有人亂打報告。

當年在政大「農業推廣館」搞保釣的，還有一個學生錢永祥，後來去英國留學，學的是馬克思哲學，然後在中研院做學問，辦了《思想》雜誌，他的夫人是聯合報的王麗美。

回到美洲中時，1984 年的時候，洛杉磯奧運會。大陸有個上海的跳高選手叫朱建華，破了世界紀錄，就給他做了個頭版頭條，還放了大照片，還用了個標題叫「中國人的驕傲」。國民黨就追究這個事。很多人打小報告，說余紀忠立場不穩，受中共蛊惑，被中共外圍分子滲透。還有一件事，我在自由日報時候的長官俞國基，在美洲中時寫文章批評美國總統里根，觸動了蔣經國的神經，王昇一直在大罵。不光是給美洲中時匯款的外匯受影響，余紀忠更怕影響到中時在臺灣的根基命脈，忍痛揮淚也好，棄車保帥也好，放棄了發展很好的美洲中時。

持平而論，任何事情都要多方瞭解。比如對李登輝，感情上也會很討厭，但他以國民黨主席的身份，完成了一輪內部改造。並從外部打進去，用草根的力量，底層社會的力量，乃至用黑金的力量，把國民黨這個「外來政權」逼成了少數派，稀釋了國民黨在地方的控制，並推進了民主化轉型，很有他的一套謀略。黑金政治，黑就是在地方上選舉有非正規的動員，金就是經濟力量，選舉要用很多錢，要找金主。他是受日本教育的，日本政治是派系政治，強調「三脈」：人脈、政脈、金脈。與西方政治只認投票的「多數決」不一樣，日本人是強調「共識政治」。在這個複雜變化的過程中，媒體的多元和參與越來越深，獨立性也會越來越強。

1987 年之前的臺灣，報紙有限張限印，也就是只許三大張，第三版都是社會新聞。我蠻懷念臺灣報紙的社會新聞版。編輯繼承了以前上海小報的那種編法，才子文人搞的那種詩詞歌賦，唐詩宋詞中間換幾個詞做標題，用點雙關語，看似有它的新聞美學。這個事，可以拿來做專門研究。包括兩大報的副刊都很強，高信疆、瘂弦兩大才子對抗。現在的標題都平淡無味了。有個好玩的事是，中國時報老闆余紀忠給母親做壽，連蔣經國都來了，第二天在報紙上做了大半個版。對手聯合報看不慣，登了條小新聞說這個事，標題就叫「余紀忠做他媽的壽」。報紙是公器，你做壽可以，不要公器私用。當然後來也有說法，不是「做他媽的壽」的問題，而是這個做壽的消息配的照片上，是蔣經國向余的母親鞠躬，激怒了作爲國家領袖的蔣經國。

有很多人、很多史料，都應該不加成見地採訪和保留下來。個人生命中的很多抽屜，本來已經鎖起來了，現在又被一把鑰匙打開，在書本上隱約看到的東西，又被拉到眼前。

（注：夜裏11時半，佛光山的勤務人員來大廳關燈，引導我們到四樓的交誼廳。媒體同行說，連接社會、服務大眾，這一下就找到了佛教和媒體的共同點。佛光山的勤務人員說，借機來解釋一下，我們家的危機處理公關：這一幢樓本來都不開放的，但大師說了，大家好難得來到臺灣，來到這裡，好希望大家從不同的角度，認識佛教和人間化的地方。）

四、習賢德、何旭初訪談

時間：2012年12月12日

地點：臺北輔仁大學

習賢德簡介：1951年生，輔仁大學大眾傳播學系文學士，臺灣大學三民主義研究所法學碩士、博士，曾任聯合報記者、自由時報副總編輯、自立早報國際新聞中心主任等職，著有《孫中山與基督教》、《孫中山先生與革命思想的傳播》、《二二八口述歷史補遺：中央警校臺幹班的集體記憶》、《中國國民黨與社會菁英：革命實踐研究院五十年史（1949～1999）》、《〈聯合報〉企業文化的形成與傳承（1963～2005）》、《統獨啓示錄：飛彈危機下的臺海和戰抉擇（1996～2006）》。接受訪談時爲輔仁大學新聞傳播學系教授。

何旭初簡介：臺灣政治大學東亞所博士畢業，曾任聯合報政治組組長，蘋果日報副總編輯。接受訪談時爲輔仁大學新聞傳播學系副教授。

習：這是一個自由競爭的市場。開放報禁之後，連我都被捲入去辦新報，籌備了半年，發行了半年，也就倒了，大家都沒體驗到這個是在燒錢。我先舉一個平行的例子，臺灣就爲這個政策其實變動過好幾次，閣下覺得現在這個牌照要不要管制？無限的發執業牌照，其實所有的車都是空車，管制呢又造成過戶的時候的一個黑市。過猶不及之間到底有個什麼尺度？經濟學上叫理想規模，其實全世界都沒有典範。第二個就是說，臺灣幅員之小，其實把整個平面媒體壓縮到現在幾乎沒有退路的，不是政治、不是經濟、不是閱讀習慣，而是整個電子媒體的無釐頭塡充了所有人的生活。

所以過去我們可以埋藏一個月、甚至可以埋藏 48 小時乃至當天見報的震撼獨家新聞，現在沒有了。因爲早晨的新聞就把各報的新聞讀報讀掉了，所以現在平面媒體找不到獲利的模式，很慘的。這個根本不是說你要怎麼去調整因應，是不是說我版面不夠，還是我開發的議題不夠？貢獻度看不到，還是不能引起社會關注，因爲電子媒體馬上就覆蓋掉了。

其中有個可能性就是異業結盟。這一塊中時可能有機會，中時集團比較有機會。過去中國電視公司（簡稱中視，不是中天），國民黨第一個其實是找王家（聯合報王惕吾）來談，王家不敢買，他對電子媒體沒有把握，所以他錯失了一個將來自己打包轉售的一個概念。另外講一個，王家子女可能犯一個致命的錯誤。西方媒體，至少在我看到的資料，除了紐約時報沒有換過家族經營，其他都換過老闆。臺灣的媒體到現在不能承受這樣的打擊，特別是兩大報，但是余紀忠的兒子咬咬牙，賣了。王家在民生報關門的時候，我問過王效蘭（王惕吾女兒）你們爲什麼不能考慮這個招牌賣掉？坦白講，品牌堆積起來是不容易的，是一種信任度和消費習慣。她說這是我爸爸辦的，怎麼可以賣？那就別玩。黎智英就聰明啊，如果也說這是我辦的，蘋果不賣，疾身而終？它就是一個企業，他愛怎麼玩怎麼玩。我只是就自己在課堂上講報業看到的，我看到的蠻嚴重的家族情結。這個報社一定要姓什麼嗎？媒體人永遠是文化人，文化人本來就有反骨嘛。因爲他看到太多故事，絕對不是報紙上登出的這一段而已。先從外面的結果來看，兩大報都是戒嚴體制下的受惠者，兩個老闆都是中常委都不用講了。突然有一天動物園籠子的鐵門都開了，誰稱王恐怕就不是按軀體了，就可能看誰比較兇悍，誰飛的快，誰先把爪子伸出去。我這個比喻你可以理解，於是不擇手段的狀況，再加上有線電視 24 小時的運轉，六個專業新聞頻道，全世界密度大到第一！就這 36000 平方公里的生態，怎麼維持？你不要說是一個大餅，本來這個大餅就從來沒有完整過，因爲很多的既得利益就已經切掉了。

再舉例，從前中央通訊社是國民黨黨營事業，極爲權威，只要是中央通訊社發布的就是眞的。而且他不太發布正規的新聞，就是發布人事，發布重大訊息，不但是黨的喉舌，也是政府的喉舌，因爲黨國一致。現在改成國家通訊社，怎麼辦呢？裏面有太多的綠的時代塞進去的人，三流報社的四流記者幹過領導。所以，臺灣的新聞事業恐怕不太容易拿一個簡單的答案。我受訪最擔心的就是這樣，其實根本沒有答案，答案恐怕要從某些角度去看。

比如說公共電視臺總經理、中央通訊社社長，胡元輝爲什麼交出去了，因爲綠的不執政了。去年公廣集團（公共電視臺）換董事會換到灰頭土臉，被換掉的公共電視總經理，過去就在自立嘛。解嚴和政黨的問題，造就了很多非專業人士蛻變成專業人士很奇怪的現象。對，幾年下來，你再也不能說他不是專家了，怎麼辦呢？所以現在變成人人一把號，誰都能指責公廣集團的無能。公廣集團有把臺灣的一等人才集中嗎？沒有。燒掉的國家預算可怕，但是最後就是藍綠鬥爭，而且公司一成立就說不准設新聞部，世界級的笑話。設新聞部不就是爲了監控或者說平衡商業電視臺或者不同的信息？完全沒有達到西方國家那種效果，就是東施效顰，笑話一場。

臺灣新聞事業，坦白講從 1945 年一路顚簸到 1949 年，都是大動盪的時代。白色恐怖乃「必要之惡」，全力防止共黨赤化，從軍中的保防體系，到民眾中的「人二單位」，我從來不覺得它對臺灣沒有貢獻。我們只是現在，事後諸葛來看待那段歲月，有很多文人因而罹難、喪命。

綠島的政治犯，沒有一個是目不識丁的，還都是通達之輩。柏楊出了很多書，對不對？他很會寫作對不對？他有個成名作叫做《抑鬱》，報導文學，就是抄我的老師於衡。中華民國臺灣的記者，唯一到過滇緬邊區去採訪的是這個記者於衡。柏楊終其一生，只有在他快死的時候，中時人間副刊出錢，唯一的一次讓他去了金三角。我就問我的老師於衡，他有沒有打個電話跟您致意啊？老師說沒有，完全是僞造的，很悲哀啊，但僞造乃生存之必要。柏楊他也是流亡學生，如果說他也是白色恐怖的受害者，那就看看我怎麼寫他。他是黨國體系下的受惠者，有一點自大，坐了牢以後，出了一大堆書。綠島每天要寫很多政治報告，讀書心得，他那些中國人史綱什麼的，都是別人的心得。爲什麼政治犯願意給他？押寶。因爲那個寫作是每天被迫要交的，但是剪裁編輯，包括他利用我老師的撰述來編他的故事，這個有他的才華。我並不是說他不會寫，而是說，對不起，你眞的讀了書嗎？

問：歷史這個東西最麻煩在哪裏呢，材料一定程度公開的時候，能把當時的情況客觀復原，但是每個復原的又有動機，又塗了一層，又扭曲了一下。

習：對，謊話的量又勝過眞話的量。這樣說吧，爲什麼大家把讀書心得都交給柏楊？如果在綠島大家不是把東西都交給柏楊，書也出不來。所以很多人有不同的感觸。

臺灣解嚴到現在，我的總結是矯枉必過正，戒嚴時代所謂的錯誤，有一些是必須回到當時的時空，做一次體檢，再做定義。但是現在都是以當今的標準回去檢視，就如同一些吃飽喝足的人說，你爲什麼這麼窮，因爲你笨，不是這樣吧。正如同當時很多人說國外，拿很多西方國家來講，你爲什麼不逃，如果深入所有蘇聯作家的內心，離開故鄉，那才是投降。

馬英九不敢承擔歷史的評價，那你就注定沒有歷史的地位。陳水扁是他最好的「助選員」，結果清廉是他最大的長處！清廉要是能治國，世界早就大同了，清廉不是能力，是最低的基本道德，這是法律條款，你必須清廉，搞半天成爲他的人格特質，這不是笑話嗎？氣死人了，往自己臉上貼金。沒救了，眞是黨國不幸。讓蔡英文出來更慘，不是你好，因爲我們不希望更壞，搞了半天，你百米得金牌不是因爲你快，而是因爲別人慢，這是兩碼事。兩次政黨輪替，打亂了文官的倫理，現在沒有人做事。

習：何旭初老師來了，介紹一下，這是臺北本地少數的資深記者。

問：我很喜歡習老師這個性格，學者獨立的風範，快人快語。

習：過去政大新聞也是黨的這邊配合度比較高，校友也比較優秀，整個國民黨的文宣系統幾乎都是政大校友。

何：你說我嗎？哈哈。

習：不是你。早期的文工會、新聞局，考試題目都是老師出的，其他私立學校根本沒機會。何老師是政大東亞研究所博士，三民主義學科，還比較偏門，他的所我考上過，我沒去，錄取通知寫錯名字。

何：我 2002 年底到《蘋果日報》，參與了籌辦，2003 年 5 月 2 日正式出刊，其實學到很多，從行業的角度還是可以談的。它的那個新聞報料系統很厲害，主要是靠讀者提供，它有一個專門負責讀者反映的單位。一般來講以前臺灣的媒體在處理讀者打電話來或者讀者投訴的時候，我們講白點就是虛應故事，記者都不在報社，如果白天有空的時候接電話的人他心情好了轉給記者，心情不好的時候，他晚上跟記者講。記者處理這種事情，也常常就是轉給有關單位答覆一下就算了。可是「蘋果」不是這樣，有讀者來電，他一定要記錄下來呈給總編輯看，每一個單位要把處理的情況回報總編輯，如果說已經採訪過了那你就老實寫採訪過了，如果說沒有，你認爲值得採訪或者不值得採訪的，你都要把理由寫出來，然後跟總編輯講。這樣子累積下來，一方面人家來爆料的新聞，他是不能夠去講情的，不能夠去「搓掉」它的。所以慢慢的人家就覺得爆料有效果，他就爆的越來越多。「蘋果」的記者其實是很差的，素質水準是很差的，我們講白點就是這樣。我講個笑話給你聽，有一個記者寫稿，800 字是一坨的，沒有分段的，後來有一天，他分成三段，裏面的人講，哇這個記者進步好大。因爲他們在香港當初有一個突發中心，跟一般的報社的社會新聞組類似，機動性很強。當初在香港，剛開始找不到記者，結果就去披薩店找，爲什麼去披薩店找呢，就是會騎摩托車會按快門。寫稿？沒關係，打電話回去裏面會有人寫。Rewriter，改寫、重寫，每個單位都配置一大批的人，還有一個專門名稱叫文字記者，就是專門負責改寫的，然後他就會看這個新聞缺什麼東西打電話叫他去補去問，一直都是這樣。因爲它的新聞不能夠大事化小，小事化無，所以記者經常跑一條線就斷一條線，你不能夠賣人家人情，人家拜託你不要寫還不是照寫，反過來就更加依託這個爆料了，就變成一個循環。

問：「蘋果」跟報禁放開沒有直接關聯，還是說因爲報禁放開後才出現了一個「蘋果」？

何：我親耳聽到的，黎智英說他來臺灣之前看到了機會，他覺得臺灣的報界太腐敗，他用腐敗這兩個字。主要是他覺得臺灣的報業太傲慢，每天給讀者應該看什麼，你應該看什麼，不是給讀者想看什麼，他說他看到了機會。

這次從反「旺中」到「蘋果」脫手這一趟，就是綠色的學者在圍剿一個「親中」的商人，本質就是這樣。他們弄一頂大帽子，什麼壟斷啊言論自由啊，弄一頂這樣的大帽子，其實暗地裏就是在搞他。

問：1985 年開始，很關鍵的一段時間，特別 1988 年初的報禁解除，在很多人的角度來是一個關鍵點，但是很多人談起來都不激動的，他們好像就是覺得，就從您進聯合報的 1985 年開始，實際上已經放開了，或者說前面都有預期？

何：還是有，不能說沒有，畢竟那個時候像解除戒嚴、開放報禁、開放黨禁，那幾乎是同一個時間的，所以說是整個一起上來的。

問：這段時間社會在變，特別是您在做政治新聞，會不會有一些變化，比如說政治新聞的題材、幅度上有什麼變化？

何：如果以我在聯合報的經驗的話，其實那個時候開放黨禁和解除戒嚴之後，政治新聞就沒有什麼所謂的限制或什麼問題，完全是以專業的角度來處理。1985 年進聯合報的時候，我是先在臺北市政組，然後 1988 年再調政治組，跑政治新聞一直到我當政治組組長，從來沒有接到報社長官來說你政治新聞該怎麼處理，完全給記者照自己的專業的角度去處理。

問：這個與外界的想像不一樣，還以爲解禁就是像開閘一樣，一夜之間很多禁忌沒有了。

習：這樣說吧，我參與到的是，我離開聯合到自由，那時候叫翻案風，孫立人啊、政治受難者啊，寫出一些他們願意講的故事，翻案風炒作了很久。不一定是自立晚報那些報紙在炒，聯合報上也會有。比如說，民視開臺，就推出了十大臺灣政治案件。以前沒有破的血案啊，一些政治上過去的話題，政治的抗爭，美麗島的鬥爭，就有一些比較平衡的影像出來，這個對臺灣也是一個補償吧。過去壓抑的太久，這時候公民論壇也就出來了。當時有一些學術團體剛露臉的時候還是挺持平的，後來就變調了，也都變綠了。我指的是一個叫澄社的，本來要學費邊社，就是很中性的，不急躁的，迂緩的，等待有一天收成，但事實上裏面有很多學者退出了，慢慢的就變成顏色的對立。其實民視的建臺，擺明了就是給民進黨一個電臺，因爲當時申請者也不是只有它，換句話說，這也做到了物理上的平衡，但是沒有想到現在形成的結論是「三民自給團」，「三明治」（三立、民視、自立）三臺並立，這個完全是解嚴初期看不出來的。也就是說，解嚴不是樣樣都回到了正軌。

問：可不可以這樣說，不是說沒有變化，就是題材百無禁忌了？

習：對，題材上百無禁忌，然後就是訴訟成風。不是沒有後遺症，因爲很容易就偏聽，搶獨家，撿進籃子的就是菜，很多東西沒有查證就報導，那樣的太多了，捕風捉影，因爲大家都在搶獨家。

問：看到很多回顧報禁的材料，把蔣經國時代講得整個就像白色恐怖一樣。

何：應該說大約在 80 年以後，大家已經適應國民黨那一套了，所以基本上不需要他講一些什麼東西，你自己都知道。所以你也不用去踩他的底線，大概也都知道是這樣子，大家心照不宣。我記得我當年剛進聯合報的時候，總編輯趙玉明是我的主考官，剛被換下來，1985 年底吧，他那時候被換是因為香港的事情。

習：那件事情我知道。因為那個時候臺灣沒有解嚴，報紙上不能出現中華人民共和國完整的稱呼。當時中英兩國為了香港簽署協定，他刊登全文，這是一個不可迴避的稱號，大概就是文工系統，國民黨方面要有交代，要人頭落地。他不是在編輯上錯誤，他是忠於歷史和報導的完整性。

何：題材放鬆也是一種變化，以前禁忌的題材，比如孫立人的事情，兩蔣時代肯定是不能講的，之後把兩蔣的各種事情都發出來了。聯合報並沒有說對兩蔣不友善，也不會刻意去挖他的瘡疤，但黨外雜誌就開始會碰這些東西。

習：黨外雜誌這塊，這裡有很多論文可以引。黨外雜誌其實對解除戒嚴有很大的貢獻，他們打了很多擦邊球，利用報導技術，新聞法的眞空地帶、灰色地帶，玩了很多完全很有高智商的出版技術。我們那個時候也沒有得到太多的滋養，因為戒嚴時期大家知道的事情不多，但是那個時候包括我個人在內都是黨外雜誌的寫手，因為我們自己的聯合報登不出來。我投的稿都不是傷害國民黨，都是一些具有內幕性的東西，太內幕的也登不出來。所以我黨外朋友蠻多的。

問：像孫立人的事情聯合報也會碰到或者會去登嗎？

何：會的。

習：像國防部長到臺中去訪問孫立人，形式上說已經平反了，這種新聞當然登了。他 90 歲做壽，他出殯，他的子弟開記者會控訴，等等，是新聞就是新聞，這是解嚴之後的唯一的信條，有新聞就照做，有沒有官做再說。老闆當然各有好惡，你犯到他的朋友當然也是「照章處理」。

問：1988 年放開之後，那些新出來的媒體會急於上位，他們會用一些很極端的題材、極端的寫法嗎？

何：我一直覺得還好，因為他們雖然是新出來的，跟聯合報、中國時報比起來，他們要差的很遠，記者的素質，還有整個報社的資源都差的很遠。像康寧祥在解嚴後曾經辦了一個首都早報，也把聯合報當時的政治組負責人戎撫天挖去當總編輯了，搞不到兩年就收了，不堪賠累。

習：首都早報那一段是另外一個話題了。他們基本上都是從黨外雜誌時攜手開始的，基本上都是言論評論作者轉型的。因為首都的股份細分，都是社會的精英行業，建築師啊，醫生啊，金融人士啊，他們不想再賠了。不想再燒錢，就這麼回事。

問：看到後來有一些人的書，反思1988年報禁解除之後，臺灣媒體墮落了。你認爲報禁解除那個時間點是不是合適的，還是說太倉促了？

何：應該沒有什麼叫做合不合適，開放就開放嘛。蔣經國選擇那個時間開放，可能是因爲他大概也知道自己快活不久了，就選擇那個時間開放，我不認爲有什麼合不合適的。事實上聯合報中國時報的布局來講，他早就準備好了，全臺灣到處都準備了，主要是採訪的人力，全部都已經準備好了，所以倒沒有說會不會太倉促的問題。這些年來會檢討，主要還是因爲經濟不景氣，所以大量裁員，裁員都是裁的那種資深的人，這個對報紙的品質其實是影響最大的。

習：把關的都沒有了，錯別字都多了。

問：看到一個觀點，有人認爲那時候政府應該做得更周全一點，慢慢的放，在保持品質的情況下，不要放那麼多那麼快。

何：以前李瞻老師這樣子主張的，但是我覺得，沒有什麼事叫做慢慢放的，怎麼慢慢放？整個社會都已經到了那個程度，蓄積的東西，不能再壓了，而且壓也壓不住了。

習：李瞻他有一陣子有影響力，後來證明他的看法不是每一個都對。那是必須把沸騰的水蓋子掀開的時候。

何：我覺得美麗島事件之後，臺灣的社會慢慢就已經一直在沸騰了，一直在滾了，到那個時候，你再不掀開鍋蓋就要炸掉了。

習：掀開是對的，潘多拉的盒子至少告訴你以後不要亂掀蓋子，還是有價值。掀一次是必要的，而且只掀這一次，掀過了所有的魔咒都沒有了。什麼時候掀，都難啊。對了，說到第三波裏面的「蘇東波」，何老師是專家。

何：算是吧，我的博士論文是《東歐的政治變遷》。

問：說到第三波，看到臺灣有些論文喜歡拿臺灣和韓國比較。

何：隨便愛怎麼比就怎麼比，寫論文就是這樣。

問：你在媒體做記者的時候，覺得文工會經過怎樣的一個職能變化呢？

何：它本來就是管人的。它後來的職能在不斷的變化，現在已經變成了一個黨的宣傳機器，而且黨的地位被整個地降了。

習：完全就沒有了，什麼叫降了？誰甩他？曾經不可一世。

何：也有一個新聞黨部，是從業人員的一個組織，那個沒什麼用的，有一些忠誠度的概念，但並沒有約束力。眞正的約束力來自警備總部、新聞局和文工會，基本上是這三個系統在管。

問：新聞局屬於政府，是行政院的，在黨政一體的時候其實是聽文工會的？

習：不能這樣講，當然配合度很高。我舉個例子，我參加過他們的會，因爲我在報社地位不高，我幹到了副總編輯，經常這些綠的主管不肯去，就派我去，會上就是背景說明，譬如說我們外交部長到歐洲接受了非常高的禮遇，拜託大家不要寫，最近有些財經政策政府的確在檢討在調整，但是還沒有成熟，請參考，還是不要寫。這就是我們常常講從業黨員，大家取得的共識。於是有很多明明很左的報紙，控制在異議分子手裏，他們的主管也幾乎都是黨員，就是爲了圖這個便利。這個東西國民黨何嘗不知道，自立的吳豐山他們不也都是這樣做？沒有去，你不知道這個背景。所以你配合還是有點好處，消息會有。

何：文工會本來就是黨的。文工會就算改爲文傳會，它還是屬於國民黨的，但只是聊備一格的宣傳單位，因爲黨現在也沒有什麼權力了，整個被架空了。

習：事實上那時候黨政人才是流通的，到黨務機構的年資也就是公務員年資。這個很有爭議，但是在那個時候，政府規模就這麼大，聯合報採訪組那個時候不到 60 個人，還不是一樣出報，對不對，小有小的好處，大有大的方便。

何：我當組長的時候，我們組最多的時候有 24 個人。一個組啊，空前壯大。

習：臺灣有一個好的地方，過去官方辦的很多新聞獎，現在全部移到民間來辦。也就是說你不能當球員又當裁判，你一方面監控別人怎麼還給獎，給獎是不是讓人馴服呢？

問：您的意思，文化部不理這個金馬獎從法律上也是對的？

習：不是不理，委託辦理。回歸到很單純的一個業務，基本上是對的。

何：尤其新聞是這樣，政府是一個被監督的單位，被監督單位來頒獎，這很奇怪吧？

問：新聞局開始自己都管，管了那麼多報紙廣播，後來變成只是職能上管理？

習：談不上管制啦，大部分就是希望你報導在一個尺度之內。

何：那是戒嚴期間。解嚴以後就管不了了。

習：不叫管不了，什麼都不管了。出版法廢掉，1999 年廢掉的，這是一個指標，很重大的事情。現在基本上沒有爭議了，一切都是民刑法，大家法庭見。但是沒有官告民，就是私人告私人，總統告也都是私人告，他不是用公權力來告。

問：會不會是年輕人一定會經過這個階段，關心政治突然又不關心政治，過一段時期又關心了？

習：是臺灣自我矮化的結果。龍應台寫了一篇好文章《本土其實就是土》，眞是罵人不帶髒字。什麼本土化，其實是相對於全球化的一個文化的概念，從來沒有說本土就比全球化好，全球化還帶動了本土化的價值感。因爲這種差異性包括語文，包括種族，這種特性受到了重視，就怕瀕臨絕種，這才是本土化眞正的意思，不是凸顯你先天就是皇帝的血統，沒有這個意思。

何：1985 年我進去是因爲聯合報已經準備增張了，已經有預感要開放了，至少要增張了。我們那一批一口氣進了 30 個人。所以大體上來講的話，那個時候文工會、新聞局、警備總部已經基本上已經不太敢來管報社。不光是聯合和中時，那個時候其他的像自立，曾經派過徐璐跟李永得到大陸採訪，那時候還沒解禁，後來新聞局不敢處分，禁令在但也沒有處分，也就是說沒怎樣嘛。

習：所以紙老虎那個詞就出來了。社會氛圍改變了。

何：已經是紙老虎了。所以大概在 1985 年初，差不多已經可以感受到這種氣氛了。我覺得就社會上來講，比較大的轉變大概是在美麗島事件之後，之前上街頭遊行基本上都是違法的，我進報社的時候，上街頭已經蠻多的。他們上街頭遊行非法的，我們都要採訪。政府也禁不了，所以派了兩排鎭暴警察跟在旁邊走，等於說兩邊穿著制服的鎭暴警察和中間一群人在那邊遊行，唱的歌都是那種非常悲哀的歌，是臺灣人送葬的歌。我們採訪的記者很危險，一個不小心就要被打，看看你講北平話，他就打你，說你是國民黨派來的。但是到了解嚴之後，這樣的情況慢慢就變了，一直在變。差不多到了 1991 年，我覺得社會運動最凶的一年，郝柏村就任行政院長那一年，社會上有一個運動叫反軍人干政。反軍人干政運動就是整個社會運動的最高峰，丟汽油彈頭一次的，對鎭暴警察丟汽油彈，從那次之後那個高峰就過去了。所以差不多到了趙少康、陳水扁跟黃大洲選臺北市長的時候，那個遊行就整個跟過去的氣氛完全不一樣了，遊行還有孕婦推著娃娃車上街頭，也沒有警察了，街頭也不管制了，他們遊行的人按鈕去管那個紅綠燈。臺灣社會對於遊行這種事情，慢慢的也覺得是見怪不怪了，司空見慣了。這是一個好事情，是臺灣社會的一個進步。

習：大家現在一直在想要廢掉集會遊行法，但是會有後遺症，對交通管制方面，還是要仰賴公權力來維持，對不對？

何：民進黨早期的時候就說要廢集遊法，它執政了八年也沒廢啊。他執政的時候，他還是覺得要。他要廢早就訴求了，他執政的時候又不廢，等到馬英九執政，他又要廢了，民進黨很多事都這樣。美麗島事件之後，美麗島那些家屬選舉的時候隨便說他要辦一個政見會，人山人海，那個家屬一上臺也不要講話，開始哭就好了。

習：那是黨外運動最興盛的時候，黨外雜誌義賣一百塊，可以用兩千塊五千塊買。

何：現在沒有用了，你再哭哭看，誰理你。

五、南方朔、陳曉林訪談

時間：2012 年 12 月 13 日

地點：臺北神旺大酒店

南方朔簡介：1946 年生於臺灣臺南市，祖籍江蘇省無錫市，原名王杏慶；臺灣大學森林系畢業，臺灣大學森林學研究所碩士，修畢臺北市中國文化學院（現中國文化大學）實業計劃研究所（現已停辦）博士班課程；是臺灣知名的作家、詩人、新聞工作者、政治評論家；長期關注臺灣政治、文化、社會議題，有「最用功的民間學者」之稱。——引自中國評論通訊社《歷史課綱修訂與臺灣的國族認同問題》座談會紀要，刊登於《中國評論》月刊 1994 年 12 月號。

陳曉林簡介：聯經出版公司總編輯，曾任《聯合報》記者、《民生報》總編輯，祖籍陝西。

問：兩位前輩好，想瞭解臺灣政治跟媒體的關係變化。

南：政治與媒體的關係，沒有不能講的，全世界都在控制新聞啊。美國更控制新聞，美國怎麼控制的？這方面書很多。你要研究美國，世界所有的檔案一起研究，不止臺灣控制新聞。

陳：忌諱的是美化美式民主，如果我們談眞相，那是很紮實的，美國有一個學者叫喬姆斯基，他的書有很多大陸也翻譯出版了，他揭露了很多美國操控媒體的做法。

南：臺灣也操縱媒體，外人不知道，臺灣最近操控得很厲害啊。

問：想瞭解兩位 80 年代解嚴解禁前後的那段經歷，那種感受。

陳：他（南方朔）是身臨其境，而且首當其衝。

問：我也看了幾篇文章，包括關於您（南方朔）的文章，《黑夜裏尋找星星》裏的口述史。後來也有人編過 10 年、20 年的反思文集，但是有一種感覺，會不會也有情緒在裏面？會不會爲了證明後來開放的正確和優勢，就把 1987 年前都講的很爛，會不會有這種情緒在裏面？

南：坦白說，我是一個很客觀的人，我沒有那麼厲害的罵蔣介石，也沒有那麼厲害的罵蔣經國，我沒有。他們對的，我都肯定，他們錯的，我才罵。所以我今天在臺灣罵馬英九是出了名的，我是從四年前就開始罵他，今天全臺灣都罵他，證明我是有先見之明的。

陳：馬英九當選的時候，就提名他（南方朔）當監察委員，他拒絕。拒絕的原因，就是媒體人要維持一個客觀獨立，不能接受權力者的這個收買，基本上他就是堅持公共知識分子獨立批判。這就對了。

南：臺灣這個社會是一個很奇怪的社會，臺灣人裏有 1／4 是軍公教的，他們通過通婚、朋友之類的佔了一半，所以說臺灣親國民黨的人大約一半，恨國民黨的一半。一半一半也足以操控、掌控一切問題，你可以控制媒體，控制政治。這個不是我隨便講的，我買它一半的人，我就買了天下。不管你怎麼扯，那一半的人就是相信你，不管有多少人罵你，臺灣都會有一半人支持你。

問：那反過來說，是不是不管誰來當政，也會有一半人不支持啊？

陳：對，藍綠等於各一半這樣子。這個我補充一下，臺灣可能是一種比較軟式的威權，而不是硬式的威權。剛才他講的，譬如說就是有一半人，反正怎麼說他們基本上會去相信。但是我的看法是，這一半人裏的大部分人，不是對你說的多麼相信，其實是不信，但是他到了最後的時候，懼怕另一半人的得勢。第二個我要補充的是，置入性營銷就是拿政府各部門的宣傳費用給媒體，那個時候正好又是媒體急劇萎縮的時候，比較願意配合的媒體就有相當多的經濟上商業上的利益。這個就是我講的軟式的控制，不是硬式的，沒有說下發一個文件，不能登這登那。

問：這些置入性營銷，黨政用得最多，還不光是商業在用？

南：我有一大堆美國人寫的怎麼進行社會控制的書。統治者怎樣去控制這個社會？如何透過法律來控制，如何透過習慣來控制，如何透過媒體來控制，這是一門學問。臺灣非常懂這個東西，所以我才說，他可以把白的說成是黑的，黑的說成是白的。看了那種鬼扯，古代趙高指鹿爲馬的故事，是眞的不是假的，不要笑趙高，從最近一些事，我就說這個故事是眞的，絕對不是假的。

問：反過來講，畢竟還有不同的聲音，加上您的這些不同的言論，提醒或者引導讀者，他會有獨立的判斷，任何人想把大家的聲音統一，大家都聽他的，只聽他的，只信他的，就不可能了吧。

南：錯。美國芝加哥大學法律系那個有名的教授寫了一本書講，這個時代，我們看起來社會很多元，網絡很發達，其實掌握體制是最厲害的，掌控電視的、掌控報紙的，而你幾個人在網絡上寫寫文章罵罵人，你的影響力眞的很小唉。所以體制是最重要的，言論自由，小眾媒體的自由是假的，不是我們以爲的那麼厲害。

陳：影響沒有那麼大了。讓你百花齊放，但就是最後不發生什麼影響。

南：這個不是亂說的，各種理論都出來了。現在臺灣很多人都在講多元自由，那些都是騙人的話，不要相信他。

陳：就是沒有發揮實質的作用，但暢所欲言還是有的。尺度是肯定大了，你想寫什麼，你想評什麼都行。

南：現在有了網路，就算是匿名，你都可以隨便罵人啊，但有什麼用啊。

陳：臺灣媒體在這方面來講的話，他還有一個商業邏輯在裏面，至少有些東西他是考慮商業上的價値，就不見得完全聽從政治的。研究臺灣不同的媒體不同的政黨傾向，簡單來講，臺灣有些媒體基本上是偏綠的。其中也有一些國民黨失意分子，他在國民黨裏得不到資源，然後就改換陣營。親綠的三個在媒體界比較有影響的，就是所謂的「三民自」：三立、民視兩個電視和自由時報。

南：作爲一個社會，到了一個起碼的形式上的自由民主的時候，有一個自由空間，這個社會就不會通通反政府了，所以政府控制空間就大了。你說在美國辦雜誌說人權，有用嗎？完全沒有用。你可以上街示威，完全沒有用。臺灣也是，你可以示威，但是完全沒有用，他不理你。

問：這個煩惱是新的煩惱，更深的煩惱？

陳：作爲一個統治者，他的煩惱基本上只有選舉的那一天，就是投票時他是有恐懼。但是除此之外，其他的就不必憂慮了，上街也罷，示威也罷，批評也罷，包括國會的爭執。

問：像您寫些獨立的評論或者言論，有時候確實很難討好，因爲一些偏激的言論容易引起人家關注，特別容易叫好，你要居中的話，特別是不順著那個潮流，就很容易吃力不討好。

南：任何人在開始的時候，我建議講話一定要客氣。自古以來所有的偏激分子，開始通通都是偏激的，因爲他最先講話，他要有個性，講了你還不理我，結果越講越難聽。我拿女性主義的研究做個例子，從古到今都是壓迫女人，女人要跟男人講話，都是很客氣的，她怕你不聽，大聲講你也不聽，最後怎麼辦，只好一哭二鬧三上弔。從歷史發展的角度來講，那是話語權的關係，是她們完全沒有話語權。所以現在女性主義學者就發明一個理論，叫做歇斯底里論述，跟你完全不想搭理，歇斯底里跟你搞，就這樣子罵你，或許你才在聽得不耐煩之中勉強聽一點點，我跟你講道理，你完全不聽的。

陳：前兩天馬被丟鞋子，有點接近這個。

南：聲音也再大一點。我怎麼跟你講，你都不理我，我只好用鞋子砸你，你再不理我用槍幹你。

陳：用槍幹你，跟民主就沒有相干了。

問：蔣經國改革到最後的時候，有人說報禁和言論相當於某種程度已經放開了，中時和聯合已經在內部準備了。

陳：權利絕對不是私與，是你慢慢爭來的。

南：另外還有一點，國民黨裏面一些見過世面的也知道，這個社會你放的話報紙不會咋樣。國民黨許多老派的人，他們眞的就是一種心態，就是不能放，一放就造反了，他們基本都是延續這個心態而來的，所以他們那個時候是嚴格控制報紙。跟你講一些奇妙的經驗，臺灣報紙很不開明的時候，我當新聞記者自己跑了一個獨家新聞，我回去邀功，老闆說，杏慶（南方朔本名王杏慶）啊，你這個新聞中央社也沒有發啊，我說我獨家他當然沒有發。老闆說，那我們這個新聞還是拜拜吧，任何東西官方通訊社沒有報，他們所不登的東西，我根本不要報嘛。你完全不要惹任何事情，那我這個太平官就一直做。

問：那是在 70 年代吧，但是說 80 年代的時候，在題材上已經沒有任何限制了？

南：慢慢的臺灣經過很多事，讀書人、知識分子鬧著辦雜誌，他們罵政府，罵多了也知道了，罵不死人啦，所以整個臺灣就發展到已經不是「革命地區」。近代知識界理論界談過一個問題，一個國家只有內憂不會有威脅，只有外患也不會有威脅，內憂外患併發的話非倒不可。這個是哥倫比亞大學教授講的。

陳：如果是這樣講，我的看法倒是與杏慶兄有點不太一樣。當初臺灣逐漸開放黨禁報禁，一方面是剛才我們講到的內部的一些爭取，或者是抗爭吧，但是一個很大的緣故，我認爲是當時蔣經國還有其他比較開明的官員，他們對於自己的治理其實是比較有信心，信心的基礎是臺灣那個時候在上升，經濟發展，生活改善，基本比較有信心。這個時候覺得，開放一點有什麼關係呢。正因爲經濟發展，臺灣就有很多的學生出去留學，在國外久了也有了基本的民主的參與或者觀察，那些人回來臺灣就慢慢的也成爲治理機器裏面的一部分。主政者也認爲這個時候，是適度的讓社會力解放的時候。

南：臺灣那時候的內憂外患都是假的，特別是 70 年代以後，那時候的知識分子，激進分子，都是幹國民黨的，我從大學時代就罵國民黨。那個時候國民黨裏面的一些比較開明的也知道，可能臺灣也到了非革命地帶，開放起來說話怎麼樣呢，不會怎麼樣。中壢事件是哪一年？（陳：中壢事件是民國 66 年，1977 年，我是中壢事件第二年去美國念書的。）那個時候是好大的群眾事件，最後造反了的。蔣經國最大的心腹李煥是爲這個下臺的。說實話，臺灣從來不曾有過那麼大的群眾事件，當時報紙根本不准登。（陳：後來過了三個禮拜，聯合報才把它當成個新聞登了。）這個事情也沒有怎麼樣啊。而且到了後來，1979 年那個時候，高雄有個群眾暴動（陳：你講美麗島事件？）對，暴動就在夜市裏，一邊在暴動，一邊在吃宵夜。你就知道，臺灣已經經得起，沒事啦，開放報禁、開放黨禁有什麼關係呢，不像以前大家所想的，一開放以後就會造反。這個疑慮，慢慢因爲社會運動的關係，因爲國民黨裏面開明派的關係，那麼要放就放吧。所以那個時候蔣經國到了最後的時候，他已經交待下面去研究這個問題，他如果晚死一點的話，會在他手上完全開放。

陳：不過就憑良心講，蔣經國最後算是做了一些明智的判斷，就是剛才講的各種自信。當然，黨內就有一些保守派，會擔心反對派或者是臺獨會如何抬頭。蔣經國在最後宣布解嚴的同時，指示開放老兵回去探親，等於是讓那些可能的內部的摩擦的因素，來交由自信解決。換句話說，基本上他的開放黨禁，其實是有配套的和平衡的策略。

南：蔣經國死的時候，我在臺北《新新聞週刊》，社論是我寫的。我說蔣經國這個人，少年坎坷，中年跋扈囂張，晚年智慧。蔣經國他中年好可怕，上海打老虎，臺灣抓匪諜，好厲害，情報系統都是他的，全部大權在握。年輕的時候他還蠻辛苦的嘛，他恨他爸爸，所以少年坎坷，中年跋扈，晚年稍微有點聰明才智。而且他召見過我的。

陳：第一次是爲了臺灣退出聯合國，當時還是所謂的愛國吧，杏慶兄就放棄美國獎學金，留在臺灣紮根，受到了蔣經國的召見和嘉獎。

南：後來又見過一次。他這個人記憶力超好的，他見過你，他眞的不忘記。有一年他去臺大巡視，剛好我也經過臺大林蔭大道，他老兄看到我了說認識，他把車窗搖下來跟我拱手。他記得哎！

陳：這個有他的過人之處。一個材料說蔣經國早年蘇聯的經歷等等，有點兒社會主義的思想，有點列寧的影響。他晚年的時候確實是很重視貧富差距的問題，很重視怎麼樣保護弱勢的問題，關心各種各樣的問題。十信案的時候，他對於那種財團並購、官商勾結，是不能容忍的。

南：這個跟專制者的某一面有關係。專制者說天下是我的，天下興亡都是我的，亡也是我的，興也是我的，所以專制者在某個程度上，反而有責任心，垮是他垮啊。民主所謂的麻煩，反正老子選的幹四年，垮不垮跟我沒關係。所以，民主社會反而會亂搞，專制社會不一定會亂搞，因爲天下是他的，天下垮掉也是他的。蔣經國也是這個邏輯啊，所以我說有好就有壞，這種開明專制是歷史形成的。

問：臺灣不好說，但是拉美那些地方現在發展不好，被稱做劣質民主，民主的質量很差，認爲還不如專制統治，效率質量都不如。

南：也有好的，專制壞的你要講，好的你也要講，民主不好的你也要講。專制，你要貫徹你的能力比較簡單，你可以一聲命令就可以。民主，你也可以貫徹命令，可是你要貫徹命令的方法不同，你操作的方法要很細膩，你要去說服人家，要挨家挨戶去解釋，民主是眞的要靠說服。但是臺灣的民主能力很差，民主的口號，專制的實質，那就完蛋了。

陳：我講講常識，臺灣媒體跟政治，尤其是跟政黨之間可能的關係，我剛已經講了偏綠的媒體，三個大的，加上許多的電臺，有些合法有些是地下電臺，以及外圍的雜誌。現在嚴格講，完全偏國民黨的媒體幾乎沒有，國民黨本來有黨員媒體的，包括原來的新生報、中央日報，這些都在市場競爭中被淘汰掉了，中央日報現在也只有電子報了。就聯合報、中國時報來說，那個時候雖然這兩個報的老闆是國民黨中常委，這些媒體不能違背國民黨的尤其是不能違背蔣經國的意志，但是無論如何，這兩個報紙到最後、到現在，因爲當年在報禁期就已經存在了，所以就被外面認爲是偏藍的、偏統的，互相戴起帽子來，就變成統媒了。我認爲這些媒體基本上的立場，反獨遠大於親藍。

南：我們讀書人，不能總是標簽標簽的，有的時候還要看標簽貼得穩不穩。現在全臺灣第一大報是蘋果，第二大報是自由，第三是聯合，第四是中時。蘋果有一個特色就是炒社會新聞，裸體加屍體是最大的賣點。臺灣的報紙以前沒有社會新聞掛帥，從來沒有過，你社會新聞做的稍微黃色一點點，會被罵的，會被新聞局、新聞官員罵的。

陳：這個是我們的失敗。蘋果要進臺灣的時候，我記得大家好像都認爲，臺灣的讀者的水準不太能夠接受像赤裸裸的「羶色腥」，所以他是成事不足敗事有餘的，他是攪亂一下但是不會成功的。結果呢，結果他把我們都搞垮了，他把中時也搞了，聯合報也搞慘了。像我本來可以很舒服地幹事的民生報，本來是很好的一個優質性的報紙，就沒辦法，最後就活生生的停報了。要麼跟他一起降水準，要不然就退出市場。

問：看到大量的回憶錄，兩方面的觀點確實是互相有點不同，有些情緒很重，有些辯護的色彩多一點，所以好難判斷。

陳：歷史當然也是人寫的，會基於他自己的經驗判斷、感情傾向而寫。

南：任何重大歷史性決定，決定的時候不可能照劇本實施的，不可能有劇本的。因爲會怎麼變你也不知道，你也不知道臺灣在開放報禁以後會怎麼樣。沒關係，因爲你只是歷史的一個小角色而已，更大的角色在社會上，你完全無法掌控。

陳：整個社會，明知已經成熟到那樣的地步，基本上它的經濟發展，它的各個方面都已經成熟了。我們舉個例子，杏慶兄他是身臨其境的，他是幫這些臺灣雜誌，用各種筆名寫過各種東西的。在報禁開放之前那個時候，其實雜誌也是有禁的，可是那個時候，所謂的黨外雜誌，也就是非國民黨的雜誌，也就是這種衝撞性的雜誌，不斷的在出。在壓制的時候，曾經也是由這些特務機關像警總等，直接去收購雜誌。到最後會形成一種什麼狀況呢，就說我來查扣你的，我曉得你在這邊印，講好你不要讓我爲難嘛，我不能交待，那好，你印 1 萬我就查扣 5000，我就報公了，另外 5000 本你就到市面上去賣吧，你就去弄吧。到後來就變成這樣，就是說形成了一個等於各方默契一樣的東西。

南：開放報禁沒有什麼好可怕的。現在的社會，無論在臺灣還是別的地方，要辦一份報紙談何容易，很大投資，你要做好設備、印刷、雇員的準備。報禁開放，會有多少新的人進入這個市場，你也可以預估到，不會有幾個吧。全世界各國控制媒體的時候，傳播力越大的越控制的緊。控制電視爲什麼最緊，因爲傳播力最大嘛。控制報紙，控制廣播，控制電視，這些傳播力大，傳播力小的比如雜誌就馬馬虎虎。那你就辦雜誌嘛，所以臺灣在很早以來，反對分子辦雜誌，文人做的有《自由中國》，有《文星》，它成本低，在臺灣有個十幾二十萬就可以辦一個雜誌了。當時國民黨是電視老闆、報紙老闆、廣播老闆，這些大多數早就是國營的了，他很聽話。老百姓就是辦辦雜誌，辦雜誌很容易控制，讓特務控制，你去印刷廠，就跟蹤你在哪裏印的，然後去跟印刷廠老闆說，老闆就不幫你印了。你的稿子要在印刷廠排版，當然要檢字，也很容易找到。當時特務機關跟印刷廠之間有一個默契，就是它可以透過他們在排字的時候把原稿拿出來，一對原稿，就知道稿子誰寫的。所以我在臺灣的警總是有案底的，後來有個人對我說，我所有的原稿在他手上。我當年小的時候寫稿子，交給一個雜誌社，都是每一次換一個筆名，所以我的筆名有多少我現在也不知道。然後我交稿的時候，你是編輯，我坐在這邊你現抄，我再帶走帶回去。

陳：以前反對言論的雜誌，成本比較低，門檻比較低，該開放的時候會有預兆。

南：官方的輿論與民間的輿論比，他控制著體制，他還是大，你還是小。所以說體制是最重要的，非體制是不重要的。臺灣的媒體選擇性報導，差別很大。

陳：抓住一點，不及其餘。如果當年五四運動的時候，也有人教訓羅家倫、傅斯年要注意素質、注意表達方法，豈不是很好笑。

南：選擇性地選一個新聞點，一點正經問題不談，別人一個動作錯了就拼命咬這一點。四兩撥千斤，國民黨控制媒體很會搞這一招。臺灣在 80 年代解嚴以後，臺灣的群眾運動一年 1800 件，多的不得了，立法院每天前門側門後門都是群眾示威。那個時候臺灣的媒體，特別是聯合報和中國時報，有一個招數：每次別人示威正經問題它不談，它最喜歡談什麼東西？談示威群眾搞了滿地垃圾，製造一堆噪音，妨礙交通，它天天談這個東西。

問：看過另外一個人的文章，意思是說本來管制下不許登示威的事情，它就借批評製造垃圾和交通堵塞之機，順便多講幾句，把這個事情反而披露出來了，其實是一種曲線的披露。

南：No！那時候已經解嚴了，沒有必要了。它在醜化群眾運動，它的意思就是，這些人到處丟垃圾，他們講這些有什麼好的，一群爛人嘛。這是在醜化群眾。所以在這個時代，媒體控制力量很重要，控制媒體控制一切。

問：還有一個觀點，很多回憶文章講解嚴之後報紙多了，競爭厲害了，新聞從業人員素質低，降低了自己的要求。他們還說懷念聯合、中時當年的副刊，精品多，水平高，說現在辦報質量越來越差。很多人在反思這些，談媒體的自由與責任。您是不是覺得，從業者的這個方面也有問題呢？

南：有一種東西最可怕，叫鄉愁。懷舊，鄉愁，最可怕——我有一個鄉愁，我很懷念我小時候很窮、很專制的那個時候，因爲很窮沒有什麼娛樂，只要吃過一點點好東西就終身難忘，所以一個窮困不堪的時代，人反而會記得那個時候一點點的好東西，這就是鄉愁。臺灣最近這幾年鄉愁很嚴重，很多人在懷念蔣介石，在懷念蔣經國，很多人在懷念以前的小吃，整個臺灣完全籠罩在那個鄉愁的情緒裏面。臺灣開放報禁以後，我不認爲素質有什麼差。爲什麼呢？

因爲臺灣開放報禁以後，所有的這些報老闆他們知道可能會有競爭了，那個時候中國時報、聯合報投下大資本，請很多人，提高薪水。所以，那個時候是臺灣唯一的一個時代，我們叫新聞記者的賣方時代。新聞記者待遇很高，只要你稍微有一點點小才幹，你都可以賺很多錢，有很多職位，所以臺灣開放報禁，是開始了臺灣新聞界的黃金時代。各行各業不錯的人統統進了新聞界，新聞界可以領很高的薪水，一個月三五萬、七八萬的很多。

問：很佩服您這麼多年銳氣不減，來之前看了你談語言的幾本書，文字很棒，一直保持很銳利的思維、思想跟文筆。

南：我這一輩子是靠一支筆寫出來的。臺灣能夠把讀書當成職業在幹的，我是唯一的一個，天天在讀書。我這一輩子只讀兩種書：中國漢唐時期的書，西方最新的書。讀書寫文章，我可以寫出我的身家出來，我每天都在寫。說到臺灣現在的記者，把職業、位置看得非常重要，老闆叫做什麼就是是是，所以老闆越來越囂張，夥計越來越猥瑣、越來越沒品，眞的該有點骨氣。

陳：解嚴前後的過程，其實是一個互動，民間要求開放要求改革的聲音已經大起來了，蔣的反應也有智慧，知道大勢所趨，能夠怎樣比較有序的去完成這樣一個事情。鄉土文學論戰時，他（南方朔）是主將，對後來的開放是有相當大的作用的。

南：臺灣過去這六七十年，簡單幾句話是可以說完的。最早國民黨專制，就要利用專制，去製造一些開明媒體。早年的自由中國、文星，都是國民黨製造出來的開明媒體，向中國人統戰的一個雜誌。雷震是當年國民黨蔣介石的紅人，文星是蕭同茲的兒子蕭孟能他們辦的。蕭同茲也是蔣介石的紅人（注：風雲一時的《文星》1965 年隕落之前，蕭孟能、朱婉堅、李敖「文星鐵三角」官司相纏，鐵窗相見。無奈之下，蕭孟能避走海外，1987 年離臺赴美定居）。他們要辦這種開明的雜誌，也是要顯示出國民黨有一點開明，有一點社會形象，然後開一扇窗子，做統戰之用。可是我們都知道辦媒體，媒體有自己的生命，沒有一個媒體樂於長久地做傀儡，所以自由中國後來是越來越不聽話，開始批蔣，所以被關門了。文星道理是一樣。那個時候，臺灣整個媒體，電視、電臺全部是公家的，報紙基本上都是官方背景的報紙。到了七八十年代以後，臺灣的社會變了，經濟發展，整個社會要求自由程度增加，知識分子的聲音出現了。最先開始就是辦雜誌，雜誌門檻低。解嚴前夕黨外雜誌超級繁榮，臺灣出來好幾個大富翁，都是從辦黨外雜誌起家的。這也是個市場，假設你辦的好的話，還蠻掙錢的。

臺灣一直在變，基本上隨著經濟的發展，社會開始多樣化。多樣化的時候，就像我剛才講的，整個社會已經變成一個所謂的非革命地帶。非革命地帶，基本上就替各式各樣的開放留下空間，才有了黨禁、報禁的開放，一大堆什麼禁都可以開放。整個社會已經變成「開放無所謂了，不會怎麼樣了」。所以整個臺灣的媒體，從 60、70 年代開始，是一個慢慢地、慢慢地開放的過程，再後來到解嚴以後，才變成整個媒體的自由競爭商業化階段。有很多好處，有很多壞處，譬如說，媒體越來越商業化，媒體的知識分子氣息減少了，而且進入一個媒體社會階段，整個社會的控制朝向媒體控制方向走。

特別最近這幾年，選擇性地報導、透過媒體說謊、製造假新聞、置入性營銷變多了。而且有個最大的危險，媒體時代在政治上有一個問題：任何事情出現在媒體上它就存在，不出現在媒體上它就不存在，不登就等於沒事。臺灣有個名言，「忍七天」。任何當官的出了大紕漏，假如你有本領，皮繃緊一點，忍上七天，忍過去沒事，就沒事了，所以整個政府的政治責任、官員的責任意識退化了很多。反正報紙版面就那麼大，登了這個不登那個，這個新聞做大那個新聞就做小了，有什麼關係呢。

我一直主張，中國最需要的一點，叫做體制內平衡。不相信靠所謂的民主，可至少要相信一點，一定要發揮媒體監督的角色。因爲媒體是體制內的，所以體制內的平衡很重要，媒體進入角色，地位也會提高，會幹得更有勁。反對派很難做，反對派一定要堅持百忍，反對派的特色就是一定要讀書，掌握信息，萬變不離本色。可是反對派很容易就變成譁眾取寵，變成一個下三濫，很難把持得住。反對派確實有他的價值跟意義，但是不好當，很不容易，搞不好就站到了曾經反對過的那一邊去了，變成了反對的那種對象。

陳：內部制衡，可能還比較務實。回到以前，當初胡適曾經建議，國民黨自己分成兩個黨或者兩派，互相制衡，互相監督，至少在形式上面不會無法無天。

南：我所謂的媒體制衡，體制內制衡，因爲媒體體制上跟政府不是一家人，好像是一家人，可是實際上不是一家人。包括司法體系，是在一個體制內，但不是在官僚體系。而且我們要知道，媒體開放了以後，你辦一個電視、辦一個報紙，那是大資本投入，有大資本的人會拿去搞革命、搞賭博嗎，一般做生意的人都不願意冒這種風險，一定不會很離譜的，因爲搞砸了血本無歸。書的傳播力更小，臺灣早年最嚴格的時候，有一種書不管的，英文書。英文書你可以看馬克思，因爲看的人畢竟極少，全臺灣也沒幾個人看。控制媒體，是要看它的傳播效果大小來決定，傳播力很小，他根本不理你，料定了沒幾個人看吧。

問：謝謝兩位，讓我有了一個直觀的整體的感覺和瞭解，看了更多文獻以後再來好好感受一下，因爲這兩個體系之間，語法其實有很多不通的。

陳：什麼叫語法不通？

問：就是用的那些詞，看起來同樣的詞，意思卻差得很遠。

陳：楊渡他們編了一個兩岸常用詞語對照。

問：關鍵是語境不同，邏輯不同，互相有的時候確實是會打岔的。如果分辨不清，就會簡化，就很難展開。

陳：既然來了就多看看電視，那麼多頻道都有談話節目，聽聽就知道各方的論戰觀點。

南：臺灣媒體特別是電視名嘴，對臺灣是有害的。談公共問題一定要冷靜和平理性、說理清楚，這種講道理的話你不可能讓老百姓「老嫗能解」，可是名嘴文化出來以後，簡單問題複雜化，複雜問題簡單化，然後口號化標簽化，越談道理越不清楚，每件事情出來後就東拉西扯，扯到最後焦點都不見了，所以現在臺灣扯字當道，就是名嘴文化造成的，一有問題發生就是扯。

陳：而且基本上看，名嘴每一個都是自己立場的宣示，沒有論證，沒有內涵。他借著那個事說自己的話，從前期跳到結論，中間的過程就完全沒有。

南：這是名嘴文化，還不是電視文化。名嘴文化就是把複雜問題簡單化，標簽化、口號化，譁眾取寵，道理不清楚，所以整個社會的民智越來越差。

陳：民主化的某種意義上，它是一個庸俗化或者大眾化的過程。